SEGUNDA SOMBRIA

NICCI FRENCH

SEGUNDA SOMBRIA

Tradução de
Flávia Souto Maior

EDITORA RECORD
RIO DE JANEIRO • SÃO PAULO
2014

CIP-BRASIL. CATALOGAÇÃO NA FONTE
SINDICATO NACIONAL DOS EDITORES DE LIVROS, RJ

F94s

French, Nicci
Segunda sombria / Nicci French; tradução de Flávia Souto Maior. - 1. ed. - Rio de Janeiro: Record, 2014.

Tradução de: Blue Monday
ISBN 978-85-01-09482-7

1. Romance inglês. I. Souto Maior, Flávia. II. Título.

14-05933

CDD: 823
CDU: 821.111-3

TÍTULO ORIGINAL EM INGLÊS:
Blue Monday

Texto revisado segundo o novo Acordo Ortográfico da Língua Portuguesa.

Editoração eletrônica: Abreu's System

Direitos exclusivos de publicação em língua portuguesa somente para o Brasil
adquiridos pela
EDITORA RECORD LTDA.
Rua Argentina, 171 – Rio de Janeiro, RJ – 20921-380 – Tel.: 2585-2000,
que se reserva a propriedade literária desta tradução.

Impresso no Brasil

ISBN 978-85-01-09482-7

EDITORA AFILIADA

Seja um leitor preferencial Record.
Cadastre-se e receba informações sobre nossos lançamentos e nossas promoções.

Atendimento e venda direta ao leitor:
mdireto@record.com.br ou (21) 2585-2002.

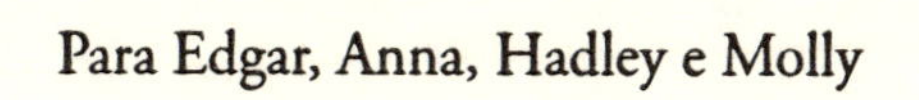

Para Edgar, Anna, Hadley e Molly

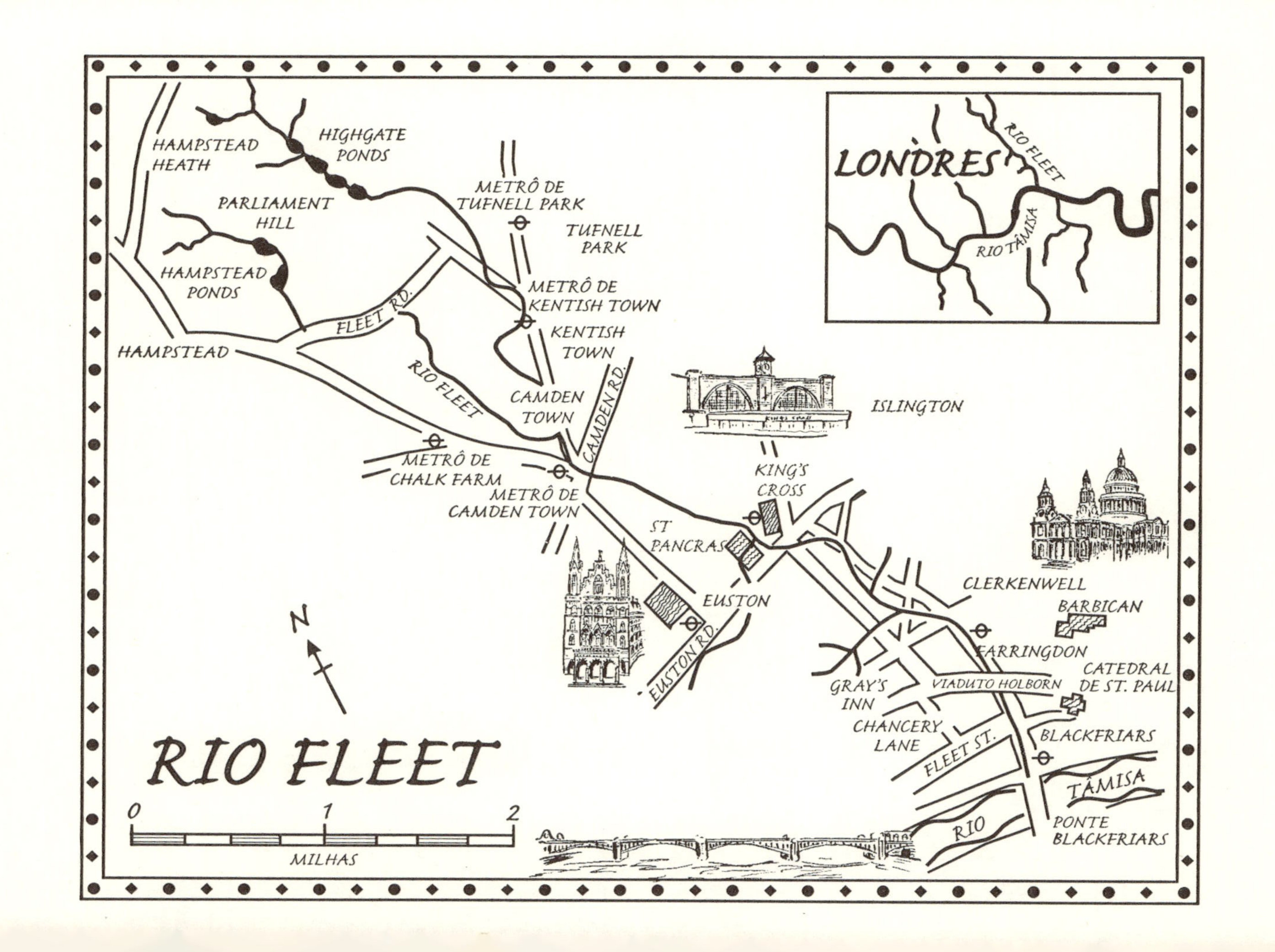
RIO FLEET
LONDRES
RIO FLEET
RIO TÂMISA
HAMPSTEAD HEATH
HIGHGATE PONDS
PARLIAMENT HILL
HAMPSTEAD PONDS
HAMPSTEAD
FLEET RD.
METRÔ DE TUFNELL PARK
TUFNELL PARK
METRÔ DE KENTISH TOWN
KENTISH TOWN
RIO FLEET
CAMDEN TOWN
CAMDEN RD.
METRÔ DE CHALK FARM
METRÔ DE CAMDEN TOWN
ISLINGTON
KING'S CROSS
ST PANCRAS
EUSTON
EUSTON RD.
CLERKENWELL
BARBICAN
FARRINGDON
CATEDRAL DE ST. PAUL
VIADUTO HOLBORN
GRAY'S INN
CHANCERY LANE
FLEET ST.
BLACKFRIARS
TÂMISA
RIO
PONTE BLACKFRIARS
N
0
1
2
MILHAS

1987

Havia muitos fantasmas na cidade. Ela tinha que ter cuidado. Evitava as fendas entre os paralelepípedos, saltando e pulando, pisando com os sapatos surrados nos vãos. Ela já era hábil na amarelinha. Fazia isso todos os dias a caminho da escola, na ida e na volta, desde que se entendia por gente. Primeiro segurando a mão da mãe, puxando-a ao pular de um lugar seguro para o outro. Depois sozinha. Não pise nas fendas. Ou o quê? Provavelmente já estava muito velha para esse jogo; tinha 9 anos, e em algumas semanas completaria 10. Pouco antes de começarem as férias de verão. Mas ela ainda o jogava, em grande parte pela força do hábito, mas também porque ficava nervosa com o que poderia acontecer se parasse.

Essa parte era difícil — o pavimento formava um mosaico irregular. Ela o atravessou, os dedos do pé sobre a pequena ilha entre as linhas. Suas tranças balançavam junto às bochechas quentes, a mochila da escola batia contra os quadris, cheia de livros e com o lanche pela metade. Podia ouvir os pés de Joanna seguindo seus passos. Ela não se virou. A irmãzinha sempre a seguia, sempre se metia em seu caminho. Agora ela a ouvia choramingar:

— Rosie! Rosie, espere por mim!

— Então anda logo — gritou ela, olhando para trás. Havia várias pessoas entre as duas, mas ela conseguiu vislumbrar o rosto de Joanna, afogueado e vermelho sob a franja escura. Ela parecia ansiosa. A ponta da língua tocava os lábios, o que indicava que estava concentrada. O pé encostou em uma fenda do paralelepípedo e ela vacilou, atingindo outra. Sempre fazia isso. Era uma criança desajeitada, que derrubava comida, tropeçava muito e pisava em cocô de cachorro.

— Vamos logo! — repetiu Rosie irritada, acenando para que a irmã passasse logo pelos outros transeuntes.

Eram quatro horas da tarde, e o céu estava azul e limpo. A luz cintilava no pavimento, ferindo seus olhos. Ela dobrou a esquina em direção à loja e logo alcançou uma sombra; diminuiu o passo, pois o chão não era mais irregular. Os paralelepípedos haviam sido substituídos por asfalto. Ela passou pelo homem com o rosto marcado pela varíola que estava sentado junto à porta e tinha uma lata a seu lado. Não havia cadarços em suas botas. Ela tentou não olhar para ele. Não gostava do jeito que ele sorria, sem sorrir de verdade, como seu pai fazia às vezes quando se despedia aos domingos. Hoje era segunda-feira, o dia em que mais sentia falta dele, em que acordava para começar a semana e sabia que ele não estava mais por perto. Onde estava Joanna? Ela esperou, vendo as outras pessoas passarem — uma confusão de gente, uma mulher com um lenço na cabeça e uma sacola grande, um homem com uma bengala — e então a irmã surgiu da luz para as sombras: uma figura magra, com uma mochila enorme, joelhos protuberantes e meias curtas, brancas e encardidas. Os cabelos grudavam na testa.

Rosie virou-se novamente e seguiu na direção da loja de doces, pensando no que compraria. Talvez balas de frutas... ou talvez bolinhas de chocolate, embora o tempo estivesse tão quente que elas derreteriam no caminho para casa. Joanna compraria alcaçuz sabor morango, e sua boca ficaria cor-de-rosa e manchada. Hayley, uma colega de turma, já estava lá, e elas ficaram juntas no balcão, escolhendo doces. As balas de frutas, decidiu, mas tinha que esperar Joanna para pagar. Ela olhou para a porta e, por um instante, achou que tivesse visto alguma coisa — uma mancha, um ponto de luz, algo diferente, como um brilho no ar quente. Mas depois desapareceu. O espaço da porta estava vazio. Não havia ninguém lá.

Ela bufou alto, acima do som de uma freada.

— Sempre tenho que esperar minha irmãzinha.

— Coitada de você — disse Hayley.

— Ela é um bebê chorão. É muito chato — falou, pois sentiu que era algo que tinha que dizer. É preciso desprezar os irmãos mais novos, revirar os olhos e ridicularizá-los.

— Aposto que sim — comentou Hayley, demonstrando amizade.

— Onde ela está? — Com um suspiro dramático, Rosie colocou o pacote de doces sobre o balcão e foi até a entrada olhar do lado de fora. Carros iam e vinham. Passou uma mulher usando um sári dourado e cor-de-rosa e um perfume doce, e depois três meninos do ensino médio subiram a rua, acotovelando-se.

— Joanna! Joanna, onde está você?

Ela ouviu a própria voz, alta e zangada, e pensou: "Pareço minha mãe quando está nervosa."

Hayley ficou ao seu lado, fazendo barulho com a goma de mascar.

— Aonde ela foi? — Uma bola cor-de-rosa saiu de sua boca, e ela a sugou novamente.

— Ela sabe que precisa ficar comigo.

Rosie correu até a esquina onde havia visto Joanna pela última vez e olhou à sua volta, semicerrando os olhos. Chamou novamente, mas sua voz foi abafada por um caminhão. Talvez ela tivesse atravessado a rua, visto uma amiga do outro lado. Não era provável. Ela era uma menininha obediente. Disciplinada, era como sua mãe a chamava.

— Não consegue encontrar ela? — Hayley apareceu ao seu lado.

— Deve ter ido para casa sem mim — disse Rosie, tentando parecer indiferente, ouvindo o pânico em seu tom de voz.

— Até mais, então.

— Até mais.

Ela tentou andar normalmente, mas não conseguiu. Seu corpo não a deixava se acalmar. Começou a correr com o coração pulando no peito e um gosto ruim na boca.

— Idiota, estúpida — repetia. — Eu mato. Quando eu encontrar ela, eu... — Suas pernas ficaram trêmulas. Imaginou-se agarrando Joanna pelos ombros magros e sacudindo-a até sua cabeça balançar.

Em casa. Uma porta azul e uma cerca viva que não era cortada desde que seu pai havia ido embora. Ela parou, sentindo um pouco de enjoo, a sensação nauseante que tinha quando estava prestes a se meter em algum tipo de confusão. Bateu a aldraba com força, pois a campainha não funcionava mais. Esperou. Faça com que ela esteja aqui, faça com que ela esteja aqui, faça com que ela esteja aqui. A porta se abriu e a mãe apareceu, ainda com o casaco que usara para ir trabalhar. Seus olhos captaram Rosie e depois recaíram sobre o espaço ao seu lado.

— Onde está Joanna? — As palavras ficaram no ar, entre elas. Rosie viu o rosto da mãe ficar tenso. — Rosie? Onde está Joanna?

Ela ouviu sua própria voz dizendo:

— Ela estava lá. Não é minha culpa. Achei que ela tivesse vindo para casa sozinha.

A menina sentiu sua mão sendo agarrada, e ela e a mãe correram de volta pelo caminho que havia feito, pela rua onde moravam, passando pela loja de doces, onde havia crianças paradas na porta, e pelo homem com o rosto marcado pela varíola e sorriso vazio, e dobrando a esquina, saindo da sombra para a luz ofuscante. Os pés batiam com força, e ela sentia uma pontada nas costelas, pisando nas fendas dos paralelepípedos sem parar.

Ao mesmo tempo, ela podia ouvir — acima das batidas de seu próprio coração e da respiração ofegante e asmática — a mãe gritando:

— Joanna? Joanna? Onde você está, Joanna?

Deborah Vine colocou um lenço na boca, como se quisesse impedir que as palavras saíssem. Pela janela dos fundos, o policial podia ver uma menina esguia, de cabelos escuros, parada no pequeno jardim, com as mãos ao lado do corpo e a mochila ainda pendurada no ombro. Deborah Vine olhou para ele. Ele esperava uma resposta.

— Não sei — disse ela. — Por volta das quatro horas da tarde. Voltando da escola na Audley Road. Eu teria buscado, mas é difícil chegar do trabalho a tempo, e, de qualquer modo, ela estava com Rosie, não havia ruas para atravessar e achei que seria seguro. Outras mães deixam os filhos voltarem sozinhos para casa, e eles têm que aprender, não têm? Aprender a cuidar de si. E Rosie prometeu ficar de olho nela.

Ela soltou um suspiro longo e irregular.

Ele fez uma anotação em seu bloco. Verificou novamente a idade de Joanna. Cinco anos e três meses. Onde foi vista pela última vez. Em frente à loja de doces, cujo nome a mulher não conseguia lembrar. Poderia levá-los até lá.

O policial fechou o bloco.

— Ela deve estar na casa de uma amiga — disse ele. — Mas você tem uma foto? Uma foto recente.

— Ela é pequena para a idade — disse Deborah. Ela mal conseguia pronunciar as palavras. O policial teve que se inclinar para ouvi-la. — É bem magrinha. Uma boa menina. Muito tímida no primeiro contato. Não iria com um estranho.

— Uma foto — disse ele.

Ela foi procurar. O policial espiou novamente a menina no jardim com o rosto pálido e inexpressivo. Ele, ou talvez algum de seus colegas, teria que falar com ela. Uma mulher seria melhor. Mas talvez Joanna aparecesse antes que fosse necessário criar confusão. Provavelmente havia saído por aí com uma amiga e estava brincando com o que brincam as meninas de cinco anos — bonecas e giz de cera, jogos de chá e tiaras. Ele olhou para a fotografia que Deborah Vine lhe entregou. Uma menina de cabelos escuros como os da irmã e rosto fino. Um dente lascado, franja reta, um sorriso forçado provocado pelo fotógrafo que lhe pediu para dizer "xis".

— Conseguiu falar com seu marido?

Ela franziu o rosto.

— Richard, meu... bem, o pai das meninas, não vive conosco. — Então, como se não pudesse se controlar, acrescentou: — Ele nos deixou por alguém mais jovem.

— Seria melhor contar a ele.

— Isso significa que o senhor acha que é realmente sério? — Queria que ele dissesse que não, que não era nada, mas sabia que era sério. Estava suando de medo. Ele quase podia senti-lo emanando dela.

— Manteremos contato. Uma policial está a caminho.

— O que devo fazer? Deve haver algo que eu possa fazer. Não posso ficar sentada esperando. Diga-me o que fazer. Qualquer coisa.

— A senhora pode telefonar para as pessoas — disse ele. — Para qualquer lugar que ela possa ter ido.

Ela agarrou a manga da roupa dele.

— Diga que ela ficará bem — insistiu. — Diga que trará ela de volta.

O policial parecia constrangido. Não podia afirmar aquilo e não conseguia pensar em outra coisa para dizer.

Sempre que o telefone tocava era um pouco pior. Pessoas batendo na porta. Elas ficaram sabendo. Que coisa horrível, mas certamente ficaria tudo bem. Tudo ficaria bem. O pesadelo acabaria. Havia algo que pudessem fazer? É só pedir. É só dizer. O sol estava baixo, e as sombras se projetavam sobre as ruas, casas e parques. Estava ficando frio. Em toda Londres, as pessoas estavam sentadas em frente a aparelhos de TV ou paradas diante do fogão, cozinhando, ou reunidas em grupos em pubs esfumaçados, falando sobre os resultados dos jogos de sábado e os planos para o feriado, lamentando-se de seus pequenos sofrimentos.

Rosie encolheu-se na cadeira com os olhos arregalados. Uma de suas tranças se desfizera. A policial grande, rechonchuda e gentil agachou-se ao lado dela e deu um tapinha em sua mão. Mas a menina não conseguia se lembrar, não sabia, não devia falar: palavras eram perigosas. Ninguém tinha lhe dito isso. Ela queria que seu pai voltasse para casa e fizesse com que tudo ficasse bem, mas elas não sabiam onde ele estava. Não conseguiam encontrá-lo. Sua mãe disse que ele provavelmente estava na estrada. Ela o imaginou em uma estrada que se afastava e diminuía ao longe, sob um céu escuro.

Ela apertou bem os olhos. Quando os abrisse, Joanna estaria lá. Prendeu a respiração até o peito doer e o sangue vibrar nos ouvidos. Ela podia fazer as coisas acontecerem. Mas quando abriu os olhos e viu o rosto gentil e preocupado da policial, sua mãe ainda chorava e nada havia mudado.

Às nove e meia da manhã seguinte, houve uma reunião para a qual foi designada uma sala especial na delegacia de polícia de Camford Hill. Foi o momento em que a busca frenética se transformou em uma operação coordenada. O caso recebeu um número. O investigador-chefe Frank Tanner assumiu o comando e fez um discurso. As pessoas foram apresentadas umas às outras e dispostas em mesas, e iniciaram debates em torno delas. Um engenheiro instalou linhas telefônicas. Quadros de cortiça foram pregados nas paredes. Havia um sentimento geral de urgência na sala, e, além dele, outra coisa que ninguém dizia em voz alta, mas que era sentida por todos: um nó no estômago. Não era um adolescente ou um marido que tinha desaparecido depois de uma briga. Se fosse, eles não estariam ali. Tratava-se de uma menina de 5 anos. Haviam se passado 17 horas e meia desde que fora vista pela última vez. Era muito tempo. Uma noite inteira. Havia sido uma noite fria. Era o início do verão, e isso já era alguma coisa. Ainda assim. Uma noite inteira.

O investigador-chefe Tanner estava dando detalhes sobre a coletiva de imprensa que aconteceria mais tarde, ainda naquela manhã, quando foi interrompido. Um policial uniformizado entrou na sala, aproximou-se e lhe disse algo que mais ninguém pôde ouvir.

— Ele está lá embaixo? — perguntou Tanner. O policial respondeu afirmativamente. — Vou falar com ele agora.

Tanner acenou com a cabeça para outro investigador e os dois saíram juntos da sala.

— É o pai? — perguntou o investigador chamado Langan.

— Ele acabou de chegar.

— Eles estão brigados? — perguntou Langan. — Ele e a ex?

— Acredito que sim — respondeu Tanner.

— Normalmente é alguém conhecido da família — disse Langan.

— É mesmo?

— Foi só um comentário...

Eles chegaram à porta da sala de interrogatórios.

— Como faremos isso? — perguntou Langan.

— Ele é um pai preocupado — disse Tanner, abrindo a porta.

Richard Vine estava em pé. Usava um terno cinza, sem gravata.

— Alguma notícia? — perguntou.

— Estamos fazendo todo o possível — respondeu Tanner.

— Nenhuma notícia?

— Estamos no início — disse Tanner, consciente de que aquilo não era verdade. Era exatamente o oposto. Fez um gesto para que Richard Vine se sentasse.

Langan ficou na lateral para poder observar Vine enquanto ele falava. O homem era alto, encurvado, como alguém que se sente desconfortável com sua altura, e tinha cabelos escuros, já ficando grisalhos nas têmporas, embora não pudesse ter mais do que 30 e poucos anos. Tinha sobrancelhas escuras e grossas, e não estava barbeado. Havia um traço de mágoa em seu rosto pálido e levemente inchado. Os olhos castanhos estavam vermelhos e pareciam pesarosos. Ele aparentava estar chocado.

— Eu estava na estrada — disse Vine, sem que ninguém tivesse perguntado. — Eu não sabia. Só fiquei sabendo hoje pela manhã.

— Pode me dizer onde estava, Sr. Vine?

— Estava na estrada — repetiu. — Meu trabalho... — Ele parou e tirou uma mecha de cabelo do rosto. — Sou vendedor. Passo muito tempo na estrada. O que isso tem a ver com minha filha?

— Só precisamos saber de seu paradeiro.

— Eu estava em St. Albans. Há um novo centro esportivo lá. Quer saber os horários? Precisa de provas? — Sua voz ficou mais intensa. — Eu não estava perto daqui, se é isso que está pensando. O que Debbie andou dizendo a meu respeito?

— Eu gostaria de saber os horários — Tanner manteve a voz neutra. — E o contato de alguém que possa confirmar o que está nos dizendo.

— O que acha? Que eu a sequestrei e a escondi em algum lugar porque Debbie não me deixa ficar com as crianças à noite, porque ela vira minhas filhas contra mim? Que eu... — Ele não conseguia pronunciar as palavras.

— São apenas perguntas de rotina.

— Não para mim! Minha garotinha está desaparecida, meu bebê. — Ele sucumbiu. — É claro que vou dizer a porcaria dos horários. Você pode verificar. Mas está perdendo tempo comigo e deixando de procurar por ela.

— Estamos procurando — disse Langan. Ele pensou: 17 horas e meia. Dezoito agora. Ela tem 5 anos e está desaparecida há 18 horas. Ele olhou para o pai da menina. É impossível saber.

Mais tarde, Richard Vine se agachou no chão ao lado do sofá onde Rosie estava encolhida, ainda de pijamas e com as tranças do dia anterior.

— Papai? — disse ela. Era uma das poucas coisas que dizia desde que sua mãe havia chamado a polícia na tarde do dia anterior. — Papai?

Ele abriu os braços e a acolheu.

— Não se preocupe. Ela vai voltar logo para casa. Você vai ver.

— Promete? — sussurrou ela perto do pescoço dele.

— Prometo.

Mas ela podia sentir as lágrimas do pai no alto de sua cabeça, onde ficava o risco que dividia seu cabelo.

Pediram a ela para contar o que havia acontecido, mas não conseguia se lembrar de nada. Apenas das fendas no pavimento, da escolha dos doces, de Joanna lhe pedindo para esperar. E do ímpeto de raiva contra a irmãzinha, o desejo de que ela estivesse em outro lugar. Disseram que era muito importante que ela contasse a eles tudo o que vira naquela caminhada da escola para casa. Pessoas que conhecia e que não conhecia. Até mesmo os fatos que não considerasse importantes: isso cabia a eles decidir. Mas ela não tinha visto ninguém, apenas Hayley na loja de doces e aquele homem com o rosto marcado pela varíola. Sombras passaram rapidamente por sua mente. Ela estava com muito frio, embora fosse verão. Colocou uma das tranças desmanteladas na boca e a sugou impetuosamente.

— Ainda não disse nada?

— Nem uma palavra.

— Ela acha que tem culpa.

— Pobrezinha. Ela crescerá tendo que conviver com esse sentimento horrível.

— Shhhh. Não fale como se fosse um caso perdido.

— Acha mesmo que ela ainda está viva?

Eles traçaram linhas e andaram pelo território ermo nas proximidades da casa, bem devagar, abaixando-se de vez em quando para recolher coisas do chão e colocá-las em sacos plásticos. Foram de porta em porta, levando uma fotografia de Joanna, a mesma que a mãe havia lhes entregado naquela manhã de segunda-feira, com a franja reta e um sorriso obediente no rosto magro. A foto agora era famosa. Os jornais já tinham conseguido uma cópia. Havia jornalistas na frente da casa, fotógrafos, uma equipe de televisão. Joanna virou "Jo" ou, ainda pior, "Pequena Jo", como uma heroína infantil sagrada de um romance vitoriano. Havia rumores. Era impossível saber onde começaram, mas se espalharam rapidamente pela vizinhança. Foi o mendigo. Um homem em um carro azul. O pai. Suas roupas tinham sido encontradas em uma caçamba de lixo. Ela fora vista na Escócia, na França. Certamente estava morta e certamente estava viva.

A avó de Rosie chegou para ficar com elas, e a menina voltou para a escola. Não queria ir. Temia o modo como as pessoas olhariam para ela e cochichariam sobre o assunto por suas costas, e a bajulariam, tentando fazer amizade porque aquele acontecimento importante havia se passado com ela. Sentou-se na carteira e tentou se concentrar no que a professora falava, mas podia senti-los atrás dela. *Ela deixou a irmãzinha ser raptada.*

Não queria ir para a escola, mas também não queria ficar em casa. Sua mãe não parecia mais sua mãe. Era como se alguém fingisse ser uma mãe, mas estivesse o tempo todo em outro lugar. Ela piscava os olhos. Ficava colocando as mãos na boca como se estivesse tentando conter algo, alguma verdade que de outra forma escaparia. Seu rosto ficou fino, atormentado e envelhecido. À noite, quando Rosie estava na cama e via as luzes dos carros que passavam refletidas no teto, podia ouvir a mãe descendo as escadas. Mesmo quando estava escuro e todo mundo dormia, sua mãe ficava acordada. E seu pai também estava diferente. Ele vivia sozinho novamente. Ele a abraçava forte demais. Tinha um cheiro estranho — doce e ácido ao mesmo tempo.

Deborah e Richard Vine estavam juntos diante das câmeras de TV. Ainda compartilhavam um sobrenome, mas não olhavam um para o outro. Tanner tinha lhes dito para simplificarem as coisas: dizerem ao mundo que sentiam falta de Joanna e apelarem, a quem quer que a tivesse levado, para deixá-la voltar para casa. Para não se preocuparem em demonstrar emoção. A imprensa ficaria satisfeita. Contanto que não fossem impedidos de falar sobre o assunto.

— Deixe minha filha voltar para casa — disse Deborah Vine. Sua voz falhou. Ela cobriu o rosto cansado com uma das mãos. — Apenas deixe ela voltar para casa.

Richard Vine acrescentou, com mais força:

— Por favor, devolva nossa filha. Quem souber de alguma coisa, por favor, ajude-nos. — Seu rosto estava pálido e com manchas vermelhas.

— O que você acha? — perguntou Langan a Tanner.

Tanner deu de ombros.

— Se estão sendo sinceros? Não faço ideia. Como uma criança pode desaparecer assim, do nada?

Não houve férias de verão naquele ano. A família ia para a Cornualha, ficar em uma fazenda. Rosie se lembrava de terem planejado, de terem falado que haveria vacas no campo e galinhas no quintal, e até mesmo um pônei velho e gordo que os donos do lugar a deixariam montar. E iriam para as praias da região. Joanna tinha medo do mar — ela tremia quando as ondas passavam da altura de seus tornozelos —, mas adorava fazer castelinhos de areia e procurar conchas, e tomar sorvete de casquinha salpicado com flocos de chocolate.

Em vez disso, Rosie foi passar algumas semanas na casa da avó. Ela não queria ir. Precisava estar em casa quando Joanna fosse encontrada. Achava que a irmã poderia ficar chateada se ela não estivesse lá. Seria como se ela não se importasse o bastante para esperar.

Havia reuniões em que os investigadores folheavam depoimentos de pessoas fantasiosas, transgressores com antecedentes criminais e testemunhas oculares que não haviam visto nada.

— Ainda acho que foi o pai.

— Ele tem um álibi.

— Já passamos por isso. Ele pode ter dirigido de volta até aquela área. É simples.

— Ninguém o viu. A própria filha não o viu.

— Talvez tenha visto. Talvez seja por isso que não diz nada.

— De qualquer forma, no momento ela não se lembra de nada que tenha visto. Seriam apenas lembranças de lembranças de insinuações. Está tudo enterrado.

— O que está dizendo?

— Estou dizendo que ela já se foi.

— Está morta?

— Morta.

— Está desistindo dela?

— Não. — Ele fez uma pausa. — Mas estou retirando alguns homens do caso.

— Foi o que eu disse. Está desistindo.

Um ano depois, um fotógrafo, com auxílio de um novo programa de computador — que o próprio inventor alertou ser especulativo e pouco confiável —, mostrou como Joanna podia ter mudado. Seu rosto estaria ligeiramente mais cheio, e os cabelos, um pouco mais escuros. O dente ainda estava lascado, e o sorriso ainda era ansioso. Alguns jornais publicaram a imagem, mas apenas em páginas internas. Uma menina de 13 anos, particularmente fotogênica, havia sido assassinada, e o crime estava dominando as manchetes havia semanas. Joanna já era notícia antiga, um formigamento na memória coletiva. Rosie ficou encarando a foto até ela ficar embaçada. Tinha medo de não reconhecer a irmã quando a visse, de que fosse uma estranha. Também tinha medo de que Joanna não a reconhecesse — ou que soubesse quem ela é, mas se afastasse. Às vezes, ela se sentava no quarto da irmã, um quarto que não havia sido tocado desde o dia em que ela desaparecera. O ursinho de pelúcia estava sobre o travesseiro, os brinquedos enfiados em caixas sob a cama, as roupas — que agora estariam muito pequenas para ela — cuidadosamente dobradas em gavetas ou penduradas no armário.

Rosie já tinha 10 anos. No ano seguinte, iria para o segundo segmento do ensino fundamental. Ela implorou para frequentar uma escola no município vizinho, a pouco mais de dois quilômetros e duas viagens de ônibus de distância, porque lá não seria mais a menina que perdeu a irmãzinha. Seria apenas Rosie Vine, sexto ano, tímida e pequena para a idade, que ia bem em todas as matérias, mas não era a melhor em nenhuma delas, exceto, talvez, biologia. Ela tinha idade suficiente para saber que seu pai bebia mais do que devia. Às vezes, a mãe tinha que ir buscá-la porque ele não podia cuidar dela de maneira apropriada. Também tinha idade suficiente para sentir que era uma irmã mais velha sem uma irmã mais nova. Algumas vezes, sentia a presença de Joanna como um fantasma — um fantasma com dente lascado e voz queixosa, pedindo-lhe para esperar. Em outras ocasiões, ela a via na rua, e seu coração parava por um instante. Então o rosto se transformava no rosto de um estranho.

Três anos depois que Joanna desapareceu, elas se mudaram para uma casa menor a cerca de um quilômetro e meio dali, mais perto da escola de Rosie. Eram três quartos, mas o terceiro era bem pequeno, como um depósito. Deborah Vine esperou Rosie sair pela manhã e empacotou as coisas de Joanna. Ela o fez de forma metódica, colocando pilhas macias de camisetas e camisas em caixas, dobrando vestidos e saias e amarrando tudo em sacos de lixo, tentando não olhar para as bonecas de plástico cor-de-rosa com as longas cabeleiras de náilon e olhos fixos. Na imagem mais recente, manipulada por computador, Joanna parecia bem contida, como se a ansiedade de criança tivesse lhe escapado. O dente lascado havia sido substituído por um intacto.

* * *

Rosie começou a menstruar. Depilou as pernas. Apaixonou-se pela primeira vez — por um menino que mal sabia que ela existia. Escreveu em seu diário sob as cobertas e o trancou com uma chave prateada. Viu a mãe namorar um estranho de barba castanha e volumosa e fingiu não se importar. Jogou a bebida do pai na pia, embora soubesse que não adiantaria nada. Foi ao velório da avó e leu um poema de Tennyson, tão baixo que ninguém conseguiu escutar de verdade. Cortou os cabelos curtos e começou a sair com o menino por quem havia se apaixonado quando era mais nova, embora ele não estivesse à altura de suas expectativas. Mantinha uma pequena pilha de papéis impressos na gaveta de roupas íntimas: Joanna aos 6, 7, 8, 9 anos de idade. Joanna aos 13 anos. Achava que a irmã estava exatamente igual a *ela*, e por algum motivo isso fazia com que se sentisse pior.

— Ela está morta. — A voz de Deborah era monótona, bem calma.

— Veio até aqui para me dizer isso?

— Achei que devíamos pelo menos isso um ao outro, Richard. Deixe-a ir.

— Você não sabe se ela está morta. Está simplesmente abandonando-a.

— Não.

— Porque encontrou um novo marido e agora... — O olhar dele para a barriga de grávida era cheio de repulsa. — Agora você terá outra família feliz.

— Richard.

— E esquecerá dela.

— Isso não é justo. Já se passaram oito anos. A vida tem que continuar, para todos nós.

— *A vida tem que continuar.* Vai me dizer que era isso que Joanna gostaria que acontecesse?

— Joanna tinha 5 anos quando a perdemos.

— Quando *você* a perdeu.

Deborah se levantou, as pernas finas sobre saltos altos e uma barriga redonda esticando a camisa. Ele podia ver o umbigo dela. A boca era uma linha fina e trêmula.

— Seu canalha — disse ela.

— E agora você a está abandonando.

— Quer que eu me destrua também?

— Por que não? Qualquer coisa é melhor do que *a vida tem que continuar*. Mas não se preocupe. Eu ainda estou esperando.

Quando Rosie foi para a universidade, chamou a si mesma de Rosalind Teale, adotando o sobrenome do padrasto. Ela não contou isso ao pai. Ainda o amava, embora se sentisse assustada com seu sofrimento caótico e imutável. Ela não queria que ninguém dissesse "Rosie Vine? Esse nome não me é estranho." Mesmo havendo cada vez menos chance de aquilo acontecer. Joanna havia se misturado ao passado, era um filete de memória, uma celebridade esquecida, uma banda de um único sucesso. Às vezes, Rosie se perguntava se sua irmã não era apenas um sonho.

Deborah Teale — antes Vine — rezava em segredo, com voracidade, para ter um filho e não uma filha. Mas primeiro veio Abbie e depois Lauren. Ela se curvava sobre os berços à noite para ouvi-las respirar. Ela segurava suas mãos. Não as perdia de vista. Elas chegaram à idade de Joanna, a ultrapassaram e a deixaram para trás. No sótão, as caixas com as roupas de Joanna continuavam fechadas.

O caso nunca foi fechado. Ninguém tomou a decisão. Mas havia cada vez menos a relatar. Os policiais foram realocados. As reuniões tornaram-se mais esporádicas, e então se fundiram a outras reuniões, até que o caso passou a não ser mais mencionado.

Rosie, Rosie. Espere por mim!

Capítulo Um

Eram duas e cinquenta da madrugada. Quatro pessoas cruzavam a Fitzroy Square. Um jovem casal que havia saído de uma casa noturna no Soho, abraçado contra o vento. Para eles, a noite de domingo estava aos poucos chegando ao fim. Embora não tivessem dito um ao outro, estavam adiando o momento em que teriam que decidir se seguiriam em táxis separados ou no mesmo. Uma mulher de pele escura, usando um capote marrom e uma touca de plástico amarrada sob o queixo, arrastava os pés ao longo da parte leste da praça. Para ela, já era segunda-feira de manhã. Estava indo para um escritório na Euston Road a fim de esvaziar latas de lixo e aspirar pisos na madrugada escura para pessoas que ela nunca tinha visto.

A quarta pessoa era Frieda Klein, e para ela não era nem noite de domingo, nem manhã de segunda-feira, mas algo intermediário. Ao pôr os pés na praça, o vento a atingiu em cheio. Ela teve que afastar os cabelos do rosto para poder enxergar. Na semana anterior, as folhas das árvores haviam mudado de cor, de avermelhadas a douradas, mas eram derrubadas pelo vento e pela chuva e formavam ondas ao seu redor, como um mar. O que ela realmente queria era ter Londres para si. E aquilo era o mais próximo que podia chegar.

Ela parou por um instante, indecisa. Que caminho deveria seguir? Norte, atravessando a Euston Road até o Regent's Park? Certamente estaria deserto, era muito cedo, até para os corredores matinais. Às vezes, no verão, Frieda ia até lá no meio da noite, pulava a cerca e seguia na escuridão, olhava o brilho na água do lago, ouvia os sons do zoológico. Mas não essa noite. Ela não queria fingir que não estava em Londres. Também não iria para o sul. Isso a levaria a cruzar a Oxford Street e chegar ao Soho. Algumas noites, ela se perdia na estranheza das criaturas que perambulavam no meio da noite, as evasivas empresas de táxis que levavam as pessoas para casa pelo preço que conseguissem que elas pagassem, os grupos de policiais, vans de entrega se desviando das multidões e dos pedágios urbanos e, cada vez mais, pessoas que ainda estavam comendo, ainda estavam bebendo, não importava a hora.

Não essa noite. Não essa manhã. Não agora, com uma nova semana prestes a acordar com relutância e seguir adiante. Uma semana que teria que enfrentar novembro, a escuridão e a chuva, com mais escuridão e mais chuva por vir. Era uma época em que se deveria dormir e só acordar em março, abril ou maio. Dormir. Frieda tinha a sensação repentina e sufocante de que estava cercada por pessoas adormecidas, sozinhas ou em pares, em apartamentos e casas, albergues e hotéis, sonhando, assistindo a filmes dentro de suas próprias mentes. Ela não queria ser um deles. Rumou para o leste, passando por lojas e restaurantes fechados. Havia uma grande movimentação de ônibus noturnos e táxis quando cruzou a Tottenham Court Road, mas logo o silêncio voltou, e ela pôde ouvir o som de seus passos ao andar pelas quadras cheias de mansões anônimas, hotéis decadentes, prédios de universidades e até algumas casas que sobreviveram contra todas as probabilidades. Era um lugar onde moravam muitas pessoas, mas não parecia. Será que tinha um nome?

Dois policiais, em uma viatura estacionada, viram-na quando se aproximou da Gray's Inn Road. Olharam para ela com uma preocupação entediada. Aquela não era uma região que pudesse ser considerada segura para uma mulher andar sozinha à noite. Eles não a entenderam muito bem. Não era uma prostituta. Não era necessariamente jovem, talvez tivesse 30 e poucos anos. Cabelos longos e escuros. Altura mediana. O casaco longo escondia o corpo. Não parecia ser alguém que voltava de uma festa.

— Ela não quis passar a noite toda com o cara — disse um.

O outro deu uma risada forçada.

— Eu não a chutaria da cama em uma noite como essas — afirmou.

Ele abaixou o vidro ao vê-la se aproximar.

— Está tudo certo, moça? — perguntou quando ela passava.

Frieda apenas enfiou as mãos nos bolsos do casaco e continuou andando, sem dar sinal algum de que havia escutado.

— Encantadora — disse um dos policiais, e voltou a preencher o relatório sobre um incidente que não havia sido tão incidental assim.

Enquanto andava, Frieda podia ouvir as palavras de sua mãe. Não custava nada dizer oi, custava? Bem, o que ela sabia? Era um dos motivos pelos quais fazia essas caminhadas. Para que não tivesse que falar, não tivesse que se expor, ser olhada e avaliada. Era um momento para pensar, ou não pensar. Sair andando durante aquelas noites, quando o sono não vinha, ajudava-a a organizar seus pensamentos. O sono deveria cumprir esse papel, mas ele não fazia isso por ela nem mesmo quando vinha em pequenos fragmentos. Ela cruzou a Gray's Inn Road — mais ônibus e táxis — e desceu uma viela tão pequena que parecia esquecida.

Ao virar na King's Cross Road, viu que estava se aproximando de dois adolescentes. Eles usavam moletons com capuz e jeans largos. Um deles lhe disse algo que ela não conseguiu entender direito. Ela o encarou, e ele desviou os olhos.

Estupidez, disse a si mesma. Aquilo havia sido uma estupidez. Uma das principais regras para se andar em Londres era não fazer contato visual. É uma provocação. Aquele rapaz havia recuado, mas bastaria uma única vez...

Quase sem pensar, Frieda pegou um caminho que levava à avenida principal, voltava e depois saía nela novamente. Para a maioria das pessoas que trabalhava ou dirigia por ali, aquela era uma parte feia e pouco interessante de Londres. Quadras de escritórios, apartamentos e uma estrada de ferro cruzando o cenário. Mas Frieda estava andando ao longo do curso de um velho rio. Ela sempre era atraída para ele. Antes, ele corria por campos e plantações até chegar ao Tâmisa. Fora um lugar onde as pessoas se sentavam, pescavam. O que teriam pensado aqueles homens e mulheres em uma noite de verão, balançando os pés na água, se tivessem previsto seu futuro? Que o rio se tornaria um depósito de lixo, um esgoto, uma vala entupida de merda e animais mortos e todas as outras coisas com que as pessoas não queriam se preocupar. Finalmente, ele havia sido encanado e esquecido. Como um rio podia ser esquecido? Quando andava naquela direção, Frieda sempre parava em uma grade onde ainda podia ouvir o rio correndo bem abaixo, como o eco de alguma coisa. E quando aquilo tudo ficava para trás, ainda era possível andar entre as margens que se elevavam de cada lado. Até os nomes de algumas ruas davam indícios dos cais onde os barcos eram descarregados e, antes disso, das elevações e ladeiras gramadas onde as pessoas se sentavam e observavam a água cristalina correr para o Tâmisa. Isso era Londres. Coisas construídas sobre coisas, sobre coisas construídas sobre coisas, cada uma, por sua vez, esquecida, mas de alguma forma deixando um rastro, mesmo que fosse o barulho da água ouvido através de uma grade.

Seria uma maldição que a cidade encobrisse tanto de seu passado? Ou era o único meio para que ela sobrevivesse? Uma vez, ela sonhara com uma Londres em que prédios, pontes e avenidas eram demolidos e escavados, de modo que os rios antigos que corriam para o Tâmisa pudessem ficar a céu aberto novamente. Mas qual seria o propósito disso? Eles deviam estar felizes do jeito que se encontravam agora: secretos, imperceptíveis, misteriosos.

Quando Frieda chegou ao Tâmisa, inclinou-se como sempre fazia. Na maioria das vezes não dava para ver onde o fluxo de água escoava, saindo de um caninho ridículo, e naquela manhã estava muito escuro. Ela não conseguia nem ouvir o som da água batendo. Ali no rio o vento sul era forte, mas estranhamente quente. Aquilo parecia errado em uma madrugada escura de novembro. Ela olhou no relógio. Ainda não eram quatro horas da manhã. Para que lado? Leste ou oeste? Ela escolheu oeste, cruzou o rio e seguiu na direção contrária à da correnteza. Agora, finalmente, estava cansada, e o fim da caminhada era um borrão: uma ponte, prédios do governo, parques, grandes praças. Atravessou a Oxford Street, e quando sentiu sob os pés as pedras familiares da viela onde vivia ainda estava tão escuro que ela teve que tatear a porta da frente com a chave para encontrar a fechadura.

Capítulo Dois

Carrie o viu ao longe, andando pela grama em sua direção sob a luz fraca, agitando com os pés as pilhas de folhas marrons e úmidas, com os ombros levemente curvados e as mãos enfiadas no fundo dos bolsos. Ele não a viu. Seus olhos estavam fixos no chão à sua frente, e ele se movia lenta e pesadamente, como um homem que acabou de acordar de seu sono, ainda preguiçoso e embalado por sonhos. Ou pesadelos, pensou ela, ao observar o marido. Ele olhou para a frente e seu rosto se acendeu. Os passos deram uma leve acelerada.

— Obrigado por vir.

Ela entrelaçou o braço no dele.

— O que foi, Alan?

— Eu só precisava sair do trabalho. Não conseguia mais ficar lá.

— Aconteceu alguma coisa?

Ele deu de ombros, abaixou a cabeça. Ainda parecia um menino, pensou ela, embora seus cabelos estivessem ficando prematuramente grisalhos. Ele tinha a timidez e a inexperiência de uma criança. Era possível ver as emoções em seu rosto. Frequentemente parecia confuso, e as pessoas queriam protegê-lo, especialmente as mulheres. *Ela* queria protegê-lo, exceto quando queria proteger a si mesma, e então sua ternura era substituída por uma espécie de irritação esgotada.

— Segundas-feiras são sempre ruins — disse ela com a voz leve e enérgica. — Especialmente as segundas-feiras de novembro, quando começa a garoar.

— Eu precisava ver você.

Ela o conduziu pelo caminho. Eles já haviam andado por ali tantas vezes que os pés pareciam guiá-los. A claridade estava acabando. Eles passaram pelo parquinho. Ela desviou os olhos, como sempre fazia ultimamente, mas o lugar estava vazio, exceto por alguns pombos que bicavam o asfalto emborrachado. Seguiram pelo caminho principal e passaram pelo coreto. Uma vez, há alguns anos, eles tinham feito um piquenique ali. Ela não sabia por que se lembrava tão claramente. Era primavera, um dos dias mais quentes do ano, e eles haviam comido tortas de carne de porco e bebido cerveja quente, no gargalo, e observado crianças correndo na grama diante deles, tropeçando nas próprias sombras. Ela se lembrava de deitar a cabeça no colo dele, e de quando ele tirou uma mecha de cabelo que caía sobre seu rosto e disse que ela era a coisa mais importante de sua vida. Alan não era um homem de muitas palavras, talvez por isso ela guardasse esses momentos na memória.

Passaram pela beirada da colina na direção dos lagos. De vez em quando eles levavam pão para alimentar os patos, embora aquilo fosse coisa de criança. De qualquer maneira, os patos estavam sendo perseguidos por gansos selvagens, que estufavam o peito, esticavam o pescoço e corriam atrás das pessoas.

— Um cachorro — disse ela. — Talvez devêssemos arrumar um cachorro.

— Você nunca disse isso antes.

— Um cocker spaniel. Não muito grande, mas também não muito pequeno nem barulhento. Você quer falar sobre o que está sentindo?

— Se quer um cachorro, vamos arrumar um. Que tal nos darmos de presente de Natal? — Ele estava tentando se entusiasmar com aquilo.

— Simples assim?

— Um cocker spaniel, você disse. Está bem.

— Foi apenas uma ideia.

— Podemos dar um nome a ele. Acha que deve ser macho? Billy. Freddie. Joe.

— Não foi isso que eu quis dizer. Eu não devia ter falado nada.

— Desculpe. A culpa é minha. Eu não sou... — Ele parou. Não conseguia pensar direito no que não era.

— Queria que me dissesse o que aconteceu.

— Não é tão simples. Não posso explicar.

Eles estavam no parquinho infantil novamente, era como se tivessem sido atraídos até ele. Os balanços e a gangorra estavam vazios. Alan hesitou. Ele largou o braço dela e agarrou as grades com as duas mãos. Ficou assim por alguns instantes, imóvel. Colocou uma das mãos no peito.

— Não está se sentindo bem? — perguntou Carrie.

— Eu me sinto estranho.

— Estranho como?

— Não sei. Estranho. Como se uma tempestade estivesse por vir.

— Que tempestade?

— Espere.

— Segure meu braço. Apoie-se em mim.

— Espere um segundo, Carrie.

— Diga o que está sentindo. Está doendo?

— Eu não sei — sussurrou ele. — É no peito.

— Devo chamar um médico?

Ele estava inclinado para a frente. Ela não podia ver seu rosto.

— Não. Não me deixe — disse ele.

— Estou com o celular. — Ela enfiou a mão sob o casaco grosso e tirou o aparelho do bolso traseiro da calça.

— Sinto que meu coração vai explodir no peito de tão forte que está batendo.

— Vou chamar uma ambulância.

— Não. Vai passar. Sempre passa.

— Não posso ficar aqui parada vendo você sofrer.

Carrie tentou passar o braço em torno dele, mas ele estava em uma posição muito estranha, dobrado sobre si mesmo, e ela se sentiu inútil. Ouviu-o se lamentar, e por um momento quis sair correndo e deixá-lo ali, desengonçado e desesperado no crepúsculo. Mas é claro que não podia fazer aquilo. E aos poucos pôde sentir que o que o havia arrebatado já estava passando, e ele finalmente se endireitou. Ela podia ver gotas de suor na testa dele, mas a mão estava fria, quando a segurou.

— Está melhor?

— Um pouco. Sinto muito.

— Você precisa fazer alguma coisa a respeito disso.

— Ficarei bem.

— Não. Está piorando. Acha que não o ouço à noite? E está afetando seu trabalho. Você precisa ir ao Dr. Foley.

— Eu fui lá. Ele só me deu aqueles comprimidos para dormir que me derrubam e me deixam de ressaca.

— Você precisa ir novamente.

— Fiz todos os exames. Eu vi nos olhos deles. Não sou diferente de metade das pessoas que vão ao médico. Estou apenas cansado.

— Isso não é normal. Prometa que você vai, Alan?

— Se é o que você quer...

Capítulo Três

De onde está sentada, na poltrona vermelha no meio da sala, Frieda podia ver a bola de demolição balançando entre os prédios na obra do outro lado da avenida. Paredes inteiras estremeceram e depois desmoronaram. Em segundos, as paredes internas se tornaram externas, e ela distinguiu um papel de parede estampado, um pôster antigo, um pedaço de prateleira ou de uma cornija de lareira; vidas ocultas repentinamente expostas. Ela passara toda a manhã observando isso. Sua primeira paciente, uma mulher cujo marido morrera inesperadamente dois anos antes e cujo sofrimento e choque nunca tinham diminuído, estava sentada, inclinada, chorando diante dela. Sem desviar sua atenção, Frieda viu, de canto de olho, o belo rosto rosado marcado pelas lágrimas. Quando o segundo paciente, que lhe fora encaminhado por causa de seu transtorno obsessivo-compulsivo cada vez mais grave, ficou inquieto na cadeira, levantou-se, sentou-se novamente e elevou a voz, nervoso, Frieda viu a bola destruindo o bloco de apartamentos. Como algo que havia levado tanto tempo para ser construído podia ser derrubado tão rapidamente? Chaminés desabaram, janelas estilhaçaram, pisos desapareceram, corredores foram destruídos. No final da semana, tudo seria entulho e pó, e homens com capacete de segurança andariam pelo chão arrasado, pisando em brinquedos de crianças e pedaços de móveis. Em um ano, novos prédios estariam sobre as ruínas dos antigos.

Ela dizia aos homens e mulheres que chegavam à sua sala que podia lhes oferecer um espaço restrito onde teriam a possibilidade de explorar seus medos mais obscuros, seus desejos mais inadmissíveis. Sua sala era fresca, limpa e ordenada. Havia um desenho em uma parede, duas cadeiras, uma de frente para a outra com uma mesa baixa entre elas, uma luminária que lançava uma luz fraca nos dias de inverno, um vaso de planta no parapeito da janela. Do lado de fora, uma rua cheia de casas estava sendo demolida, mas lá dentro eles estavam a salvo do mundo, pelo menos por algum tempo.

* * *

Alan sabia que o Dr. Foley estava irritado com ele. Provavelmente fazia comentários a seu respeito com os colegas de consultório: "Aquele maldito Alan Dekker de novo, resmungando sobre não conseguir dormir, não conseguir lidar com as coisas. Ele não é capaz de se controlar?" Ele tinha tentado se controlar. Havia tomado os comprimidos para dormir, reduzira o álcool, tinha feito mais exercícios. Passara noites em claro com o coração acelerado, tão rápido que era impossível acreditar que não entraria em colapso, suando em bicas. Sentara-se, ereto à mesa do trabalho, com as mãos entrelaçadas, olhando para os papéis à sua frente, esperando que o terror físico passasse, torcendo para que os colegas não percebessem nada. Porque era humilhante perder o controle desse jeito. Isso o assustava. Carrie falou sobre crise de meia-idade. Afinal, ele tinha 42. A idade em que os homens enlouquecem, bebem, compram motocicletas e têm casos extraconjugais, tentando ser jovens novamente. Mas ele não queria uma motocicleta e não queria ter um caso. Ele não queria ser jovem novamente, com toda aquela dificuldade e dor, e a sensação de estar na vida errada. Agora ele estava na vida certa, com Carrie, na pequena casa que economizaram para comprar e pagariam pelos próximos 13 anos. Ele sonhava em ter algumas coisas, mas certamente todos tinham sonhos e esperanças e não sofriam ataques no parque, nem acordavam chorando. E às vezes ele tinha esses pesadelos — nem queria pensar neles. Não era normal. Com certeza não era normal. Ele só queria que os pesadelos desaparecessem. Não queria ser o tipo de pessoa que tem coisas assim na cabeça.

— Os comprimidos que me deu não estão funcionando — disse ele ao Dr. Foley. Teve que se controlar para não se desculpar por estar ali novamente e por ocupar o tempo do médico quando o hospital estava cheio de pacientes com doenças reais, dores reais.

— Ainda está com problemas para dormir? — O Dr. Foley não estava olhando para ele. Olhava para a tela do computador e digitava algo, franzindo a testa.

— Não é só isso. — Ele tentou manter a voz estável. Seu rosto parecia feito de borracha, como se pertencesse a outra pessoa. — Eu tenho essas sensações horríveis.

— Dor?

— Parece que meu coração está sobressaltado, e eu fico com um gosto metálico na boca. Não sei. — Ele lutou para encontrar as palavras, mas não conseguiu. Só o que podia dizer era: — Não me sinto eu mesmo. — Era uma frase que ele usava com frequência, e a cada vez que o fazia parecia estar cavando um buraco dentro de si mesmo. Uma vez ele tinha gritado para Carrie "Não consigo me sentir eu mesmo", e até naquela ocasião ele havia percebido que soara estranho.

O Dr. Foley virou a cadeira e o encarou.

— Alguma coisa tem perturbado você ultimamente?

Alan não gostava que o Dr. Foley ficasse olhando para o computador, mas preferia aquilo a ser encarado daquela maneira: era como se o médico olhasse dentro dele e visse coisas das quais Alan não queria ter conhecimento. O que será que ele via?

— Quando eu era bem mais novo, tive essa sensação de pânico. Era uma sensação de solidão, como em um pesadelo, de estar completamente só no universo. De querer algo, mas não saber o quê. Depois de alguns meses, passou. Agora ela está de volta. — Alan esperou, mas o Dr. Foley não reagiu: ele não parecia tê-lo escutado. — Isso foi quando eu estava na faculdade. Achei que era o tipo de problema que os jovens costumam ter. Agora, acho que estou tendo uma crise de meia-idade. É idiota, eu sei.

— Os medicamentos obviamente não estão ajudando. Gostaria que você se consultasse com uma pessoa.

— Como assim?

— Alguém com quem possa falar sobre seus sentimentos.

— Acha que está tudo na minha cabeça? — Ele teve uma visão de si mesmo louco, com o rosto contorcido e selvagem, os sentimentos horríveis que estava tentando manter encerrados dentro de si de repente liberados, possuindo-o completamente.

— Pode ser muito útil.

— Não preciso me consultar com um psiquiatra.

— Tente — disse o Dr. Foley. — Se não funcionar, você não terá perdido nada.

— Não posso pagar.

O Dr. Foley começou a bater no teclado.

— Aqui está o encaminhamento de um clínico geral. Você não terá que pagar. Pode demorar um pouco, mas são bons profissionais. Entrarão em contato com você com uma data para avaliação. E nós seguiremos a partir daí.

Parecia muito sério. Alan só queria que o Dr. Foley lhe desse um remédio diferente que fizesse tudo desaparecer, como uma mancha que podia ser lavada sem deixar rastro. Ele colocou a mão no peito, sentindo a batida dolorosa. Só queria ser um homem comum com uma vida comum.

Há um lugar onde é possível ver e não ser visto, com o olho encostado em um pequeno buraco na cerca. É hora do intervalo, e eles saem das salas de aula e correm para o pátio. Meninos e meninas, de todas as formas e tamanhos. Negros, morenos e rosados, com cabelos louros, escuros e com tons intermediários. Alguns estão quase crescidos, meninos sardentos com pés desajeitados e meninas com seios brotando sob as roupas grossas de inverno. Esses não servem. Mas alguns são pequenos. Mal parecem ter tamanho suficiente para se afastar das mães, com as pernas finas e vozes de bebê. Esses devem ser observados.

Está garoando no pátio da escola e há poças no chão. A apenas alguns metros, um menininho de cabelos raspados pula com tudo em uma delas, e um sorriso se abre em seu rosto respingado. Uma menina com óculos grossos e embaçados e cabelo cor de palha preso em marias-chiquinhas está parada em um canto e observa a multidão. Ela coloca o dedo na boca. Duas meninas asiáticas minúsculas dão as mãos uma à outra. Um menino branco agachado chuta um negro magrinho e sai correndo. Um grupo de meninas cochicha coisas indecentes, riem abafando o som, olham de lado com os olhos ardilosos.

Mas são apenas uma multidão. Ninguém se destaca. Não ainda. Continue observando.

Capítulo Quatro

Às duas horas da tarde, Frieda saiu da sala que alugava no terceiro andar do prédio e caminhou até sua casa, que ficava a apenas sete minutos de distância, passando pelas avenidas secundárias por trás das vias principais da cidade. A alguns metros ficava a Oxford Street, confusa e barulhenta, mas ali estava deserto. A luz opaca de novembro fazia tudo parecer cinza e quieto, como um desenho feito a lápis. Ela passou pela loja de materiais elétricos onde comprava lâmpadas e fusíveis, pelo jornaleiro 24 horas, pela mercearia mal-iluminada e pelos prédios baixos de apartamentos.

Frieda não parou até chegar em casa, e teve a mesma sensação de alívio que sempre experimentava quando fechava a porta para o mundo exterior, respirando o cheiro de limpeza e segurança. Assim que a viu, há três anos, soube que aquela casa precisava ser sua, mesmo abandonada há tanto tempo e com aparência pobre e inapropriada, apertada entre os depósitos horrorosos à esquerda e os conjuntos habitacionais à direita. Agora, depois de arrumada, tudo estava no lugar. Mesmo com os olhos fechados, ela era capaz de encontrar cada objeto, até os lápis apontados sobre a escrivaninha. Na entrada, havia um grande mapa de Londres e os ganchos em que seu casaco longo ficava pendurado. Na sala de estar, cuja janela dava para a rua, o tapete grosso e felpudo cobria as tábuas lisas, e a cadeira macia e o sofá pesado ficavam em cada um dos lados da lareira que ela acendia todas as noites, de outubro a março. Perto da janela, uma mesa de xadrez, única peça de mobília que havia herdado. A casa era estreita, da largura de um único cômodo. As escadas eram íngremes e levavam ao primeiro andar, onde havia um quarto e um banheiro, e depois eram ainda mais íngremes subindo ao último andar, no qual ficava apenas o escritório, com o teto inclinado e a escrivaninha perto da claraboia, onde mantinha todo o material de desenho. Reuben dizia que a casa era sua caverna, ou até mesmo seu covil (e ela era o dragão que mantinha as pessoas afastadas). Era verdade que a parte de dentro era escura. Muitas pessoas derrubavam paredes, ampliavam janelas, deixavam entrar ar e luz. Frieda preferia espaços aconchegantes e fechados. Ela havia pintado as paredes com cores fortes, vermelhos foscos e verde-garrafa, de modo que mesmo no verão a casa ficasse escura, como se fosse meio subterrânea.

Pegou as cartas sobre o capacho e as colocou na mesa da cozinha sem sequer olhar para elas. Nunca abria a correspondência no meio do dia. Às vezes, se esquecia dela por uma semana ou mais, até as pessoas ligarem reclamando. Também não escutava as mensagens da secretária eletrônica. Na verdade, começara a usar uma secretária eletrônica há apenas um ano e se recusava firmemente a ter um telefone celular, para a incredulidade de todos à sua volta, que achavam que uma pessoa não poderia viver sem um. Mas Frieda queria poder fugir dos contatos e exigências incessantes. Não queria estar sempre disponível e gostava de se excluir das idiotices urgentes do mundo. Quando ficava sozinha, apreciava estar verdadeiramente só. Fora de alcance e à deriva.

Ela tinha trinta minutos antes do próximo paciente. Frequentemente almoçava no café de uma amiga na Beech Street chamado Number 9, mas não hoje. Preparou um almoço rápido: torrada e *Marmite*, alguns tomates pequenos, uma xícara de chá, um biscoito de aveia e uma maçã cortada em quatro, sem o miolo. Levou o prato para a sala e se sentou na cadeira perto da lareira, que já havia acendido para mais tarde. Fechou os olhos por um instante, deixou o cansaço se acomodar dentro de si e comeu a torrada lentamente.

O telefone tocou. A princípio não atendeu, mas a secretária eletrônica não estava ligada e a pessoa do outro lado da linha não desistiu. Por fim, pegou o fone.

— Frieda. É a Paz. Está tudo bem? Você estava no banho?

Frieda suspirou. Paz era a administradora da Warehouse. Apesar de o nome significar armazém em inglês, não era nada disso. Era uma clínica que havia sido transferida para um antigo depósito e tinha adotado um nome que parecia moderno no início da década de 1980. Frieda havia estagiado e depois trabalhado lá, e atualmente fazia parte do conselho. Quando Paz ligava para sua casa, nunca tinha boas notícias.

— Não, eu não estava no banho. Estamos no meio do dia.

— Eu tomaria um banho no meio do dia se estivesse em casa. Principalmente em uma segunda-feira. Odeio segundas-feiras, você não odeia?

— Na verdade não.

— Todos odeiam segundas-feiras. É o pior dia da semana. Quando o despertador toca na manhã de segunda-feira e ainda está escuro lá fora, você sabe que terá que se arrastar para fora da cama e começar tudo de novo.

— Está mesmo me ligando para falar que odeia segundas-feiras?

— É claro que não. Eu gostaria que você arrumasse um telefone celular.

— Eu não quero um celular.

— Você é uma dinossaura. Virá na quinta?

— Vou me encontrar com Jack. — Ela estava supervisionando o estágio de Jack como terapeuta.

— Poderia vir um pouco mais cedo? — perguntou Paz. — Gostaríamos de passar algumas informações.

— Você pode dar as informações pelo telefone. Do que se trata?

— É melhor dizer pessoalmente.

— É o Reuben, não é?

— É só uma conversinha. E você e Reuben... — Sua frase foi minguando, deixando tudo subentendido.

Frieda mordeu o lábio, imaginando o que estaria acontecendo.

— A que horas quer que eu vá?

— Pode chegar às duas da tarde?

— Tenho um paciente até as duas. Posso chegar às duas e meia. Pode ser?

— Perfeito.

Ela voltou à torrada, já fria. Não queria pensar na clínica, ou em Reuben. Seu trabalho era lidar com a confusão e a dor dentro da cabeça das pessoas, mas não com a confusão e a dor *dele*. Ele estava fora dos limites.

Joe Franklin era seu último paciente do dia. Há 16 meses, ele se consultava com ela nas tardes de terça-feira, às cinco e dez — embora às vezes não comparecesse ou chegasse quando o tempo da sessão estava quase no fim, Frieda esperava sem se irritar, atualizando suas anotações e rabiscando um bloco de papel. Nunca saía até que todos os cinquenta minutos tivessem passado. Sabia que esses encontros com ela eram o único ponto confiável da semana perturbada e caleidoscópica dele. Uma vez, ele havia lhe dito que era o pensamento da figura dela sentada, esbelta e ereta em sua grande poltrona vermelha, que fazia com que continuasse as sessões, mesmo quando não conseguia chegar a tempo.

Hoje ele estava 35 minutos atrasado. Chegou cambaleando pela porta de entrada, como alguém que havia acabado de escapar de um acidente de carro e ainda estava em choque. A boca se mexia, mas não saía nenhuma palavra. Frieda viu que os cadarços estavam desamarrados e os botões da camisa estavam abotoados nas casas erradas. Ela podia ver a barriga dele, espantosamente branca. Os dedos das mãos eram muito longos e estavam um pouco sujos. Os cabelos loiros e espessos precisavam ser lavados. Ele não havia se barbeado recentemente. Frieda imaginou que ele devia estar na cama há vários dias e só agora tinha se forçado a sair para ir até lá.

Encolheu-se na cadeira diante dela, com a mesinha baixa entre os dois. Ainda não a encarava. Olhava pela janela, para a fileira de guindastes suspensos na penumbra espessa como figuras fantasmagóricas, embora Frieda se perguntasse se ele realmente via alguma coisa lá fora. Ele parecia derrotado. Era um jovem adorável, brilhante e inteligente, mas em dias como hoje era impossível enxergar isso. Seu rosto estava contorcido, a luz havia se esvaído dele. Ele parecia machucado e abatido.

O silêncio tomou conta da sala; não era tenso, mas tranquilo, e ambos se sentiram envolvidos por ele. Era um lugar seguro. Joe deu um longo suspiro e virou a cabeça. Seus olhos estavam cheios de lágrimas.

— Está muito mal? — perguntou Frieda. Ela empurrou a caixa de lenços na direção dele.

Ele fez que sim com a cabeça.

— Cheguei até aqui. Já é alguma coisa.

Ele pegou um lenço de papel na caixa e o encostou suavemente no rosto, tocando-o com delicadeza, como se estivesse dolorido. Depois usou o papel para dar batidinhas nos olhos úmidos. Amassou o lenço e colocou a bola molhada sobre a mesa, pegou outro e repetiu o processo. Inclinou-se para a frente e apoiou o rosto nas mãos. Olhou para cima, como se fosse falar, abriu a boca, mas as palavras não saíram. E quando Frieda perguntou se queria dizer alguma coisa, ele negou, balançando a cabeça de modo intenso, como uma fera encurralada. Às seis horas, ao fim da consulta, ele não havia dito uma palavra.

Frieda se levantou e abriu a porta para ele. Ela o viu descer as escadas às cegas, com os cadarços balançando, e depois ficou na janela observando-o sair para a rua. Ele passou por uma mulher que não prestou muita atenção nele. Frieda olhou no relógio. Ela ia sair e precisava se aprontar. Bem, não tinha pressa.

Oito horas depois, Frieda levantou-se de uma cama que não lhe pertencia.

— Tem alguma coisa para beber? — perguntou.

— Tem cerveja na geladeira — disse Sandy.

Frieda entrou na cozinha e pegou uma garrafa na porta da geladeira.

— Tem abridor? — gritou.

— Se fôssemos para sua casa, você saberia onde estão as coisas — disse ele. — Na gaveta ao lado do fogão.

Frieda abriu a cerveja e voltou para o quarto do apartamento de Sandy em Barbican. Ela olhou pela janela e viu as luzes brilhando no escuro. Sentiu a boca seca. Tomou um gole de cerveja.

— Se *eu* morasse no décimo quinto andar, passaria a vida olhando pela janela. É como estar no topo de uma montanha.

Ela voltou para a cama. Sandy estava deitado, enrolado nos lençóis desarrumados. Frieda se sentou na beirada e o observou. Ele não parecia se chamar Sandy: tinha uma aparência mais mediterrânea, a pele bronzeada e os cabelos preto-azulados, como as asas de um corvo, exceto por algumas mechas grisalhas. Ela ficou olhando-o sem sorrir.

— Ah, Frieda — disse ele.

Frieda sentiu que seu coração era como um baú antigo resgatado do fundo do mar, com a tampa cheia de conchas, aberta à força depois de muito tempo. Quem saberia quais tesouros encontraria lá dentro?

— Quer um pouco de cerveja?

— Me dê um pouco da sua boca.

Ela virou a garrafa e deu um gole, depois se inclinou sobre ele, quase tocando seus lábios. Sentiu o líquido gelado escorrendo para a boca dele, que o engoliu, tossiu e riu.

— Acho que é melhor tomar na garrafa — disse ela.

— Não. É melhor tomar da sua boca.

Eles sorriram um para o outro, e então os sorrisos desapareceram. Frieda apoiou a mão no peito macio dele. Os dois começaram a dizer algo ao mesmo tempo e pediram desculpas um ao outro, mas logo depois voltaram a falar juntos.

— Você primeiro — disse Frieda.

Sandy tocou o rosto dela.

— Eu não estava preparado para isso — disse ele. — Aconteceu tão rápido.

— Você fala como se fosse uma coisa ruim.

Ele a puxou para o seu lado na cama e se debruçou sobre ela, passando a mão por seu corpo.

— Ah, não — disse ele. — Mas sinto que não sei onde estou. — Fez uma pausa. — Diga alguma coisa.

— Acho que eu ia dizer a mesma coisa. Isso não foi parte do plano.

Sandy sorriu.

— Você tem um plano?

— Não exatamente. Eu passo meu tempo ajudando pessoas a colocar as histórias de suas vidas em ordem. A dar a elas uma narrativa. Mas não sei qual é a minha. E agora sinto que estou me encantando com algo. Não sei bem o que é.

Sandy lhe deu um beijo no pescoço e no rosto, e depois a beijou profundamente na boca.

— Vai passar a noite aqui?

— Um dia — respondeu Frieda. — Mas não hoje.

— E eu posso ir para a sua casa?

— Um dia.

Capítulo Cinco

A investigadora de polícia Yvette Long olhou para seu superior, o investigador-chefe Malcolm Karlsson.

— Está pronto para isso? — perguntou ela.

— E isso importa? — respondeu ele. Ambos saíram.

Era a porta lateral do tribunal, mas não havia como escapar dos repórteres e das câmeras. Ele tentou não hesitar diante das luzes. Aquilo faria com que parecesse esquivo e derrotado quando aparecesse no noticiário. Era capaz de distinguir alguns dos rostos que tinha avistado na tribuna da imprensa nas semanas anteriores. Ouviu uma confusão de perguntas endereçadas a ele, aos berros.

— Um de cada vez. Sr. Carpenter. — A fala foi dirigida a um homem careca que segurava com força um microfone.

— A absolvição é uma humilhação pessoal ou uma falha do sistema?

— Decidi instaurar um processo em conjunto com a Procuradoria da Coroa. É tudo o que tenho a dizer.

Uma mulher estendeu a mão. Ela trabalhava para um dos jornais sérios, mas ele não conseguia se lembrar qual.

— O senhor foi acusado de interpor o caso prematuramente. Qual é sua posição?

— Eu era responsável pela investigação. Assumo toda a responsabilidade.

— O senhor retomará a investigação?

— Os investigadores considerarão qualquer nova prova.

— Acha que essa operação foi um desperdício de força de trabalho e de dinheiro público?

— Acredito que construímos um caso convincente — disse Karlsson, tentando conter uma sensação de náusea. — O júri aparentemente não concordou.

— O senhor deixará o cargo?

— Não.

Mais tarde naquele mesmo dia, seguindo a tradição, houve uma reunião no pub Duke of Westminster. Um grupo de policiais formou uma aglomeração barulhenta em um canto, sob uma exposição de nós náuticos em uma vitrine na parede. A investigadora de polícia Long se sentou ao lado de Karlsson. Ela segurava dois copos de uísque, mas viu que ele mal havia tocado no que já tinha.

Karlsson olhou para os outros policiais.

— Eles estão de muito bom humor — disse. — Apesar de tudo.

— Isso porque você assumiu toda a culpa. Coisa que não devia ter feito.

— É o meu trabalho — afirmou ele.

Yvette Long olhou em volta e sobressaltou-se.

— Não acredito — rebateu ela. — Crawford está aqui. O cuzão que meteu você nessa fria. Ele está aqui.

Karlsson sorriu. Ele nunca a tinha visto falar palavrão antes. Devia estar realmente irritada. O comissário foi até o bar, depois se aproximou e sentou-se com eles. Não percebeu o olhar zangado que a investigadora de polícia Long lançava a ele. Passou um copo de uísque para Karlsson.

— Junte à sua coleção — disse ele. — Você merece.

— Obrigado, senhor — respondeu Karlsson.

— Levou um golpe pela equipe hoje — disse Crawford. — Não pense que não notei. Sei que o pressionei. Havia questões políticas. Tínhamos que dar a impressão de que estávamos fazendo alguma coisa.

Karlsson juntou os copos como se estivesse escolhendo um para beber primeiro.

— Foi uma decisão minha — disse ele. — Eu estava no comando.

— Não vai mais falar com a imprensa, Mal — afirmou Crawford. — Saúde. — Ele virou o copo e se levantou. — Não posso ficar. Tenho um jantar com o ministro do Interior. Sabe como são essas coisas. Só vou dar uma circulada e me solidarizar com os rapazes. — Então, ele se aproximou de Karlsson como se estivesse confidenciando algo pessoal. — Ainda assim, você está devendo resultados. Mais sorte da próxima vez.

Reuben McGill ainda fumava como se estivesse na década de 1980. Ou 1950. Tirou um Gitanes do maço, acendeu-o e fechou o isqueiro. No início, ele não falou nada. Nem Frieda. Ela se sentou diante da mesa dele e o analisou. De certo modo, parecia melhor do que quando se conheceram, há 15 anos. Toda a cabeça dele agora estava grisalha, o rosto mais enrugado, com uma pequena papada, mas isso só aumentava seu charme excêntrico. Ele ainda usava jeans e camisa com o colarinho aberto. Era um homem que dizia às pessoas — a seus pacientes — que não fazia parte do sistema.

— Bom ver você — disse ele.

— Paz me ligou.

— Ela fez isso? É como estar cercado por espiões. Você também é uma espiã? Então, o que acha? Agora que foi intimada...

— Faço parte do conselho da clínica — disse Frieda. — Isso significa que, se alguém expressa uma preocupação, preciso agir.

— Então aja — disse Reuben. — O que devo fazer? Arrumar minha mesa?

A superfície da mesa estava escondida sob pilhas de livros, papéis, fichas e periódicos. Havia canetas, canecas e pratos.

— O problema não é a bagunça. Aliás, não posso deixar de notar que é a mesma de quando entrei aqui, há três semanas. Não sei muito bem por que você não desarrumou ainda mais sua sala. A bagunça não mudou.

Ele riu.

— Você é perigosa, Frieda. Deveria concordar em encontrá-la apenas em território neutro. Como deve ter ouvido, Paz e os outros acham que não preenchi formulários ou fiz relatórios o suficiente. Desculpe, estou muito ocupado cuidando de pessoas.

— Paz está preocupada com você — disse Frieda. — Eu também. Você fala em preencher formulários. Talvez seja uma advertência. E talvez seja melhor ouvir isso das pessoas que amam você, antes que as que não amam comecem a notar. Supostamente elas existem.

— Supostamente — retrucou Reuben. — Sabe o que você deveria fazer se realmente quisesse me ajudar?

— O quê?

— Trabalhar aqui em tempo integral.

— Não sei ao certo se seria uma boa ideia.

— Por que não? Ainda pode ter seus próprios pacientes. E poderia ficar de olho em mim.

— Não quero ficar de olho em você, Reuben. Não sou responsável por você, e você não é responsável por mim. Eu gosto de ter autonomia.

— O que foi que eu fiz de errado?

— Do que está falando?

— Desde o momento em que chegou aqui como uma jovem e ávida estudante, vi você como a pessoa que assumiria meu lugar algum dia. O que aconteceu?

Frieda franziu a testa sem acreditar.

— Primeiro, você não entregaria seu bebê a ninguém. E segundo, eu não quero assumir nada. Não quero passar a vida verificando se a conta de telefone foi paga e se as saídas de incêndio estão fechadas. — Frieda fez uma pausa. — Quando cheguei aqui, soube que era, desde o início, o melhor lugar do mundo para mim. É difícil manter um lugar assim de pé. Eu não seria capaz.

— Acha que eu não consegui? É o que está dizendo, que foi tudo por água abaixo?

— É como um restaurante — comparou Frieda. — Você prepara uma ótima refeição uma noite. Mas precisa fazer o mesmo na noite seguinte, e na próxima. A maioria das pessoas não consegue fazer isso.

— Não estou fazendo pizza, droga. Estou ajudando pessoas a lidar com a vida. O que há de errado nisso? Me diga!

— Eu não disse que você estava fazendo algo errado.

— Só que está preocupada comigo.

— Talvez você devesse delegar um pouco mais — sugeriu Frieda com cautela.

— É isso que as pessoas acham?

— A Warehouse é uma criação sua, Reuben. Foi uma conquista extraordinária. Ajudou muitas pessoas. Mas não pode ser tão possessivo em relação a ela. Se for, será arruinada assim que você sair. Tenho certeza de que não quer isso. Não é mais o mesmo lugar que era quando a fundou, em seu quartinho dos fundos.

— É claro que não.

— Já chegou a pensar que sua atual falta de firmeza em relação às coisas pode ser um modo de desistir sem ter que admitir que é isso que está fazendo?

— Falta de firmeza? Porque minha mesa está bagunçada?

— E que talvez fosse melhor fazer as coisas de um modo mais racional?

— Dane-se. Não estou a fim de fazer terapia.

— Eu já estava mesmo de saída. — Frieda se levantou. — Tenho uma reunião.

— Então estou sendo testado? — perguntou Reuben.

— Qual o problema em colocar alguns pingos nos is?

— Com quem é sua reunião? Tem a ver comigo?

— Vou me encontrar com meu estagiário. É nossa reunião de sempre, e não vamos falar de você.

Reuben apagou o cigarro em um cinzeiro já cheio.

— Você não pode simplesmente se esconder em uma salinha e ficar falando com pessoas pelo resto da vida — disse ele. — Precisa sair para o mundo e sujar as mãos.

— Achei que falar com pessoas em uma salinha era o nosso trabalho.

Quando Frieda saiu da sala de Reuben, encontrou Jack Dargan perambulando pelo corredor. Ele era um jovem alto e magro — entusiasmado, inteligente e impaciente — e estava prestando serviço temporário na clínica, assim como Frieda havia feito quando tinha a idade dele. Jack participava de sessões de terapia em grupo e tinha um paciente. Toda semana, ela o encontrava para discutir seus avanços. No dia em que se conheceram, ele se apaixonou perdidamente por Frieda, apesar de saber que era um clichê e que não conseguiria esconder isso dela. Mas não deu ouvidos a si mesmo.

— Preciso sair daqui — disse ela. — Vamos.

Passaram por um homem que vinha na direção deles, uma expressão perdida no rosto redondo, olhos desnorteados.

— Posso ajudá-lo? — perguntou Frieda.

— Estou procurando o Dr. McGill.

— Lá dentro. — Ela fez um movimento com a cabeça indicando a porta fechada.

Ao sair da clínica, passando por Paz, que falava pelos cotovelos ao telefone fazendo gestos extravagantes com as mãos cheias de anéis, sentiu-se de repente como uma mãe gansa sendo seguida por um gansinho solitário. Havia um ônibus subindo a colina quando eles chegaram à rua, e ela e Jack entraram nele. Ele estava confuso. Não sabia se devia ocupar o assento ao lado dela, e, quando finalmente se decidiu, sentou-se sobre sua saia e deu um salto, levantando-se novamente como se tivesse se queimado.

— Para onde estamos indo?

— Conheço umas pessoas que têm um café. É o novo empreendimento deles, perto da minha casa. Fica aberto o dia todo.

— Está bem — disse Jack. — Ótimo. Certo. — E ficou quieto.

Frieda ficou olhando pela janela sem dizer nada, e Jack a fitou furtivamente. Ele nunca havia ficado tão perto dela; suas coxas se tocavam, e ele podia sentir seu perfume. Quando o ônibus dobrou uma esquina, todo o seu corpo se encostou no dela. Ele não sabia nada sobre sua vida. Não usava aliança na mão esquerda, então aparentemente não era casada. Mas vivia com alguém? Tinha um amante? Talvez fosse lésbica, ele não sabia dizer. O que ela fazia quando saía da clínica? O que vestia quando não estava usando os ternos masculinos, as saias simples? Ela deixava os cabelos soltos, dançava, bebia muito?

Quando desceram do ônibus, Jack precisou andar rápido para acompanhar Frieda enquanto ela o conduzia por um labirinto de ruas até a Beech Street. O local era repleto de restaurantes discretos e cafés lotados, pequenas galerias de arte, lojas que vendiam queijo, azulejos de cerâmica, artigos para escritório. Havia uma lavanderia, uma loja de ferragens e um supermercado 24 horas com jornais poloneses e gregos, além dos ingleses.

O Number 9 era aquecido e tinha decoração simples. Cheirava a pão saindo do forno e café. Havia apenas meia dúzia de mesas de madeira, a maioria vazia, e algumas banquetas no bar.

A mulher atrás do balcão ergueu a mão e cumprimentou:

— Como está desde hoje de manhã cedo?

— Bem — respondeu Frieda. — Kerry, este é meu colega, Jack. Jack, esta é Kerry Headley.

Jack, vermelho de satisfação por ter sido chamado de colega por Frieda, murmurou algo.

Kerry sorriu para ele.

— O que desejam? Não sobraram muitos bolos, Marcus deve preparar mais em breve. Ele foi pegar Katya na escola. Ainda temos algumas panquecas.

— Só café — disse Frieda. — Da máquina nova e brilhante, por favor. Jack?

— Quero o mesmo — respondeu ele, embora já estivesse agitado pela cafeína e pelo nervosismo.

Eles se sentaram à mesa perto da janela, um de frente para o outro. Jack tirou o casaco volumoso, e Frieda viu que ele usava calças de veludo cotelê marrom e uma camisa com listras, além de uma camiseta verde-limão visível por baixo. Os tênis estavam encardidos, e o cabelo castanho-dourado estava despenteado, como se ele tivesse passado a mão neles o dia todo, irritado.

— Você se veste assim quando encontra seus pacientes? — perguntou Frieda.

— Não exatamente com estas mesmas roupas. Mas é assim que me visto. Algum problema?

— Acho que deveria usar algo mais neutro.

— Como terno e gravata?

— Não, não terno e gravata. Algo tedioso, como uma camisa lisa ou uma jaqueta. Algo mais invisível. Você não quer que o paciente fique muito interessado em você.

— Não há muita chance de isso acontecer.

— Como assim?

— Esse cara que está fazendo terapia comigo é completamente egocêntrico. Esse é o verdadeiro problema dele. Bem, isso é ruim, não é? Eu começar a achar meu primeiro paciente um completo babaca?

— Você não precisa gostar dele. Só precisa ajudá-lo.

— Esse cara está tendo problemas no casamento — continuou Jack. — Mas acontece que os problemas começaram por causa de uma mulher do escritório com quem ele quer transar. Basicamente, ele faz terapia porque quer que eu concorde com ele que sua esposa não o entende e que ele pode muito bem sair e explorar outras possibilidades. É como se ele tivesse que vencer muitos obstáculos para finalmente conseguir permissão para pular a cerca e se sentir bem com isso.

— E?

— Quando eu estava na faculdade de medicina, achei que estivesse estudando para curar pessoas. O corpo, a mente. Não fico muito feliz por meu trabalho como terapeuta ser apenas fazê-lo se sentir bem por trair a esposa.

— É isso que acha que está fazendo? — Frieda olhou para ele com atenção, notando uma mistura de nervosismo e ímpeto apaixonado. Ele tinha eczemas nos pulsos e unhas roídas. Queria agradá-la e também queria desafiá-la. Falava rápido, uma torrente de palavras, e a cor ia e voltava em seu rosto.

— Não sei o que estou fazendo — disse Jack. — É isso que quero dizer. Posso ser honesto, não é? Não me sinto confortável encorajando-o a ser infiel. Por outro lado, não posso simplesmente dizer: Isso não é terapia.

— Por que ele não deve cometer adultério? — perguntou Frieda. — Você não sabe como é a esposa dele. Ela pode estar obrigando-o a isso. Ela própria pode estar traindo o marido.

— Só sei o que ele me conta sobre ela. Você diz que as pessoas precisam encontrar uma narrativa para a própria vida. Ele parece ter encontrado uma, e na certa é muito conveniente. Estou tentando ser compreensivo, apesar de ele dificultar muito essa tarefa, mas ele não procura fazer o mesmo com a sua esposa. Nem com ninguém. Isso me incomoda. Não sei o que fazer. Não quero simplesmente colaborar para que ele seja uma pessoa desprezível. O que você faria?

Jack se encostou na cadeira e pegou o café, derrubando um pouco ao levá-lo até a boca. Atrás dele, um homem corpulento entrou pela porta puxando uma criança pela mão; ela carregava uma enorme mochila escolar que a fazia parecer uma tartaruga. O homem acenou com a cabeça para Frieda e levantou a mão para cumprimentá-la.

— Você não pode ser terapeuta do mundo — advertiu Frieda. — E não pode mudá-lo para que se adapte a você. Tudo o que pode fazer é lidar com aquele pedacinho do mundo que está na cabeça de seu paciente. Não se trata de dar permissão a ele, esse não é o seu trabalho. Mas de fazê-lo perceber que precisa ser honesto consigo mesmo. Quando falo sobre uma narrativa, não estou dizendo que qualquer uma serve. Você poderia começar tentando fazê-lo entender o motivo de ele desejar sua aprovação para isso. Por que ele simplesmente não faz o que quer de uma vez?

— Se eu colocar desse jeito, talvez ele traia a esposa de uma vez.

— Pelo menos ele estará assumindo a responsabilidade por isso em vez de jogá-la para você. — Frieda fez uma pausa e pensou por um instante. — Você continua com o Dr. McGill naquelas sessões de terapia em grupo?

Jack parecia desconfiado.

— Acho que ele não tem muito tempo para mim. Para nenhum de nós, na verdade. Ouvi falar muito dele antes de conseguir uma colocação na Warehouse, mas ele parece um pouco estressado e distraído. Não acho que nós sejamos sua prioridade. É você quem o conhece, não é?

— Talvez.

Capítulo Seis

Ultimamente, Reuben McGill havia começado a achar que cinquenta minutos era muito tempo para ficar sem um cigarro. Terminou de fumar um em sua sala e colocou uma pastilha de menta extraforte na boca. Ele sabia que era inútil. Não adiantava fazer nada, as pessoas sempre conseguiam sentir o cheiro. Era diferente há vinte anos, quando tudo no mundo tinha um leve odor de fumaça de cigarro. Ainda assim, qual era o problema? Por que ele chupava uma pastilha para disfarçar? Aquilo não era ilegal.

Ele foi até a sala de espera e encontrou Alan Dekker esperando, pronto para sua primeira sessão, e o acompanhou até uma das três salas da clínica. Alan olhou em volta.

— Achei que haveria um divã — disse ele. — Como nos filmes.

— Não acredite em tudo que vê nos filmes. Acho que é melhor ficarmos de frente um para o outro. Como pessoas normais.

Ele fez um gesto para que Alan se sentasse na poltrona cinza. O encosto era rígido para que o paciente se mantivesse ereto e olhasse para a frente. Reuben sentou-se diante dele. Eles estavam a pouco menos de dois metros de distância. Não tão perto a ponto de a proximidade ser opressiva e não tão longe a ponto de terem que elevar o tom de voz para falar.

— E então? O que quer que eu diga? — perguntou Alan. — Não estou acostumado com isso.

— Apenas fale — disse Reuben. — Temos muito tempo.

Haviam se passado apenas três minutos, talvez quatro, desde o último cigarro de Reuben. Ele o havia apagado no corrimão da saída de incêndio, embora tivesse fumado apenas um pouco mais da metade e jogado na área de concreto que ficava logo abaixo. Ele já queria mais um cigarro. Pelo menos não conseguia parar de pensar em um cigarro. Não se tratava apenas de fumar. Era um modo de medir o tempo, e era algo para segurar. De repente, não sabia onde colocar as mãos. Nos braços da cadeira parecia muito formal. No colo, muito recolhido, como se estivesse tentando esconder algo. Ele alternava entre um e outro.

Quando Reuben criara a clínica, em 1977, tinha apenas 31 anos e era um dos psicanalistas mais famosos do país. Na verdade, era mais um grupo ou movimento do que uma clínica. Ele havia desenvolvido uma versão de terapia mais eclética e menos presa a regras em comparação às terapias tradicionais da época. Ela transformaria toda a psicanálise. A foto dele aparecia em revistas. Ele dava entrevistas para jornais, apresentava documentários na TV. Escreveu livros com títulos misteriosos, levemente eróticos (*O desejo e compreensão da impotência*, *A jovialidade do amor*). Ele tinha começado em uma sala de sua casa em estilo vitoriano em Primrose Hill, e mesmo quando a clínica tornou-se uma instituição financiada pelo sistema público de saúde e ele se mudou para uma casa estilo chalé suíço, manteve um ar boêmio. A Warehouse fora projetada por um arquiteto modernista, que conservou as vigas de aço e as paredes de tijolos aparentes da construção original e inseriu muito vidro e mais aço. Apesar disso, algo foi se perdendo gradualmente. O que Reuben tinha dificuldade para admitir a si mesmo era que nunca havia existido uma versão realmente nova de terapia. Reuben McGill tinha sido uma figura bela e carismática e atraíra colegas e pacientes do mesmo modo que um líder religioso atrai seguidores. Com o tempo, a beleza e o carisma se esvaíram. Seus métodos terapêuticos se provaram difíceis de serem reproduzidos, e o leque de situações em que podiam ser aplicados foi diminuindo cada vez mais. A Warehouse era bem-sucedida e respeitada. Mudou a vida de algumas pessoas, mas não mudaria o mundo.

Ele continuava sendo um psicanalista talentoso, mas nos últimos anos algo tinha acontecido. Havia lido em algum lugar que pilotos de avião, após décadas de serviço impecável, podiam desenvolver medo de voar. Ouvira falar de velhos atores que de repente ficaram com um medo tão grande do palco que não conseguiam mais se apresentar no teatro. Chegara a seus ouvidos que uma reação semelhante poderia ocorrer com psicanalistas, o temor de que não fossem médicos de verdade, de que não pudessem oferecer todos os tipos de cura como as outras áreas da profissão, de que tudo não passava de conversa e ilusões. Reuben nunca havia passado por aquilo. O que era cura, afinal? Ele sabia que era um tipo de *curandeiro*. Sabia que podia fazer algo pelas pessoas que iam até ele, com feridas que não conseguiam expressar.

Era mais simples do que isso, mais constrangedor. De repente — ou seria gradualmente? — ele havia começado a achar seus pacientes tediosos. Essa era a grande diferença entre a psiquiatria e as outras formas de medicina. Nessas últimas, o paciente se apresenta e o médico examina seu braço, pede um raio-X do tórax ou examina embaixo da língua. Mas um terapeuta precisa ouvir os sintomas repetidas vezes, de forma contínua, hora após hora. Nos últimos anos, não estava sendo assim. Reuben tinha a sensação de estar ouvindo uma forma particularmente pura de literatura, uma versão oral, que precisava de interpretação, decodificação. Com o tempo, passou a achar que se tratava de um tipo horrível de literatura, cheia de clichês, repetitiva e previsível. Depois, começou a acreditar que não era nada disso, mas apenas um palavrório desinformado e sem reflexão, e que se deixava fluir por ele como um rio, como o trânsito, como ficar em uma ponte sobre uma estrada e assistir a carros e caminhões passando por baixo, pessoas sobre as quais você não sabe nada e com as quais não se importa. Elas falavam, às vezes choravam, e ele pensava em outras coisas e esperava pelo cigarro que viria exatamente um minuto após o término da sessão.

— Esses pensamentos eram como um câncer — disse Alan. — Entende o que estou dizendo?

Fez-se uma pausa.

— O que disse? — perguntou Reuben.

— Eu disse: entende o que estou dizendo?

— Em que sentido?

— Você estava me ouvindo?

Fez-se uma nova pausa. Reuben deu uma olhada no relógio. A sessão começara há 25 minutos. Ele não tinha lembrança alguma do que havia sido dito. Tentou pensar em algo para perguntar.

— Você sente que não está sendo ouvido? — perguntou. — Podemos falar sobre isso?

— Não me venha com essa — disse Alan. — Você não estava prestando atenção.

— Por que diz isso?

— Repita alguma coisa que eu disse. Só uma. Qualquer coisa.

— Desculpe, Sr... er...

— Não se lembra nem do meu nome? É James.

— Desculpe, James...

— Não é James! É Alan. Alan Dekker. Estou indo embora e farei uma reclamação contra você. Não vai se sair bem dessa. Alguém como você não deveria estar atendendo pacientes.

— Alan, precisamos...

Ambos se levantaram e, por um instante, se confrontaram. Reuben estendeu a mão para agarrar a manga da camisa de Alan, mas logo hesitou, levantou o braço e o deixou ir.

— Não acredito nisso — disse o paciente. — Eu disse que não serviria para nada. Eles me disseram para dar uma chance. Que iria ajudar. Era só cooperar.

— Sinto muito — disse Reuben, sussurrando. Mas Alan não estava mais lá para escutar.

Capítulo Sete

Na sexta-feira à tarde, Frieda estava novamente na clínica, pegando livros da pequena biblioteca para uma palestra que daria em poucas semanas. A maioria das pessoas já tinha ido para casa, mas Paz ainda estava lá e acenou para que ela se aproximasse.

Paz trabalhava na Warehouse há apenas seis meses. Ela crescera em Londres e falava com o sotaque da região do estuário do Tâmisa, mas sua mãe era da Andaluzia, e a própria Paz tinha cabelos e olhos escuros. Ela era intensa e acrescentava um certo melodrama à clínica, mesmo nos dias calmos. Agora havia certa urgência em seu comportamento.

— Estava tentando telefonar para você — disse ela. — Falou com Reuben?

— Sabe que sim. Por que? O que ele fez?

— Para começar, ele simplesmente não apareceu para atender os pacientes hoje à tarde. E eu não consigo falar com ele.

— Isso é ruim.

— E tem mais. Esse paciente... — Paz olhou para o papel à sua frente. — Ele estava angustiado, tendo ataques de pânico, e foi encaminhado a Reuben pelo clínico geral. A coisa ficou feia. Muito feia. Ele fará uma reclamação oficial.

— Sobre o quê?

— Ele disse que Reuben não escutou uma palavra do que ele disse.

— E o que Reuben tem a dizer sobre isso?

— Ele não disse droga nenhuma. Provavelmente acha que pode escapar dessa. Talvez possa. Mas embromou esse paciente. E o cara ficou nervoso. Muito nervoso.

— As coisas devem se resolver.

— Aí é que está, Frieda. Sinto muito por dar a notícia, mas eu já o convenci, estou falando de Alan Dekker, a não fazer nada até falar com você. Pensei que você pudesse assumi-lo.

— Como paciente?

— Sim.

— Ah, meu Deus. Reuben não pode resolver seus próprios desastres? — Paz não respondeu, apenas lançou-lhe um olhar suplicante. — Já falou com ele sobre isso? Não posso simplesmente roubar o paciente dele.

— Mais ou menos.

— O que isso quer dizer?

— Quer dizer que ele não está falando muito. Mas eu entendi que queria que você assumisse o paciente. Se estiver disposta.

— Está bem. Está bem. Posso fazer uma avaliação, eu acho.

— Amanhã?

— Amanhã é sábado. Posso atendê-lo na segunda-feira. Às duas e meia, na minha sala.

— Obrigada, Frieda.

— Enquanto isso, verifique a agenda de Reuben e pense em transferir os outros pacientes também.

— Acha que ele está tão mal assim?

— Talvez Alan Dekker tenha sido apenas o primeiro a notar.

— Reuben não vai gostar disso.

Toda sexta-feira, Frieda ia até Islington para visitar sua sobrinha, Chloë. Não eram visitas comuns: Chloë havia acabado de completar 16 anos e faria a prova de conclusão do ensino médio em junho, e Frieda estava dando aulas particulares de química a ela. Essa disciplina despertava na menina (que achava que podia querer ser médica) um misto de ódio e raiva, era quase como se aquela matéria fosse uma pessoa que quisesse sequestrá-la. A ideia das aulas foi de sua mãe, Olivia, mas Frieda só concordou com ela quando a própria Chloë, relutante, comprometeu-se a estudar uma hora toda sexta-feira à tarde, das quatro e meia às cinco e meia. Nem sempre cumpria a promessa. Uma vez nem apareceu (mas foi a única, depois da reação de Frieda). Quase sempre estava atrasada e jogava as pastas sobre a mesa da cozinha, em meio a louças sujas e pilhas de contas ainda fechadas, olhando feio para a tia, que ignorava seu mau humor.

Hoje estudariam ligações covalentes. Chloë odiava ligações covalentes. Ela odiava ligações iônicas. Odiava a tabela periódica. Odiava balanceamento de equações. Detestava transformar massa em mols e vice-versa. Ela se sentava em frente a Frieda, com o cabelo loiro-escuro caindo sobre o rosto e as mangas do moletom largo cobrindo as mãos de modo que apenas os dedos, com unhas pintadas de preto, aparecessem. Frieda se perguntava se ela estaria escondendo alguma coisa. Cerca de um ano antes, Olivia havia ligado para ela, histérica, dizendo que Chloë estava se cortando. Ela usava a lâmina do apontador, ou a ponta do compasso. Olivia só havia descoberto porque abrira a porta do banheiro e vira marcas nos braços e coxas da filha. A garota tinha dito que não era nada, que ela estava fazendo tempestade em copo d'água, que todo mundo fazia aquilo e não havia mal algum. De qualquer modo, era culpa de Olivia, porque ela não entendia como era ser filha única com uma mãe que a tratava como um bebê e um pai que tinha fugido com uma mulher não muito mais velha do que a própria filha. *Repugnante.* Se isso era ser adulto, ela não queria crescer nunca. Então, ela se trancou no banheiro e não quis mais sair. Foi quando Olivia ligou para Frieda. A tia chegou e se sentou nas escadas em frente ao banheiro. Disse a Chloë que estava ali se ela quisesse conversar e que esperaria durante uma hora. Dez minutos antes de o tempo acabar, a jovem saiu do banheiro com o rosto inchado de tanto chorar e novas marcas nos braços, as quais mostrou a Frieda com um ar inflamado de desafio: *Aqui está, veja o que ela me fez fazer...* Elas conversaram, ou melhor, Chloë botou para fora frases pouco articuladas sobre o alívio de passar uma lâmina sobre a pele e de ver as bolhas vermelhas se formarem, a raiva de seu pai *patético* e, *meu Deus*, o drama a respeito da mãe e o asco que tinha de seu próprio corpo adolescente, que se transformava.

— Por que eu tenho que passar por isso? — lamentou-se.

Frieda não achava que Chloë continuava se cortando, mas nunca perguntou. Agora, desviava os olhos das mangas puxadas para baixo e do mau humor em seu rosto e se concentrava na química.

— Quando os metais reagem com os não metais, o que acontece, Chloë?

A menina bocejou alto, com a boca escancarada.

— Chloë?

— Não sei. Por que temos que fazer isso na sexta-feira? Queria ir para o centro com meus amigos.

— Já falamos sobre isso. Eles compartilham elétrons. Começaremos com uma única ligação covalente. Pegue o hidrogênio. Chloë?

Chloë resmungou algo.

— Ouviu uma palavra do que eu disse?

— Você disse *hidrogênio*.

— Certo. Quer pegar um caderno?

— Por quê?

— Ajuda a anotar as coisas.

— Sabe o que minha mãe fez?

— Não. Não sei. Papel, Chloë.

— Ela *só* se inscreveu em uma agência de encontros.

Frieda fechou o livro e o afastou.

— E você é contra?

— O que você acha? É claro que sou contra.

— Por quê?

— É deprimente, é como se ela estivesse desesperada por sexo.

— Ou ela está se sentindo sozinha.

— Hum. Mas ela não vive totalmente sozinha.

— Está querendo dizer que ela tem você?

Chloë deu de ombros.

— Não quero falar sobre isso. Você sabe que não é minha terapeuta.

— Certo — disse Frieda com calma. — Voltando ao hidrogênio. Quantos elétrons tem o hidrogênio?

— Você não se importa, não é? Não se importa nem um pouco. Meu pai estava certo com relação a você! — Ela hesitou ao ver a expressão no rosto de Frieda. A essa altura já sabia que qualquer comentário sobre a relação dela com a família era proibido, e Chloë teve medo da reação da tia. — *Um* — disse mal-humorada. — Tem uma droga de um elétron.

Capítulo Oito

Durante sua passagem pelo setor de neurologia na faculdade de medicina, Frieda cuidou de um homem que se envolvera em um acidente de carro que destruiu a parte de seu cérebro responsável pelo reconhecimento facial. De repente, ele não era mais capaz de distinguir as pessoas: elas haviam se tornado coleções de traços, formas sem significado emocional. Não reconhecia mais a esposa ou os filhos. Isso fez com que ela parasse para pensar em como cada rosto humano é único e como nossa capacidade de reconhecê-lo é extraordinária. Em casa, tinha dezenas de livros de retratos, alguns de fotógrafos famosos, mas outros, que comprara em sebos, eram obras de autores anônimos, com personagens desconhecidos e mortos há tempos. Às vezes, quando não conseguia dormir e nem suas habituais caminhadas eram capazes de fazê-la se cansar o bastante, pegava um livro e o folheava. Observava o rosto de cada homem, mulher e criança, tentando enxergar sua vida pela expressão de seus olhos.

Ela reconheceu Alan Dekker imediatamente como o homem que havia visto na frente da sala de Reuben. Seu rosto — redondo e enrugado, com sardas e manchas claras — não era exatamente bonito, mas tinha apelo. Os olhos eram de um castanho triste, e havia algo neles que lembrava um cão esperando ser espancado, mas ainda assim implorando por afeição. A voz tremia, e ele batia o punho na palma da mão enquanto falava. Ela notou que as unhas estava roídas até o sabugo.

— Você acha... Você acha... Você acha... — disse. Ele estava acostumado a ser interrompido. Falava para preencher os espaços até conseguir dizer as palavras certas. — Você acha que foi fácil para mim ir falar com aquele homem?

— Nunca é fácil — respondeu Frieda. — Deve ter demandado coragem.

Alan parou por um instante, parecendo confuso.

— Eu fui por causa da Carrie, minha esposa. Ela me levou de carro até lá. Acho que não teria ido se não fosse assim. E ele me fez de idiota.

— Ele decepcionou você.

— Ele não estava prestando atenção. Não se lembrava nem do meu nome.

Alan olhou para Frieda, mas ela apenas fez um sinal positivo com a cabeça e esperou, inclinando-se ligeiramente para a frente na cadeira.

— O pior é que ele está recebendo por isso. E o dinheiro é dos contribuintes. Eu vou cuidar desse assunto.

— Isso fica a seu critério — disse Frieda. — Só quero deixar claro que não há desculpas para o modo como ele tratou você. — Ela fez uma pausa, embora breve, e praguejou em silêncio. Realmente não parecia haver outro jeito. — Independentemente do que pretende fazer, eu esperava que pudéssemos conversar sobre isso.

— Está tentando me convencer a não fazer nada?

— Queria falar sobre seus sentimentos, sobre seu sofrimento. Porque você está sofrendo, não está?

— Isso não tem nada a ver — disse Alan. Seus olhos estavam cheios de lágrimas, e ele piscou para evitá-las. — Não é por isso que estou aqui.

— Como você descreveria o motivo?

Alan olhou para ela. Frieda viu algo hesitante em sua expressão, como se ele estivesse se rendendo.

— Não sou bom com palavras — respondeu ele. — Tudo parece errado. Tirei uma licença médica. Tenho a sensação de que meu coração é grande demais para o meu peito. Sinto um gosto na minha boca, como metal. Ou sangue. E tenho pensamentos, imagens passam pela minha cabeça. Eu acordo à noite com elas. Eu não consigo... É como se não fosse minha própria vida. E simplesmente não me sinto eu mesmo, e estou assustado. Eu não consigo... — Ele fez uma pausa e engoliu em seco. — Não consigo fazer amor com minha esposa. Eu a amo, mas não consigo.

— Essas coisas acontecem — disse Frieda. — Você provavelmente não tem ideia de como é comum.

— Eu me sinto péssimo com isso. Com tudo.

Os dois se olharam.

— Quando foi se consultar com o Dr. McGill, estava dando o primeiro passo. Deu errado. Sinto muito por isso. Acha que pode tentar de novo? Comigo?

— Não foi para isso que eu vim aqui. Eu... — Ele parou e desistiu, como se o esforço fosse muito grande. — Acha que pode me ajudar?

Frieda olhou para ele — suas unhas roídas, o rosto ansioso salpicado de sardas pálidas e malbarbeado, os olhos suplicantes. Ela respondeu que sim com a cabeça.

— Gostaria de vê-lo três vezes por semana — disse ela. — Quero que trate isso como prioridade. Cada sessão durará cinquenta minutos, e mesmo se você chegar atrasado terminará no mesmo horário. Acha que pode ser assim?

— Acho que sim.

Ela tirou a agenda da gaveta.

Capítulo Nove

Eles estavam juntos sobre a ponte de Waterloo. Frieda não estava olhando para o Palácio de Westminster, para a London Eye ou para a Catedral de St. Paul, a massa cintilante da cidade refletida na água marrom. Ela olhava para as correntes do rio, que esbarravam nas colunas da ponte. Quase se esqueceu que Sandy estava ali até ele falar.

— Você prefere Sydney?

— Sydney?

— Ou Berlim?

— Não. Acho que preciso voltar ao trabalho agora, Sandy.

— Talvez Manhattan.

— Só é possível amar verdadeiramente uma cidade. Esta é a minha.

— Isso é Essex? — perguntou Alan, olhando para uma foto na parede.

— Não — respondeu Frieda.

— Que lugar é?

— Não sei.

— Então, por que comprou?

— Queria uma imagem que não fosse muito interessante. Que não distraísse as pessoas.

— Eu gosto de imagens que têm coisas, como veleiros antigos, em que se pode ver todos os detalhes, as cordas e as velas. Esse não é meu tipo de imagem. É muito vaga, muito melancólica.

Frieda estava prestes a dizer que aquilo era uma coisa boa porque não estavam ali para falar de imagens quando interrompeu a si mesma.

— Melancólico é necessariamente ruim?

Alan fez um sinal com a cabeça.

— Eu já sei — disse ele. — Você acha que tudo tem algum significado. O que você faz é captar coisas naquilo que eu falo.

— Então sobre o que *você* quer falar?

Alan encostou e cruzou os braços, como se estivesse se defendendo de Frieda. Na segunda-feira, estava ansioso e carente. Hoje estava assertivo, defensivo. Pelo menos tinha comparecido à sessão.

— Você é a médica. Ou pelo menos um tipo de médica. Diga você. Não quer que eu fale sobre meus sonhos? Ou devo falar da minha infância?

— Está certo — disse Frieda. — Sou médica. Então me diga o que há de errado com você. Explique por que está aqui.

— Até onde eu sei, estou aqui para não registrar uma reclamação contra aquele outro médico. Aquele cara é uma grande vergonha. Sei que todos vocês querem continuar juntos. Eu ainda posso fazer uma reclamação.

Alan ficava mudando de posição. Descruzando os braços, passando as mãos nos cabelos, olhando para Frieda, depois desviando o olhar.

— Há locais onde é possível fazer essa reclamação, se optar por isso. Mas não aqui. Este é um lugar onde você vem para falar de si abertamente, de uma forma que talvez não possa fazer com mais ninguém, nem com amigos próximos, nem com sua esposa ou colegas de trabalho. Poderia ver isso como uma oportunidade.

— O que me incomoda em tudo isso — Alan apontou para toda a sala — é que vocês acham que podem resolver problemas apenas falando sobre eles. Sempre me vi como uma pessoa prática. Se existe um problema, acredito em agir e consertá-lo. Falar sobre ele não resolve nada.

A expressão de Frieda não se alterou, mas ela sentiu um tipo de cansaço que lhe era familiar. Isso de novo. Frequentemente, a primeira sessão era como um primeiro encontro particularmente constrangedor. Nela, os pacientes tinham que alegar que não precisavam realmente de ajuda, que não sabiam o que estavam fazendo ali, que não adiantava nada só ficar falando sobre as coisas. Às vezes levavam semanas para sair desse estágio. Outras vezes, ele nunca era superado de verdade.

— Como você disse, sou médica — afirmou Frieda. — Descreva seus sintomas para mim.

— São os mesmos de antes.

— De quando? — Frieda se inclinou um pouco para a frente.

— Quando? Não sei bem. Eu era jovem. Tinha 20 e poucos anos. Deve ter sido com 21, 22 anos. Por quê?

— Como lidou com isso na época?

— Os sintomas sumiram — Alan fez uma pausa e uma careta estranha, ansiosa — em algum momento.

— Então por vinte e poucos anos você não sentiu nada parecido, e agora os sintomas estão voltando.

— Bem, sim. Mas isso não significa que preciso estar necessariamente aqui. Acho que meu clínico geral me encaminhou apenas para se livrar de mim. Tenho uma teoria de que os médicos simplesmente querem que seus pacientes desapareçam o mais rápido possível e não voltem mais. A principal forma de fazerem isso é receitarem remédios, mas, se não funciona, encaminham o paciente para outro médico. É claro, o que realmente querem...

De repente ele parou. Houve uma pausa.

— Você está bem? — perguntou Frieda.

Alan girou a cabeça.

— Está ouvindo isso?

— O quê?

— Um tipo de rangido — respondeu ele. — Está vindo dali. — Ele apontou para o outro lado da sala, para o lado oposto à janela.

— Deve ser barulho de obra — disse Frieda. — Estão construindo...

Ela franziu a testa. Havia realmente um rangido, e não vinha do outro lado da rua. Era ali dentro. E ao mesmo tempo não exatamente dentro. O barulho ficou mais alto. O rangido transformou-se em um gemido, e eles puderam ouvi-lo e senti-lo. Então, ouviu-se um barulho parecido com o de uma explosão, e coisas começaram a cair: gesso e pedaços de madeira e, estranhamente, um homem. Ele desabou com força sobre o tapete. Pedaços de gesso choveram sobre ele. De repente, a sala encheu-se de pó branco. Frieda ficou ali sentada. Foi tão inesperado que ela não foi capaz de processar o que estava acontecendo. Ficou apenas olhando, como se um espetáculo teatral estivesse sendo encenado na sua frente. E estava esperando para ver o que aconteceria em seguida.

Enquanto isso, Alan havia saltado da cadeira e corrido na direção da pessoa estatelada no chão. Estaria morto?, perguntou-se Frieda. Como um homem morto poderia ter atravessado seu teto? Alan se ajoelhou e o tocou, e o sujeito se mexeu. Lentamente, ele se virou, ficou de joelhos e depois se levantou. Era um homem. Tinha cabelos volumosos e despenteados, e vestia um macacão, mas era difícil saber qualquer outra coisa sobre ele, pois estava coberto com uma fina camada de poeira cinza. Só dava para ver que no rosto, ao lado de uma das sobrancelhas, havia um filete de sangue que corria até a bochecha. Ele olhou para Alan e depois para Frieda, como se estivesse confuso.

— Que andar é esse? — perguntou. O sotaque parecia estrangeiro, do Leste Europeu.

— Que andar? — disse Frieda. — Terceiro. Você está bem?

O homem olhou para o buraco no teto, depois novamente para Frieda. Deu tapinhas nos braços e no corpo, tirando a camada de poeira.

— Com licença um instante — disse ele, e saiu da sala.

Frieda e Alan se olharam. Alan apontou para a cadeira em que estivera sentado.

— Você se importa?

— Com o quê?

Ele arrastou a cadeira até embaixo do buraco no teto e subiu nela. Frieda olhou para ele, depois para os pés e os sapatos sobre a cadeira, e não soube o que dizer. A cabeça de Alan havia desaparecido no buraco. Ela escutou um "Olá" abafado e outras palavras que não conseguiu entender. Depois, ouviu outra voz ainda mais distante. Finalmente, Alan desceu da cadeira.

— Parece sério? — perguntou Frieda.

Alan fez uma careta.

— Sorte que não estou no trabalho.

— Você é pedreiro?

— Eu trabalho na secretaria de habitação — respondeu ele. — Teria algo a dizer sobre isso se estivesse no trabalho.

— Terei que mandar consertar. Parece difícil?

Alan olhou para o buraco, fez um gesto negativo com a cabeça e inspirou o ar por entre os dentes.

— Antes você do que eu — disse ele. — Malditos amadores. Se ele tivesse quebrado o pescoço, quem pagaria por isso? Esses malditos polacos.

—Ucrânia — disse uma voz pelo buraco.

—Você está escutando? — perguntou Frieda.

— O quê? — perguntou a voz.

— Você se machucou?

— Foi seu teto que se machucou — disse Alan.

— Desço já — disse a voz.

Frieda se afastou do entulho.

— Sinto muito por isso — disse ela. — Acho que teremos que parar por aqui.

— Você planejou isso? — perguntou Alan. — É seu modo de quebrar o gelo?

— Devíamos fazer novos planos. Se você se sentir confortável com isso.

Alan olhou para o buraco.

— O que mais incomoda — disse ele —, além do choque, é que isso mostra como vivemos perto uns dos outros. Somos como animais em gaiolas empilhadas.

Frieda ergueu as sobrancelhas e olhou para ele.

— Você está falando muito como um analista. Às vezes, alguém caindo de um buraco no teto é apenas alguém caindo de um buraco no teto. Não significa nada. É só um acidente. — Ela olhou para o entulho e para o pó que agora se assentava sobre cada superfície. — Um acidente bem irritante.

Alan ficou sério.

— Acho que devo me desculpar — disse ele. — Eu estou sendo grosseiro com você. O que aquele outro cara fez não é culpa sua. Meu clínico geral não é culpa sua. Há coisas sobre as quais gostaria de conversar. Pensamentos. Em minha cabeça. Talvez você possa acabar com eles.

— Você não foi grosseiro. Não exatamente. Então, vejo você de novo na sexta-feira? Presumindo que eu tenha consertado isso tudo.

Ela acompanhou Alan até a porta, como sempre fazia com seus pacientes, depois voltou para a mesa e começou a fazer anotações sobre a sessão, embora mal tivesse durado dez minutos. Foi interrompida por alguém batendo na porta. Uma batida, não a campainha, então imaginou que fosse Alan, mas era o homem do andar de cima, ainda coberto de pó.

— Cinco minutos — disse ele.

— Cinco minutos *o quê?* — perguntou Frieda.

— Fique aqui. Volto em cinco minutos.

Frieda deu dois telefonemas cancelando as outras sessões do dia. Então, ao se sentar para terminar as anotações, alguém bateu na porta novamente. Ela demorou um instante para reconhecer o homem ali parado agora que estava limpo, cheirando a sabonete e usando jeans, camiseta e um par de tênis sem meias. Seu cabelo castanho-escuro não estava caindo no rosto. Ele estendeu a mão.

— Meu nome é Josef Morozov.

Quase como se estivesse sonhando, Frieda lhe estendeu a mão e se apresentou, embora tenha pensado por um momento que ele beijaria sua mão.

Na outra mão, levava um pacote de biscoitos de chocolate.

— Gosta de biscoitos?

— Não. Não gosto.

— Nós temos que conversar. Você tem chá?

— Com certeza temos que conversar.

— Precisamos de chá. Vou fazer chá para você.

Frieda não tinha quase nada na pequena sala em que atendia os pacientes, mas de vez em quando preparava chá ou café. Então deixou que ele entrasse e observou enquanto perambulava pela pequena cozinha. Demorou mais tempo do que se fizesse o chá sozinha, pois teve que explicar onde estavam todas as coisas. Cada um pegou uma caneca, e ambos foram até o consultório.

— Você poderia ter morrido — disse Frieda. — Está tudo bem?

Ele levantou o braço esquerdo e parecia que pertencia a outra pessoa. Havia uma cicatriz vermelho-arroxeada em toda a parte interna.

— Já caí de uma escada — disse ele — , e atravessei uma janela. E uma vez quebrei a perna quando um... — ele fez um gesto vago — me atropelou. E havia um muro atrás de mim. Isso aqui não foi nada.

Ele tomou um gole de chá e olhou para a obra pela janela.

— É um grande trabalho — disse ele.

— Podemos falar sobre o grande trabalho que terá que ser feito aqui?

Josef se virou e olhou para o entulho no chão, depois para o buraco.

— É ruim — disse ele.

— Eu trabalho aqui — afirmou Frieda.

— Você não pode trabalhar aqui — disse Josef.

— Então o que vou fazer? — perguntou Frieda. — E com isso quero dizer: o que *você* vai fazer?

Josef olhou novamente para o buraco e deu um sorriso melancólico.

— É culpa minha — reconheceu. — Mas a pessoa que fez aquele piso, ela é a verdadeira culpada.

— Não estou tão preocupada com o seu piso — disse Frieda. — O que me importa é o meu teto.

— O piso não é meu. Estou fazendo o trabalho enquanto os donos estão na casa de campo. Este é o apartamento da cidade. Você trabalha todos os dias?

— Todos os dias. Exceto fins de semana.

Ele se virou para ela e colocou a mão que não segurava a caneca sobre o coração, em um gesto que continha um certo floreio teatral. Ele até se curvou levemente.

— Vou consertar tudo para você.

— Quando?

— Vai ficar melhor do que estava antes de eu cair pelo buraco.

— Você não caiu pelo buraco. Você *fez* o buraco.

Ele franziu a testa e ficou pensativo.

— Quando precisa trabalhar aqui?

— Gostaria de trabalhar amanhã, mas acho que está fora de questão.

Josef olhou em volta. Depois sorriu.

— Coloco uma divisória aqui — disse ele. — Trabalho atrás dela. E você tem sua sala. Quando não estiver aqui, coloco um revestimento novo no teto. Pinto. Vou pintar com uma cor apropriada.

— Esta é a cor apropriada.

— Você me dá uma chave, a divisória estará aqui amanhã e terá sua sala de volta. Será apenas uma sala menor.

Ele estendeu a mão. Frieda refletiu por um instante. Entregaria a chave para um homem que nunca havia visto antes. Mas o que mais poderia fazer? Encontrar outro pedreiro? Qual a pior coisa que poderia acontecer? Nunca faça essa pergunta. Ela abriu a gaveta, encontrou a chave reserva e a entregou a Josef.

— Você é ucraniano? — perguntou.

— Não, polonês.

As melhores são as tímidas, com sorrisos ansiosos e lábios inferiores trêmulos. As que sentem falta da mãe e se sentam nos degraus no tempo frio e úmido até a professora sair e fazer com que se levantem, corram por aí. É preciso que sejam ávidas por agradar, obedientes. É possível moldá-las.

Há um garotinho sentado em uma pequena gangorra de madeira, esperando que alguém suba do outro lado. Mas ninguém vem, e ele continua ali sentado. No início, está sorrindo, está otimista, depois — pouco a pouco — o sorriso congela em seu rosto. Ele olha em volta. Vê as outras crianças olhando em sua direção e decidindo não brincar com ele. Tenta chamar outro menino, mas ele o ignora.

Ele é uma possibilidade. É preciso saber o que se procura, mas também é preciso ter cuidado. Não importa o quanto demore. Tempo não é problema.

Capítulo Dez

— Isso foi interessante — disse Sandy.

Eles andavam de mãos dadas pelo centro em direção ao apartamento dele, a apenas algumas centenas de metros de distância. Ao lado, prédios imponentes se erguiam sobre eles, quase obscurecendo o céu com sua altura. Bancos, instituições financeiras e solenes firmas de advocacia com letreiros acima da porta de entrada. O cheiro do dinheiro. As ruas estavam limpas e desertas. Semáforos mudavam de vermelho para verde, depois voltavam para o vermelho, mas apenas um ou outro táxi passava por eles.

Haviam ido à festa de despedida de um médico que trabalhava com Sandy, o qual Frieda também conhecia há muitos anos. Chegaram separados, mas no meio da noite Sandy tinha se aproximado do grupo com que ela conversava e colocado a mão em suas costas. Ela se virou na direção dele, que inclinou a cabeça e a beijou no rosto, muito perto da boca, mas o beijo demorou muito para se tratar apenas de um cumprimento entre conhecidos. Era uma declaração clara, e certamente ele tinha intenção de que todos notassem. Quando ela se virou novamente para as pessoas, viu como os olhares brilhavam de interesse, embora ninguém tivesse dito nada. Então saíram juntos, cientes de todos os olhos que os seguiam e da especulação que estavam deixando para trás. Frieda e Sandy, Sandy e Frieda. Você sabia? Você imaginava?

— Quando eu menos esperar, você estará me convidando para conhecer seu chefe. Ah, esqueci, você *é* o chefe, não é?

— Você se importa?

— Se eu me importo?

— Que as pessoas saibam que somos um casal.

— É isso que somos? — perguntou ela com cinismo, embora o coração estivesse batendo forte.

Eles haviam chegado a Barbican. Ele se virou e apoiou as mãos em seus ombros.

— Vamos, Frieda. Por que é tão difícil? Diga em voz alta.

— Dizer o quê?

— Que somos um casal. Fazemos amor, fazemos planos, conversamos sobre nosso dia. Eu penso em você o tempo todo. Eu me lembro de você, do que disse, de como se sentiu. Meu Deus, aqui estou eu, um consultor de 40 e poucos anos. Meu cabelo está ficando grisalho e me sinto como um adolescente. Por que é tão difícil para você admitir?

— Eu gostava de quando era segredo — disse Frieda. — Quando ninguém sabia sobre nós, exceto nós mesmos.

— Não podia ser segredo para sempre.

— Eu sei disso.

— Você é como um animal selvagem. Tenho medo de que se eu fizer um movimento brusco, se fizer um som equivocado, você fuja.

— Você devia arrumar um labrador — disse Frieda. — Eu tive uma fêmea quando era criança. Sempre que alguém a deixava sozinha, ela uivava. Sentia-se aliviada toda vez que um dos moradores voltava para casa, como se tivesse ficado fora por dez anos.

— Não quero isso. Quero você.

Ela chegou mais perto dele e colocou os braços por baixo de seu casaco grosso e do paletó. Podia sentir o calor do corpo dele através da camisa fina. Os lábios de Sandy estavam encostados nos cabelos dela.

— Eu também quero você.

Em silêncio, entraram no prédio. No elevador, viraram um para o outro assim que a porta se fechou e se beijaram com tanta voracidade que ela pôde sentir o gosto de sangue em seus lábios. Afastaram-se ao chegar ao andar dele. Dentro do apartamento, ele tirou o casaco dela e deixou-o cair no chão. Abriu o zíper do vestido, levantou seus cabelos e desprendeu o fecho do colar, deixando a fina correntinha prateada se enrolar na palma de sua mão e colocando-a sobre a mesinha do hall de entrada. Ajoelhando-se no chão de madeira, tirou um sapato, depois o outro. Olhou para Frieda e ela tentou sorrir. Ser feliz a assustava.

— Não sou da Polônia — disse Josef, mais uma vez, ao único homem que estava no pub quente, aconchegante e um pouco decadente, do qual ele não queria sair.

— Eu não me importo. Gosto de polacos. Não tenho nada contra eles.

— Eu sou da Ucrânia. É muito diferente. No verão, nós...

— Eu sou motorista de ônibus.

— Ah — confirmou Josef com a cabeça. — Gosto dos ônibus daqui. Gosto de ir no andar de cima, na frente.

— Sua vez.

— O quê?

— Outro desses, amigo.

Ele estendeu o copo. Josef achou que tivesse pagado a rodada anterior. Colocou a mão no bolso da jaqueta, que não era grossa o suficiente para que ele enfrentasse o inverno, e sentiu as moedas lá dentro. Não tinha certeza se dariam para pagar outra rodada, mas ele não queria ser grosseiro com o novo amigo, que se chamava Ray e era rosado e rechonchudo.

— Pagarei uma cerveja para você, mas acho que para mim não — disse finalmente. — Preciso ir. Amanhã começo a trabalhar para uma mulher.

Ray deu um sorriso conspirativo que desapareceu quando viu a expressão de Josef.

Ela amava a sensação do vento no rosto. Amava a escuridão fria e o modo como as ruas à sua volta estavam completamente vazias. Apenas o som de seus passos e o farfalhar de folhas secas interrompiam o silêncio. Ao longe, no entanto, podia escutar o barulho do trânsito. Passou sob a pequena ponte onde, desde que começara a fazer esse caminho, um par de botas de couro estava pendurado, balançando com o vento. Na Ponte de Waterloo, ela sempre parava um pouco para olhar para o amontoado de prédios nas laterais do rio e escutar o som suave das águas batendo na praia. Era onde se tinha uma vista panorâmica de Londres. Dali, a cidade se estendia por quilômetros em todas as direções, finalmente desaparecendo nos subúrbios e depois em uma zona rural tranquila, do tipo que Frieda nunca visitaria se pudesse evitar. Ela deu as costas ao rio. Não muito longe, sua casinha estreita esperava por ela, com a porta azul-escura, a cadeira perto da lareira, a cama que havia arrumado naquela manhã.

Quando chegou em casa, já passava muito das três da madrugada, mas, embora o corpo estivesse cansado, o cérebro transbordava com pensamentos e imagens, e ela sabia que não conseguiria dormir. Uma colega, especialista em sono, tinha lhe dito que se concentrar em uma imagem tranquila muitas vezes ajudava — ela havia sugerido um lago ou prado de grama alta —, e foi o que Frieda fez, deitada na cama com as cortinas semicerradas, de modo que pudesse ver a lua. Ela se imaginou dentro do quadro pendurado na sala alugada onde trabalhava, andando pelas cores quentes e vagas de sua paisagem. Mas, em vez disso, viu-se pensando na imagem que Alan Dekker havia mencionado, de um navio na tempestade, com cordas batendo. Tudo com um movimento frenético. Talvez fossem as coisas dentro de sua cabeça, pensou. E então, pensando em Alan, lembrou-se do teto explodindo e de um corpo caindo em uma chuva de pó e gesso. Ficou imaginando se sua sala estaria pronta no dia seguinte, exceto, é claro, pelo fato de que o dia seguinte era hoje, e dali a umas três horas seria o momento de se levantar.

Quando Josef chegou, Frieda mal pôde vê-lo atrás da enorme placa de compensado que ele carregava. Ele a apoiou em uma parede do consultório e olhou para o buraco.

— Tenho um paciente em meia hora — disse Frieda.

— Leva dez minutos — respondeu Josef. — Talvez quinze.

— Isso é para remendar o buraco?

— Antes de o buraco melhorar, ele precisa piorar. Eu o aumentarei, tirarei os pedaços. Depois, posso deixá-lo forte e bom. — Ele apontou para a placa. — Isso eu vou usar para fazer uma parede aqui e para devolver sua sala. Eu medi, cortei duas peças, e vai caber.

Frieda tinha tantas dúvidas e reservas sobre esse processo que não sabia o que perguntar primeiro.

— Como você vai entrar e sair? — indagou sem demora.

— Pelo buraco — respondeu Josef. — Eu desço a escada e depois puxo de volta.

Ele saiu e voltou alguns minutos depois com duas sacolas, uma de ferramentas e outra com pedaços de madeira de diversos tamanhos. Com uma velocidade impressionante, encaixou a primeira placa no lugar, e em seguida Frieda escutou várias batidas vindas do lado do compensado que não podia ver. Ela espiou o pedacinho da sala, parcialmente bloqueado pela placa.

— É assim que vai ficar quando terminar? — perguntou ela.

Josef deu uma pancada na placa para verificar sua firmeza. Pareceu satisfeito.

— O buraco, tampado — disse ele. — Depois a placa vai embora. Então, uma tarde, faço o revestimento do teto e pinto. E, se quiser, pinto o resto da sala. Na mesma tarde. — Ele olhou em volta. — Pinto de uma cor apropriada.

— Esta é a cor apropriada.

— Você escolhe. Cor tediosa, se quiser. As pessoas do andar de cima, elas pagam por isso. Eu coloco junto com o que estão pagando.

— Não tenho certeza se é o certo — disse Frieda.

Josef deu de ombros.

— Eles me fazem trabalhar em um lugar perigoso onde se atravessa o piso. Podem pagar um pouco por isso.

— Não estou muito convencida... — disse Frieda.

— Pego a segunda placa agora e você tem sua sala de volta. Só um pouco menor por um tempo.

— Está bem.

Frieda olhou no relógio. Logo estaria sentada em sua sala diminuída, ouvindo os sonhos amargos de Alan e sua tristeza desperta.

Capítulo Onze

— Sinceramente, Alan, não sei por que você tem que ficar tão reservado de repente.

Era hora do jantar, e Carrie estava zapeando os canais com o controle remoto antes de desligar a televisão e se virar para ele, cruzando os braços. Ela parecera impaciente e sensível a noite toda. Alan estava esperando por essa conversa.

— Não estou reservado.

— Não me contou nada do que aconteceu lá. Eu o incentivei a ir, e agora você está me excluindo.

— Não é nada disso. — Alan tentou se lembrar de como Frieda havia explicado isso, naquele dia, mais cedo. — É um local seguro. Onde posso dizer qualquer coisa.

— Você não está seguro aqui? Não pode dizer qualquer coisa para mim?

— Não é a mesma coisa. Ela é uma estranha.

— Então você pode dizer para uma estranha coisas que não pode dizer para sua própria esposa?

— Sim — respondeu Alan.

— Que tipo de coisas? Ah, desculpe, eu esqueci. Você não pode me dizer, não é? Porque é segredo. — Ela não tinha o costume de ser sarcástica. Suas bochechas estavam rosadas.

— Não é nada ruim. Não são coisas tão secretas assim. Não digo a ela que estou tendo um caso, se é isso que está pensando.

— Se é isso que você quer... — A voz de Carrie era fina e alta. Ela deu de ombros e voltou a ligar a televisão.

— Não fique assim.

— Assim como?

— Magoada. Como se eu tivesse feito algo para ofender você.

— Não estou ofendida — retrucou ela com a mesma voz falha.

Ele tirou o controle remoto da mão dela e desligou a televisão novamente.

— Se realmente quer saber, hoje conversamos sobre nós não conseguirmos ter um bebê.

Ela se virou e o encarou.

— É por isso que você não está bem?

— Eu não sei o porquê — respondeu ele. — Só estou dizendo sobre o que conversamos hoje.

— Sou eu também que não posso ter o bebê.

— Eu sei.

— Eu é que fui picada e apalpada, e que preciso esperar minha menstruação todo mês.

— Eu sei.

— Não é como se... — Ela parou.

— Não é como se fosse culpa sua. — Alan terminou por ela, exausto. — É *minha* culpa. Sou eu que tenho baixa contagem de espermatozoides. Eu é que sou impotente.

— Eu não devia ter dito isso.

— Tudo bem. É verdade mesmo.

— Eu não quis dizer isso. Não se trata de culpa. Não fique assim.

— Assim como?

— Como se estivesse prestes a chorar.

— O que há de errado em chorar? — perguntou Alan, surpreendendo a si mesmo. — Por que não devo chorar? Por que você não deve?

— Eu choro, se quer saber. Quando estou sozinha.

Ele pegou a mão dela e ficou mexendo na aliança de casamento em seu dedo.

— Você também guarda segredos de mim.

— Devíamos ter conversado mais a respeito disso. Mas eu fico achando que tudo vai terminar bem. Muitas mulheres esperam anos. E se não acontecer, talvez possamos adotar. Eu ainda sou bem jovem.

— Eu queria meu próprio filho — disse Alan em voz baixa, quase como se falasse consigo mesmo. — Era sobre isso que eu estava falando hoje. Não ter uma criança não apenas me deixa triste, mas faz com que eu me sinta mal, como uma peça danificada. Como se estivesse inacabado por dentro. E então todas essas coisas surgem para preencher o vazio. — Ele fez uma pausa. — Parece idiota.

— Não — disse Carrie, embora quisesse gritar: *E eu? Meu filho, minha filha? Eu seria uma boa mãe.* — Continue.

— Não é justo. Também não é justo com você. Eu a decepcionei e não consigo consertar isso. Você deve desejar nunca ter me conhecido.

— Não.

Embora, é claro, houvesse momentos em que ela pensava como teria sido mais fácil com um tipo diferente de homem, confiante, com esperma que fosse capaz de nadar como salmões subindo um rio. Ela recuou. As duas coisas pareciam andar juntas, mas ela sabia que não estava certo. Não era culpa de Alan.

— Tudo começou a sair de mim, coisas que eu nem sabia que pensava. Ela é uma mulher assustadora, mas de algum modo também é possível falar com ela. Depois de um tempo, não parecia nem que eu estava falando com uma pessoa. Era como andar por uma casa em que nunca estive antes, encontrando coisas, pegando-as e olhando para elas, deixando-me vagar dentro de mim. E depois me vi dizendo aquilo... — Ele fez uma pausa, passou a mão na testa. De repente começou a se sentir um pouco enjoado, um pouco sem ar.

— O quê? — perguntou Carrie. — O que é "aquilo"?

— Tenho essa imagem na minha cabeça. Parece estúpido. Parece tão real, como se estivesse olhando para ela ou me lembrando dela ou de alguma coisa, não apenas imaginando. Quase como se estivesse acontecendo comigo.

— *O que* está acontecendo? Que imagem, Alan?

— Eu e meu filho juntos. Uma criança de 5 anos, com cabelos ruivos, sardas, um grande sorriso. Posso vê-lo claro como água.

— Você o vê?

— E eu o estou ensinando a jogar futebol. — Ele fez um gesto na direção do pequeno jardim dos fundos, deixado de lado ultimamente. — Ele está jogando muito bem, dominando a bola, e eu sinto muito orgulho dele. Orgulho de mim mesmo, também, por ser um bom pai, por fazer o que os pais fazem com os filhos. — Seu peito estava apertado, como se tivesse corrido uma distância longa. — Você está na janela, olhando para nós.

Carrie não disse nada. Lágrimas escorriam por seu rosto.

— Recentemente, não tenho conseguido tirar essa imagem da cabeça. Às vezes eu não quero, e às vezes acho que vou enlouquecer. Ela perguntou se eu acho que estou vendo a mim mesmo quando criança, ou o menino que existe dentro de mim, ou algo assim, e estou querendo resgatá-lo de algum modo. Mas não é isso. Estou vendo meu filho. Nosso filho.

— Meu Deus.

— Aquele que estamos esperando.

É sempre assim. Há momentos em que simplesmente se sabe. Simples. Depois de todos esses meses de observação, de espera por um puxão na linha, de a isca ter sido mordida, de paciência e cuidado, de dúvidas sobre se será possível com este, ou com outro, de nunca desistir ou desanimar, de repente acontece. Só é preciso estar pronto.

Ele é pequeno e magrinho, talvez aparente ser mais novo do que é, embora seja difícil dizer. Ele se afasta dos colegas de classe a princípio, seus olhos percorrem todos os lugares a fim de saber onde será mais bem aceito. Está usando jeans um pouco grandes para ele e uma jaqueta grossa que vai quase até o joelho. Ele chega perto. Tem grandes olhos castanhos e sardas cor de cobre. Está usando um gorro de lã cinza com um pompom em cima, mas logo o tira e os cabelos são bem ruivos. É um sinal, um presente, é perfeito.

Então agora é só questão de tempo. É preciso acertar. Nunca mais haverá um tão perfeito quanto este.

Capítulo Doze

Josef gostava de trabalhar desse jeito. Os clientes estavam fora e provavelmente só viriam a cada duas semanas. Ele poderia viver naquela sala a maior parte do tempo. Poderia comer lá, se quisesse. No passado, ele trabalhara muitas vezes como integrante de uma equipe e, em geral, havia sido bom, cada pessoa com sua especialidade — o gesseiro, o carpinteiro, o eletricista. Uma espécie de família, que discutia, brigava e tentava se entender. Mas este serviço era quase como tirar férias. Ele podia trabalhar quando quisesse, até mesmo no meio da noite, quando estava escuro do lado de fora e silencioso como sempre. E em alguns dias, quando chegava perto das duas horas da tarde e seus olhos ficavam pesados, podia guardar as ferramentas e se deitar. Ele fechava os olhos e pensava, a princípio, no problema do buraco e em quanto ele precisaria ser alargado para eliminar a madeira estragada e o gesso rachado, e depois, sem motivo algum, começava a pensar na esposa, Vera, e nos meninos. Ele não os via desde o verão. Ficava imaginando o que estariam fazendo naquele momento, e eles desapareciam como se tivessem entrado numa neblina, mas lentamente, de modo que não havia um instante exato em que não pudesse mais vê-los. E então dormia, sonhando coisas das quais não se lembraria quando acordasse, porque nunca se lembrava de seus sonhos.

Primeiro, pensou que a voz fazia parte do sonho. Era a voz de um homem, e, antes que conseguisse distinguir o significado das palavras, podia sentir sua tristeza, uma tristeza crua que soava estranha vinda de um homem. Depois veio um silêncio, e outra voz falou. Essa ele conhecia. Era a voz da mulher do andar de baixo, a médica. Josef ergueu a mão e sentiu a aspereza do compensado nos dedos. Ele viu a claridade do buraco no teto acima dele e lentamente, vagarosamente, percebeu onde estava: no chão da sala dela. Ao ouvir duas vozes — a do homem, trêmula, e a da mulher, nítida e calma — sentiu uma sensação crescente de alarme. Estava ouvindo uma confissão, algo que ninguém mais deveria ouvir. Ele olhou para a escada. Se tentasse subir, seria ouvido. Melhor ficar ali deitado onde estava e esperar que aquilo acabasse logo.

— Minha esposa ficou brava comigo — disse o homem. — Como se estivesse com ciúmes. Ela queria que eu dissesse o que contei a você.

— E você disse? — perguntou Frieda.

— Mais ou menos — respondeu o homem. — Eu contei uma versão da história. Mas então, quando estava contando, fiquei achando que na verdade não contei as coisas direito a você.

— O que você não disse?

Houve uma longa pausa. Josef conseguia ouvir as batidas de seu coração. Sentia o cheiro do álcool em seu próprio hálito. Como não podiam ouvi-lo ou sentir seu cheiro?

— Eu realmente posso dizer qualquer coisa aqui? — perguntou o homem. — Estou perguntando porque, enquanto conversava com Carrie, percebi que sempre há um tipo de limite no que se deve dizer. Nem tudo pode ser dito às esposas, assim como nem tudo deve ser dito aos amigos.

— Este é o lugar em que é permitido dizer qualquer coisa. Não há limites.

— Você vai achar isso idiota...

— Eu não me importo se é idiota ou não.

— E não dirá a ninguém?

— Por que eu faria isso?

— Promete?

— Alan, tenho obrigação profissional de respeitar sua privacidade. A menos que esteja confessando um crime sério. Ou planejando um.

— Estou confessando sentimentos ruins.

— Então me conte quais são.

Josef achou que o que realmente deveria fazer era tampar os ouvidos com os dedos. Não era para ele ouvir aquilo. Era para ele *não* ouvir aquilo. Mas não fez isso. Não conseguiu evitar. Ele queria saber. Qual era o problema?

— Estive pensando — disse o homem. — Falei sobre querer uma criança. Querer um filho. Então, por que não estou simplesmente fazendo tratamento de fertilidade e tomando Viagra? É uma condição médica, não tem nada a ver com a minha cabeça.

— Então por que não faz isso?

— Tive uma sensação estranha com relação a meu filho, a esse garotinho, esse menino que se parece comigo. Era como um desejo. Mas esses ataques que estou tendo, em que quase entro em colapso, desmaio, fico parecendo um idiota, não têm ligação com esse desejo. Têm relação com outra coisa.

— Com o quê?

— Culpa.

Outro silêncio.

— Que tipo de culpa? — perguntou Frieda.

— Tenho pensado nisso — disse o homem. — E vi dessa forma. Eu quero esse menino. Quero que ele jogue bola comigo. Que ele esteja comigo. Mas ele não quer que eu esteja com ele. Faz sentido?

— Não muito — respondeu Frieda. — Não ainda.

— É óbvio. Eles não pedem para nascer. Nós os queremos. Acho que é um instinto. Mas qual é a diferença entre isso e um vício? Você usa heroína para suprir a vontade que sente de consumir heroína. Desejamos uma criança e a temos para suprir esse desejo.

— Então, você acha que ter um filho é um ato egoísta?

— É claro que é. Ninguém consulta a criança sobre isso.

— Está me dizendo que se sente culpado porque seu desejo de ter uma criança é egoísta?

— Sim. — Longa pausa. — E também... — Outra interrupção. Josef concordava com Frieda: havia algo mais ali. — E também é um tipo urgente de desejo. Talvez seja o que uma mulher sente.

— O que quer dizer com isso?

A voz dele era um murmúrio. Josef precisava se esforçar para ouvi-lo.

— Ouvi falar de mulheres que não se sentem completas até terem um filho. É isso, e ainda mais. Eu sinto, sempre senti, que é como se tivesse algo faltando, como se houvesse um buraco em mim.

— Um buraco em você? Prossiga.

— E se eu tivesse uma criança, ela taparia esse buraco. Isso parece assustador?

— Não. Mas gostaria de explorar mais essa urgência e esse desejo. O que sua esposa diria se você contasse isso a ela?

— Ficaria se perguntando com que tipo de homem se casou. Eu me pergunto com que tipo de homem ela se casou.

— Talvez uma parte do casamento seja guardar algumas coisas para nós mesmos.

— Eu tive um sonho com meu filho.

— Você fala como se ele existisse.

— Ele existia no sonho. Estava lá, parado, e se parecia comigo quando tinha a idade dele. Ruivo, vestindo uniforme escolar. Mas estava bem longe, do outro lado de algo enorme, como o Grand Canyon. Só que era completamente escuro e incrivelmente profundo. Eu estava na beirada, olhando para ele. Eu queria ir até ele, mas sabia que, se desse um passo à frente, cairia na escuridão. Não é bem um sonho feliz.

Agora Josef pensava no próprio filho pequeno e sentia-se realmente envergonhado. Ele colocou os nós dos dedos na boca e os mordeu. Não sabia bem o porquê. Talvez como punição, ou para desviar a mente do que estava escutando. Ele não parou de ouvir as palavras, mas parou de interpretá-las. Tentou deixar que virassem uma música que simplesmente fluía e passava por ele. Finalmente, pôde ouvir que a sessão estava chegando ao fim. As vozes mudaram de tom e se tornaram mais distantes. Ele ouviu a porta se abrir. Era sua chance. O mais silenciosamente possível, levantou-se e começou a subir a escada com calma, para evitar qualquer rangido. De repente, ouviu uma batida.

— É você? — perguntou uma voz. Não havia dúvida: era a voz dela. — Você está aí?

Desesperado, Josef pensou em ficar em silêncio e esperar que ela decidisse ir embora.

— Sei que está aí. Não finja. Passe por esse buraco e venha aqui agora.

— Não ouvi nada — disse Josef. — Não tem problema.

— Agora — exigiu Frieda. Quando ficaram frente a frente, ela perguntou, branca de raiva: — Há quanto tempo estava ali?

— Eu estava dormindo. Estava trabalhando ali, consertando o buraco. E dormi.

— Em minha sala.

— Atrás da parede.

— Você é completamente louco? — perguntou Frieda. — Isso é particular. O mais particular possível. O que ele pensaria se descobrisse?

— Eu não conto para ele.

— Contar a ele? É claro que não vai contar a ele. Você não sabe quem ele é. Mas o que acha que estava fazendo?

— Eu estava dormindo e as vozes me acordaram.

— Sinto muito por termos incomodado.

— Tentei não escutar. Sinto muito. Não farei isso de novo. Você vai me dizer quando devo trabalhar e eu vou fechar o buraco.

Frieda respirou fundo.

— Não acredito que fiz uma sessão de terapia com um pedreiro dentro da sala. Mas tudo certo, está bem. Ou mais ou menos bem. Apenas conserte esse maldito buraco.

— Só vai levar um dia ou dois. Ou um pouco mais. A pintura demora para secar, agora que está frio.

— Faça o mais rápido que puder.

— Mas eu não entendi uma coisa — disse Josef.

— Fale.

— Se o homem quer ter um filho, é só fazer algo a respeito. Não adianta falar sobre isso. É preciso tentar resolver o problema. Ir ao médico e fazer o que for preciso para isso.

— Eu pensei que você estivesse dormindo — disse Frieda, com um olhar aterrorizado.

— Eu estava dormindo. O barulho me acordou. Escutei uma conversa. Ele é um homem que precisa de um filho. Ele me fez pensar em meus próprios filhos.

A expressão de raiva de Frieda logo se transformou em um sorriso. Ela não pôde evitar.

— Quer que eu discuta meus pacientes com você? — perguntou.

— Achei que ficar só nas palavras não é bom. Ele precisa mudar de vida. Arrumar um filho. Se puder.

— Quando estava escutando escondido, você ouviu a parte em que eu disse que era segredo absoluto? Que ninguém saberia o que ele me disse?

— Mas de que adianta só falar se ele não faz nada?

— Você quer dizer que é como ficar dormindo em vez de consertar o buraco pelo qual você caiu?

— Eu vou consertar. Está quase pronto.

— Nem sei por que estou falando com você sobre isso — disse Frieda. — Mas vou responder sua pergunta assim mesmo. Não posso arrumar a vida de Alan, arrumar um filho ruivo para ele. O mundo é um lugar desorganizado e imprevisível. Talvez, apenas talvez, se eu falar com ele, como você disse, eu possa ajudá-lo a lidar um pouco melhor com isso. Não é muito, eu sei.

Josef esfregou os olhos. Ele ainda não parecia muito desperto.

— Posso pagar um copo de vodca para me desculpar? — perguntou.

Frieda olhou no relógio.

— São três horas da tarde — disse ela. — Você pode fazer uma xícara de chá para se desculpar.

Quando Alan saiu do consultório de Frieda, já estava escurecendo. O vento trazia a chuva e balançava as folhas mortas das árvores com pequenas rajadas. O céu estava nublado. Havia poças brilhando no asfalto. Ele não sabia para onde estava caminhando. Andou a esmo pelas ruas laterais, passou por casas apagadas. Não conseguia voltar para casa. Não ainda. Não para os olhos vigilantes de Carrie, para sua ansiedade determinada. Havia se sentido um pouco melhor enquanto estava na sala aquecida e iluminada de Frieda. A sensação de formigamento e hesitação dentro dele havia se acalmado e ele acabara de perceber como estava cansado, como estava exausto. Ele poderia ter dormido, sentado no pequeno sofá cinza de frente para a terapeuta, dizendo coisas que nunca poderia dizer a Carrie, porque ela o amava e ele não queria que aquilo terminasse. Ele podia imaginar a expressão no rosto de sua esposa, o recuo de aflição, rapidamente contido. Mas a expressão dessa mulher não mudava. Não havia nada que ele pudesse perceber que a deixasse magoada ou enojada. O modo como conseguia ficar tão silenciosa e calma fazia lembrar uma pintura. Não estava acostumado com aquilo. A maioria das mulheres balançava a cabeça e murmurava, encorajando-o a prosseguir, mas ao mesmo tempo impedindo que fosse muito longe, mantendo-o nos trilhos. Bem, pelo menos era assim com sua mãe. E Lizzie e Ruth, do trabalho. E Carrie, é claro.

Quando saía da sala, no entanto, não se sentia tão bem. Os sentimentos perturbadores o envolviam novamente, ou emergiam dele. Não sabia ao certo de onde vinham. Ele queria poder voltar àquela sala, pelo menos até se acalmar, mas achou que ela não gostaria nada daquilo. Lembrou-se do que ela dissera sobre a sessão ter exatamente cinquenta minutos. Ela era severa, pensou, e imaginou o que Carrie acharia dela. Pensaria que Frieda era um osso duro de roer.

Havia um pequeno pátio fechado à sua direita, com três bêbados de um lado, tomando sidra em lata. Alan entrou e se sentou no outro banco. A garoa estava ganhando força: ele conseguia sentir gotas de chuva na cabeça e ouvi-las batendo nas folhas úmidas no chão. Fechou os olhos. Não, pensou. Carrie não era capaz de entendê-lo. Frieda também não. Não de verdade. Ele estava sozinho. Isso era o mais cruel. Sozinho e incompleto. Por fim, levantou-se.

Era como se tivesse que acontecer. Chame do que quiser: destino, sorte, influência dos astros. O garotinho de cabelos ruivos e sardas estava sozinho. A mãe estava atrasada novamente. O que ela esperava que acontecesse? Agora, ele estava olhando em volta. Olhava para o portão aberto e para a rua. Vamos. Vamos, meu pequeno. Passe pelo portão. É isso. É a saída. Com calma agora. Não olhe para trás. Venha para mim. Venha para mim. Agora você é meu.

Sua mãe vestia uma capa de chuva azul e tinha cabelos ruivos. Era fácil de ver. Mas naquele dia não estava nos portões com as outras mães, e a maioria das crianças já havia saído. Ele não queria que a Sra. Clay o fizesse esperar na sala de aula, não de novo. Não era permitido, mas ele sabia o caminho de casa, e, de qualquer modo, encontraria sua mãe antes de chegar lá, correndo, os cabelos soltos por estar atrasada. Andou de lado na direção do portão. A Sra. Clay o observava, mas teve que assoar o nariz. Cobriu todo o rosto enrugado com um lenço de papel, e ele escapou. Ninguém o viu sair. Havia uma moeda de uma libra caída na rua em uma poça rasa e, olhando em volta para ter certeza de que não era nenhuma brincadeira, ele a pegou e esfregou com a ponta da camisa. Se sua mãe não o encontrasse até então, ele compraria doces na loja da esquina, ou um pacote de batatas fritas. Olhou para o fim da rua, mas ainda não conseguia vê-la.

Capítulo Treze

Já há um bom tempo, Frieda aprendeu a organizar sua vida de modo que fosse serena e confiável como uma roda-d'água, com cada parte mergulhando na experiência e se erguendo novamente. Assim, os dias passavam com uma sensação de propósito definido: seus pacientes compareciam nos dias marcados, ela se encontrava com Reuben, com amigos, dava aulas de química para Chloë, sentava-se perto da lareira e lia ou desenhava pequenos esboços com um lápis macio em seu escritório no sótão. Olivia acreditava que a ordem era um tipo de prisão que evitava que as pessoas vivenciassem as coisas, e que a imprudência e o caos eram expressões de liberdade. No entanto, para Frieda, a ordem lhe permitia ter liberdade para pensar, para dispor os pensamentos dentro do espaço criado para eles, para atribuir às ideias e aos sentimentos que emergiam todos os dias como lodo e ervas daninhas um nome e uma forma apropriados. Uma vez nomeados, de algum modo eles podiam ser enterrados. Algumas coisas não. Eram como espuma barrenta na água, agitando-se sob a superfície e enchendo-a de inquietação.

E também havia Sandy. Eles comiam, conversavam e dormiam juntos, mas depois Frieda ia para casa. Não chegava a passar a noite com ele. Estavam começando de um modo complicado, perturbador e excitante, envolvidos um com o outro, descobrindo-se, explorando-se, trocando confidências. Até que ponto o deixaria entrar em sua vida? Ela tentava imaginar. Queria que se transformassem em um casal, andando por aí atados um ao outro?

Na noite anterior, Sandy tinha ficado na casa dela pela primeira vez. Frieda não contou a ele que ninguém mais havia passado a noite lá desde que ela comprara o imóvel. Eles viram um filme, comeram tarde em um pequeno restaurante italiano no Soho e depois voltaram para a casa dela. Afinal, era tão perto, fazia sentido, ela tinha dito, como se fosse uma decisão casual e não um passo importante. Era domingo de manhã. Frieda acordou cedo, ainda estava um pouco escuro. Por um instante, antes de se lembrar, sentiu um choque ao ver aquela figura ao seu lado. Ela havia saído da cama, tomado banho e descido as escadas para acender a lareira e preparar uma xícara de café. Ter alguém com quem começar o dia provocava uma sensação de estranhamento, de deslocamento. Quando ele voltaria para sua própria casa? E se não voltasse?

Quando Sandy desceu as escadas, Frieda estava abrindo as contas e correspondências oficiais que sempre deixava para o fim de semana.

— Bom dia!

— Oi. — Seu tom de voz foi brusco, e Sandy ergueu as sobrancelhas.

— Posso ir embora agora — disse ele. — Ou você pode preparar uma xícara de café para mim e depois eu vou.

Frieda olhou para cima e deu um sorriso forçado.

— Desculpe. Eu faço o café. Ou...

— Ou?

— Normalmente aos domingos eu vou a um lugar ali na esquina para tomar café e ler os jornais, depois vou até o mercado da Columbia Road para comprar flores, ou apenas olhar para elas. Você pode vir junto, se quiser.

— Sim, eu quero.

Frieda sempre tomava o mesmo café da manhã aos domingos — um *bagel* de canela torrado e uma xícara de chá. Sandy pediu uma tigela de mingau e um espresso duplo a Kerry, que tentou manter uma expressão profissional. Quando seu olhar cruzou com o de Frieda, ela ergueu as sobrancelhas em sinal de aprovação, ignorando a cara feia que a psicanalista fez. Mas o Number 9 já estava ficando cheio, e nem Kerry, nem Marcus tinham muito tempo para eles. Só Katya estava desocupada, andando entre as mesas. De vez em quando parava perto de Frieda e Sandy e colocava o dedo indicador no pote de açúcar e depois na boca.

Sempre havia uma pilha de jornais sobre o balcão. Frieda pegou vários deles e os amontoou entre os dois. De repente, teve a sensação alarmante de que nos últimos dias eles haviam se transformado em um casal tradicional, daqueles que faziam tudo juntos, passavam a noite juntos, acordavam aos domingos de manhã para ler os jornais em um silêncio amigável. Ela deu uma mordida grande no *bagel* e tomou um gole do chá. Seria algo tão ruim assim?

Muitas vezes, essa era a única vez na semana que Frieda lia os jornais de cabo a rabo, e nos últimos tempos esteve tão envolvida com Sandy que deixou seu mundo encolher e se limitar ao trabalho e a ele.

— Talvez não faça mal ficar por fora do que acontece no mundo de vez em quando — disse ela a Sandy. — Não posso mesmo fazer nada a respeito. Como se tivesse alguma importância saber se as ações subiram até tal nível ou não. Ou... — Ela pegou um dos jornais abertos sobre a mesa e apontou para uma manchete. — Que alguém que não conheço fez algo terrível com outro alguém que não conheço. Ou que uma celebridade de que nunca ouvi falar terminou o relacionamento com outra celebridade de que nunca ouvi falar.

— Esse é meu prazer secreto — confessou Sandy. — Eu... O que houve?

Frieda não estava prestando atenção. De repente, ficou envolvida com uma notícia que estava lendo.

Sandy se inclinou sobre a mesa e leu a manchete: "Pequeno Mattie continua desaparecido. Mãe chora e faz apelo."

— Deve ter ouvido falar disso. Acabou de acontecer. Estava em todos os jornais de ontem.

— Não — murmurou Frieda.

— Imagine o que os pais devem estar passando.

Frieda olhou para a fotografia que ocupava três colunas. Um garotinho de cabelos ruivos e sardas, um sorriso torto no rosto e olhos azuis voltados na direção de quem estava atrás da câmera.

— Sexta-feira — disse ela.

— Ele já deve estar morto. Tenho pena dessa pobre professora que o deixou sair. Ela está sendo odiada.

Frieda não estava ouvindo o que ele falava. Passava os olhos pela notícia sobre Matthew Faraday, que havia saído da escola primária de Islington sem que ninguém percebesse na tarde de sexta-feira e fora visto andando na direção de uma loja de doces a cerca de cem metros. Ela pegou outro jornal e leu a mesma história novamente, com um pouco mais de detalhes e um boxe escrito por um especialista em traçar perfis. Ela pegou todos os jornais; parecia que todos os ângulos tinham sido abordados. Havia matérias sobre a agonia dos pais, a investigação policial, a escola primária, a reação da comunidade, a segurança de nossas crianças nos dias atuais.

— Que coisa estranha — disse Frieda a si mesma.

Não havia muita gente no mercado de flores. Chovia. Frieda estava contente com a chuva. Gostava de senti-la nos cabelos e de andar pelas ruas vazias. Ela e Sandy passaram por bancas que vendiam grandes buquês de flores e plantas. Ainda estavam na metade de novembro, mas já vendiam coisas para o Natal — cíclames, ramos de azevinho, jacintos em vasos de cerâmica, guirlandas para porta e até maços de visco. Frieda ignorava tudo isso. Ela odiava o Natal e odiava os dias que o antecediam, os compradores frenéticos, a confusão nas lojas, as luzes colocadas cedo demais nas ruas, as músicas natalinas no último volume em lojas muito abafadas, dia após dia, os catálogos que transbordavam em sua porta e na lata de lixo e, acima de tudo, a insistência na importância da família. Frieda não valorizava sua família e eles não a valorizavam. Havia um grande abismo entre eles, intransponível.

O vento batia no toldo das bancas. Frieda parou para comprar um grande buquê de crisântemos alaranjados. Alan Dekker havia sonhado com um filho de cabelos ruivos. O ruivo Matthew Faraday havia desaparecido. Estranho, mas insignificante. Ela colocou o rosto perto das flores para sentir seu perfume úmido e respirou fundo. Fim da história.

No entanto, não conseguia parar de pensar. E naquela noite — uma noite deserta, com um vento que jogava tampas de latas de lixo pela rua, deixava as árvores com formas estranhas, carregava nuvens em massas escuras pelo céu — ela disse a Sandy que precisava passar um tempo sozinha, saiu para uma caminhada e viu que seus pés a levaram a Islington, passando pelas casas grandiosas e pelas praças civilizadas e chegando à parte mais pobre. Não demorou muito para chegar até lá, apenas uns 15 minutos, e acabou indo parar diante da orla de flores que já se empilhava na frente da escola primária onde Matthew havia sido visto pela última vez. Algumas das flores já estavam morrendo dentro dos embrulhos de celofane e exalavam um perfume doce de decomposição.

* * *

Baleias não eram peixes. Aranhas tinham oito patas. Borboletas vinham das lagartas e sapos dos girinos, e girinos vinham da geleia densa e cheia de pontinhos que a Sra. Hyde guarda em um vidro, na escola. Dois mais dois são quatro. Dois mais dois são quatro. Dois mais dois são quatro. Ele não sabia o que acontecia depois. Não conseguia se lembrar. Mamãe chegaria logo. Se ele fechasse bem os olhos e contasse até dez, bem devagar — um hipopótamo, dois hipopótamos —, quando os abrisse novamente, ela estaria lá.

Ele fechou bem os olhos e contou, depois abriu. Ainda estava escuro. Ela estava zangada com ele, era isso. Era uma lição. Ele havia saído sem esperar pelo aperto de sua mão quente. Ela disse nunca faça isso, prometa, Matthew, e ele prometeu. Juro por Deus. Ele havia comido os doces. Nunca aceite comida de estranhos, Matthew. Era um feitiço. Poções mágicas, elas podem transformar as pessoas naquilo que não são. Pequeno, como um inseto no canto da sala, e mamãe não o veria; talvez ela *pisasse* nele. Ou ele teria um rosto diferente, um corpo diferente, o corpo de um animal assustador ou de um monstro, mas com ele preso dentro. Ela o olharia e não perceberia que era ele, Matthew, seu docinho, seu amorzinho. Mas seus olhos seriam os mesmos, não seriam? Ele ainda estaria olhando o mundo com seus próprios olhos. Ou teria que gritar para dizer a ela quem realmente era, mas estava amordaçado e tudo o que podia ouvir quando chorava era um murmúrio ecoando dentro da cabeça, um som que se parecia com um daqueles apitos que ouvia em barcos no mar, nas férias com a mamãe e o papai. Quando uma pessoa está sozinha e distante, uma onda de terror passa por seu corpo, embora não se saiba o motivo, e tudo o que se quer é ser abraçado e se sentir seguro porque o mundo é grande e profundo, e cheio de surpresas que fazem com que o coração fique muito grande dentro do corpo.

Ele precisava fazer xixi. Tentava se concentrar em não precisar fazer xixi. Era muito grande para se molhar todo. As pessoas riam e apontavam e tampavam o nariz. Quente e úmido, depois frio e a ardência nas coxas, e o cheiro no nariz. Seus olhos estavam molhados também, ardidos e molhados. Ele não podia secá-los. Mamãe. Papai. Sinto muito por ter feito coisa errada. Se me levarem para casa eu serei bonzinho. Prometo.

Ou ele havia sido transformado em uma cobra, porque os braços não eram mais braços, mas partes presas ao corpo, embora pudesse mexer os dedos. E os pés não eram mais pés, estavam grudados. Era uma vez um garotinho chamado Matthew que quebrou uma promessa e tomou uma poção mágica e foi transformado em cobra como castigo. Rastejando no chão. Madeira sob o rosto. Ele podia senti-la e também sentir seu cheiro. Se balançasse o corpo, poderia se movimentar como uma cobra? Ele dobrou o corpo e o esticou novamente, conseguindo se movimentar ligeiramente pelo chão. De repente, seu rosto encontrou algo frio e firme, com uma ponta curvada. Levantou a cabeça e o cutucou, mas aquilo não se mexeu. Então, se esticou e colocou a bochecha sobre o objeto para descobrir o que era. Uma vez, brincando de esconde-esconde, ele se escondera no guarda-roupa dos pais. Tinha se encolhido no escuro, rindo, mas um pouco assustado, com apenas uma pequena faixa de luz entre as portas duplas, e esperou ser encontrado. Podia escutá-los pela casa, procurando em lugares idiotas, como atrás das cortinas. Ele havia colocado a cabeça sobre alguma coisa parecida com isso. Agora seu rosto sentia um barbante e um nó.

O sapato saiu um pouco do pé e sua cabeça bateu novamente no chão com um baque. O objeto caiu na lateral de seu corpo. Com muita força. Uma pequena luz brilhante surgiu, e ele rolou até ficar virado para cima e não conseguir ver nada além da luz penetrante. Ela explodia em seus olhos e entrava em sua cabeça, e ao redor de seu pulsante ponto de origem a escuridão era ainda mais intensa.

A luz se apagou. O sapato o levou para um lado. Um retângulo cinzento apareceu repentinamente na escuridão; houve um clique, e o cinza desapareceu.

Capítulo Catorze

Frieda tocou a campainha daquela porta conhecida. Não houve som algum, e ela não soube dizer se estava quebrada ou se o som era ouvido apenas dentro da casa. Apertou o botão novamente. Ainda nenhum som. Ela bateu a aldrava várias vezes. Afastou-se da casa e olhou para as janelas. Não havia luzes visíveis, nenhum movimento, nenhum sinal de qualquer presença. Ele pode ter ido embora? Ela bateu novamente, com mais força dessa vez, tanto que a porta tremeu. Abaixou-se e abriu a caixa de correio. Espiou lá dentro. Havia cartas sobre o capacho. Estava prestes a sair quando ouviu um barulho vindo de dentro. Bateu de novo. Certamente havia um movimento. Ela ouviu passos se aproximando, uma pancada, o som de um trinco sendo puxado e logo a porta foi aberta.

Reuben semicerrou os olhos, como se o cinza de uma manhã nublada de novembro fosse demais para ele. Vestia jeans sujos e uma camisa parcialmente desabotoada. Não ficou imediatamente claro se ele reconheceu Frieda. Parecia surpreso e confuso. Ela sentia o cheiro de álcool, tabaco e suor. Ele certamente havia passado pelo menos uma noite com aquelas roupas.

— Que horas são? — perguntou Reuben.

— Nove e quinze — respondeu Frieda.

— Da manhã ou da noite?

— Parece que é dia.

— Ingrid foi embora.

— Para onde?

— Ela me deixou. Foi embora e disse que não vai voltar. Não quis me dizer para onde estava indo.

— Eu não sabia. Posso entrar?

— É melhor não.

Frieda abriu caminho. Não entrava naquela casa havia mais de um ano, e ela parecia abandonada. Uma janela estava rachada, uma luminária havia caído do teto, e os fios estavam expostos. Ela olhou em volta e encontrou um telefone sob um jornal no corredor. Pegou um pedaço de papel do bolso e discou um número. Depois de uma conversa rápida, desligou.

— Onde posso colocar o telefone?

— Em qualquer lugar — respondeu Reuben. — Nunca consigo encontrá-lo.

— Vou fazer um pouco de café.

Ao entrar na cozinha, Frieda teve que colocar a mão sobre a boca para não vomitar com o cheiro. Olhou para a pilha de pratos sujos, panelas, copos, caixas e embrulhos de sobras de comida entregue em domicílio.

— Eu não estava esperando visitas — disse Reuben. O tom de sua voz era quase desafiador, como o de uma criança que quebrou seus brinquedos.
— Precisa de um toque feminino. Está melhor do que lá em cima.

Frieda sentiu um impulso de simplesmente fugir daquele cenário horrível e deixar Reuben lidar sozinho com aquilo. Ele não tinha dito algo assim para ela há alguns anos? "Você tem que deixar que cometam seus próprios erros. Tudo o que pode fazer é acompanhar e garantir que não façam uma besteira, sejam presos ou machuquem alguém além deles mesmos." Ela não podia fazer isso. Não era questão de limpar, mas decidiu que poderia abrir caminho no meio da imundície. Empurrou Reuben para uma cadeira, onde ele se sentou esfregando o rosto e resmungando. Colocou a chaleira no fogo. Vasculhou a cozinha, onde havia várias garrafas pela metade ou quase no fim: uísque, Cinzano Bianco, vinho, Drambuie. Entornou todas na pia. Encontrou um saco de lixo e o encheu de restos de comida velha. Pelo menos aquilo indicava que ele não estava só bebendo. Empilhou a louça dentro da pia e, quando ficou cheia, em volta dela. Abriu os armários e, esquecido lá no alto, achou um pote de café instantâneo. Ainda estava fechado. Usou o cabo de uma colher para abrir o papel que cobria a tampa do vidro. Lavou duas canecas e preparou um café quente para os dois. Reuben olhou para ela, deu um gemido e fez que não queria com a cabeça. Frieda ergueu a caneca na direção de sua boca. Ele deu alguns goles e gemeu novamente.

— Queimou minha língua.

Ainda assim, ela segurou a caneca, aproximou-a da boca dele e fez com que ele tomasse metade do conteúdo.

— Veio para tripudiar? — perguntou Reuben. — Foi aqui que cheguei. Foi aqui que veio parar Reuben McGill. Ou vai me dar as condolências? Vai me dizer que sente muito? Ou passar um sermão?

Frieda levantou sua caneca de café, olhou para ela e a colocou de volta na mesa.

— Eu vim pedir um conselho — disse ela.

— Que piada! — zombou Reuben. — Olhe à sua volta. Acha que estou em condições de dar conselhos?

— Alan Dekker. O paciente que peguei de você. Lembra-se dele?

— Pegou de mim? Quer dizer aquele que você me proibiu de atender. Aquele que queria me suspender de minha própria clínica. Aquele. O problema é que não me lembro muito dele, porque minha própria aluna, minha protegida, me chutou do caso. Então, qual é o problema? Ele reclamou de você também?

— O problema é que ele está me preocupando.

— Está?

— Não tenho dormido bem nos últimos dias.

— Você nunca dormiu bem.

— Mas são os sonhos que tenho. Sinto que fui infectada por ele. Queria saber se você pressentiu alguma coisa sobre Alan. Acho que pode ser por isso que não deu certo entre vocês dois.

Reuben tomou um gole de café.

— Meu Deus, odeio essa coisa — disse ele. — Você se lembra do Dr. Schoenbaum?

— Ele foi um de seus instrutores, não foi?

— Isso mesmo. Ele fez análise com Richard Steiner. E Richard Steiner fez análise com Thomas Bayer, e Thomas Bayer fez análise com Sigmund Freud. Schoenbaum era minha linha direta com Deus e me ensinou que quando alguém é psicanalista não é um ser humano. É mais como um totem.

— Um totem?

— Você só fica ali. E se seu paciente chegar e contar que a esposa acabou de morrer, você nem lhe dá as condolências. Você analisa por que ele sente a necessidade de lhe contar aquilo. Schoenbaum era brilhante e carismático, e eu pensei: Dane-se. Com meus pacientes, eu seria tudo o que ele não era. Seguraria suas mãos e, em nossa salinha, eu viveria tudo o que eles viviam e iria a todos os lugares que iam, e sentiria tudo o que sentiam. — Reuben se apoiou na mesa, na direção de Frieda, e ela pôde ver os olhos dele de perto, amarelados, com raias vermelhas nos cantos. O hálito era ácido, fedia a café e álcool e comida ruim. — Você não acreditaria até onde cheguei. Não imagina a merda que passa pela mente humana, e eu andei no meio disso, enterrado até o pescoço. Homens me contaram coisas sobre crianças e mulheres me contaram coisas sobre seus pais e tios, e nunca entendi por que eles não saíam da sala e estouravam seus malditos miolos. Eu achava que se os acompanhasse na jornada, se mostrasse a eles que não estavam sozinhos, que se pudessem compartilhar aquilo, talvez superassem os problemas e fossem capazes de recomeçar suas vidas. E sabe de uma coisa? Depois de trinta anos disso, não aguentei. Sabe o que Ingrid me disse? Disse que eu era ridículo, estava bebendo demais e tinha ficado chato.

— Você ajudou muitas pessoas — disse Frieda.

— Você acha? — perguntou Reuben. — Elas provavelmente se sairiam igualmente bem se tomassem alguns comprimidos ou fizessem um pouco de exercício, ou simplesmente não fizessem nada. De qualquer modo, não sei o que fiz por elas, mas não me fez bem nenhum. Olhe à sua volta. É isso que acontece quando se deixa essas pessoas dentro da sua cabeça. Então, se veio aqui querendo conselhos, eu lhe darei um: se um paciente começar a se aproximar de você, passe-o para outra pessoa. Você não vai ajudá-lo e não vai ajudar a si mesma. Pode ir agora.

— Eu não deixei ele se aproximar de mim, não do jeito que está falando. É só... bem... curioso. Ele é interessante.

— O que quer dizer?

Frieda contou a Reuben sobre suas sessões com Alan e sobre o sentimento assustador que tivera quando abriu o jornal e leu sobre Matthew. Reuben não interrompeu. Por um instante, Frieda quase se esqueceu de onde estava. Os anos voltaram, e ela era uma estudante novamente, compartilhando seus medos com seu mentor Reuben. Quando se esforçava, ele sabia como ouvir. Inclinava-se levemente para a frente, e seus olhos não se desviavam do rosto dela.

— É isso — disse no final. — Entende o que estou dizendo?

— Lembra-se daquela paciente que teve há alguns anos? Como era o nome dela? Melody ou algo parecido.

— Está falando da Melanie?

— Isso mesmo. Ela era uma paciente somatizante clássica. Tinha síndrome do intestino irritável, ataques de tontura e desmaios, tudo o que se pode imaginar.

— E?

— As ansiedades e repressões dela eram incorporadas aos sintomas físicos. Ela não era capaz de admiti-las, mas o corpo encontrava um modo de expressá-las.

— Então você acha...

— As pessoas são muito estranhas, e a mente delas é mais estranha ainda. Veja aquela mulher que tinha alergia ao século XX. O que era aquilo? Minha sugestão é que Alan esteja fazendo uma coisa parecida. O pânico pode não ter um foco, você sabe, pode se ligar a qualquer coisa que apareça.

— Sim — disse Frieda lentamente. — Mas ele pensou em uma criança ruiva antes de Matthew desaparecer.

— Hum. Bem, é uma boa teoria. Na verdade, ainda é uma boa teoria, mas aplica-se a você e não a seu paciente.

— Engenhoso.

— Não estou brincando: você está ansiosa em relação a Alan, não consegue chegar ao âmago dele. Então, está relacionando a fantasia dele com um símbolo conveniente.

— Uma criança sequestrada não pode ser considerada um símbolo.

— Por que não? Tudo é um símbolo.

— Bobagem — disse Frieda, rindo. Seu humor havia melhorado. — E quanto a você?

— Ah, certo. É sua vez de dar conselhos. Cá estou eu. Sem mulher. Sem trabalho. Tomando gim em xícaras de café. O que recomenda, doutora? Tudo isso tem a ver com minha mãe?

Frieda olhou à sua volta.

— Acho que deve arrumar tudo — disse.

— Você é behaviorista, não é? — perguntou Reuben com sarcasmo.

— Apenas não gosto de bagunça. Você vai se sentir melhor.

Reuben deu um tapa tão forte na própria cabeça que Frieda recuou.

— Não adianta arrumar aqui fora se você está fodido *aqui* dentro.

— Pelo menos você ficará fodido em uma casa limpa.

— Você está parecendo a minha mãe.

— Eu gostava da sua mãe.

Bateram com força na porta.

— Quem diabos pode ser? — indagou Reuben, irritado. Ele saiu da cozinha. Frieda pegou sua caneca de café e o despejou sobre a louça na pia. Reuben voltou. — Tem um cara perguntando por você.

Ele chegou com Josef.

— Isso foi rápido — disse Frieda.

— Ele é de uma empresa de limpeza? — perguntou Reuben.

— Eu sou pedreiro — respondeu Josef. — Você deu uma festa?

— O que ele está fazendo aqui?

— Eu pedi para ele vir — respondeu Frieda. — Como um favor. Que você vai pagar. Então seja educado. Josef, queria saber se você pode consertar algumas coisas aqui. A campainha e uma janela quebrada, e tem uma luminária que se soltou do teto.

— O aquecedor não está funcionando bem — disse Reuben.

Josef olhou em volta.

— Sua esposa foi embora? — perguntou.

— Ela não é minha esposa — respondeu Reuben. — E sim. Como pode ver. Fiz tudo isso sozinho.

— Sinto muito — disse Josef.

— Não preciso de sua compaixão.

— Sim, precisa — disse Frieda. Ela tocou levemente o ombro de Josef com a mão. — Obrigada. E você está certo. Conversar nem sempre é suficiente.

Josef inclinou a cabeça em um gesto tipicamente nobre de reconhecimento.

Capítulo Quinze

— Frieda?

— Desculpe.

— Você está a quilômetros de distância. Em que está pensando?

Frieda odiava quando as pessoas lhe perguntavam aquilo.

— Em nada importante — respondeu. — No dia que tenho pela frente. Coisas de trabalho.

Ela havia dormido tão mal que seus olhos ardiam. Estava se sentindo sensível e inquieta e não queria conversar com Sandy, que tinha dormido ao seu lado, murmurando entre um sonho e outro coisas que ela não conseguia entender.

— Precisamos conversar sobre umas coisas.

— Coisas?

— É.

— É aquela conversa sobre com quantos homens dormi?

— Não. Podemos deixar essa para depois, para quando tivermos tempo sobrando. Quero falar sobre nossos planos.

— Sobre o que faremos no verão? Devo avisar que odeio voar. E ficar tomando sol na praia.

— Pare com isso.

— Desculpe. Pode me ignorar. São sete e meia e eu passei boa parte da noite acordada, com o cérebro fervendo. O único planejamento que sou capaz de fazer agora é para as próximas oito horas.

— Vá para a minha casa hoje à noite. Farei uma comidinha simples e poderemos conversar.

— Parece ameaçador.

— Não é.

— Tenho um paciente às sete.

— Vá depois.

* * *

Frieda nunca fazia anotações durante uma sessão, e sim depois dela, e então passava tudo para o computador à noite ou nos fins de semana. Mas às vezes fazia desenhos ou simples rabiscos no bloco de papel que deixava à mão. Isso a ajudava a focar os pensamentos. Era o que fazia naquele momento, sentada na sala reformada, recém-pintada de uma cor chamada pelo fabricante de "osso", a contragosto de Josef. Desenhava livremente a mão esquerda de Alan, que estava parada no braço da cadeira. Mãos eram difíceis. A dele tinha essa faixa grossa e dourada no dedo anelar, a pele roída em volta do polegar, veias salientes. O indicador era mais longo do que o anelar. Isso devia significar alguma coisa, mas ela não lembrava o quê. Hoje ele estava mais agitado do que o normal, remexendo-se na cadeira, inclinando-se para a frente e para trás, esfregando a lateral do nariz. Ela notou uma erupção cutânea em seu pescoço e uma mancha de creme dental na camisa. Ele falava, muito rápido, sobre o filho que queria ter. Palavras proibidas e entaladas dentro dele por tantos anos agora brotavam. Ela desenhava o nó do dedo mindinho e ouvia com atenção, tentando domar a aflição que tomava seu corpo, arrepiando sua pele.

— Ser chamado de pai — dizia ele. — Ter a confiança dele. Nunca decepcioná-lo. Ele joga futebol e gosta de jogos de tabuleiro. Gosta que leiam histórias para ele à noite, livros sobre dinossauros e trens.

— Você está falando como se ele existisse.

— Algum problema?

— Está sentindo tanta falta de algo que o está transformando em realidade na sua mente.

Alan esfregou as mãos no rosto, como se o estivesse lavando.

— Quero contar a alguém — disse ele. — Quero poder falar a respeito disso em voz alta. É como quando me apaixonei por Carrie. Já tinha namorado antes, é claro, mas nada se comparava àquele sentimento. Eu me sentia livre de mim mesmo. — Ele olhou para Frieda, e ela guardou aquela frase para mais tarde. — Nos primeiros meses, eu só queria dizer o nome dela em voz alta para qualquer um. Eu encontrava modos de trazer o assunto à tona. "Minha namorada Carrie", eu dizia. Eu me sentia real ao dizer isso para outras pessoas. É parecido com o que está acontecendo agora. É como se eu precisasse falar com alguém porque isso diminui um pouco a pressão dentro de mim. Se é que faz algum sentido.

— Faz sim. Mas não estou aqui para fazer algo que não é real parecer real, Alan — disse Frieda.

— Você disse que todo mundo precisa transformar a vida em uma história.

— Então o que quer fazer com essa história?

— Carrie diz que podemos adotar. Eu não quero. Não quero preencher formulários e deixar as pessoas decidirem se eu sirvo para ser pai. Quero o *meu* filho, não o de outra pessoa. Veja. — Alan tirou a carteira do bolso da jaqueta. — Quero lhe mostrar uma coisa.

Ele pegou uma fotografia antiga.

— Aqui está. É assim que imagino meu filho.

Frieda pegou-a com relutância. Por um instante, ficou sem fala.

— É você? — finalmente perguntou, olhando para o garotinho rechonchudo que vestia shorts azuis e estava ao lado de uma árvore com uma bola de futebol debaixo do braço.

— Sou eu com 5 ou 6 anos.

— Entendo.

— Entende o quê?

— Você tinha os cabelos bem ruivos.

— Começaram a ficar grisalhos antes dos 30.

Cabelos ruivos, óculos, sardas. Um tremor de inquietação passou por Frieda, e dessa vez ela falou:

— Você se parecia muito com aquele garotinho que desapareceu.

— Eu sei. Claro que sei. Ele é meu sonho.

Alan olhou para ela e tentou sorrir. Uma lágrima correu por seu rosto e desceu até a boca sorridente.

Ele não devia comer nada. Sabia disso. Podia beber água, água quente e velha de uma garrafa, mas não devia comer. Se comesse, nunca mais poderia voltar para casa. Ficaria preso ali. Dedos duros abriam sua boca à força. Coisas eram enfiadas para dentro e ele as cuspia. Uma vez, algumas ervilhas desceram por sua garganta, ele tossiu e engasgou para fazê-las voltar, mas logo pôde senti-las descendo. Algumas ervilhas contavam? Ele não conhecia as regras. Havia tentado morder a mão, e ela o acertou, e ele chorou e a mão o acertou novamente.

Ele estava imundo. Suas calças haviam ficado duras com o xixi e cheiravam mal. E na noite anterior havia feito cocô em um canto. Não conseguiu segurar. Sua barriga queimava tanto que ele pensou que fosse morrer. Ele estava se transformando em líquido e fogo. Tudo escorria de dentro dele. Quente e trêmulo. Tudo machucava e parecia errado. No entanto, agora estava limpo. Escova de esfregar e água escaldante. Pele rosada e ardida. Cerdas nos dentes e nas gengivas. Um dente estava mole. A fada do dente viria. Se ele ficasse acordado, poderia vê-la e pedir que o salvasse. Mas se ficasse acordado, ela não viria. Ele sabia disso.

E havia algo nojento em seus cabelos. Preto, grudento e com cheiro ruim, como quando se passa perto de homens trabalhando nas estradas com britadeiras que fazem um barulho que não sai da cabeça. Seus cabelos estavam estranhos. Ele estava se transformando em outra pessoa. Se tivesse um espelho, veria outra pessoa nele. Quem? Alguém com uma cara muito feia. Logo seria tarde demais. Ele não sabia que palavras dizer para desfazer o feitiço.

Tábuas lisas. Paredes sujas e rachadas. Cortinas amarradas na janela. Uma lâmpada pendurada no teto por um fio gasto. Um aquecedor branco que queimaria sua pele se tocasse nele e fazia barulhos de lamento à noite, como um animal morrendo na estrada. Um penico branco de plástico, rachado, para o qual sentia vergonha de olhar. Um colchão com manchas escuras no chão. Uma das manchas parecia um dragão e a outra, um país, mas ele não sabia qual. Outra mancha era um rosto com nariz pontudo, e ele achava que era de uma bruxa, e outra era ele. Havia uma porta, mas ele não conseguia abrir. Mesmo se pudesse usar as mãos, e mesmo se abrisse, Matthew sabia que não conseguiria passar por ela. As coisas do outro lado o pegariam.

A investigadora de polícia Yvette Long observava a sala da família Faraday. Havia brinquedos espalhados: um grande ônibus vermelho de plástico, vários carrinhos no tapete, livros de leitura e de colorir, um fantoche de macaco. Na mesa de centro, havia um grande bloco pautado com alguns esboços da caligrafia de Matthew — letras detalhadas e tortas com canetinha hidrocor vermelha, os bês e dês ao contrário. Andrea Faraday estava sentada diante dela. Seus longos cabelos ruivos estavam despenteados e oleosos, e o rosto inchado de tanto chorar. Yvette Long tinha a impressão de que ela chorava há dias, sem parar.

— O que mais posso contar? — perguntou ela. — Não há nada a dizer. Nada. Eu não sei de nada. Acha que eu não contaria? Eu fico repassando tudo na cabeça.

— Consegue pensar em algo que pareça suspeito, qualquer pessoa estranha que estivesse por perto?

— Não! Nada. Se eu não tivesse me atrasado... ah, meu Deus, se eu não tivesse me atrasado! Por favor, traga-o de volta. Meu garotinho. Ele ainda faz xixi na cama de vez em quando.

— Sei como é doloroso. Estamos fazendo todo o possível. Enquanto isso...

— Essas pessoas não sabem nada sobre ele. Ele é alérgico a nozes. E se derem nozes a ele?

A investigadora Long tentou transmitir calma e colocou a mão no braço de Andrea.

— Tente pensar em algo que possa ajudar.

— Ele é apenas um bebê, é sério. Deve estar chorando e chamando por mim, e eu não posso ir até ele. Entende qual é a sensação? Eu perdi o ônibus e me atrasei.

Jack havia seguido o conselho de Frieda. Estava usando calças pretas, uma camisa azul-clara com apenas o primeiro botão desabotoado e uma jaqueta de lã cinza cujos bolsos, Frieda notou, ainda estavam costurados. Os sapatos pareciam baratos, oxfords pretos e envernizados. Provavelmente ainda deviam estar com a etiqueta do preço na sola. Ele havia até penteado os cabelos, afastando-os do rosto, e se barbeado, embora tivesse esquecido de uma área sob o queixo. Não parecia mais um estudante desgrenhado, mas um estagiário da área de contabilidade, ou talvez um novo membro de um culto religioso. Jack consultava o caderno de anotações e falava sobre seus casos. Era um processo sem propósito. Frieda estava com dificuldade para se concentrar. Olhou para o relógio. O tempo havia terminado. Ela fez um gesto com a cabeça para Jack, e depois perguntou:

— Imagine que um paciente confesse um crime. O que você faz?

Jack se endireitou na cadeira. Ele parecia desconfiado. Frieda estava tentando fazer uma pegadinha?

— Que tipo de crime? Ultrapassar o limite de velocidade? Roubar?

— Algo realmente sério. Como um assassinato.

— Nada sai da sala — respondeu Jack, sem muita certeza. — Não é isso que prometemos?

— Você não é um padre no confessionário — disse Frieda, rindo. — Você é um cidadão. Se alguém confessa um assassinato, você chama a polícia.

Jack ficou vermelho. Ele não havia passado no teste.

— Mas e se você *suspeita* de que um paciente cometeu um crime?

Jack hesitou e mordeu a ponta do polegar.

— Não estou esperando resposta certa ou errada.

— Como você suspeita? — indagou ele finalmente. — Tem apenas um pressentimento? Não pode chamar a polícia com base nisso, não é? Pressentimentos muitas vezes estão completamente errados.

— Eu não sei. — Frieda estava falando consigo mesma, não com ele. — Realmente não sei o que isso significa.

— Se eu não me contivesse, poderia suspeitar que vários pacientes são criminosos. Atendi um homem ontem que disse coisas muito grosseiras. Eu me senti mal só de ouvir. Fiquei pensando no que você me disse uma vez sobre a diferença entre imaginar e fazer.

Frieda concordou com a cabeça.

— Está certo.

— E você está sempre nos dizendo que nossa função não é lidar com a confusão do mundo exterior, mas com a confusão na cabeça das pessoas. — Ele fez uma pausa. — Você está falando de um de seus pacientes, não é?

— Não exatamente. Ou talvez.

— Seria mais fácil perguntar para ele.

Frieda olhou para Jack e sorriu.

— É isso que você faz?

— Eu? Não. Eu viria falar com você e faria o que me dissesse para fazer.

Para não chegar antes das oito e meia, Frieda foi andando até Barbican depois do último paciente. Estava chovendo. No começo era só uma garoa leve, mas quando ela chegou já tinha virado uma tempestade; poças se formaram no asfalto, e os carros que passavam levantavam água com os pneus.

— Deixe eu pegar uma toalha — disse Sandy quando a viu. — E uma camisa minha.

— Obrigada.

— Por que não pegou um táxi?

— Eu precisava andar.

Ele pegou uma camisa branca e macia para ela, tirou seus sapatos e meias, secou seus pés e passou uma toalha em seus cabelos. Ela se encolheu no sofá, e ele lhe entregou uma taça de vinho. Estava quente e claro dentro do apartamento. Do lado de fora, a noite estava deserta e úmida, e as luzes de Londres brilhavam e se dissolviam.

— Que gostoso — disse Frieda. — Que cheiro é esse?

— Camarões com alho, arroz e salada verde. Está bom?

— Mais do que bom. Eu não cozinho muito bem.

— Posso conviver com isso.

— É bom saber.

Sentaram-se à pequena mesa, e Sandy acendeu uma vela. Ele vestia uma camisa azul-escura e jeans. Olhou para ela com uma intensidade que a deixou nervosa. Frieda estava acostumada com a curiosidade de seus alunos e pacientes a seu respeito, mas isso era diferente.

— Por que não sei nada sobre seu passado?

— É essa a conversa séria?

— Não exatamente. Mas você é contida.

— É mesmo?

— Sinto que sabe muito mais sobre mim do que sei sobre você.

— Leva algum tempo.

— Sei que leva. E nós temos tempo, não temos?

Ela olhou nos olhos dele.

— Acho que sim, temos.

— Isso me pegou de surpresa — disse Sandy.

— O amor é assim. — A palavra lhe escapou antes que se desse conta. Deve ter sido o vinho.

Sandy colocou as mãos sobre as dela. Ficou sério de repente.

— Eu *preciso* dizer uma coisa.

— Não vai me dizer que é casado?

Ele sorriu.

— Não. Não é isso. É que me ofereceram um emprego novo.

— Ah! — Ela ficou aliviada. — Pensei que fosse dizer algo terrível. Mas isso é bom, não é? Que emprego?

— Um cargo de professor pleno.

— Sandy, isso é fantástico.

— Na Cornell.

Frieda colocou a faca e o garfo lado a lado, afastou o prato e apoiou os cotovelos na mesa.

— Que fica em Nova York.

— É — confirmou Sandy. — Essa mesmo.

— Então você vai se mudar para os Estados Unidos.

— Esse é o plano.

— Ah. — De repente ela ficou fria e muito séria. — Quando você aceitou?

— Há algumas semanas.

— Então já sabia esse tempo todo.

Sandy virou o rosto. Parecia constrangido e irritado por se sentir assim.

— Quando consegui o emprego, nem a conhecia ainda.

Frieda pegou a taça e tomou um gole de vinho. Parecia azedo. Era como se a luz tivesse mudado e tudo estivesse diferente.

— Venha comigo — pediu ele.

— Como deve fazer uma boa mulher.

— Você tem contatos. Pode trabalhar lá da mesma forma que trabalha aqui. Nós dois poderíamos começar de novo, juntos.

— Eu não quero começar de novo.

— Sabia que não devia ter contado.

— Eu baixei minha guarda — disse Frieda. — Deixei você entrar na minha casa, na minha vida. Contei coisas que nunca havia contado a ninguém. Você estava fazendo planos esse tempo todo.

— Com *você*.

— Você não pode fazer planos para mim. Você sabia algo que eu não sabia sobre nós.

— Eu não queria perder você.

— Quando você vai?

— Perto do Ano-Novo. Em algumas semanas. Vendi o apartamento. Encontrei um lugar em Ithaca.

— Você esteve bem ocupado. — Ela ouviu a própria voz, fria, amarga e controlada. Não sabia ao certo se gostava daquele som. Na verdade, estava se sentindo febril, fraca e aflita.

— Eu não sabia o que fazer. Por favor, minha querida Frieda, venha comigo. Junte-se a mim.

— Está me pedindo para desistir de tudo e recomeçar nos Estados Unidos?

— Estou.

— E se eu pedir para você desistir do cargo de professor pleno e ficar aqui comigo?

Ele se levantou e andou até a janela, de costas para ela. Olhou para fora por alguns segundos, depois se virou.

— Eu não ficaria — respondeu. — Não posso.

— E então? — perguntou Frieda.

— Case comigo.

— Vai se ferrar.

— Estou pedindo você em casamento, não te insultando.

— É melhor eu ir embora.

— Você não me respondeu.

— Está falando sério? — perguntou Frieda. Ela sentiu o efeito do álcool bem forte.

— Estou.

— Preciso pensar nisso sozinha.

— Quer dizer que há a possibilidade de dizer sim?

— Amanhã eu respondo.

Capítulo Dezesseis

Quando Tanner abriu a porta da frente, pareceu surpreso. O investigador-chefe Malcolm Karlsson se apresentou.

— Meu assistente falou com você — disse Karlsson.

Tanner confirmou com a cabeça e o acompanhou até uma saleta escura. Estava frio. Tanner ficou de joelhos e mexeu em um aquecedor elétrico que tinha sido colocado na lareira. Enquanto ele fazia barulho preparando e servindo o chá, Karlsson olhava a sala e se lembrava de sair com os avós quando era criança para visitar amigos ou parentes distantes. Mesmo depois de 30 anos, a lembrança emanava um cheiro de tédio e imposição.

— Estou fazendo seu antigo trabalho — disse Karlsson, pensando imediatamente que aquilo parecia reprovação. Tanner não tinha a aparência de um investigador. Nem mesmo de um investigador aposentado. Vestia um cardigã velho e calças cinza e havia se barbeado sem muito jeito, deixando áreas com pelos.

Serviu chá em duas canecas de tamanhos diferentes e passou a maior adiante.

— Nunca planejei ficar em Kensal Rise — disse ele. — Quando me aposentei prematuramente, íamos nos mudar para a costa. Para algum lugar no leste, como Clacton ou Frinton. Começamos a pesquisar, pegar folhetos. Então minha mulher adoeceu. Tudo ficou complicado demais. Ela está lá em cima agora. Logo você vai escutar os gritos dela me chamando.

— Sinto muito — disse Karlsson.

— O homem é que deveria adoecer logo depois de se aposentar. Mas eu estou bem. Apenas cansado.

— Certa vez passei uns dias cuidando da minha mãe quando ela fez uma cirurgia — disse Karlsson. — Foi mais difícil do que ser policial.

— Você não fala como um policial — disse Tanner.

— E como eu falo?

— Diferente. Imagino que tenha frequentado a universidade.

— Sim, frequentei. Isso me impede de ser um deles?

— Provavelmente. O que estudou?

— Direito.

— Bem, é uma perda de tempo.

Karlsson tomou um gole de chá. Podia ver pequenas nódoas de leite flutuando na superfície, e notou um gosto azedo.

— Sei por que está aqui — disse Tanner.

— Estamos procurando uma criança desaparecida. Traçamos alguns parâmetros. Idade, hora do dia, local, meios e oportunidade, e um nome apareceu em nosso computador. Apenas um. Joanna Vine. Ou é Jo?

— Joanna.

— O meu se chama Matthew Faraday. Os jornais o chamam de Mattie. Acho que cabe melhor nas manchetes. Pequeno Mattie. Mas o nome é Matthew.

— Ela desapareceu há vinte anos.

— Vinte e dois.

— E Joanna foi levada em Camberwell. Esse garotinho foi em Hackney, não foi?

— Você está acompanhando a história.

— Não posso evitar.

— É verdade. Prossiga, então.

— O desaparecimento de Joanna aconteceu no verão. Este, no inverno.

— Então não está convencido?

Tanner parou para pensar por um instante antes de responder e começou a se parecer mais com o investigador experiente que costumava ser. Quando falou, contou nos dedos alguns pontos de divergência.

— Convencido? — disse ele. — Menina. Menino. Norte de Londres, sul de Londres. Verão, inverno. E há um intervalo de 22 anos. Qual seria o sentido? Ele sequestra uma criança, espera metade da vida, depois pega outra. Mas você acha que os crimes estão interligados. Há alguma pista que não contou à imprensa?

— Não — respondeu Karlsson. — Você está certo. Não há nenhuma ligação óbvia. Eu abordei o caso a partir de outro ponto de vista. Milhares de crianças desaparecem todos os anos. Mas quando se elimina a fuga de adolescentes, os que são levados por outros membros da família e os acidentes, chega-se a um número bem pequeno. Quantas crianças são mortas por estranhos a cada ano? Quatro ou cinco?

— Mais ou menos isso.

— De repente, esses dois desaparecimentos têm coisas em comum. Você sabe como é difícil pegar uma criança. É preciso chegar até ela sem alvoroço, evitar ser visto e depois... o quê? Livrar-se do corpo de modo que nunca seja encontrado ou mandá-las para fora do país, ou nem sei mais o quê.

— A imprensa adotou essa sua teoria?

— Não. E não vou ajudá-los.

— Não é um fato — afirmou Tanner. — Você não pode basear toda a investigação nisso. Esse foi o nosso problema. Tínhamos certeza de que havia sido a família. Porque é isso que dizem os números. É sempre a família. Se os pais são separados, é o pai, ou um tio. Pelo que me lembro, ele não tinha um bom álibi no início, então passamos muito tempo investigando-o.

— E no fim ele tinha um bom álibi?

— Bom o suficiente — disse, abatido. — Achamos que seria apenas uma questão de fazê-lo ceder e esperar que ainda não tivesse matado a filha. Porque é isso que sempre acontece. Mas tem vezes que não é bem assim. Eu não preciso ficar lhe dizendo tudo isso. Você leu os arquivos.

— Li. Demorei um dia inteiro e não descobri praticamente nada. Queria perguntar se existe alguma coisa que não foi colocada nos arquivos. Suspeitas, talvez. Instintos. Palpites.

Tanner recostou no sofá e respirou profundamente.

— Quer que eu diga que sou assombrado por esse caso? Que foi por isso que me aposentei antes da hora?

— É verdade?

— Eu era capaz de lidar com cadáveres. Era capaz até de lidar com a absolvição de pessoas que eu sabia que eram culpadas. Era capaz de lidar com o advogado parado ao lado delas na calçada, falando que seu cliente fora inocentado, grato ao júri por seu bom senso. No final, era apenas papelada e metas, e eu não aguentava mais.

— Joanna Vine — disse Karlsson calmamente. — O que aconteceu com a investigação?

— Nada. Nada mesmo. Vou contar como foi. Uma das portas do meu armário de cozinha não tem puxador. Para abrir, é preciso enfiar as unhas no vão e puxar um pouco até que abra. A investigação sobre Joanna Vine foi uma coisa de rotina. Montamos uma sala e tomamos centenas de depoimentos, fizemos relatórios e reuniões sobre nosso progresso e participamos de coletivas de imprensa. Mas não havia nenhuma prova. Nada para enfiarmos as unhas e puxarmos.

— E o que aconteceu?

— Passamos a precisar de salas cada vez menores para as coletivas de imprensa. Não havia mais o que fazer. De repente, um ano se passou. Nada de novo tinha acontecido. Ninguém havia cedido.

— O que você achava?

— O que achava? Acabei de dizer o que achava.

— Quero saber qual era sua impressão. Qual era o seu palpite?

Tanner deu uma risada amarga.

— Eu não conseguia saber. Depois de alguns dias, pensei que a encontraríamos em uma vala, em um canal ou em uma cova rasa. Esses canalhas doentios costumam ser impulsivos e depois simplesmente se livram das provas do que fizeram. Não parecia ser esse o caso, mas eu não sabia o que podia ser. Simplesmente não havia nada. Como se analisa um nada? Talvez ele, ou ela, tenha apenas enterrado a menina no lugar certo. E como está indo a *sua* investigação?

— Parecida com a sua. Nas primeiras horas, esperávamos que ele aparecesse, que tivesse se perdido, que estivesse escondido em um armário ou na casa de um amigo. Interrogamos os pais. Eles não são separados. Falamos com uma tia. O irmão da mãe mora perto. Ele está desempregado, bebe. Nós nos concentramos muito nele. E agora estamos esperando.

— E os circuitos internos de câmeras?

— Ele é esperto ou tem muita sorte. A câmera da escola não estava funcionando. É um segredo bem-guardado o fato de que cerca de um quarto dos equipamentos de segurança costuma estar com defeito ou desligado. Mas sabemos que Matthew saiu da escola. Há algumas câmeras na frente das lojas e perto de um pub pouco antes da casa dele. Ele não aparece nelas, mas me disseram que estão posicionadas em ângulos ruins, então não pudemos tirar conclusões. Mas o caminho para casa passa pela lateral de um parque sem nenhuma câmera.

— Vocês não podem verificar a placa dos carros que entraram e saíram daquela área?

— O quê? Que entraram e saíram de Hackney? Não se trata de uma zona de prostituição às duas da manhã. Não saberíamos nem por onde começar.

— Talvez você tenha que esperar mais uns vinte e poucos anos.

Karlsson se levantou. Tirou um cartão da carteira e o entregou a Tanner, que parecia ironicamente divertido.

— Já sabe o que vou falar — disse Karlsson. — Mas se lembrar de alguma coisa, qualquer coisa, ligue para mim.

— A sensação não é boa, não é? Precisar vir falar com pessoas como eu?

— Foi útil — observou Karlsson. — Fiquei quase feliz por ter sido tão ruim para você quanto para mim.

Eles seguiram juntos até a porta.

— Sinto muito por sua esposa — disse Karlsson. — Ela está melhorando?

— Piorando. Os médicos dizem que vai demorar um bom tempo. Você precisa de um táxi?

— Meu motorista está aí fora.

Karlsson saiu e então pensou em algo. Algo que não pretendia dizer.

— Eu sonho com ele — revelou. — Não consigo lembrar dos sonhos quando acordo, mas sei que são com ele.

— Eu também sonhava. Costumava tomar umas doses de bebida antes de dormir. Às vezes ajudava.

— Senti sua falta ontem à noite — disse Sandy. Frieda passou os olhos pela cozinha. Já parecia território estranho. — Eu estava tomando café da manhã. Você quer...

— Não, obrigada.

— Pelo menos não está mais chovendo. Você está linda. Esse casaco é novo?

— Não.

— Estou falando sem parar como um idiota. Sinto muito pela noite passada. Sinto muito. Você teve razão em ficar brava.

— Não estou mais brava.

— Porque decidiu ir comigo. Não é isso?

— Não posso largar tudo — respondeu ela. — Nem para ficar com você.

— Mas não tem medo de perder isso que nós temos?

Ela não queria que acontecesse, mas em poucos segundos já estavam se beijando. Ele tirou o casaco e a camisa, e se jogaram no sofá, as bocas unidas, as mãos dela percorrendo as costas nuas dele, puxando-o para mais perto pela última vez. Ele disse o nome dela várias vezes, e sabia que ela acordaria à noite e ouviria aquele gemido.

Logo depois, ela disse:

— Foi um erro.

— Não para mim. Não vou embora até o Natal. Vamos passar esse tempo juntos. Tentar pensar em um jeito.

— Não. Eu não gosto de despedidas longas.

— Como consegue ir embora depois disso?

— Tchau, Sandy.

Depois que ela saiu, ele ficou perto da janela e olhou para baixo, para a praça que ela atravessaria. E depois de alguns minutos, lá estava ela, uma figura esguia e ereta. Ela não olhou para cima.

Capítulo Dezessete

— O chefe vai espumar de raiva — disse o investigador Foreman, melancólico.

Havia vários policiais na sala de operações, embora Karlsson estivesse fora e ninguém o esperasse tão cedo. Eles folheavam os jornais da manhã, e a tensão com relação ao caso Matthew não apresentava sinais de enfraquecimento. Em um tabloide, nove páginas haviam sido dedicadas a ele, com várias fotos do menino, entrevistas com pessoas que o conheciam ou alegavam conhecê-lo, artigos sobre perfis psicológicos, uma longa matéria especial sobre a vida doméstica da vítima. Havia especulações sobre o casamento dos Faraday. Fontes "próximas ao centro das investigações" haviam dito isso.

— E quem são essas pessoas?

— Estão apenas sondando. Eles sabem que normalmente o culpado é o pai ou o padrasto.

— Ele estava a quilômetros de distância. De modo algum pode ser um dos suspeitos. Por que veiculariam uma coisa dessas?

— O que você acha? Pelo dinheiro que ganham com Matthew. Li em algum lugar que os jornais vendem milhares de edições quando há notícias sobre o menino na primeira página. Isso pode durar um bom tempo.

— Maldito dinheiro.

— É fácil dizer. Quem aqui nunca recebeu uma proposta?

— Para quê? Vazar informações?

— Você vai receber. É só esperar.

— O chefe não vai ficar feliz.

— Nem o chefe dele. Fiquei sabendo que o comissário tem um interesse muito pessoal no caso.

— Crawford é um idiota.

— Um idiota que pode ter uma vida muito confortável.

— Karlsson é um verdadeiro policial. Se alguém pode resolver esse caso, é ele.

— Então parece que ninguém pode, não é?

Vinte e dois anos: mas quando Karlsson disse a Deborah Teale quem ele era, viu a esperança em seus olhos, e o medo também. Ela colocou dois dedos no lábio inferior e se apoiou no batente da porta como se a terra estivesse tremendo.

— Na verdade não há nenhuma novidade sobre sua filha — disse ele rapidamente.

— Não, é claro que não. — Ela deu uma risada curta e trêmula, pressionando uma das mãos contra o peito. — Você disse isso quando ligou. É só que... — Depois de tudo, ela ainda se abala com o que pode ouvir? — É só que... — Como parar de esperar, como parar de temer? Karlsson não pôde deixar de pensar em como ela devia se sentir, mesmo depois de tantos anos. A descoberta de um pequeno corpo em uma vala seria um alívio para ela. Pelo menos saberia, e haveria um túmulo onde poderia colocar flores.

— Posso entrar? — perguntou a ela, que fez que sim com a cabeça e se afastou para deixá-lo passar.

Cada casa tem um cheiro diferente. A de Tanner tinha cheiro de mofo, levemente rançoso, como se as janelas não fossem abertas há meses, um odor que ficava preso no fundo da garganta, como o de água de flores velhas. A casa de Deborah Teale cheirava a desinfetante e lustra-móveis e, debaixo de tudo, fritura. Ela o acompanhou até a sala, desculpando-se por uma bagunça que não existia. Havia muitas fotografias na sala, mas nenhuma de Joanna.

— Só queria fazer algumas perguntas. — Ele se acomodou em uma cadeira que era baixa demais para seu tamanho e que o aprisionou em sua maciez.

— Perguntas? O que ainda não foi perguntado?

Karlsson não sabia a resposta para aquela pergunta. Pegou-se imaginando o motivo de estar ali, revisitando uma tragédia que quase certamente não tinha nada a ver com Matthew Faraday. Ele olhou para a mulher diante de si, para seu rosto magro e ombros estreitos. Havia lido sobre ela no arquivo. Deve ter 53 anos atualmente. Algumas pessoas — o novo namorado de sua ex-mulher, por exemplo — se expandem e se solidificam em uma versão mais confortável de si mesmos ao envelhecer, mas Deborah Teale parecia ter sido atropelada pelos anos, perdendo sua juventude e suavidade.

— Estive revendo o caso.

— Por quê?

— Porque nunca foi solucionado — respondeu ele. Não era mentira, mas também não era toda a verdade.

— Joanna está morta — disse Deborah Teale. — Ah, eu fico imaginando que ela pode estar por aí, mas na verdade sei que está morta. Tenho certeza disso. Provavelmente morreu um dia depois que a perdemos. Por que você tem que revolver solo antigo? Se encontrar o corpo dela, venha me contar. Não vai pegar o assassino agora, vai?

— Não sei.

— Vocês devem ter que voltar a crimes não resolvidos de tempos em tempos para cumprir alguma norma burocrática. Mas eu já disse tudo o que tinha a dizer. Repeti várias vezes. Até achar que ficaria louca. Tem ideia do que é perder um filho?

— Não. Não tenho.

— É muita coisa. Pelo menos não está me dizendo que sabe como me sinto.

— Você descreveu Joanna como uma garotinha ansiosa.

— Sim. — Deborah Teale franziu a testa.

— E ela sabia que não devia confiar em estranhos?

— É claro que sim.

— E ainda assim desapareceu silenciosamente no meio de uma tarde, em uma rua movimentada.

— Sim. Como se tivesse sido um sonho.

Ou como se confiasse na pessoa que a levou, pensou Karlsson.

— Chega um momento em que é preciso dizer a si mesmo que terminou. Entende? É preciso. Vi que olhou para as fotos quando entrou. Sei em que estava pensando, é claro: que não havia nenhuma de Joanna. Provavelmente achou que isso não era muito saudável.

— Não, de modo algum — disse Karlsson com sinceridade. Ele acreditava muito na negação. Havia constatado por experiência própria que era uma forma de as pessoas conseguirem permanecer sãs.

— Aquela é Rosie e aquele é meu marido, George. E minhas duas filhas mais novas. Abbie e Lauren. Eu chorei, rezei, lamentei, e por fim dei adeus e segui em frente, e não quero mais voltar. Eu devia isso a minha família. Parece insensível?

— Não.

— Algumas pessoas acham que sim. — Ela torceu a boca com amargura.

— Está falando de seu ex-marido?

— Richard acha que sou um monstro.

— Você ainda fala com ele?

— É esse o verdadeiro motivo da visita? Ainda acham que foi ele?

Karlsson olhou para a mulher sentada à sua frente, para o rosto seco e os olhos brilhantes. Ele gostava dela.

— Eu não acho nada, na verdade. Apenas que o caso não foi resolvido.

— Sei que a casa dele é como um santuário. Santa Joanna em meio às garrafas de uísque. Mas acho que isso não significa nada.

E não significava. Pelo que Karlsson sabia, assassinos frequentemente eram pessoas sentimentais ou narcisistas. Ele era capaz de imaginar facilmente um pai matando a filha e depois derramando por ela lágrimas de autocompaixão embriagada.

— Você ainda fala com ele?

— Não falo com ele há anos. Diferente da pobre Rosie. Eu tento convencê-la a se afastar do pai, mas ela se sente responsável por ele. Tem um coração bom demais. Eu queria... — Ela fez uma pausa.

— Pois não?

Mas ela balançou a cabeça com força.

— Não sei o que ia dizer. Eu só queria... Você sabe.

Richard Vine insistiu em ir à delegacia de polícia em vez de encontrar Karlsson em seu apartamento. Vestia um terno surrado e apertado na cintura e no peito e uma camisa branca abotoada até o colarinho, espremendo o pomo de adão. Seu rosto parecia inchado, e os olhos estavam levemente vermelhos. As mãos tremiam quando pegou a caneca de café. Ele deu um gole.

— Se não há pistas novas, qual é o motivo dessa conversa?

— Estou revendo o caso — respondeu Karlsson calmamente. Ele gostaria de estar entrevistando Richard Vine em sua própria casa: é possível dizer muita coisa pelo ambiente em que uma pessoa vive, mesmo quando tentam arrumá-lo antes para as visitas. Ele devia ter vergonha de deixar estranhos verem sua casa.

— Seus colegas passaram toda a investigação tentando me fazer confessar. Enquanto isso, aquele maldito fugiu. — Ele fez uma pausa e passou as costas da mão pela boca. — Vocês foram falar com ela também ou só comigo?

Karlsson não respondeu. Ele se sentia oprimido pelo sofrimento e pela confusão naquelas vidas que estava visitando. Por que resolvera falar com esse homem? Com base em um capricho, uma intuição sem fundamento. Por não ter esperanças nem pistas verdadeiras. Matthew Faraday e Joanna Vine, dois casos separados por 22 anos e reunidos por nada além do fato de ambos terem a mesma idade e terem desaparecido sem deixar rastros no meio do dia, perto de uma loja de doces.

— Foi ela que a perdeu. Ela deveria estar cuidando da menina e deixou outra de 9 anos fazer seu trabalho. E depois simplesmente desistiu dela. Guardou as fotos em uma caixa, mudou de casa, casou-se com o Sr. Respeitável, esqueceu-se de mim e de Joanna. *A vida tem que continuar*. Foi isso que ela me disse. *A vida tem que continuar*. Bem, eu não vou desistir de nossa filha.

Karlsson ouviu, apoiou a cabeça em uma das mãos e fez rabiscos inúteis a lápis no bloco de notas aberto. Parecia que ele dizia aquilo com frequência, para quem quer que estivesse por perto escutando.

— Você descreveria Joanna como uma criança que confiava em todo mundo? — perguntou ele, assim como havia perguntado a Deborah Teale.

— Ela era uma princesinha.

— Mas ela confiava nas pessoas?

— Não se pode confiar em ninguém nesse mundo. Eu devia ter dito isso a ela.

— Acha que ela pode ter confiado em um estranho?

Uma expressão cautelosa e especulativa tomou conta do rosto de Richard Vine.

— Eu não sei — respondeu finalmente. — Talvez sim, talvez não. Ela só tinha 5 anos, pelo amor de Deus! Isso acabou com a minha vida, sabe. Um dia as coisas estavam dando certo e depois... Bem, foi como puxar um daqueles fios de tricô que Rosie sempre faz quando vai me visitar. Tudo simplesmente se desfaz, e em alguns instantes não há mais nada ali. — Ele olhou para Karlsson, e por um segundo o investigador viu em seu rosto o homem que costumava ser. — É por isso que não consigo perdoá-la. As coisas não foram tão ruins para ela quanto foram comigo. Ela devia ter sofrido mais. Ela não pagou o preço justo.

No fim da entrevista, levantando-se para ir embora, ele disse:

— Se vir Rosie, diga a ela para ir me visitar. Pelo menos ela não abandonou o velho pai.

O primeiro soco não acertou seu queixo e foi parar no pescoço. O segundo foi no estômago. Mesmo estando abalado, cobrindo o rosto com as mãos, Alec Faraday ficou surpreso por aquilo ter sido tão silencioso. Ele podia ouvir um avião no céu e o trânsito na avenida principal à sua direta — achou até que ouvia um rádio tocando ao longe —, mas os homens não fizeram nenhum ruído, exceto pela respiração pesada, quase como um rosnado, cada vez que davam um soco.

Eram cinco. Estavam de capuz. Um deles usava uma balaclava. Ele caiu de joelhos e depois desabou no chão, tentando desviar dos golpes, proteger o rosto. Sentiu uma bota bater com força em suas costelas e outra na coxa. Alguém o acertou bem na virilha. Em algum lugar, ouviu algo rachar. Sua boca estava cheia de líquido, coisas que ele estava cuspindo. A dor era como um rio que jorrava dele. Ele viu o asfalto congelado brilhando sob seu rosto e então fechou os olhos. Não adiantava lutar. Eles não entendiam que seria um alívio morrer?

Finalmente, alguém falou:

— Seu pervertido cretino.

— Pedófilo maldito.

Ouviu-se um zumbido e algo úmido aterrissou em seu pescoço. Era outro golpe, mas agora parecia estar acontecendo com outra pessoa. Ouviu passos se afastando.

* * *

Ele havia comido só um pouco de batata amassada com molho porque não conseguia mais retê-la na boca, embora tenha cuspido a maior parte e ela ainda estivesse no chão, como vômito. Havia uma coxa de frango também no chão, que já estava com um cheiro estranho. Tinha engolido umas argolinhas de macarrão porque estava chorando, e elas desceram sem que ele pudesse impedir. O cômodo estava tomado pelo cheiro de comida apodrecendo e de seu próprio corpo. Ele abaixou a cabeça, cheirou sua pele, e ela estava azeda. Lambeu-a e não gostou do sabor.

Mas ele havia descoberto que se ficasse na ponta dos pés sobre o colchão e movesse a cabeça sob as persianas duras conseguia se esgueirar e olhar pela janela. Apenas o canto inferior. Estava tudo sujo, e logo também ficava embaçado por sua respiração. Se apoiasse a testa no vidro, sentia-o tão gelado que até doía. Ele podia ver o céu. Estava azul, carregado, e fez seus olhos se arregalarem. Em frente havia um teto branco e brilhante, com um pombo que olhava para ele. Se conseguisse se esticar, podia ver a rua. Não era como aquela em que morava quando era Matthew. Estava tudo destruído. Estava tudo vazio. Todos haviam fugido porque sabiam que coisas ruins estavam por vir.

— Eu não me lembro. Não consigo me lembrar. Você não entende? É impossível diferenciar o que eu realmente sei do que me disseram na época, do que inventei para me consolar e do que sonhei. Está tudo muito confuso. É inútil me perguntar. Eu não posso ajudar. Sinto muito.

A mulher diante dele pedia desculpas. Karlsson havia visto fotografias de Rosie Teale quando criança, e agora ali estava ela, aos 31 anos. Há algo estranho em avançar para a idade adulta: seus cabelos escuros estavam puxados para trás do rosto fino e triangular, sem maquiagem; os olhos, também escuros, pareciam grandes demais para o rosto; os lábios pálidos, levemente ressecados; as mãos, ossudas e sem anéis, pousadas sobre o colo. Ela parecia tanto mais jovem quanto mais velha do que alguém de sua idade e ligeiramente subnutrida, pensou Karlsson.

— Sei que tinha 9 anos. Mas me pergunto se não há nada, nada mesmo, em que tenha pensado desde a última vez que falou com a polícia. Algo que tenha visto ou escutado, eu não sei... Cheirado, sentido. Qualquer coisa. Ela estava lá e depois não estava mais, e nesses poucos segundos deve ter acontecido *alguma coisa*.

— Eu sei. E às vezes eu acho... — Ela fez uma pausa.

— Sim?

— Acho que sei de algo, mas não sei que sei... Isso parece idiota.

— Nem um pouco.

— Mas não adianta. Eu não sei o que é, e quanto mais tento lembrar, mais rápido desaparece. Deve ser algum tipo de ilusão. Estou tentando me lembrar de algo que nunca existiu só porque estou desesperada para isso. E se algo efetivamente existiu, já se foi há muito tempo. Minha mente se parece um pouco com uma de suas cenas de crime: a princípio, eu me recusava a visitá-la, literalmente não aguentava, e depois entrei tantas vezes com botas cheias de lama que não sobrou nada.

— Você me procura se lembrar de algo?

— É claro que sim. Isso tem alguma coisa a ver com o garotinho que desapareceu? Matthew Faraday?

— Por que pergunta?

— Por qual outro motivo eu estaria aqui agora, depois de todo esse tempo?

De repente, Karlsson sentiu que devia dizer algo.

— Você tinha apenas 9 anos. Ninguém com a cabeça no lugar acharia que a culpa foi sua.

Ela sorriu para ele.

— Então, eu não tenho a cabeça no lugar.

Capítulo Dezoito

Karlsson já estava de mau humor quando Yvette Long foi até sua sala e lhe disse que uma mulher queria falar com ele. Ela ficou nervosa com a expressão no rosto do chefe.

— Como está Faraday?

— Nada bem. Mandíbula destruída, costelas quebradas. Você precisa fazer uma declaração em cerca de meia hora. A imprensa já está esperando.

— Foi culpa deles — disse Karlsson. — Foram eles que incitaram. O que acharam que aconteceria? Com certeza estão chocados. Alguma pista sobre os agressores?

— Nada.

— Como está a esposa?

— Como era de se esperar.

— Quem está com ela no momento?

— Alguns policiais do Apoio às Vítimas. Voltarei lá mais tarde.

— Muito bem.

— E o comissário quer vê-lo depois que fizer a declaração.

— Nada bom.

— Sinto muito. — Por um instante, Yvette Long pensou em colocar a mão no ombro dele. Karlsson parecia tão cansado.

— Sabe com quem acabei de falar?

— Não.

— Brian Munro. — Yvette Long não reconheceu o nome. — Ele é o responsável pelas gravações do circuito interno de câmeras.

— Ele descobriu alguma coisa?

— Descobriu carros. Muitos e muitos carros. Carros com uma pessoa, carros com mais de uma pessoa. Carros com um número indeterminado de pessoas. Mas, como disse, sem nenhuma informação a ser cruzada, é pior do que procurar uma agulha em um palheiro. É como procurar palha em um palheiro.

— É possível cruzar com informações de criminosos conhecidos. Ou pessoas que estão no registro de crimes sexuais.

— Sim, esse pensamento nos ocorreu, e Brian ficou um bom tempo me explicando como o processo seria longo e complicado. E eu poderia deixá-lo um pouco menos longo envolvendo mais pessoas, pessoas que pudessem bater de porta em porta e colher depoimentos.

— E essa mulher? — perguntou Yvette Long.

— Quem é ela?

— Ela disse que quer falar com você sobre a investigação.

— Peça que alguém da delegacia dê uma palavra com ela.

— Ela disse que quer falar com o policial responsável.

Karlsson franziu a testa.

— Por que está desperdiçando meu tempo com isso?

— Ela perguntou por você, falou seu nome. Deu a impressão de que conhecia pessoas.

— Não me importo se ela... — resmungou Karlsson. — Seria mais fácil falar com ela de uma vez. Mas ela não escolheu um bom dia para me fazer perder tempo. Quem é ela?

— Não sei. Uma médica.

— Uma médica? Pelo amor de Deus, peça para ela entrar.

Karlsson tinha um bloco grande sobre a mesa para fazer anotações, listas, rabiscos. Abriu em uma página em branco. Pegou uma caneta e clicou várias vezes. A porta se abriu, Yvette Long entrou e ficou parada no meio da sala.

— Esta é a Dra. Frieda Klein — disse ela. — Ela... er... não disse do que se trata.

A mulher passou pela investigadora Long, que saiu da sala, fechando a porta. Karlsson estava levemente desconcertado. Pessoas normais se comportavam de um jeito estranho com a polícia. Ficavam nervosas ou muito ansiosas para agradar. Agiam como se tivessem feito algo errado. Aquela mulher era diferente. Ela olhou ao redor com uma curiosidade aparente, e então, quando se virou para Karlsson, ele teve a sensação de estar sendo analisado. Ela tirou o casaco longo e o jogou em uma cadeira perto da parede. Puxou outra cadeira para perto da mesa dele e se sentou. Ele teve a repentina e irritante impressão de que *ele* era a pessoa que havia ido falar com *ela*.

— Sou o investigador-chefe Malcolm Karlsson — disse ele.

— Sim, eu sei.

— Fui informado de que quer me dizer algo pessoalmente.

— Isso mesmo.

Karlsson anotou o nome "Frieda Klein" no bloco e fez um traço embaixo.

— Diz respeito ao desaparecimento de Matthew Faraday?

— Pode ser que sim.

— Então é melhor me dizer logo, porque não temos muito tempo.

Por um instante, ela pareceu estranha.

— Sinto certa hesitação em dizer isso — reconheceu Frieda. — Porque tenho quase certeza de que vai achar perda de tempo.

— Se tem certeza, então é melhor ir embora e não me fazer perder mais tempo ainda.

Pela primeira vez, Frieda Klein olhou diretamente para ele com seus grandes olhos escuros.

— Eu preciso falar — insistiu ela. — Pensei sobre isso a semana toda. Vou lhe contar e depois vou embora.

— Então diga.

— Está bem. — Ela respirou fundo. Karlsson pensou brevemente em uma garotinha em cima de um palco, prestes a recitar algo. Uma respiração profunda antes do grande salto.

— Sou psicanalista — começou a dizer. — Sabe o que é isso?

Karlsson sorriu.

— Eu estudei um pouco aqui e ali. Apesar de ser policial.

— Eu sei. Você estudou Direito em Oxford. Eu verifiquei.

— Espero que isso me faça digno de seu respeito.

— Comecei a atender um novo paciente. O nome dele é Alan Dekker. Tem 42 anos. Veio me procurar porque está sofrendo de graves e recorrentes crises de ansiedade. — Ela fez uma pausa. — Acho que você deve falar com ele.

Karlsson anotou o nome. Alan Dekker.

— Isso tem a ver com o desaparecimento? — perguntou.

— Tem.

— Ele confessou?

— Se tivesse confessado, eu teria ligado imediatamente para a polícia.

— E?

— A ansiedade de Alan Dekker é baseada em uma fantasia sobre ter um filho, ou sobre *não* ter um filho. Essa fantasia se revela em sonhos que parecem envolver o sequestro de uma criança, o que me pareceu muito similar ao desaparecimento desse menino. E antes que diga que os sonhos podem ter sido causados por informações que ele ouviu a respeito do caso, eles começaram antes do desaparecimento de Matthew Faraday.

— Mais alguma coisa? — perguntou Karlsson.

— Tive a impressão de que o desejo de Dekker por um filho era uma fantasia narcisista. Ou seja, na verdade diz respeito a ele mesmo.

— Eu sei o que significa "narcisista".

— Mas depois vi uma fotografia de meu paciente quando criança, e era muito parecida em alguns pontos, alguns deles bastante evidentes, com a de Matthew Faraday.

Karlsson havia parado de fazer anotações. Estava apenas balançando a caneta entre dois dedos. Então afastou a cadeira da mesa.

— O problema é que, por um lado, não temos as provas de que gostaríamos. Ninguém viu Matthew sendo levado. Talvez isso não tenha acontecido. Talvez ele tenha fugido e se juntado ao circo. Talvez tenha caído em um bueiro. Por outro lado, recebemos muita ajuda e não sabemos o que fazer com ela. Só hoje de manhã, cinco pessoas confessaram que o raptaram, mas nenhuma poderia ter feito isso. Desde o programa de TV sobre ele, na semana passada, tivemos que atender umas 30 mil ligações. Ele foi visto em diferentes partes do Reino Unido, na Espanha e na Grécia. Pessoas suspeitaram dos maridos, namorados, vizinhos. O pobre pai do garoto foi espancado ontem à noite porque os tabloides não foram com a cara dele. Fui procurado por especialistas em perfis que me disseram que o criminoso é um solitário, que tem dificuldade de se relacionar com os outros, ou que é um casal, ou que é uma gangue que trafica crianças pela internet. Falei com uma médium que me disse que Matthew está em um lugar fechado, subterrâneo, o que é útil, porque nos poupa de procurar na Picaddilly Circus. Enquanto isso, há jornalistas escrevendo que tudo aconteceu porque não temos uma quantidade suficiente de homens, patrulhando ou fazendo rondas, ou de câmeras que funcionem. Ou, então, é tudo culpa dos anos 1960.

— Dos anos 1960? — perguntou Frieda.

— Essa é a explicação de que eu mais gosto, porque é a única que não parece ter sido culpa minha. Então, me desculpe se não me sinto grato por você me informar sobre alguém que acha que pode estar, de forma pouco específica, ligado ao crime. Sinto muitíssimo, Dra. Klein, mas isso não me parece muito diferente de alguém dizendo que o vizinho tem passado muito tempo em seu galpão ultimamente.

— Você tem razão — disse Frieda. — Foi isso que eu falei a mim mesma.

— Então por que veio conversar comigo?

— Porque, uma vez que o pensamento entrou em minha cabeça, eu precisava falar sobre ele.

A expressão de Karlsson se tornou mais severa.

— Para que conste nos registros? — perguntou. — E para que, se algo der errado, a culpa seja minha e não sua?

— Porque era a coisa certa a fazer. — Frieda se levantou e foi pegar o casaco. — Sabia que não era nada. Só precisava ter certeza.

Karlsson se levantou e deu a volta na mesa para acompanhá-la até a porta. Teve a sensação de ter sido muito duro com ela. Descontou as frustrações de uma manhã difícil em uma mulher que só estava tentando ajudar. Mesmo que em vão.

— Tente entender meu ponto de vista — pediu ele. — Não posso sair interrogando as pessoas me baseando apenas em sonhos. Sei que você é a psicanalista, e não eu, mas muitos têm esse tipo de sonho o tempo todo, e eles não significam nada.

Foi a vez de ela falar com aspereza:

— Não vou ter aulas com um investigador sobre o significado dos sonhos. Se não se importar.

— Eu só estava dizendo...

— Não se preocupe. Não vou mais tomar seu tempo. — Ela começou a vestir o casaco. — Não é apenas um sonho que ele tem há anos, como é a maioria dos sonhos ligados à ansiedade. Ele teve esse sonho há muito tempo, quando era jovem, e agora de repente começou a ter de novo.

Karlsson estava pronto para se despedir, prestes a empurrá-la porta afora, mas parou.

— O que quer dizer com "de novo"? — perguntou.

— Você não vai querer saber dos detalhes. Mas antes ele tinha um desejo claro por uma filha, e agora é por um filho. Uma das preocupações dele é que haja algo sexual nessa mudança.

— Mudança? — repetiu Karlsson. Frieda ficou confusa com a expressão do policial. — Está dizendo que ele teve o sonho antes? Há muito tempo?

— E isso importa?

Houve uma pausa.

— Só estou curioso — disse Karlsson. — Por motivos pessoais. Quantos anos ele tinha?

— Tinha acabado de sair da adolescência, pelo que me contou. Vinte ou vinte e um. Bem antes de conhecer a esposa. Então, de repente, os sonhos pararam.

— Tire o casaco — pediu Karlsson. — Sente-se. Quero dizer... por favor. Sente-se, por favor.

Com uma expressão levemente desconfiada, Frieda colocou o casaco na cadeira onde estava antes e voltou a se sentar.

— Eu não entendo... — começou ela.

— Seu paciente, ele tem o quê? Quarenta e três anos?

— Quarenta e dois, acho.

— Então o sonho anterior deve ter sido há 22 anos?

— Algo assim.

Karlsson se apoiou na mesa.

— Deixe-me entender. Há vinte e dois anos, ele sonhou com uma garotinha. Sonhou que raptava uma garotinha. Depois mais nada. E agora ele sonha que está com um garotinho?

— Isso mesmo.

De repente, os olhos de Karlsson se estreitaram, repletos de suspeita.

— Está sendo direta comigo, não está? Falou com alguém sobre o caso ou fez alguma pesquisa por conta própria?

— Do que está falando?

— Ninguém a convenceu a fazer isso?

— O quê?

— Alguns jornalistas vieram aqui fingindo serem testemunhas, só para ver o que tínhamos. Se for algum tipo de armação, deve ficar ciente de que será processada.

— Eu estava apenas vestindo o casaco e agora posso ser processada?

— Não sabe nada além do desaparecimento de Matthew Faraday?

— Não leio os jornais com tanta frequência. Pouco sei sobre o caso Faraday. Algum problema?

Karlsson esfregou o rosto quase como se estivesse tentando acordar.

— Sim, há um problema. O problema é que não sei o que pensar. — Ele resmungou algo que Frieda não conseguiu entender. Parecia estar discutindo consigo mesmo, e era exatamente o que fazia. — Acho que vou falar com esse seu paciente.

Capítulo Dezenove

Frieda entrou em casa com um pequeno suspiro de alívio, deixando a sacola de compras cair no chão enquanto tirava o casaco e o cachecol. O clima frio e escuro e o ar gelado do lado de fora indicavam que o inverno estava se intensificando, mas lá dentro o ambiente era confortável. Havia uma luz acesa na sala, e a lareira estava preparada. Ela a acendeu antes de ir para a cozinha com a sacola. Reuben sempre dizia que existiam dois tipos de cozinheiro: o artista e o cientista. Ele certamente era o artista, exibicionista e com facilidade para improvisar, e ela era do tipo cientista, exata e um pouco exigente, seguindo cada receita ao pé da letra. Uma colher de chá cheia tinha que ser cheia. Se a receita pedisse vinagre de vinho tinto, nada mais serviria. A massa precisava descansar na geladeira exatamente por uma hora. Ela raramente cozinhava. Sandy era o cozinheiro do casal, e agora...Bem, ela não queria falar sobre Sandy porque isso doía como dor de dente, uma dor que aumenta de súbito e tira seu fôlego com uma agudeza eletrizante. Apenas juntava ingredientes no prato e tentava não pensar nele com suas panelas e frigideiras e colheres de pau, fazendo refeições para uma pessoa. Mas hoje estava seguindo uma receita simples que Chloë tinha lhe mandado por e-mail, insistindo que experimentasse. Era uma salada de couve-flor com curry e grão-de-bico. Ela olhou para aquilo com desconfiança.

Colocou o avental, lavou as mãos e fechou as persianas, e estava picando a cebola quando a campainha tocou. Ela não estava esperando ninguém, e as pessoas não costumavam aparecer em sua casa sem avisar, exceto aqueles jovens com sorrisos falsos tentando vender flanelas de limpeza, vinte por cinco libras. Talvez fosse Sandy. Ela queria que fosse? Lembrou-se de que não poderia ser ele, pois havia pegado o Eurostar para Paris pela manhã para ir a uma conferência. Ela ainda sabia esse tipo de coisa sobre ele e ainda podia visualizá-lo na vida da qual havia desistido. Logo aquilo mudaria. Ele faria coisas e se encontraria com pessoas que ela desconhecia e de que nunca ouvira falar, usaria roupas que ela nunca vira, leria livros que nunca seriam discutidos com ela.

A campainha tocou novamente e ela largou a faca, lavou as mãos na água fria e foi atender.

— Estou incomodando? — perguntou Karlsson.

— É obvio.

— Está um pouco frio aqui fora.

Frieda se afastou e o deixou entrar. Notou que ele limpou os pés — calçados em elegantes sapatos pretos, com cadarços azuis — no capacho antes de pendurar o casaco preto, respingado de chuva, ao lado do seu.

— Você está cozinhando.

— Brilhante. Agora entendo por que você se tornou investigador.

— Só vou tomar um minuto de seu tempo.

Frieda o acompanhou até a sala, onde a lareira ainda estava fraca, emanando pouco calor. Ela se agachou e assoprou com cuidado as chamas antes de se sentar de frente para Karlsson e cruzar as mãos suavemente sobre o colo. Ele notou como ela se sentou ereta, e ela notou que um dos dentes da frente do policial estava levemente lascado. Isso a surpreendeu: Karlsson parecia meticuloso com a aparência, quase afetado — paletó cinza-chumbo, camisa branca e uma gravata vermelha tão fina que parecia uma listra descendo pelo peito.

— Veio falar sobre Alan? — perguntou ela.

— Eu achei que você gostaria de saber.

— Você falou com ele?

Ela se endireitou na cadeira. Sua expressão não oscilou, mas ainda assim Karlsson teve a impressão de que ela estava tentando conter seu sofrimento. Estava mais pálida do que da última vez que se encontraram, e também mais cansada. Parecia infeliz, pensou ele.

— Sim. E com a esposa também.

— E?

— Ele não tem nada a ver com o desaparecimento de Matthew Faraday.

Ele pôde sentir a tensão sendo liberada.

— Tem certeza?

— Matthew desapareceu na sexta-feira, dia 13 de novembro. Acho que o Sr. Dekker estava com você naquela tarde.

Frieda parou para pensar.

— Sim. Ele deve ter ido embora às duas e cinquenta.

— E a esposa disse que encontrou com ele logo em seguida. Foram juntos para casa. Um vizinho apareceu assim que eles chegaram e ficou para tomar uma xícara de chá. Nós confirmamos.

— Então é isso. — Frieda mordeu o lábio inferior, contendo a próxima pergunta.

— Eles ficaram chocados por terem sido interrogados.

— Imagino que sim.

— Deve estar se perguntando o que eu disse a eles.

— Não importa.

— Disse que era parte de uma investigação de rotina.

— O que isso significa?

— É só uma das frases que usamos.

— Eu mesma conto a ele.

— Acho que seria bom. — Karlsson esticou as pernas diante da lareira, cuja lenha já começava a crepitar. Desejou que Frieda lhe oferecesse uma xícara de chá ou uma taça de vinho, para que pudesse permanecer ali naquele casulo aquecido e pouco iluminado, mas teve a impressão de que ela não faria aquilo. — Ele é um homem curioso, não é? Meio nervoso, mas agradável. Gostei da esposa também.

Frieda deu de ombros. Não queria falar sobre ele. Provavelmente já tinha feito estragos demais.

— Sinto muito por ter desperdiçado seu tempo — disse com neutralidade.

— Não precisa se desculpar. — Ele levantou as sobrancelhas. — "Um *sonho* é mais profundo quanto mais *louco* ele parece."

— Está citando *Freud* para mim?

— Até os policiais leem de vez em quando.

— Eu não acho que os sonhos sejam tão profundos assim. Normalmente, odeio quando os pacientes me contam os sonhos como se fossem alguma fábula mágica. Mas nesse caso... Bem, eu estava errada. E fico feliz por isso.

Karlsson se levantou, e ela fez o mesmo.

— Vou deixar que volte para a cozinha.

— Posso perguntar só uma coisa?

— O quê?

— Isso tem a ver com Joanna Vine?

Karlsson pareceu admirado, depois desconfiado.

— Não fique tão surpreso. Vinte e dois anos atrás. Foi quando eu disse isso que você ficou interessado. Só precisei de cinco minutos online, e nem sou tão boa com computadores.

— Você está certa — respondeu ele. — Aquilo me pareceu... eu não sei... estranho.

— E é assim que vai terminar?

— Parece que sim. — Ele hesitou. — Posso perguntar uma coisa para *você* agora?

— Vá em frente.

— Como já deve saber, vivemos em uma época em que quase tudo é terceirizado.

— Eu sei.

— Sabe como é. Menos gente na folha de pagamentos, mesmo custando mais no final. Até nós precisamos terceirizar algumas coisas.

— E o que isso tem a ver comigo?

— Estava pensando se podia me dar uma segunda opinião. Nós a pagaríamos, é claro.

— Uma segunda opinião a respeito do quê?

— Estaria disposta a falar com a irmã de Joanna Vine, que tinha 9 anos na época e estava junto quando ela desapareceu?

Frieda olhou para Karlsson, contemplativa. Ele parecia um pouco constrangido.

— Por que eu? Você não sabe nada sobre mim e deve conhecer pessoas que fazem esse tipo de coisa.

— É verdade, é claro. Para ser sincero, é apenas um tiro no escuro. Uma ideia louca.

— Uma ideia louca! — Frieda riu. — Não me parece muito racional.

— Não é racional. E você está certa, eu não a conheço. Mas você fez uma conexão...

— Que no fim das contas acabou sendo falsa.

— Sim, bem, pode ter sido.

— Você deve estar desesperado — disse Frieda com delicadeza.

— A maioria dos casos é bem direta. Procede-se com a investigação de rotina e segue-se o manual. Há sangue, impressões digitais, DNA, imagens registradas no circuito de TV, testemunhas. É tudo bem óbvio. Mas de vez em quando aparece um caso ao qual o manual parece não se aplicar. Não temos pista nenhuma. Então precisamos agarrar tudo o que aparecer agora, qualquer boato, qualquer ideia, qualquer relação possível com outro crime, embora tênue.

— Ainda não vejo o que posso fazer que outra pessoa não possa.

— Provavelmente nada. E, como eu disse, é um tiro no escuro, e é possível que eu seja extremamente criticado por gastar dinheiro público contratando, pela segunda vez, um trabalho desnecessário. Mas talvez, apenas talvez, você tenha uma percepção que os outros não têm. E você é de fora. Pode ser que seja capaz de ver coisas que não vemos porque já olhamos muito, e por muito tempo, para elas.

— E essa sua ideia louca...

— Sim?

— A irmã.

— O nome dela é Rose Teale. A mãe se casou novamente.

— Ela viu alguma coisa?

— Ela diz que não. Mas parece paralisada pela culpa.

— Eu não sei — disse Frieda.

— Você quer dizer que não sabe se será útil?

— Depende do que você considera útil. Em um primeiro momento, o que quero fazer é trabalhar com o sentimento de culpa dela, ajudá-la a superar. Se eu acho que ela tem uma lembrança esquecida que poderia ser resgatada? Não acredito que a memória funcione de maneira tão simples. De qualquer modo, não é assim que trabalho.

— E como trabalha?

— Ajudando pessoas com as coisas, os medos, desejos, invejas e aflições que existem dentro delas.

— O que acha de ajudar a encontrar um garoto perdido?

— O que ofereço a meus pacientes é um lugar seguro.

Karlsson olhou à sua volta.

— Este é um lugar legal — disse ele. — Entendo o motivo de não querer sair dele para cair nesse mundo confuso.

— A confusão dentro da mente de uma pessoa não é algo muito seguro, sabe...

— Vai pensar na proposta?

— Certamente. Mas não fique esperando meu telefonema.

Na porta, ele disse:

— Nossos trabalhos são muito parecidos.

— Você acha?

— Sintomas, pistas, você sabe.

— Eu acho que não têm nada a ver.

Quando ele foi embora, Frieda voltou para a cozinha. Estava separando cuidadosamente a couve-flor em buquês, como mandava a receita de Chloë, quando a campainha tocou mais uma vez. Frieda parou e escutou. Não podia ser Karlsson novamente. E não devia ser Olivia, porque ela sempre batia na porta depois de tocar a campainha, ou mesmo gritava "olá" sem parar. Tirou a panela com as cebolas de cima do fogão, pensando que não estava mesmo com muita fome, só queria alguns biscoitos com queijo. Ou nada, apenas uma caneca de chá e cama. Mas sabia que não conseguiria dormir.

Ela abriu um pouco a porta, deixando ainda o trinco com a corrente.

— Quem é?

— Eu.

— Eu quem?

— Eu, Josef.

— Josef?

— Faz frio.

— Por que está aqui?

— Muito frio.

O primeiro impulso de Frieda foi pedir para ele ir embora e depois bater a porta. O que ele estava pensando ao aparecer desse jeito? Então, teve uma sensação que lhe era familiar desde criança. Imaginou alguém olhando para ela, julgando-a, fazendo comentários sobre seu comportamento. O que estaria dizendo? "Veja só essa Frieda. Ela liga para ele, pede um favor e ele faz rapidamente, sem perguntar nada. Depois ele vai procurá-la, com frio, sozinho, e ela simplesmente fecha a porta na cara dele." Às vezes, Frieda queria que essa pessoa imaginária fosse embora para sempre.

— É melhor você entrar — disse.

Ela tirou a corrente e abriu a porta. Vento cortante e escuridão invadiram sua casa, e Josef entrou junto com eles.

— Como sabe onde eu moro? — perguntou, desconfiada, antes que ele visse seu rosto. Ela respirou fundo: — O que aconteceu com você?

Josef não respondeu imediatamente. Ele se agachou e começou a tentar desatar os cadarços, que estavam amarrados com nós encharcados.

— Josef?

— Não devo levar sujeira para sua bela casa.

— Não faz mal.

— Pronto. — Ele tirou um dos pés de uma bota grossa, cuja sola estava descolando. Suas meias eram vermelhas com estampa de renas. Depois, começou a desamarrar a outra. Frieda analisou o rosto dele. A bochecha esquerda estava inchada e machucada, e havia um arranhão em sua testa. Por fim, ele tirou a outra bota, alinhou-a com o outro pé e as colocou perto da parede, depois se levantou.

— Por aqui — disse Frieda, acompanhando-o até a cozinha. — Sente-se.

— Está cozinhando?

— Ah, não me venha com essa você também.

— Desculpe.

— Eu estava. Mais ou menos. — Ela molhou uma toalha de mão com água fria e entregou a ele. — Coloque no rosto e me deixe dar uma olhada em sua cabeça. Vou lavar primeiro. Vai arder.

Enquanto ela limpava o sangue, Josef ficou olhando para a frente. Em seus olhos, Frieda viu algo impetuoso. Em que estaria pensando? Ele cheirava a suor e uísque, mas não parecia estar bêbado.

— O que aconteceu?

— Alguns homens...

— Você se envolveu em uma briga?

— Eles gritaram comigo, depois me empurraram. Eu empurrei de volta.

— Empurrou? — perguntou Frieda. — Josef, não deve fazer isso. Um dia alguém puxa uma faca...

— Eles me chamaram de polaco maldito.

— Não vale a pena — disse Frieda. — Nunca vale a pena.

Josef olhou ao redor.

— Londres não é toda como sua bela casa. Agora, podemos tomar vodca juntos.

— Não tenho vodca.

— Uísque? Cerveja?

— Posso oferecer um chá antes de você ir embora. — Ela olhou para o corte que ainda sangrava. — Vou colocar um curativo nisso. Acho que não vai precisar de pontos, mas pode ficar com uma pequena cicatriz.

— Nós ajudamos um ao outro — disse ele. — Você é minha amiga.

Frieda pensou em discutir sobre isso, mas pareceu muito complicado.

Ele sabia que o gato não era um gato de verdade. Era uma bruxa disfarçada. Era cinza, não preto como costumam ser nos livros, e tinha tufos de pelos pendurados, coisa que os gatos normais não têm. Seus olhos eram amarelos e o encaravam sem piscar. Ele tinha a língua áspera e garras que o furavam. Às vezes, fingia dormir, mas logo abria um dos olhos amarelos e mostrava que estava observando o tempo todo. Quando Matthew se deitava no colchão, ele subia em suas costas descobertas e fincava as garras na pele, e o pelo cinza e oleoso dava coceira. O gato ria dele.

Quando o animal estava lá, Matthew não podia olhar pela janela. De qualquer forma, era difícil olhar, porque suas pernas tremiam muito e os olhos doíam com a luz que vinha de debaixo das cortinas, a luz de outro mundo. Era porque ele estava se transformando em outra coisa. Em Simon. Havia marcas vermelhas em sua pele. E partes dentro de sua boca que ardiam quando ele bebia água. Metade dele era Matthew, e a outra metade era Simon. Ele havia comido o alimento que fora enfiado em sua boca. Feijão frio e batatas fritas molengas como minhocas.

Se ele colocasse a cabeça no chão, ao lado do colchão, podia ouvir sons. Pequenas batidas. Vozes malignas. Um zumbido. Por um instante, aquilo trouxe lembranças de quando ele era inteiro, e sua mãe — quando ela ainda era sua mãe, quando ele ainda não havia soltado a mão dela — limpava a casa e o fazia se sentir em segurança.

Hoje, quando ele olhou pelo canto inferior da janela, o mundo havia mudado novamente e era branco e brilhante, e podia ter sido bonito, mas sua cabeça também doía e a beleza não passava de algo cruel.

Capítulo Vinte

O pequeno trem velho estava quase vazio. Ele rangia e ia sacolejando pelas áreas ocultas de Londres — os fundos de casas geminadas com jardins de inverno úmidos, as paredes manchadas de fábricas abandonadas, urtigas e epilóbios brotando em rachaduras entre os tijolos, vislumbres de um canal. Frieda viu a figura arqueada de um homem de casaco grosso segurando uma vara de pescar sobre a água marrom e oleosa. Janelas acesas passavam rapidamente, e algumas vezes Frieda podia ver, de relance, alguns vultos: um jovem assistindo à televisão, uma senhora lendo um livro. De cima de uma ponte, ela olhou para uma das ruas principais: postes envolvidos por luzes de Natal, pessoas carregando sacolas ou arrastando crianças, pneus de carros espirrando água. Londres revelada como um filme.

Ela desceu em Leytonstone. Estava anoitecendo, e tudo parecia cinza e levemente embaçado. As luzes alaranjadas dos postes reluziam no asfalto molhado. Ônibus passavam. A avenida onde Alan morava era comprida e reta, um corredor de casas geminadas do fim da era vitoriana, alinhadas com plátanos robustos que devem ter sido plantados na mesma época em que as casas foram construídas. Alan morava no número 108, na outra extremidade. Enquanto caminhava, diminuindo um pouco o ritmo para adiar o momento de encontrá-lo, Frieda olhava as janelas das outras casas, observando os grandes cômodos do andar de baixo e a vista dos jardins dos fundos, inertes no inverno.

Frieda tinha se preparado para isso. Ainda assim, havia um aperto em seu peito quando abriu o portão e tocou a campainha perto da porta verde-escura. Ao longe, pôde ouvir um som animado. Estava cansada e com frio. Permitiu-se pensar em sua própria casa, na lareira que acenderia mais tarde, assim que tivesse terminado aquilo. Depois ouviu passos e a porta se abriu.

— Pois não?

A mulher diante dela era baixa, robusta. Estava parada com as pernas meio separadas e os pés plantados no chão com firmeza, como se estivesse preparada para guerrear. Os cabelos eram castanhos e curtos. Ela tinha olhos acinzentados grandes e bonitos, pele clara e macia, com uma pinta bem acima da boca, e um maxilar firme. Vestia jeans, uma camisa de flanela cinza com as mangas dobradas até os cotovelos, e não usava maquiagem. Olhava para Frieda com os olhos semicerrados. A linha da boca era dura.

— Meu nome é Frieda. Acho que Alan está me esperando.

— Está sim. Entre.

— Você deve ser Carrie.

Ela entrou no corredor. Algo se apertou contra sua panturrilha e atraiu seu olhar para baixo. Um gato grande se esfregava em sua perna e ronronava. Ela se abaixou e passou o dedo ao longo das costas do animal.

— É o João — disse Carrie. — A Maria deve estar por aí.

O interior da casa era quente e escuro, o ar tinha um odor amadeirado agradável. Frieda achou que tivesse entrado em um mundo diferente daquele sugerido pela fachada. Ela esperava que a casa fosse como as outras pelas quais passara, com paredes removidas, janelas até o chão, um espaço contínuo e aberto. Em vez disso, estava em um lugar cheio de corredores, cômodos minúsculos, armários altos e prateleiras largas abarrotadas de objetos. Carrie passou pela sala da frente, mas Frieda teve tempo de ver uma área aconchegante com um aquecedor a lenha na parede e uma cristaleira cheia de ovos de pássaros, penas, ninhos feitos de musgo e galhos e até mesmo, em um dos painéis de vidro, um martim-pescador empalhado que parecia ter pouca penugem. O próximo cômodo — aquele que a maioria das pessoas teria derrubado — era ainda menor e estava dominado por uma grande mesa onde se encontravam vários aeromodelos de madeira, do tipo que o irmão de Frieda costumava fazer quando jovem. O simples fato de vê-los trazia de volta o cheiro da cola e do verniz, a sensação de pequenos curativos para bolhas na ponta dos dedos, a lembrança daqueles pequenos tubos de tinta cinza e preta.

Na parede em frente à cozinha havia um conjunto de fotografias de família emolduradas — algumas de Carrie quando criança, espremida entre duas irmãs em um banco de jardim, posando com os pais; outras de Alan. Em uma delas, ele estava com os pais — uma figura pequena e atarracada entre duas altas e compridas —, e Frieda tentou olhar com mais atenção enquanto passava.

— Sente-se — disse Carrie. — Vou chamá-lo.

Frieda tirou o casaco e sentou-se à pequena mesa. A gateira na porta dos fundos rangeu, e uma gata entrou; era preta, branca e alaranjada, como um belo quebra-cabeças. Ela pulou no colo de Frieda e se acomodou ali, lambendo uma das patas delicadamente.

A cozinha era dividida em dois. Para Frieda, era como uma demonstração física de duas esferas de interesse diferentes, uma demarcação perfeita dos lugares que Alan e Carrie ocupavam na casa. A mulher que cozinha e o homem que constrói e conserta. De um lado havia todas as coisas que normalmente se encontra em uma cozinha: forno, micro-ondas, chaleira, balança, um processador de alimentos, um suporte magnético para as facas afiadas, um porta-temperos, uma pilha de panelas e frigideiras, uma tigela com maçãs verdes, uma pequena prateleira com livros de receitas — alguns antigos e gastos e outros que pareciam intocados —, um avental pendurado em um gancho. Do outro lado, a parede era coberta de prateleiras estreitas e cheias de caixas. Cada compartimento estava rotulado com grandes letras maiúsculas: "pregos", "tachinhas", "parafusos 4,2 x 65 mm", "parafusos 3,9 x 30 mm", "cinzel", "arruelas", "fusíveis", "chaves de aquecedor", "álcool metilado", "folha de lixa — grossa", "folha de lixa — fina", "brocas", "baterias — AA". Devia haver dezenas, centenas desses compartimentos. O efeito fazia Frieda se lembrar de uma colmeia. Ela imaginou todo o trabalho que ele tivera — Alan com os dedos entorpecidos colocando delicadamente esses pequenos objetos no lugar, com uma expressão de contentamento no rosto redondo e infantil. A imagem era tão forte que ela teve que piscar para dispersá-la.

Em outra situação, poderia ter dito algo irônico, mas estava ciente dos olhos de Carrie fixos nela, da dinâmica peculiar entre as duas. Carrie falou em seu lugar, de maneira seca.

— Ele está construindo um galpão no jardim.

— Pensei que *eu* fosse organizada — disse Frieda. — Isso aqui já é outro nível.

— O material de jardinagem está todo ali. — Carrie inclinou a cabeça na direção de uma porta estreita ao lado da janela, supostamente construída para servir de despensa. — Mas ele não tem se dedicado muito a isso nos últimos tempos. Vou procurá-lo. Ele deve estar dormindo. Está cansado o tempo todo. — Ela hesitou, depois prosseguiu abruptamente: — Não quero que ele se chateie.

Frieda não respondeu. Ela poderia ter respondido de muitas formas, mas nenhuma delas evitaria que Carrie a visse como uma ameaça.

Ela escutou Carrie depois que subiu as escadas. Sua voz, seca quando falava com Frieda, era delicada como a de uma mãe quando chamava pelo marido. Alguns minutos depois, ouviu os dois descendo as escadas — os passos dela eram leves e firmes, os de Alan eram mais lentos e pesados, como se estivesse colocando todo o peso do corpo em cada passo. Quando ele chegou lá embaixo, esfregando os olhos, ela viu como ele parecia cansado e derrotado.

Frieda se levantou, desalojando a gata.

— Sinto muito por incomodar você.

— Não sei se estava dormindo — disse ele. Parecia desnorteado. Frieda notou que Carrie apoiou a mão nas costas dele para conduzi-lo e ficou atrás de sua cadeira, como um guarda. Ele se abaixou e pegou Maria, segurou-a contra o peito e encostou o rosto em seu pelo.

— Eu precisava falar com você — disse Frieda.

— É melhor eu sair? — perguntou Carrie.

— Isso não é uma sessão de terapia.

— Eu não sei — respondeu Alan. — Pode ficar, se quiser.

Carrie começou a se movimentar na cozinha, enchendo a chaleira, abrindo e fechando armários.

— Você sabe por que estou aqui — disse Frieda, finalmente.

Enquanto Alan acariciava a gata em seu colo, Frieda se lembrou de como ele esfregava as mãos nas calças quando estava em seu consultório, como se nunca conseguisse ficar totalmente parado. Ela respirou fundo.

— Durante nossas sessões, fiquei admirada com as semelhanças com o caso de um menino que desapareceu. Ele se chama Matthew Faraday. Então, falei com a polícia sobre isso.

Atrás dela, Carrie, irritada, fazia barulho com os talheres. Em seguida, bateu a caneca na mesa, diante de Frieda. O chá escorreu pela borda.

— Eu estava errada. Sinto muito ter causado mais esse sofrimento.

— Bem — disse Alan, lentamente, arrastando as palavras. Ele não parecia ter nada a acrescentar.

— Sei que eu garanti a você que estava seguro em meu consultório e podia dizer qualquer coisa — continuou Frieda. A presença de Carrie a deixava um pouco constrangida. Em vez de falar com Alan, ela estava recitando as palavras que havia ensaiado antes, e elas soavam artificiais e falsas. — Suas fantasias coincidiam com o que estava acontecendo de verdade, então senti que não tinha escolha.

— Então não está realmente arrependida — disse Carrie.

Frieda se virou para ela.

— Por que está dizendo isso?

— Acha que agiu certo dentro das circunstâncias. Você se sente justificada. Ao meu ver, isso não é arrependimento. Sabe quando as pessoas dizem *sinto muito se...*, porque não conseguem dizer *sinto muito por...*? É isso que você está fazendo. Está se justificando sem se desculpar de verdade.

— Eu não quero fazer isso — disse Frieda com cautela. Ela estava impressionada com a hostilidade de Carrie e tocada com a força com que protegia Alan. — Eu estava errada. Cometi um erro. Coloquei a polícia na vida de vocês de um modo que deve ter sido chocante e doloroso para os dois.

— Alan precisa de ajuda. Não de ser acusado de coisas. Sequestrar aquele pobre garotinho! Olhe para ele! Pode imaginá-lo fazendo algo assim?

Frieda não tinha problemas para imaginar qualquer pessoa fazendo qualquer coisa.

— Eu não a culpo — disse ele. — Fico pensando que talvez eles estejam certos.

— Quem está certo? — perguntou Carrie.

— A Dra. Klein. Aquele investigador. Talvez eu tenha sequestrado o menino.

— Não fale assim.

— Talvez eu esteja ficando louco. Eu me sinto um pouco louco.

— Diga a ele que não é verdade — insistiu Carrie. Havia certa hesitação em sua voz.

— É como estar dentro de um pesadelo, fora de controle — prosseguiu Alan. — Sou jogado de um médico ruim para outro pior. Finalmente encontrei alguém em quem consegui confiar. Ela me faz dizer coisas nas quais eu nem sabia que estava pensando, e depois me entrega para a polícia por ter dito essas coisas. A polícia aparece e quer saber o que eu estava fazendo no dia em que aquele garotinho desapareceu. Eu só queria dormir à noite. Só queria paz.

— Alan — disse Frieda. — Preste atenção. Muitas pessoas acham que estão enlouquecendo.

— Isso não quer dizer que eu não esteja.

— Não, não quer.

Ele sorriu de repente, e sua expressão fez com que parecesse mais jovem.

— Por que eu me sinto melhor, e não pior, quando você diz isso?

— Vim contar a você o que fiz e me desculpar. Mas também entendo se não quiser voltar a ser meu paciente. Posso encaminhá-lo a outra pessoa.

— Não quero outra pessoa.

— Está dizendo que quer continuar?

— Você pode me ajudar?

— Não sei.

Alan ficou em silêncio por um instante

— Não consigo pensar em nada que não seja pior — afirmou ele.

— Alan! — disse Carrie, como se ele a tivesse traído. De repente, Frieda se sentiu mal pela esposa. Os pacientes muitas vezes falam sobre seus parceiros e a família, mas ela não estava acostumada a encontrá-los, a se envolver.

Frieda se levantou, pegou o casaco impermeável nas costas da cadeira e o vestiu.

— Vocês precisam conversar sobre isso — disse ela.

— Nós não precisamos conversar sobre isso — discordou Alan. — Vejo você na quinta-feira.

— Se tem certeza disso...

— Tenho.

— Está bem. Eu vou indo.

Frieda fechou a porta da cozinha e ficou do outro lado, sentindo-se uma espiã. Pôde ouvir a oscilação das vozes. Não conseguiu perceber se estavam discutindo. Olhou as fotografias de Alan e de seus pais mais de perto. Ele era gorducho e sério e tinha o mesmo sorriso ansioso, o mesmo olhar apavorado. Um dos retratos dos pais parecia ter sido feito por um fotógrafo profissional. Provavelmente para um aniversário de casamento. Eles estavam usando suas melhores roupas. As cores eram um pouco espalhafatosas. Frieda sorriu, e seu sorriso ficou paralisado. Ela olhou para a imagem com mais atenção. Resmungou algo para si mesma. Um tipo de lembrete.

João a acompanhou até a porta e a viu sair com seus olhos dourados e fixos.

— Por que terminou com ele? Merda!

— Eu não disse que terminei com ele. Disse que o relacionamento acabou.

— Ah, tenha dó, Frieda. — Olivia estava andando pela sala, tropeçando, atropelando roupas e objetos, com uma taça bem cheia de vinho em uma das mãos e um cigarro na outra. O vinho escorria pela borda da taça, espalhando pequenas gotas pelo caminho, e o cigarro continuou queimando até a brasa se espalhar pelo chão e ser empurrada para baixo do tapete sujo pelo salto vigoroso de Olivia. Ela estava usando um cardigã dourado brilhante, muito apertado para seu tamanho e esticado no peito, calças de moletom e sandálias de verão com salto fino. Frieda ficou imaginando se ela não estava tendo um ataque de nervos, lentidão e tagarelice. Às vezes, ela tinha a impressão de que metade das pessoas ao seu redor estava à beira de um colapso.

— Ele não terminaria com você nunca — dizia Olivia. — Então, por quê?

Frieda não estava com muita vontade de falar sobre Sandy. E certamente não queria falar sobre ele com Olivia. Mas, de qualquer modo, não teria a chance de escolher.

— Em primeiro lugar, ele é um gato. Meu Deus, se visse os homens com quem ando saindo ultimamente... Não sei como têm coragem de se descrever como "atraentes". Eu os vejo entrando pela porta e meu coração afunda. Eles querem uma loira bonita, mas não parecem pensar que também precisam fazer um esforço. Em que nível de desespero pensam que estamos? Eu pularia em cima de alguém como Sandy.

— Na verdade você nunca o conheceria...

— E por que não? Onde eu estava? Ah, sim. Em segundo lugar, ele é rico. Bem, ele deve ser bem rico; ele é consultor, ou algo do tipo, não é? Pense na aposentadoria. Não me olhe com essa cara. É importante. Eu sei bem como essas merdas são importantes. Deixe eu lembrar a você que é difícil ser uma mulher sozinha, e você não tem nenhum plano B, tem? Com sua maldita família tirando você dos testamentos? Ai, meu Deus, espero que já saiba disso... Eu não acabei de revelar uma bomba, acabei?

— Não é nenhuma surpresa — disse Frieda, com ironia. — Mas eu não quero o dinheiro deles e acho que já não têm nada para deixar, têm?

— Está bem então. Onde eu estava?

— "Em segundo lugar" — respondeu Frieda. — Provavelmente não vai passar daí, vai?

— Ah, sim, rico. Eu me casaria com ele só por isso. Qualquer coisa para sair dessa lama. — Olivia deu um chute em uma garrafa de vinho que estava ao lado do sofá e ela saiu rolando, gotejando líquido vermelho pelo gargalo. — Em terceiro lugar , aposto que ele ama você, então isso deveria estar em terceiro, quarto e quinto lugares, porque ser amado é uma coisa rara. — Ela parou de falar de repente e se jogou no sofá. Um pouco do vinho que restava em sua taça voou, formando uma mancha rubra em seu colo. — Em quarto lugar... ou seria sexto? Ele é legal. Não é? Talvez não seja, porque acho que me lembro de você se sentir atraída por homens medonhos. Certo, certo, não tive intenção de dizer isso, esqueça. Em sétimo lugar...

— Pare. Isso é degradante.

— Degradante? Vou mostrar o que é degradante. — Ela apontou para a sala. Cinzas serpentearam ao seu redor. — Em quinto lugar, ou décimo, ou o que seja, você está ficando mais velha.

— Olivia, cale a boca, está ouvindo? Você foi longe demais, e se continuar eu vou embora. Vim aqui para ensinar química para a Chloë.

— E Chloë não apareceu e você está presa comigo até ela chegar, o que pode não acontecer nunca. Logo estará velha demais para ter filhos, sabia? Se bem que, por minha experiência, isso talvez seja algo positivo. Já pensou nisso? Está bem, está bem, você pode fazer essa cara de espanto, mas eu já tomei duas, não, três taças de vinho — ela tomou um último gole dramático —, e você não pode me intimidar. Estou ilhada. Posso dizer o que quiser em minha própria casa, e acho que você é uma idiota, Dra. Frieda Klein-com-muitos-títulos-depois-do-nome. Pronto, agora já tomei três taças. Talvez tenham sido quatro. Acho que pode ter sido quatro. Você deveria beber mais, sabe. Pode ser inteligente, mas também é muito burra. Talvez isso corra no sangue dos Klein. O que Freud disse? Vou contar o que ele disse. Ele perguntou: "O que as mulheres querem?" E sabe como ele respondeu?

— Sei.

— Mas vou contar. Ele disse: "Elas querem amor e trabalho."

— Não. Ele concluiu, de certa forma, que elas querem ser homens. Ele disse que as meninas têm que aceitar o fato de serem meninos que não deram certo.

— Que idiota. Não importa... Onde eu estava?

— O que é esse barulho?

Olivia saiu da sala, deu um berro e voltou com os olhos vidrados.

— Esse barulho — disse ela — é a Chloë vomitando no capacho da entrada.

Capítulo Vinte e Um

Quando Frieda estava pagando o táxi, ela viu Josef parado na porta.

— O que está fazendo aqui? — perguntou. — Você não é um convidado permanente, sabia? Não pode aparecer sempre que quiser companhia.

Como se servisse de explicação, ele levantou uma garrafa:

— É vodca boa — disse. — Posso entrar?

Frieda destrancou a porta.

— Há quanto tempo está aqui?

— Fiquei esperando. Achei que talvez você voltasse.

— Eu não vou dormir com você. Já tive um dia bem ruim.

— Sem dormir — Josef olhou com reprovação. — Só uma bebida.

— Uma bebida até que cairia bem — disse Frieda.

Enquanto Josef acendia o fogo da lareira, Frieda vasculhou o fundo do armário e encontrou um pacote de batatas fritas. Ela virou o saco em uma tigela e a levou para a sala junto com dois copos pequenos. O fogo já estava crepitando. Quando ela entrou, viu Josef antes que ele a visse. Ele estava olhando fixamente para as chamas com uma expressão diferente do sorriso com o qual a cumprimentara.

— Está triste, Josef?

Ele olhou à sua volta.

— Muito longe — respondeu ele.

— Por que não volta para casa?

— Talvez no ano que vem.

Frieda se sentou.

— Precisamos misturar um pouco de suco para beber?

— É bom puro — disse ele. — Para o paladar.

Ele tirou a tampa da garrafa e encheu delicadamente os dois copos até alguns milímetros da borda. Entregou um a Frieda.

— Beba o primeiro de uma vez só — instruiu ele.

— Acho que vou gostar disso.

Ambos viraram suas bebidas. Josef deu um sorrisinho. Frieda pegou a garrafa e olhou o rótulo.

— Meu Deus! — exclamou. — O que é isso?

— Russa. Mas boa. — Ele encheu novamente os copos. — O que foi ruim em seu dia?

Frieda tomou outro gole da vodca de Josef. Sentiu um ardor no fundo de sua garganta e depois uma quentura no peito. Ela contou a Josef que tivera que se sentar no chão do banheiro de Olivia enquanto Chloë se ajoelhava com a cabeça no vaso sanitário, tentando vomitar mesmo quando não havia mais nada para botar para fora. Frieda não falou muito, apenas se inclinou e tocou gentilmente a nuca da sobrinha. Depois, limpou o rosto de Chloë com um pano frio.

— Eu não sabia o que dizer. Só ficava pensando em como seria ter uma mulher mais velha passando sermão sobre beber com consciência enquanto se está mal e vomitando. Então eu não disse nada.

Josef não respondeu. Ele apenas olhou para seu copo de vodca como se houvesse uma luz fraca no centro dele e fosse necessária toda sua concentração para vê-la. Frieda achava reconfortante falar com alguém que não estivesse tentando ser inteligente, engraçado ou encorajador. Tanto que contou a ele sobre sua visita a Alan. Para sua própria surpresa, viu-se dizendo a Josef que havia ido à polícia antes.

— O que você acha? — perguntou Frieda.

Bem devagar, com um cuidado que já estava ficando exagerado, Josef encheu o copo dela mais uma vez.

— O que eu acho é que você não deveria pensar nisso. É melhor não pensar muito nas coisas.

Frieda deu um gole na bebida. Era o terceiro copo? Ou o quarto? Poderia ser o quinto? Ou Josef estava completando os copos de modo que não fosse possível contá-los separadamente, mas sim como um tipo de bebida que se prolonga e mantém o copo cheio? Ela estava começando a concordar com a ideia de não pensar nisso quando o telefone tocou. Ela ficou tão surpresa com o que estava prestes a dizer que deixou tocar várias vezes.

Josef parecia confuso.

— Você não atende?

— Está bem, está bem. — Frieda respirou fundo. Ela não se sentia totalmente lúcida. Pegou o telefone: — Alô.

— Amo você.

— Quem é?

— Quantas mulheres ligam para dizer que amam você?

— Chloë?

— Eu amo você de verdade, embora seja tão severa e fria.

— Você ainda está bêbada?

— Tenho que estar bêbada para dizer que amo você?

— Vou lhe dizer uma coisa, Chloë: você deveria ir para a cama e dormir até ficar bem.

— Estou na cama. Eu me sinto terrível.

— Fique aí. Beba muita água durante a noite, mesmo se ficar mais enjoada ainda. Eu telefono amanhã. — Ela desligou o telefone e fez cara de irritação para Josef.

— Não — disse ele. — É bom. Você resolve as coisas. Você é como eu. Há dois dias uma mulher me liga, alguém para quem trabalhei. Ela está gritando. Eu chego na casa dela. Tem água saindo de um cano como uma fonte. Cinco centímetros de água no chão da cozinha. Ela ainda está gritando. É uma simples válvula. Eu giro a válvula, dreno a água. Essa é você. Aparece uma emergência, eles telefonam, você corre e os salva.

— Gostaria que eu fosse assim. Gostaria de ser a pessoa que sabe o que fazer quando o aquecedor quebra ou o carro não funciona. É o tipo de conhecimento que realmente resolve as coisas. Você é a pessoa que conserta o cano que está vazando. Eu sou a pessoa contratada pela empresa que fez o cano para tentar convencer a paciente que grita a não processá-la.

— Não, não — disse Josef. — Não diga isso. Você está sendo auto... auto...

— Depreciativa.

— Não.

— Sabotadora.

— Não. — Josef agitava as mãos como se tentasse fazer mímica das palavras que não conseguia encontrar. — Está dizendo "sou ruim" só para que eu diga "não, você é boa, você é muito boa".

— Talvez — assentiu Frieda.

— Não concorde simplesmente. Você deveria argumentar.

— Estou muito cansada. Bebi muita vodca.

— Estou trabalhando com seu amigo Reuben.

— Ele não é exatamente meu amigo.

— Homem estranho. Mas ele fala de você. Estou aprendendo sobre você.

Frieda estremeceu.

— Reuben me conhecia melhor há dez anos. Agora estou mudada. Como ele está?

— Estou consertando a casa dele.

— Isso é bom — disse Frieda. — Acho que é disso que ele precisa.

— Pode me dizer por que quis me encontrar com tanta urgência?

Sasha Wells tinha 20 e poucos anos. Vestia calças escuras e uma jaqueta que parecia ter sido desenhada para disfarçar as formas de seu corpo. Ainda assim — embora seus cabelos com reflexos loiros estivessem desgrenhados e ela ficasse passando os dedos por eles, afastando mechas dos olhos mesmo quando não estavam nos olhos; embora fosse um pouco magra demais; embora os dedos da mão esquerda estivessem manchados pelo cigarro e embora ela não olhasse nos olhos de Frieda, exceto para dar um meio sorriso insinuante —, sua beleza era óbvia. Mas seus grandes olhos escuros pareciam estar se desculpando por isso. Frieda achava que ela lembrava um animal ferido, mas o tipo de animal que reage ao ferimento sem reagir, encolhendo-se, retraindo-se. Por algum tempo, nenhuma das duas abriu a boca. Sasha apertava as mãos. Frieda estava tentada a deixá-la acender um cigarro; ela parecia claramente desesperada por um.

— Meu amigo Barney tem um amigo chamado Mick que diz que você é ótima. Que posso confiar em você.

— Pode dizer o que quiser — disse Frieda.

— Está bem. — Sasha falou tão baixo que Frieda teve que se inclinar para a frente para entender.

— Você já está se consultando com algum terapeuta?

— Sim. Eu estava sendo atendida por James Rundell. Acho que ele é famoso.

— É sim — disse Frieda. — Já ouvi falar dele. Há quanto tempo está se consultando com ele?

— Mais ou menos seis meses. Talvez um pouco mais. Comecei logo depois de conseguir meu emprego. — Ela afastou os cabelos do rosto, depois os deixou cair para a frente novamente. — Sou cientista, geneticista. Gosto do meu trabalho e tenho bons amigos, mas caí na rotina e não conseguia enxergar uma maneira de sair dela. — Ela fez uma pequena careta que apenas a deixava ainda mais bonita. — Relacionamentos ruins, sabe. Eu estava me deixando enganar um pouco.

— Então por que está aqui?

Houve uma longa pausa.

— É difícil — disse ela. — Não sei como dizer.

De repente, Frieda sentiu que sabia o que estava por vir. Ela pensou naquela sensação que se tem quando se está parado na plataforma de uma estação de metrô e o trem está vindo. Antes de se ouvir qualquer coisa, antes que se veja a luz do trem, sente-se uma lufada de ar quente no rosto, e um pedaço de papel aparece voando. Frieda sabia o que Sasha ia dizer e fez uma coisa que não se lembrava de já ter feito em uma sessão de terapia. Levantou-se, chegou mais perto de Sasha e colocou a mão no ombro da jovem.

— Está tudo bem — disse. Voltou a se sentar. — Você pode dizer qualquer coisa aqui. Qualquer coisa.

No fim dos cinquenta minutos, Frieda agendou mais uma sessão com Sasha. Ela anotou alguns números de telefone e um endereço de e-mail. Ficou sentada em silêncio por uns minutos, depois fez uma ligação. Depois outra, mais longa, e uma terceira. Quando terminou, vestiu uma jaqueta de couro curta e saiu rapidamente, atravessando até a Tottenham Court Road. Chamou um táxi e deu um endereço que havia rabiscado atrás de um envelope. O carro percorreu as ruas ao norte da Oxford Street, depois seguiu pela Bayswater Road e desceu pelo Hyde Park. Frieda estava olhando pela janela, mas não prestava muita atenção no que via. Quando o táxi parou, ela percebeu que não havia se concentrado no trajeto e não tinha ideia de onde estava. Era uma parte da cidade que ela mal conhecia. Pagou ao motorista e desceu do carro. Estava parada em frente a um pequeno bistrô em uma rua predominantemente residencial, cheia de casas brancas de estuque. O restaurante tinha cestinhas de flores penduradas no peitoril das janelas. No verão, as pessoas deviam comer do lado de fora, mas estava muito frio para isso, até mesmo para os londrinos.

Frieda entrou e foi atingida pelo calor e pelo zumbido baixo das conversas. Era um lugar pequeno, com não mais de doze mesas. Um homem, vestindo um avental listrado, aproximou-se.

— Pois não, senhora? — perguntou.

— Vim me encontrar com uma pessoa — respondeu ela, olhando para o espaço à sua volta. E se ele não estivesse lá? E se ela não o reconhecesse? Lá estava ele. Frieda já o havia visto em alguns congressos e em fotografias que acompanhavam a entrevista em uma revista. Ele estava sentado no outro canto com uma mulher. Aparentemente, estavam no prato principal e engajados na conversa. Ela foi até lá e parou ao lado da mesa. Ele olhou em volta. Vestia calças escuras e uma bonita camisa com estampa preta e branca. Tinha cabelos escuros e bem curtos e estava com a barba ligeiramente por fazer.

— Dr. Rundell? — perguntou Frieda.

Ele se levantou da cadeira.

— Pois não? — disse.

— Meu nome é Frieda Klein.

Ele pareceu confuso.

— Frieda Klein. Sim, já ouvi falar de você, mas...

— Estive falando com uma paciente sua. Sasha Wells.

Ele ainda parecia confuso, mas também desconfiado.

— O que está querendo dizer?

Frieda nunca havia batido em ninguém. Não de verdade. Não com seus próprios punhos, nem usando toda a força de um soco. Ela o acertou bem no queixo e ele caiu para trás, em cima da própria mesa, fazendo-a virar sobre si com a comida, o vinho, a água e as garrafas de azeite e vinagre. Até Frieda, parada sobre ele, ofegante, com o sangue latejando nos ouvidos, ficou surpresa com o caos que causou.

Ao sair da sala de interrogatórios, o investigador-chefe Karlsson tentou franzir a testa.

— Quando se tem direito a uma ligação, o costume é ligar para um advogado — disse ele. — Ou para a mãe.

Frieda o encarou com cara feia.

— Você foi a única pessoa que consegui lembrar — disse ela. — No calor do momento.

— Ou, melhor dizendo, no calor da batalha — consertou Karlsson. — Como está sua mão?

Frieda levantou a mão direita. Ela estava enrolada em um curativo, mas algumas manchas de sangue começavam a aparecer.

— Não é como nos filmes, não é? Quando se soca alguém, a pessoa não levanta e sai andando. Ela se machuca, e você também.

— Como ele está? — perguntou Frieda.

— Não quebrou nada. Não graças a você. Mas ele está cheio de escoriações, e elas ficarão piores amanhã, e provavelmente piores ainda no dia seguinte. — Ele se aproximou e pegou a mão direita de Frieda. Ela recuou um pouco. — Consegue mexer os dedos? — Ela confirmou que sim com a cabeça. — Já vi pessoas acabarem com as articulações com um soco como esse. — Ele deu um tapinha na mão dela, o que fez com que Frieda recuasse novamente, e depois a soltou. — E você já ouviu aquela expressão sobre não chutar cachorro morto? Sei que o Dr. Rundell também é psicanalista. É assim que resolve suas diferenças profissionais?

— Se está aqui para me acusar, termine logo com isso.

— Não é minha área — afirmou Karlsson. — Mas acho que em circunstâncias normais você estaria enfrentando uma acusação por agressão e danos materiais. Presumo que tenha a ficha limpa, só Deus sabe por quê. Então pode pegar só um mês de prisão.

— Ficarei feliz em ir a julgamento — disse Frieda.

— Bem, infelizmente, acho que não terá seu dia no tribunal. Acabei de falar com o policial e aparentemente o Dr. Rundell insiste muito em não prestar queixa. Meu colega não é um homem muito satisfeito no momento. Ele não está nem um pouco contente.

— E o restaurante?

— Pois é. Eu até vi as fotografias. Sabe, no passado, quando encontrava cenas de crime desse tipo e a vítima se recusava a prestar queixa, sabia que normalmente envolvia algum tipo de ameaça de gangues. Está nos escondendo alguma coisa? — Sua tentativa de conter um sorriso não funcionou. — O tráfico de drogas deu errado?

— É um assunto particular.

— Mesmo assim — continuou Karlsson —, nunca ouvi falar de uma vítima que tenha insistido em pagar por todo o prejuízo. — Ele fez uma pausa. — Você não é o tipo de pessoa que eu imaginaria que seria presa por brigar em público. E agora não parece estar muito feliz por ter escapado do que a maioria das pessoas teria medo, sabe? Como ir a julgamento e ser condenada e presa. Esse tipo de coisa.

— Não me incomodo — disse Frieda.

— Você é durona — disse ele. Então sua expressão mudou. — Há algo que eu precise saber sobre isso? Algo criminoso?

Frieda negou com a cabeça.

— O que ele fez, então? — perguntou Karlsson. — Dormiu com as pacientes?

A expressão de Frieda não se alterou.

— Eu não posso fechar os olhos para isso — insistiu Karlsson.

— Não me importo se vai fechar os olhos ou não.

— Foi você que me ligou.

A expressão de Frieda ficou mais suave.

— Você tem razão — reconheceu ela. — Peço desculpas. E agradeço.

— Vim dizer que você está liberada e, na verdade, para lhe dar uma carona. Mas, veja... — disse, com um certo desespero. — Como seria o mundo se todos resolvessem as coisas desse jeito?

Frieda se levantou.

— E como *é* o mundo? — questionou ela.

Capítulo Vinte e Dois

Na quinta-feira à tarde, Frieda disse a Alan:

— Fale sobre sua mãe.

— Minha mãe? — Ele deu de ombros. — Ela era... — Ele fez uma pausa, franziu a testa e olhou para a palma das mãos como se pudesse encontrar a resposta ali. — Uma boa pessoa — completou de modo pouco convincente. — Ela já morreu.

— Estou perguntado da sua outra mãe.

Foi como se ela tivesse dado um soco muito forte em seu estômago. Frieda até escutou o som da dor e da surpresa que ele deixou escapar, e Alan se curvou levemente para a frente, com o rosto contorcido.

— O que quer dizer com isso? — conseguiu perguntar.

— Sua mãe biológica, Alan.

Ele fez um ruído baixo e lamentoso.

— Você *foi* adotado, não foi?

— Como você soube? — sussurrou.

— Não foi nenhuma mágica. Só vi a fotografia de seus pais em sua casa.

— E?

— Os dois têm olhos azuis. Os seus são castanhos. É geneticamente impossível.

— Ah.

— Quando ia me contar?

— Não sei.

— Nunca?

— Essa informação não vem ao caso.

— Está falando sério?

— Fui adotado. Fim da história.

— Você está desejando ter um filho seu, tanto que tem fantasias realistas sobre isso e ataques prolongados de ansiedade aguda. E acha que o fato de ter sido adotado não é relevante?

Alan deu de ombros. Ergueu os olhos e encontrou os dela, depois os abaixou novamente. Do lado de fora, o braço do guindaste se levantou mais alto no céu azul cheio de nuvens. Grandes bocados de lama caíam da boca serrilhada.

— Não sei — resmungou ele.

— Você quer um filho que seja exatamente igual a você. Rejeita a ideia de adotar uma criança. Quer seu próprio filho, com seus genes, seus cabelos ruivos e suas sardas. Como se quisesse se adotar, resgatar e cuidar de si mesmo.

— Não é isso. — Alan parecia estar prestes a tampar os ouvidos com os dedos.

— É um segredo tão grande?

— Carrie sabe, é claro. E um amigo. Contei a ele depois de alguns drinques. Mas por que eu deveria falar sobre isso com as pessoas? É particular.

— Até para sua terapeuta?

— Não achei que fosse importante.

— Não acredito em você, Alan.

— Não me importo com o que acredita. É isso que estou dizendo.

— Acho que você sabe que é importante. Tão importante que não consegue falar, nem mesmo pensar sobre isso.

Ele balançou a cabeça lentamente de um lado para o outro, como um touro velho e cansado sendo importunado.

— Alguns segredos são uma forma de liberdade — disse Frieda. — Seu espaço particular. É bom. Todo mundo precisa ter esse tipo de segredo. Mas alguns deles podem ser obscuros e opressivos, com um porão úmido em que você não ousa entrar, mas sempre sabe que está lá, cheio de terríveis criaturas subterrâneas, de pesadelos. Esses são os segredos que você precisa confrontar, iluminar, ver o que realmente são.

Enquanto falava, ela pensava em todos os segredos que já haviam lhe contado no decorrer dos anos, todos aqueles pensamentos ilícitos, desejos, temores que as pessoas entregavam para que ela guardasse em segurança. Reuben se sentira envenenado por eles no fim das contas, mas ela sempre os carregava com um senso de privilégio por ter recebido permissão para ver os temores das pessoas, para ser sua luz.

— Eu não sei — disse Alan. — Talvez seja melhor não procurar saber muito sobre certas coisas.

— Ou?

— Ou ficamos apenas aborrecidos quando nada pode ser feito.

— Acha que talvez esteja aqui comigo porque existem muitas coisas sobre as quais não procurou saber muito, e elas cresceram dentro de você?

— Não sei dizer. Nós simplesmente nunca discutimos isso — disse Alan. — De alguma forma, eu sabia que não podíamos chegar a esse ponto. Ela queria que eu pensasse nela como minha mãe.

— E você pensava?

— Ela *era* minha mãe. Mamãe e papai, era tudo o que eu conhecia. Aquela outra mulher, ela não teve nada a ver comigo.

— Você não conheceu sua mãe biológica?

— Não.

— Não se lembra de nada?

— Nada.

— Sabe quem era ela?

— Não.

— Nunca quis saber?

— Mesmo se quisesse, não adiantaria nada.

— Como assim?

— Ninguém sabia.

— Não entendi. Sempre é possível descobrir, sabe, Alan. Na verdade, é bem simples.

— É aí que você se engana. Ela garantiu que não fosse possível.

— Como?

— Ela me abandonou. Em um pequeno parque perto de um condomínio de prédios em Hoxton. O entregador de jornal me encontrou. Era inverno, fazia muito frio e eu estava enrolado em uma toalha. — Ele olhou para Frieda com uma expressão transtornada. — Como em um conto de fadas. Mas foi real. Por que eu me importaria com ela?

— Que jeito de começar a vida — afirmou Frieda.

— Eu não me lembro, então não importa. É só uma história.

— Uma história sobre você.

— Eu nunca a conheci, ela nunca me conheceu. Ela não tem nome, voz, rosto. E também não sabe meu nome.

— É bem difícil uma mulher passar pela gravidez, dar à luz e depois abandonar um bebê e nunca ser descoberta.

— Ela foi capaz disso.

— Então você era bem pequeno quando seus pais o adotaram. E não ficou sabendo de mais nada?

— Exatamente. E é por isso que essa história não tem nada a ver com o que estou sentindo no momento.

— Com o que você sente quando fala sobre ter seu próprio filho, e depois sobre a possibilidade de adotar uma criança.

— Eu já disse. Não quero adotar. Quero meu próprio filho, não o de outra pessoa.

Frieda olhava fixamente para Alan. Ele a encarou por alguns segundos, depois abaixou o olhar, como um menino pego contando uma mentira.

— Nosso tempo acabou. A próxima consulta é na quinta-feira. Quero que pense sobre isso.

Ambos se levantaram. Ele balançou a cabeça de um lado para o outro novamente, seu gesto habitual, inútil e infeliz, como se estivesse tentando apagar aquilo.

— Não sei se consigo — respondeu. — Não fui feito para isso.

— Daremos um passo de cada vez.

— Na escuridão — disse Alan. As palavras desestabilizaram Frieda, e ela só pôde confirmar com a cabeça.

Quando Frieda chegou em casa, encontrou um pequeno pacote sobre o capacho e logo reconheceu a caligrafia de Sandy nele. Ela parou e o recolheu com cuidado, como se pudesse explodir com qualquer movimento repentino. Mas não o abriu imediatamente. Levou-o para a cozinha e preparou uma xícara de chá antes, olhando pela janela enquanto a água fervia na chaleira. Foi além de seu reflexo e viu a escuridão do lado de fora e o céu noturno, limpo e frio.

Só quando já estava com a caneca de chá na mão, sentada à mesa, ela abriu o pacote e tirou um bracelete prateado, um bloquinho de notas com alguns desenhos dela, um lápis de ponta macia e cinco prendedores de cabelo amarrados por um elástico marrom. Era tudo. Ela sacudiu o envelope, mas não havia nenhuma carta ou bilhete. Olhou para aqueles objetos sem valor sobre a mesa. Aquilo era realmente tudo o que ela havia deixado lá? Como era possível deixar tão poucos vestígios?

O telefone tocou e ela atendeu, desejando logo em seguida que tivesse deixado cair na secretária eletrônica.

— Frieda. Você precisa me ajudar. Não sei mais o que fazer, e o idiota desgraçado do pai dela também não ajuda.

— Eu estou aqui, sabia? — disse Chloë. — Mesmo que você preferisse que eu não estivesse.

Frieda segurou o fone um pouco longe do ouvido.

— Alô — disse ela. — Com qual das duas devo falar?

— Você está falando comigo — disse Olivia, com a voz alta e aguda. — Eu liguei para você porque estou esgotada. Se *certa pessoa* é grosseira o bastante para pegar o outro fone e ficar ouvindo a conversa, essa *pessoa* é a única culpada de ouvir o que não quer.

— Blá-blá-blá — zombou Chloë. — Ela quer me prender aqui porque fiquei bêbada. Eu tenho 16 anos. Estava passando mal. Desencana. Ela é que deveria se trancar em casa.

— Chloë, veja...

— Eu não falaria com um cachorro do jeito que ela fala comigo.

— Nem eu. Eu gosto de cachorros. Os cachorros não gritam, não enchem a paciência e não têm pena de si mesmos.

— Seu *irmão* acabou de dizer que isso faz parte do crescimento — disse Olivia, choramingando. Ela sempre se referia a David como irmão de Frieda ou pai de Chloë quando estava mais irritada com ele do que o normal. — Ele deveria experimentar um pouco desse crescimento. Não fui eu que fugi com uma putinha de cabelo tingido.

— Cuidado, Olivia — disse Frieda, com severidade.

— Se você tentar me prender aqui, eu vou morar com ele.

— Eu adoraria, mas por que acha que ele quer você? Ele te abandonou, não abandonou?

— Vocês duas precisam parar com isso agora — disse Frieda.

— Ele não me abandonou, ele abandonou *você*. E eu não o culpo.

— Vou desligar o telefone — disse Frieda em um tom de voz bem alto. E foi o que fez.

Ela se levantou e serviu uma pequena taça de vinho branco, depois voltou a se sentar. Passou a mão nos objetos que Sandy devolvera, revirando-os nos dedos. O telefone tocou.

— Alô — disse a voz fraca de Olivia.

— Oi — Frieda esperou.

— Não estou lidando muito bem com a situação.

Frieda tomou um gole de vinho e manteve o líquido refrescante na boca por um momento. Ela pensou em sua banheira, em seu livro, na lareira acesa e nas coisas sobre as quais tinha que refletir. Do lado de fora era inverno, e um vento cortante soprava nas ruas escuras.

— Quer que eu vá até aí? — perguntou. — Não haveria problema.

Capítulo Vinte e Três

Na tarde do dia seguinte, Karlsson convocou uma coletiva de imprensa na qual os Faraday enfrentaram uma onda de fotógrafos e jornalistas para fazer um apelo pela volta de seu filho e assim reacender o interesse público.

Karlsson passara a manhã revendo os depoimentos que sua equipe tinha colhido de centenas de supostas testemunhas e relatórios cada vez mais escassos sobre possíveis cativeiros. Ele se posicionou na lateral. Observou o casal quando os flashes dispararam em seus rostos, que haviam mudado muito desde o desaparecimento de Matthew. Todos os dias ele via o sofrimento entalhar novas linhas, esticando a pele, diminuindo a luz em seus olhos. O rosto de Alec Faraday ainda estava inchado e machucado pelo ataque que sofrera, e ele não tinha muita mobilidade devido à costela quebrada. Ambos estavam magros e tensos, e a voz dela falhava quando falava de seu amado filho, mas eles conseguiram passar por aquilo sem problemas. Disseram as coisas dolorosas de sempre. Imploraram ao mundo como um todo por ajuda na busca e pediram à pessoa que o levara, em particular, que devolvesse seu querido menino.

Foi inútil, é claro. Essas aparições normalmente eram arquitetadas para colocar pressão sobre os pais, para verificar se eles não eram os culpados. Mas todos sabiam que os Faraday não seriam capazes. Até os jornais que haviam acusado o pai fizeram uma reviravolta insolente, transformando-o em um santo sofredor. Ele estivera com um cliente no escritório de contabilidade onde trabalhava e tinha dezenas de testemunhas. Ela saíra apressada do emprego como recepcionista em um consultório médico para chegar à escola a tempo para pegá-lo. A noção de que a pessoa que sequestrara Matthew mudaria de ideia ao ouvir os pais e ver suas expressões desoladas era absurda, especialmente porque era quase certo que a criança já estava morta há um tempo. Então, restava ao mundo responder, e ele responderia, e o dilúvio de informações erradas e falsas esperanças que vinha secando misericordiosamente os inundaria outra vez.

Naquela noite, ele permaneceu ate mais tarde no trabalho. Observou cuidadosamente as fotos do menino, do lugar onde ele havia desaparecido e o grande mapa que ficava na sala de investigações, cheio de tachinhas e marcadores. Leu os depoimentos. Seu cérebro latejava e o peito doía.

Ele olhava, e o outro menino olhava de volta. Era Simon. Ele estendeu a mão na direção de Simon para ver se ele era amigável, e o menino estendeu a mão também, ao mesmo tempo, mas não sorriu. Ele era muito magro e muito branco, seus ossos saltavam nos ombros e nos quadris, e seu pipi parecia uma lesminha rosada. Quando deu um passo na direção de Simon, ele também deu um passo em sua direção. Um passinho cambaleante, como o movimento de uma marionete. E então, como uma marionete, Simon se inclinou para o chão, e Matthew se inclinou para o chão e os dois ficaram se encarando. Matthew colocou um dedo no rosto fino e apavorante do menino. As bochechas eram ocas, havia buracos no lugar dos olhos, e a boca estava enfaixada. Ele tocou o espelho frio e manchado e viu as lágrimas mancharem a pele no local que pressionou.

Sentiu mãos por trás; estava sendo levado. Palavras suaves, um hálito sobre ele.

— Você será nosso garotinho — disse a voz. — Mas não seja nosso garotinho mau. Não gostamos de garotinhos maus.

Quando Frieda abriu a porta para Karlsson, ele ficou parado como se ela o estivesse esperando. E, de certa forma, estava. Ela ficara sabendo que o caso Matthew Faraday não havia chegado ao fim.

— Entre — disse ela.

Eles foram para a sala da frente, onde havia uma lareira acesa e uma pilha de periódicos acadêmicos sobre o braço da cadeira.

— Estou atrapalhando?

— Na verdade, não. Sente-se. — Ele trazia uma maleta de couro a tiracolo. Deixou-a no chão, tirou o casaco e se sentou. Ela hesitou, depois disse: — Quer algo para beber? Café?

— Talvez algo um pouco mais forte.

— Vinho? Uísque?

— Uísque, eu acho. É uma daquelas noites.

Frieda serviu uma pequena dose de uísque para ambos, acrescentando um pouco de água, depois se sentou de frente para ele.

— Como posso ajudar?

Os modos dela estavam mais suaves do que o normal. Isso quase provocou lágrimas nos olhos de Karlsson.

— Só consigo pensar nisso. Acordo e penso nele. Vou para a cama e sonho com ele. Vou para o bar com uns amigos, conversamos sobre algumas coisas e eu ouço as palavras saindo de minha boca. É incrível como uma pessoa pode fingir que tudo está normal quando não está. Falo com meus filhos ao telefone, pergunto como foi o dia deles e conto a eles coisas bobas e divertidas sobre o meu. E o tempo todo eu só vejo ele. Ele está morto, sabe. Ou, pelo menos, espero que esteja. Porque se não estiver... Qual é a melhor das hipóteses? Encontrarmos seu corpo e pegarmos o cretino que fez aquilo. Essa é a melhor das hipóteses.

— Não há mesmo nenhuma esperança?

— Daqui a dez anos, vinte, ainda serei o policial que não resgatou Matthew Faraday. Quando eu me aposentar, como o velho investigador que visitei, o responsável pelo caso de Joanna Vine, sentarei em minha sala e me lembrarei de Matthew e ficarei imaginando o que aconteceu, onde ele foi enterrado, quem fez aquilo e onde estará.

Ele mexeu o uísque no copo e tomou um gole.

— Você deve passar metade de seu tempo com pessoas atormentadas pela culpa, mas, depois de anos de experiência, percebo que as pessoas não sentem culpa o suficiente. Elas sentem vergonha quando são pegas, tudo bem, mas nenhuma culpa quando não são descobertas. Em todo o mundo há pessoas que fizeram coisas horríveis e estão vivendo vidas perfeitamente agradáveis, com a família e os amigos.

Ele virou o uísque, e Frieda colocou mais no copo, sem pedir permissão. Ela ainda não havia tocado no seu.

— Se eu me sinto assim — continuou Karlsson —, imagine os pais. — Ele afrouxou a gravata impacientemente. — Serei assombrado a vida toda.

— Você nunca teve um caso como esse antes?

— Tive minha cota de assassinatos, suicídios e violência doméstica. É difícil continuar tendo fé na natureza humana. Talvez seja por isso que sou divorciado e estou me abrindo com uma mulher que acabei de conhecer em vez de me abrir com minha esposa quando ainda éramos casados. Ele só tem 5 anos, a mesma idade da minha filha mais nova.

— Não há resposta para o que você está sentindo — disse Frieda. Uma atmosfera estranha envolveu a sala onde eles estavam. Silenciosa e triste.

— Eu sei. Só precisava falar com alguém. Sinto muito.

— Não precisa se desculpar.

Frieda não disse mais nada. Olhou dentro de seu copo, e Karlsson a observou, vendo um novo lado dela. Depois de uns instantes, ele disse:

— Conte-me sobre seu trabalho.

— O que você quer saber?

— Eu não sei. Você é médica?

— Sou. Mas não é necessário ser. Eu me especializei em psiquiatria antes da residência. É um processo longo que exige muita disciplina. Tenho muitos títulos depois do meu nome.

— Certo. E a maioria de seus pacientes é particular? Quantos atende por dia? Como eles são? Por que faz isso? Funciona? Esse tipo de coisa.

Frieda riu, depois começou a contar as perguntas nos dedos.

— Em primeiro lugar, atendo em uma clínica que é uma mistura de consultório particular e serviço público de saúde. Recebo pacientes encaminhados da clínica Warehouse, onde estagiei e trabalhei por muitos anos, e de médicos e hospitais. Também atendo pessoas que me procuram por conta própria, normalmente por recomendação de algum conhecido. Para mim, é importante não aceitar apenas pessoas com dinheiro suficiente para pagar a terapia, senão seria como tratar a doença dos ricos. Sessões de terapia são caras.

— Quanto custa?

— Tenho um princípio básico. Cobro duas libras para cada mil que o paciente ganhe — então quem ganha 30 mil por ano, paga 60 libras por sessão. Tive um cliente que disse que nesse caso teria que me pagar 500 mil por hora. Felizmente para ele, tenho um limite de 100 libras. Sou conhecida por atender pessoas por quase nada, embora meus colegas torçam o nariz para isso. De qualquer modo, diria que cerca de setenta por cento de meus pacientes são encaminhados pelo serviço público de saúde. Talvez um pouco menos.

"Em segundo lugar, normalmente atendo meus pacientes três vezes por semana, e em geral tenho sete pacientes — em outras palavras, são cerca de vinte sessões por semana, ao todo. Conheço terapeutas que fazem oito sessões por dia — são quarenta por semana. Assim que um paciente sai, outro chega. Eles ficam ricos, mas eu não conseguiria fazer isso. Nem gostaria."

— Por que não?

— Preciso absorver as coisas, refletir sobre cada pessoa que atendo, fazer anotações adequadas a respeito do processo. Não preciso de mais dinheiro do que já ganho. Preciso de tempo. Qual era a próxima pergunta?

— Como eles são?

— Não sei como responder isso. Eles não têm muita coisa em comum.

— A não ser o fato de estarem com problemas.

— A maioria de nós tem problemas em algum momento da vida: ou é mais infeliz do que consegue suportar, mais perturbado do que se pode tolerar, ou simplesmente não tem qualquer reação a nada. — Ela o encarou fixamente com seus olhos penetrantes. — Não acha?

— Não sei — Karlsson franziu a testa, incomodado. — Você recusa algum paciente?

— Se acho que não precisam de terapia, ou se acho que ficariam melhor com outra pessoa. Só aceito quem eu acredito que posso ajudar.

— E o que fez com que se tornasse terapeuta? — Era isso o que ele realmente queria saber, mas tinha pouca expectativa de que ela respondesse. Eles estavam ali sentados conversando amigavelmente, mas ainda assim ele não a entendia muito melhor, nem tinha mais noção de suas vulnerabilidades ou dúvidas. Frieda se guardava para si mesma, pensou ele. O autocontrole que o havia impressionado tanto em seu primeiro encontro raramente era abalado.

— Já foram perguntas demais para uma noite. E quanto a você?

— E quanto a mim?

— Por que entrou para a polícia?

Karlsson deu de ombros, depois ficou olhando para o copo de uísque.

— Sei lá. Ultimamente tenho me perguntado por que não me tornei advogado, como era para ser, ganhando dinheiro de verdade e dormindo bem à noite.

— Qual foi a resposta?

— Não existe resposta. Eu trabalho demais, ganho pouco, estou me afogando em relatórios, só sou notado quando as coisas dão errado, sou massacrado pela imprensa e pelo meu próprio chefe, e a opinião pública não confia em mim. E agora que estou liderando o Esquadrão de Investigação de Assassinatos, acabo conhecendo muitos assassinos, caras que espancam as esposas, pervertidos e traficantes de drogas. O que posso dizer? Na época me pareceu uma boa ideia.

— Então você gosta?

— Se eu gosto? É o que eu faço, e acho que faço muito bem, na maior parte do tempo. Embora não seja possível deduzir isso tomando por base esse caso.

Ele pareceu ter se lembrado de algo e pegou a maleta. Tirou duas pastas de papel-cartão.

— Esses são os depoimentos de Rosalind Teale. Ela é a irmã de Joanna Vine. O primeiro depoimento foi colhido logo depois do desaparecimento, e nós a interrogamos novamente outro dia desses.

— Há algo de significativo neles?

— Sei que você é resistente, mas gostaria que desse uma olhada neles.

— Para quê?

— Tenho interesse em tudo o que tiver a dizer.

— Agora?

— Seria ótimo.

Karlsson encheu novamente o copo e não adicionou água. Ele se levantou e andou pela sala como se fosse uma galeria. Frieda não gostava de ser observada enquanto estava lendo. E não gostava da ideia de ele ficar observando suas coisas e usando-as para tentar descobrir algo sobre ela. Mas a forma mais rápida de fazê-lo parar era ler os depoimentos. Ela abriu o mais antigo e começou, obrigando-se a ler devagar, palavra por palavra.

— Você leu todos esses livros? — perguntou Karlsson.

— Fique quieto — resmungou Frieda, sem sequer tirar os olhos do documento. Ao passar para o segundo arquivo, mais recente, ela percebeu que Karlsson estava fora de seu campo de visão. Finalmente, fechou-o. Não disse nada, embora soubesse que o investigador estava esperando.

— E então? — perguntou ele. — Se ela fosse sua paciente, que perguntas faria?

— Se ela fosse minha paciente, eu não perguntaria nada. Eu tentaria fazer com que parasse de se sentir culpada pelo que aconteceu com a irmã. Fora isso, acho que ela deveria ser deixada em paz.

— Ela é a única testemunha possível — disse Karlsson.

— E ela não viu nada. E foi há mais de vinte anos. E toda vez que fala com ela, você a prejudica mais ainda.

Karlsson se aproximou e voltou a se sentar de modo que ficasse de frente para Frieda. Ficou contemplando o copo de uísque.

— Esse é do bom — disse ele. — Onde comprou?

— Eu ganhei de uma pessoa.

— Diga algo mais sobre os depoimentos — pediu Karlsson. — Você é inteligente. Não vê isso como um desafio?

— Não acho que consiga me provocar.

— Não estou provocando você. Estou em um estágio em que ficaria grato por qualquer informação. Estou interessado em qualquer um que conheça coisas que eu não conheço.

Frieda fez uma pausa.

— Já pensou na possibilidade de Joanna ter sido levada por uma mulher e não por um homem?

Karlsson colocou os óculos com cuidado sobre a mesinha próxima à sua cadeira.

— Por que diz isso?

— O desaparecimento foi rápido. Rosie Vine só perdeu a irmã de vista por um minuto. Não parece que houve confusão, barulho. Uma pessoa não foi sequestrada em uma viela deserta e jogada no banco de trás de uma van. Era uma rua movimentada, com lojas. Eu consigo imaginar uma garotinha indo embora com uma mulher. De mãos dadas. — Frieda imaginou a cena. A garotinha indo embora, sem medo. Depois tentou não imaginar mais nada.

— Isso é muito interessante — comentou Karlsson.

— Não seja condescendente — disse Frieda. — Não é muito interessante. É óbvio, e você deve ter pensando nisso desde o princípio.

— A ideia nos ocorreu. É uma possibilidade. Deve admitir, no entanto, que está interessada.

— Por que está me perguntando isso? — perguntou Frieda. — O que está tentando me forçar a dizer?

— Eu gostaria que você falasse com Rose Teale. Talvez consiga se aproximar dela de um modo que não podemos.

— Mas do que devo me aproximar? — Ela pegou o arquivo e o folheou.

— Não é frustrante? — disse Karlsson. — Quando leio um depoimento, tenho essa fantasia de poder entrar em uma máquina do tempo e estar lá só por um minuto, só por cinco segundos, e então descobrir o que realmente aconteceu. — Ele deu um sorriso azedo. — Não é assim que um policial deve falar.

Frieda olhou o depoimento novamente: a menininha falando sobre a irmã mais nova. Tinha a sensação de que havia sido convidada a partir em uma jornada e, depois que concordasse em embarcar nela, seria tarde demais para desistir. Havia algum propósito naquilo? Ela podia contribuir com alguma coisa? Bem, talvez. E se podia, devia.

— Está bem — disse ela.

— Sério? Isso é ótimo.

— Eu preciso de um daqueles policiais que fazem retratos-falados. Vocês têm isso?

Karlsson sorriu e negou com a cabeça.

— Não — respondeu. — Temos algo muito melhor.

Capítulo Vinte e Quatro

Tom Garret estava visivelmente empolgado com a ideia de conhecer alguém que soubesse do que ele estava falando quando descrevia os aspectos neurológicos do reconhecimento facial.

— A antiga ideia do *photofit* era baseada nessa noção primitiva de que vemos rostos como uma coleção de partes: olhos azuis, nariz grande, sobrancelhas grossas, queixo pontudo. Quando juntamos tudo, temos um rosto reconhecível. Mas não é bem assim que vemos um rosto, e é por isso que a reconstrução via *photofit* fica ridícula.

— Não exatamente ridícula — disse Karlsson.

— Cômica. E praticamente inútil. Como sabe — ele se virou na direção de Frieda —, a área do giro fusiforme do cérebro é associada especificamente ao reconhecimento facial, e, se é danificada, o paciente perde a capacidade de reconhecer todos os rostos, até mesmo de parentes próximos. Tivemos essa ideia de criar um programa baseado em reconhecimento facial holístico.

— Excelente.

Frieda chegou mais perto do monitor de Garret.

Ele continuou a falar sobre os mais modernos sistemas de retrato falado e algoritmos genéticos, até que Karlsson tossiu e lembrou a todos que Rosalind Teale estava esperando do lado de fora.

— Podemos ficar aqui? — perguntou ele.

— Tudo bem — respondeu Frieda. — Mas, por favor, deixem tudo comigo.

Frieda havia lido o arquivo e visto as fotografias, mas, ainda assim, estava chocada com a aparência de Rose Teale. Ela parecia ter passado por uma situação traumática no dia anterior, e não há mais de vinte anos. Essa mulher não teria recebido nenhum tipo de ajuda? Não havia recebido nenhuma atenção? Rose olhou à sua volta, olhou para Garret, que estava digitando, para Karlsson, que estava encostado na parede com os braços cruzados, mas não para Frieda. Quando a terapeuta deu um passo à frente e se apresentou, Rose não fez nenhuma pergunta, apenas se deixou ser conduzida pela sala até uma cadeira. Frieda se sentou de frente para ela. Karlsson havia dito que Rose poderia se sentir melhor se houvesse a possibilidade de ajudar. Olhando para a mulher passiva e derrotada diante de si, Frieda duvidou.

— Eu já fiz de tudo — disse ela. — Tentei me lembrar. Passei e repassei tudo na cabeça. Não sobrou nada.

— Eu sei — afirmou Frieda. — Você já fez tudo o que podia.

— Então por que estou aqui?

— Há meios de acessar coisas que você não sabe que estão em sua mente. Não é nada mágico. É mais ou menos como abrir um gaveteiro antigo que estava esquecido. Não farei nenhuma pergunta — explicou Frieda —, e ninguém está esperando nada de você. Só quero que tenha um pouco de paciência comigo por uns instantes. Pode fazer isso?

— Como assim?

— Gostaria que tentássemos fazer uma coisa. Não quero que você pense em nada. Apenas faça o que eu pedir. — Frieda suavizou a voz. — Sei que deve estar tensa por vir até a delegacia de polícia e falar com pessoas que não conhece, mas eu gostaria de pedir a você que se sente em uma posição confortável e relaxe como se alguém fosse ler uma história. Quero que feche os olhos.

Rose parecia receosa. Ela fitou Karlsson. Ele permaneceu impassível.

— Está bem — respondeu, e fechou os olhos.

— Quero que pense naquele dia — disse Frieda. — Quero que volte lá e se imagine saindo da escola, andando pela calçada, atravessando a rua, olhando para as lojas, para as pessoas, para os carros. Não diga nada. Apenas se imagine fazendo isso.

Frieda olhou para o rosto da jovem, para as linhas finas no canto dos olhos, as pálpebras inquietas. Ela esperou um minuto. Dois minutos. Inclinou-se para a frente e falou ainda mais baixo, quase sussurrando:

— Não diga nada, Rose. Não tente se lembrar de nada. Quero que faça algo para mim. Imagine uma mulher. Jovem ou de meia-idade. Você decide. — Frieda viu que as feições de Rose deixavam transparecer sua confusão. — Apenas imagine — continuou ela. — Não se preocupe com nada. Nem pense nisso. Apenas pense em uma mulher. Qualquer mulher que vier à sua mente. Talvez ela esteja parada no canto da calçada, perto da beirada. Ela acabou de sair de um carro e está olhando os arredores. Coloque-a na cena com você. Olhe para ela. Pode fazer isso?

— Está bem.

— Você fez isso?

— Sim.

— Espere. Espere e olhe para ela. Olhe para a mulher que veio à sua mente. Lembre-se de como ela é.

Passou-se um minuto. Frieda viu que Karlsson estava franzindo a testa para ela e o ignorou.

— Está bem — disse ela. — Pode abrir os olhos agora.

Rose piscou como se tivesse acabado de acordar e estivesse incomodada com a luz.

— Quero que se sente ao lado de Tom e ele vai lhe mostrar uma coisa.

Tom Garret se levantou e fez um gesto para que Rose fosse até a cadeira onde ele estava sentado. Quando ela se sentou, ele fez uma cara de questionamento para Frieda, como se perguntasse: "É sério?"

— Vá em frente — confirmou Frieda.

Ele deu de ombros. Na tela havia uma tabela mostrando dezoito tipos de rostos femininos.

— Nenhum deles se parece com ela — afirmou Rose.

— São aleatórios — disse Tom. — Não precisam se parecer com ela. Quero que clique nos seis que mais se aproximam com o que você imaginou. Deve escolher rapidamente, sem pensar muito. Não se preocupe. Não há resposta certa ou errada. Não é um teste.

— Qual é o propósito disso?

— É só um exercício — disse Frieda. — Quero ver o que acontece.

Rose deu um suspiro, como alguém que cede com relutância. Ela colocou a mão no mouse e movimentou o cursor.

— Nenhum deles é parecido — repetiu ela.

— Escolha os que mais se aproximam — insistiu Tom. — Ou os que sejam menos diferentes entre si.

— Está bem. — Ela clicou o cursor em um rosto, o mais fino deles, depois em outro, e outro, até selecionar seis. — É isso?

— Agora clique em terminar — disse Tom.

Ela clicou e a tela foi preenchida com dezoito novos rostos.

— O que é isso? — perguntou Rose.

— Esses novos rostos foram gerados a partir dos seis que você escolheu — explicou Tom. — Agora escolha mais seis.

Ela repetiu o processo, depois voltou a repetir, e repetiu mais uma vez. Às vezes, ela parava e fechava os olhos antes de continuar. Frieda podia ver uma mudança acontecendo gradualmente. Uma multidão de estranhos estava evoluindo para uma espécie de família, cuja semelhança ficava cada vez maior. O rosto ficou mais fino, as maçãs mais proeminentes, o amendoado dos olhos, mais pronunciado. Depois de doze gerações, os rostos não pareciam mais uma família, mas irmãos, e depois de mais duas gerações eram quase idênticos.

— Escolha um — disse Tom.

— São quase iguais — hesitou Rose. O cursor passou pela tela até parar em um dos rostos. — É isso.

— Esse foi o rosto que você viu? — perguntou Frieda.

— Eu não *vi*. É o rosto que criei em minha imaginação.

Karlsson se aproximou e olhou para a imagem.

— E o cabelo? — perguntou.

— Eu não vi o cabelo. O rosto que criei estava usando um lenço.

— Posso fazer um lenço. — Tom clicou em um menu e o rosto apareceu dezoito vezes, com diferentes tipos de lenço. Rose apontou para um deles.

— É esse? — perguntou Frieda.

— Mais ou menos — respondeu Rose. — É bem parecido, eu acho.

— Muito bem, Rose — disse Frieda. — Você foi muito bem. Muito obrigada.

— O que quer dizer com isso?

— Sei que foi difícil para você voltar lá. Foi preciso ter coragem.

— Eu não voltei lá. Eu não me lembro de nada. Apenas imaginei um rosto e depois você tentou recriá-lo. É inteligente, mas não sei como pode ajudar.

— Veremos. Pode esperar lá fora por um instante?

Karlsson esperou até que Rose saísse e a porta fosse fechada.

— O que foi isso?

— Não confia em seu próprio sistema de retrato-falado?

— Não estou me referindo ao sistema de retrato-falado. Trouxe você aqui porque achei que poderia hipnotizar a moça ou algo do tipo. Balançar um relógio diante dos olhos dela. Achei que pudesse usar esses seus truques psicológicos e desenterrar lembranças escondidas. Em vez disso, pediu para ela inventar um rosto.

— Fiz uma pesquisa há alguns anos — comentou Frieda. — Trabalhei com pessoas que tinham áreas de cegueira no campo visual. O que fizemos foi mostrar uma série de pequenos pontos na região do campo visual que não estava funcionando. Elas não podiam vê-los, mas pedimos para adivinharem quantos eram. Na maioria dos casos, acertaram. A informação se desviava da mente consciente, mas ainda estava sendo processada. Não adiantaria nada apelar para as lembranças conscientes de Rose. Ela passou a vida rememorando. A essa altura, já foram contaminadas, mesmo que ela tenha visto algo. Achei que esse poderia ser um modo de contornar isso tudo.

Karlsson olhou para Tom Garret.

— O que você acha? É tudo bobagem, não é?

— Você está falando de visão residual, não está? — perguntou Tom a Frieda.

— Isso mesmo.

— Bobagem — repetiu Karlsson. Ele estava visivelmente irritado.

— Não sabia que se aplicava à memória — disse Tom.

— Achei que valia a pena tentar.

Karlsson se sentou na cadeira e olhou para a tela, para a mulher de meia-idade e lenço na cabeça que o encarava.

— Achou mesmo? — Seu tom de voz era cheio de sarcasmo. — Isso não passa de um joguinho idiota. Visão residual!

— Podemos imprimir? — perguntou Frieda, ignorando Karlsson explicitamente. Mas ele pegou a folha de papel assim que saiu da impressora e a balançou diante do rosto dela.

— É tudo besteira! Rose deve ter inventado isso. Para ser útil. Ela é do tipo que tenta ajudar. Ela não quer nos decepcionar.

— Está certo — disse Frieda. — É o mais provável.

— E se ela não inventou, se você realmente chegou até uma lembrança daquele dia, esse pode ser o rosto de uma mulher que estava fazendo compras.

— Está certo.

— E se, e essa é a maior merda que já vi, se essa mulher estiver envolvida, o que teremos é a imagem de alguém há 22 anos, sem suspeitos com quem comparar, sem testemunhas para interrogar.

— Vocês poderiam mostrar a imagem para outras pessoas que estavam por perto na época, para ver se lembram de algo.

— E? Se lembrarem de algo, o que não acontecerá, qual será a serventia? Você pode trazê-los aqui, colocá-los em transe e fazer com que imaginem um endereço?

— Isso cabe a você. Você é o investigador.

— É isso que eu penso. — Karlsson amassou a impressão e arremessou na lata de lixo, mas errou.

— Isso está claro, pelo menos — respondeu Frieda.

— Você está me fazendo perder tempo.

— Não. *Você* é que está me fazendo perder o *meu* tempo, investigador-chefe Karlsson. E de uma forma desagradável.

— Você já pode ir. Algumas pessoas têm trabalho de verdade para fazer.

— Com prazer — disse Frieda. Ela se abaixou e pegou o papel amassado.

— Para que quer isso?

— Para guardar de lembrança.

Rose estava do lado de fora, sentada em uma cadeira com as mãos sobre o colo, olhando para o nada.

— Já terminamos — disse Frieda. — E agradecemos a sua presença.

— Não acho que tenha ajudado muito.

— Quem sabe? Foi uma tentativa válida. Está com pressa?

— Não sei.

— Dez minutos. — Frieda a pegou pelo antebraço e a arrastou para fora da delegacia. — Tem um café no fim da rua.

Ela pediu um bule de chá para dois e um muffin, para o caso de Rose estar com fome, mas ele ficou intocado entre as duas.

— Já fez terapia?

— Eu? Por quê? Acha que preciso? É tão óbvio assim?

— Acho que qualquer pessoa que tenha passado pelo que você passou precisaria. Nunca teve nenhuma ajuda depois que sua irmã desapareceu?

Rose fez que não com a cabeça.

— Falei um pouco com uma policial na época. Ela foi legal.

— E nada mais?

— Não.

— Você tinha 9 anos. Sua irmã desapareceu debaixo do seu nariz. Você devia estar cuidando dela; pelo menos era o que você achava. Em minha opinião, uma criança de 9 anos não pode ser responsável por ninguém. Ela nunca voltou, e você se sente culpada desde então. Acha que foi sua culpa.

— Foi — disse Rose, sussurrando. — Todo mundo achou que foi.

— Eu duvido muito. Mas o que importa agora é o que você achou. O que acha agora. Você teve a psique desenvolvida em torno do fato central e devastador de sua perda. Mas não é tarde demais, acredite. Você pode se perdoar.

Rose olhou para ela e balançou a cabeça lentamente de um lado para o outro, acumulando lágrimas nos olhos.

— Sim, você pode. Mas precisa de ajuda para fazer isso. Eu posso garantir que não terá que pagar por isso. E levaria tempo. Sua irmã está morta, e você precisa dizer adeus a ela e construir sua própria vida a partir de agora.

— Ela me assombra — sussurrou Rose.

— Assombra?

— É como se eu nunca estivesse sem ela. É como um pequeno fantasma ao meu lado. Sempre da mesma idade. Todos estamos envelhecendo, e ela está ali, uma garotinha. Ela era uma coisinha tão preocupada. Tantas coisas a assustavam — a praia, aranhas, barulhos altos, vacas, o escuro, fogos de artifício, entrar em elevadores, atravessar a rua. O único momento em que não parecia ansiosa era quando estava dormindo. Ela costumava dormir com o rosto apoiado nas duas mãos juntas, como se estivesse rezando. Provavelmente *estava* rezando quando pegava no sono. Provavelmente estava pedindo a Deus para deixar os monstros longe dela.

Rose deu uma pequena risada e depois recuou.

— Não tem problema rir dela, e não tem problema lembrar dos momentos em que ela não era perfeita.

— Meu pai a transformou em uma santa, sabe... Ou em um anjo.

— É difícil para você.

— E minha mãe nunca fala dela.

— Então é hora de você encontrar outra pessoa com quem conversar sobre sua irmã.

— Eu posso conversar com você?

Frieda hesitou.

— Não sei se seria uma boa ideia. Estive envolvida no caso, do ponto de vista da polícia. Confundiria os limites. Mas posso recomendar uma pessoa muito boa.

— Obrigada.

— Então temos um acordo?

— Está bem.

Capítulo Vinte e Cinco

Dentro de oito dias seria o dia mais curto do ano. A clínica fecharia até o começo do ano seguinte. Os pacientes teriam que deixar seus problemas em suspenso. E quando voltassem, Reuben provavelmente estaria lá para encontrá-los caso Frieda dissesse a Paz que ele estava apto a retomar suas obrigações. Então lá estava ela, em uma tarde de domingo, andando até a casa dele, supostamente para devolver algumas pastas que ele havia deixado em sua sala. Mas ela não o enganaria por muito tempo. Afinal, era Reuben, com seu olhar frio e observador e o sorriso cheio de deboche.

Antes que ela pudesse levantar a mão para bater na porta, ela se abriu e Josef apareceu, carregando nos braços uma pilha de tábuas irregulares. Ele passou por ela a caminho da caçamba lotada que, ela notou depois, estava na rua. Ele arremessou seu fardo e voltou, esfregando as mãos empoeiradas.

— O que está fazendo aqui? É domingo.

— Domingo, segunda, quem sabe que dia é?

— Eu sei. E Reuben também, espero.

— Entre. Ele está no chão da cozinha.

Frieda entrou pela porta da frente, sem saber o que esperar depois da última visita. Ela não conseguiu conter o espanto. Era óbvio que Josef estava trabalhando ali havia algum tempo. Não apenas o fedor de vida abandonada tinha desaparecido, mas em seu lugar havia um cheiro adstringente de aguarrás e tinta. As garrafas, latas e pratos sujos tinham sido eliminados, e as cortinas, abertas. A entrada fora pintada. A cozinha começava a ser desmontada; os armários haviam sido arrancados e o novo batente da porta que dava para o jardim estava no lugar. Do lado de fora, na estreita faixa de gramado, os restos de uma fogueira fumegavam. E, é claro, lá estava Reuben, deitado no chão, com metade do corpo sob uma nova pia de porcelana.

Frieda estava tão surpresa que simplesmente ficou parada por um instante, olhando para ele com a bela camisa de linho suspensa na barriga e a cabeça fora de seu campo de visão.

— É você mesmo aí embaixo? — perguntou finalmente.

Ele usava meias roxas nos pés, e seu corpo estava contorcido. O rosto de Reuben saiu de baixo da pia, e ela pôde vê-lo.

— Não é tão ruim quanto parece — disse ele.

— Você foi pego no flagra. Dando uma de encanador? E no domingo à tarde. Logo estará lavando seu carro.

Ele se sentou e puxou a camisa para baixo.

— Não estou dando uma de encanador. Não é para tanto. Você me conhece: se depender de mim, não mexo um dedo nem para trocar uma lâmpada. Só estou ajudando o Josef.

— Imagino que sim. Obrigando-o a trabalhar no fim de semana. Está pagando em dobro?

— Não estou pagando nada.

— Reuben!

— Reuben é o senhorio — contou Josef. — Ele me dá um teto, em troca...

— ...ele o conserta — completou Reuben, levantando-se e se desequilibrando um pouco. Os dois riram, olhando para Frieda para ver a reação dela. Era uma piada que eles obviamente haviam ensaiado.

— Você se mudou para cá?

Josef apontou para a geladeira, e Frieda viu uma fotografia amassada presa por um ímã: uma mulher de cabelos escuros sentada em uma cadeira, com dois meninos pequenos posando, um de cada lado.

— Minha esposa, meus filhos.

Frieda voltou a olhar para Josef. Ele colocou uma das mãos sobre o coração e esperou.

— Você é um homem de sorte — disse ela.

Josef tirou um maço de cigarros do bolso da camisa, entregou um a Reuben e pegou outro. Reuben pegou o isqueiro e acendeu os dois. Frieda ficou irritada. Havia algo entre aqueles dois, um triunfo furtivo e um ar de desobediência, como se eles fossem dois meninos pequenos, e ela, a adulta mandona.

— Chá, Frieda? — ofereceu Reuben.

— Sim, por favor. Mas você poderia me oferecer um pouco daquela vodca que escondeu debaixo da pia.

Os dois homens se entreolharam.

— Veio aqui para me espionar — disse Reuben. — Para ver se estou apto a assumir minhas obrigações.

— E está?

— É a morte do pai — disse Reuben. — O que você sempre quis.

— O que eu quero é que o pai volte ao trabalho quando estiver pronto, e não antes disso.

— É domingo. Eu posso beber no domingo e ainda trabalhar na segunda-feira. Posso beber na segunda-feira e ir trabalhar logo em seguida, por sinal. Você não é minha mãe.

— Eu faço o chá — disse Josef, constrangido.

— Eu não quero chá — recusou Reuben. — Os ingleses sempre acham que chá resolve tudo.

— Não sou inglês — disse Josef.

— Eu não queria vir até aqui — afirmou Frieda.

— Então por que veio? Alguém pediu? Você foi *mandada*? O quê? Pela jovem e ávida Paz? Não está parecendo a Frieda Klein que eu conheço. A Frieda Klein que faz o que quer. — Ele jogou o cigarro no chão e pisou nele com o calcanhar. Josef se abaixou e recolheu, levando-o com cuidado até a lata de lixo.

— Como você vive sua vida é problema seu, Reuben. Você pode beber vodca o dia inteiro e destruir sua casa. Tudo bem. Mas você é médico. Seu trabalho é curar. Algumas pessoas que vão à clínica estão muito vulneráveis, muito frágeis, e depositam sua confiança em nós. Você não vai voltar ao trabalho até que eu tenha certeza de que não vai abusar de seu poder. E não me importo se ficar bravo comigo.

— Estou bravo mesmo.

— Você está frustrado. Ingrid foi embora e você acha que não está sendo bem-tratado por seus colegas. Mas ela foi embora porque você foi infiel durante anos, e seus colegas reagiram da única maneira possível ao seu comportamento na clínica. É por isso que está bravo. Porque sabe que está errado.

Reuben abriu a boca para reclamar, mas parou de repente. Resmungou, acendeu outro cigarro e se sentou à mesa da cozinha.

— Você não deixa nenhum lugar para que um homem possa se esconder, não é, Frieda?

— Você quer um lugar para se esconder?

— É claro que quero. Não é o que todo mundo quer? — Ele passou as mãos pelos cabelos, que haviam crescido até os ombros durante sua licença forçada, de modo que ele se parecia ainda mais com um poeta depois de uma noite difícil. — Ninguém gosta de se sentir envergonhado.

Frieda se sentou de frente para ele.

— Falando nisso... Fiz umas coisas que eu queria contar.

Ele olhou para ela com melancolia.

— É assim que pretende fazer com que eu me sinta melhor? Trocando atitudes vergonhosas?

— Quero conversar sobre uma coisa. Se você concordar.

— Tudo bem — disse Reuben. — Só achei totalmente inesperado.

Na terça-feira seguinte, Alan contou uma história a Frieda. Ele não falou como costumava falar, corrigindo-se, indo e voltando no tempo, lembrando de coisas que deixou de fora. Falou com fluência, poucas pausas, e havia forma e coerência em sua narrativa. Frieda achou que ele devia ter praticado o discurso várias vezes, passando-o e repassando-o na cabeça, removendo todas as incertezas e contradições.

— Ontem de manhã — disse ele, depois que cruzou e descruzou as pernas, esfregou as mãos nas calças e tossiu várias vezes para se preparar. — Ontem de manhã, tive que verificar um alvará de construção. Embora esteja de licença, ainda passo lá de vez em quando para organizar algumas coisas no departamento. Só eu tenho conhecimento de algumas coisas. Era em Hackney, um local que se transformou em área empresarial perto da Eastway. Conhece aquela região?

— Não é muito minha área em Londres.

— As coisas estão um pouco caóticas por lá com todas as construções para as Olimpíadas. É como uma nova cidade sendo construída às pressas por cima das ruínas da antiga. E eles não podem adiar a data do término, então estão envolvendo cada vez mais pessoas naquilo. Bem, depois que terminei o serviço, saí para caminhar. Estava frio, mas eu queria tomar ar fresco, apenas para clarear a cabeça. Para ser sincero, ir para o trabalho me deixa um pouco agitado agora.

"Andei ao longo do canal, depois desviei e segui pelo Victoria Park. Ir a um lugar diferente parecia uma espécie de fuga. Havia poucas pessoas no parque, mas ninguém estava à toa. Todos pareciam estar com pressa: cabeças baixas, passos rápidos; todos tinham um lugar para ir, exceto eu. Porém, eu não estava exatamente observando-os. Sentei-me um pouco em um banco perto do gramado. Estava pensando nas últimas semanas e imaginando o que me esperava. Eu me sentia bem cansado. Estou sempre cansado ultimamente. As coisas estavam um pouco vagas. Dava para ver uns guindastes na direção de Stratford e do Lee Valley Park. Eu me levantei e andei entre os lagos. Havia um coreto e uma fonte. Tudo parecia abandonado e fechado para o inverno. Saí do outro lado, cruzei a avenida e comecei a olhar a vitrine das lojas. Vi uma loja de antiguidades — bem, talvez a palavra "antiguidade" fosse um pouco demais para aquilo. A maioria dos objetos era quinquilharia. Eu costumava comprar muitos móveis antigos. Achava que tinha um olho para isso. Carrie fica muito irritada. Ela quer que eu me livre das coisas que tenho, e que eu não compre mais nada. Mas eu gosto de olhar mesmo assim, ver os preços. Bem, havia uns lugares antigos e divertidos. Uma loja de ferragens com esfregões e baldes, e uma loja de roupas estranha que vendia itens usados para senhoras. Cardigãs e casacos de tweed. Está se perguntando por que estou lhe contando isso, não é? — Frieda não respondeu. — Eu estava parado em frente a um brechó cheio de coisas que não conseguia imaginar ninguém comprando ou vendendo. Eu me lembro de estar olhando para uma coruja empalhada empoleirada em um tipo de galho de árvore falso e imaginando se Carrie permitiria que eu levasse outro pássaro morto para casa.

"Bem nesse momento, uma mulher veio andando em minha direção. A princípio, não estava prestando muita atenção nela. Ela veio entrando em meu campo de visão, se é que dá para entender. Estava usando um casaco laranja e uma saia bem justa e curta, com botas de salto alto."

Alan ficou agitado e olhou para baixo. Continuou falando, mas não olhou mais nos olhos de Frieda.

— De repente, me dei conta de que ela estava falando comigo. Ela disse: "Ah, você!", e chegou mais perto de mim. — Alan hesitou por um momento. — Ela colocou os braços ao redor do meu corpo e me beijou. Ela... Foi um beijo de verdade. De língua. Sabe quando se está sonhando e coisas estranhas acontecem, mas você simplesmente aceita e segue em frente? Foi mais ou menos assim. Eu não a afastei. Senti como se estivesse em um filme, ou algo assim. Que aquilo não estava acontecendo comigo, mas com outra pessoa. — Ele engoliu em seco. — Fiquei com sangue nos lábios. Então, logo depois, ela se afastou e disse: "Ligue para mim. Já faz tempo. Não está sentindo minha falta?" E foi embora. Eu fiquei paralisado. Fiquei ali parado e a vi indo embora com seu casaco laranja.

Houve um momento de silêncio.

— Mais alguma coisa? — perguntou Frieda.

— Isso não basta? — perguntou Alan. — Uma mulher que eu não conheço chega e me beija? Quer mais do que isso?

— Bem, e o que você fez?

— Eu quis segui-la. Não queria que aquilo acabasse. Mas fiquei ali parado e, quando vi, ela tinha ido embora e eu havia voltado a ser eu mesmo, se é que me entende. O velho e tedioso Alan, com quem nada acontece.

— Como era essa mulher? — perguntou Frieda. — Ou você só viu o casaco, a saia e as botas?

— Ela tinha cabelos compridos, meio louro-avermelhados. Brincos metálicos. — Alan tocou os lóbulos de suas próprias orelhas. Ele tossiu e ficou vermelho. — Peitos grandes. E cheirava a cigarro e mais alguma coisa. — Ele torceu o nariz. — Como algo azedo, ou coisa parecida.

— E o rosto?

— Não sei.

— Você não viu o rosto?

Ele parecia perplexo.

— Eu não me lembro. Acho que era... — Ele tossiu. — Você sabe, bonito. Tudo aconteceu tão de repente. E meus olhos ficaram fechados por muito tempo.

— Então você teve uma experiência erótica e provocante com uma mulher desconhecida, praticamente sem rosto, no meio da rua.

— Tive — confirmou Alan. — Mas eu não sou assim.

— Isso realmente aconteceu?

— Às vezes eu acho que não, que eu simplesmente peguei no sono no banco do parque e sonhei.

— Você gostou?

Alan parou para pensar e quase sorriu. Pareceu se conter.

— Eu fiquei empolgado, se é isso que está perguntando. Sim. Se realmente aconteceu, é ruim, e se eu inventei, também é ruim, mas sob outro ponto de vista. — Ele fez uma careta. — O que Carrie diria?

— Você não contou a ela?

— Não! É claro que não. Como posso contar uma coisa dessas? Que, embora não façamos sexo há meses, eu deixei uma mulher atraente e peituda me beijar, mas não sei se aconteceu de verdade ou se não passou de um desejo?

— O que você acha disso tudo? — perguntou Frieda.

— Eu já disse. Sempre me vi como alguém invisível. As pessoas não me notam, e, quando o fazem, é porque me confundiram com alguém. Quando aconteceu, acho que uma parte de mim estava tentada a fugir com essa mulher, ser a pessoa que ela pensou que eu fosse. E me pareceu que essa pessoa se divertia mais do que jamais me diverti.

— E o que quer que eu diga?

— Depois que aconteceu, fiquei completamente confuso e depois pensei: "Esse é o tipo de coisa que a Dr. Klein quer que eu conte." A maior parte das coisas que contei até agora foi tediosa, mas achei que isso era estranho, um pouco assustador, e seria justamente o tipo de coisa que eu deveria contar.

Frieda não conseguia parar de rir.

— Acha que estou interessada em coisas estranhas e assustadoras?

Ele apoiou a cabeça nas mãos. Pelo meio dos dedos, disse:

— Tudo costumava ser tão simples. Agora nada é simples. Eu nem sei mais quem eu sou, nem sei diferenciar o que é real e o que é coisa da minha cabeça.

Capítulo Vinte e Seis

— O que você acha? — perguntou Frieda.

Jack fez uma careta.

— É uma fantasia clássica — disse ele.

Eles estavam sentados no Number 9, onde agora se encontravam para as sessões de orientação de Jack, que haviam se tornado menos formais e menos frequentes. Ele bebericava seu segundo cappuccino. Gostava dali: Kerry o paparicava, uma mistura de flerte com algo maternal. Às vezes Marcus saía da cozinha e insistia para que ele experimentasse sua última criação, que hoje era uma torta Bakewell de geleia, que ele comeu, embora não gostasse muito de amêndoas nem de geleia. Katya, por sua vez, costumava se sentar no colo de Frieda. Jack achava que Katya gostava da médica do mesmo modo que os gatos gostam de pessoas que não os paparicam. Frieda a ignorava ou, às vezes, simplesmente a erguia e colocava no chão.

— Como assim?

— Pelo menos para os homens. Uma mulher sensual e provocante se aproxima, tira a pessoa daquela vida tediosa de sempre e a coloca em um mundo fantástico, mais empolgante.

— Então o que essa mulher representa?

— Pode ser você — disse Jack, tomando um rápido gole de seu café.

— Eu? Seios grandes, casaco laranja, saia curta e justa e cabelos louro-avermelhados?

Jack enrubesceu e olhou à sua volta no café para ver se alguém havia escutado.

— É uma versão sensualizada de você. É um exemplo clássico de transferência. Você é a mulher que está entrando na vida comum dele. Ele pode falar com você de uma forma que não fala nem com a própria mulher. Mas ainda precisa disfarçar, expressando-se através dessa figura feminina exageradamente sensual.

— Interessante. Parece um pouco teórico demais, mas é interessante. Alguma outra sugestão?

Jack pensou um pouco.

— Estou interessado nessa história que ele repete sobre seu anonimato, que acredita estar sendo confundido com outra pessoa. Esse pode ser um exemplo de solipsismo. Você sabe, um estado mental dissociativo que pode levá-lo a sentir que só ele é real e todas as outras pessoas foram substituídas por robôs, ou algo assim.

— Nesse caso, ele precisaria de uma ressonância magnética.

— É só uma teoria — disse Jack. — Eu não recomendaria isso a menos que houvesse outros sintomas de deficiência cognitiva.

— Alguma outra possibilidade?

— Fui ensinado a ouvir o paciente. Acho que há a possibilidade de uma mulher simplesmente tê-lo confundido com outra pessoa e que tudo isso não tenha significado nenhum.

— Você se imagina se aproximando de uma garota e beijando-a por engano?

Jack pensou em mencionar alguns exemplos de como aquilo seria muito fácil, depois parou para pensar melhor.

— Alan deve ser muito parecido com a pessoa que ela pensou que ele fosse — disse ele. — Se é que foi realmente isso que aconteceu. Mas se aprendi alguma coisa com você é que estamos aqui para lidar com o que se passa dentro da cabeça do paciente. De certo modo, a verdade do que aconteceu não é relevante. Precisamos nos concentrar no significado que ele deu ao acontecimento e na intenção dele ao contar o ocorrido a você.

Frieda franziu a testa. Parecia estranho escutar suas próprias palavras sendo repetidas para ela dessa forma. Elas pareciam dogmáticas e pouco convincentes.

— Não — disse ela. — Há uma enorme diferença entre alguém que é confundido com outra pessoa, por qualquer motivo, e alguém que acredita que está sendo confundido com outra pessoa. Não acha que seria interessante se pudéssemos descobrir se aquele encontro realmente aconteceu?

— Pode ser *interessante*, mas é totalmente impraticável. Seria preciso perambular pelo Victoria Park e ter a sorte de encontrar uma pessoa que esteve nos arredores dois dias atrás. De qualquer modo, seria difícil reconhecê-la, porque não se sabe como ela é.

— Esperava que você pudesse fazer uma tentativa.

— Ah! — exclamou Jack.

Ele estava tentado a dizer várias coisas: que aquilo não tinha nada a ver com seu estágio e que não era profissional da parte dela fazer essas perguntas, que as chances de encontrar essa mulher eram nulas e que, mesmo que ele a encontrasse, não valeria o esforço. Ele até chegou a se perguntar se não haveria alguma regra sobre investigar pacientes sem permissão. Mas não disse nada. Na verdade, estava satisfeito por ela ter pedido que fizesse algo fora do comum. Se fosse apenas uma tarefa extra, seria algo rotineiro. Mas aquilo era um tanto inapropriado, e havia certo tipo de intimidade envolvida. Ou estaria se enganando?

— Está bem — disse ele.

— Ótimo.

— Frieda!

A voz veio detrás dele, e antes que Jack visse quem era notou que o rosto de Frieda se fechou.

— O que você está fazendo aqui?

Jack se virou e viu uma mulher com longas pernas, reflexos louros nos cabelos e um rosto que parecia muito jovem e indefinido por baixo da maquiagem exagerada.

— Vim para a aula. Você disse para nos encontrarmos aqui para variar um pouco. — Ela olhou para Jack, e ele sentiu seu rosto corar.

— Você chegou cedo.

— Você deveria ficar feliz. — Ela se sentou com eles e tirou as luvas. Suas unhas estavam roídas e pintadas de roxo. — Está tão frio lá fora. Preciso de algo para me aquecer. Você não vai nos apresentar?

— Jack já estava de saída — disse Frieda, rapidamente.

— Sou Chloë Klein. — Ela estendeu a mão, e ele a cumprimentou. — Sobrinha dela.

— Jack Dargan.

— De onde vocês se conhecem? — perguntou Chloë.

— Não importa — respondeu Frieda, com pressa. — Química. — Ela acenou com a cabeça para Jack. — Obrigada pela ajuda.

Ela estava claramente dispensando-o. Ele se levantou.

— Prazer em conhecê-lo — disse Chloë. Ela parecia muito satisfeita consigo mesma.

Jack saiu na estação Hackney Wick e olhou o mapa das ruas. Foi até o cruzamento onde o canal Grand Union saía a leste do rio Lea. Ele estava usando uma blusa de moletom, um suéter, um casaco impermeável, luvas de ciclismo e um gorro de lã com protetores de ouvido, mas ainda estava tremendo de frio. A superfície do canal estava áspera, coberta de neve derretida que ainda não havia endurecido o bastante para formar uma camada de gelo. Ele andou pela margem até ver os portões do parque à sua direita. Olhou as anotações que havia pegado com Frieda. Observou o parquinho adiante. O vento estava gelado e cortava suas bochechas de modo que ele não conseguia dizer se estavam frias ou não. Apesar disso, via carrinhos de bebê e pequenas figuras agasalhadas no parquinho. Havia até mesmo duas pessoas com roupas esportivas na quadra de tênis. Jack parou e pressionou o rosto contra a grade. Eram dois senhores grisalhos, batendo na bola com força. Jack ficou impressionado. Um deles deu um voleio e o outro deu um *lob* nele. O jogador rebateu. A bola caiu dentro, quase em cima da linha.

— Fora! — gritou alto o jogador. — Que azar!

Jack sentia os dedos congelando dentro das luvas. Ao se afastar da quadra, tirou a luva direita e enfiou a mão dentro da camisa, perto do peito, para tentar recobrar a sensibilidade. Ele virou à esquerda no caminho principal. À direita, via o gramado e, ao caminhar, o coreto e a fonte. Ele olhou à sua volta. Não havia quase ninguém. Espalhadas, as pessoas passeavam com seus cachorros. Ao longe, de um lado, havia um grupo de adolescentes rindo, empurrando uns aos outros. O clima não estava bom para ninguém que sentisse muito frio sair de casa. Ele pensou em Alan Dekker caminhando por ali para clarear a mente, se é que havia estado realmente naquele lugar. Na verdade, agora que Jack andava por ali, começava a acreditar que Alan devia ter contado uma versão da verdade. Os detalhes sobre o canal, o parquinho e o coreto eram muito precisos. Para que se preocupar com aquilo se era tudo um sonho? Durante a caminhada, Jack sentia que também estava clareando as ideias, exposto ao violento vento do norte. Andava descontente com toda essa ideia de terapia. Era mesmo tão importante falar sobre as coisas? Falar sobre elas seria apenas mais um modo de se envolver ainda mais com os pacientes, quando na verdade o que deveriam fazer era ajudá-los a se sentir melhor? Esse talvez fosse mais um motivo pelo qual ele tenha concordado em fazer isso para Frieda. Era uma sensação boa a de sair pelo mundo e ver se Alan estava dizendo a verdade ou não. Mas, então, quais seriam as chances de descobrir alguma coisa?

Jack saiu pelo lado sul do parque, cruzou a avenida e percorreu a fileira de lojas. Eram justamente como Alan havia descrito. Quando chegou à loja de ferragens, acabou entrando. Era o tipo de lugar que ele achava que não existia mais e parecia ter quase tudo que ele podia precisar para a casa que dividia com um amigo, mas nunca havia saído para comprar: bacias, escadas, chaves de fenda, lanternas. Possivelmente, ele voltaria com o carro do amigo e compraria tudo. Mais alguns passos o levaram à loja de produtos de segunda mão com a coruja empalhada na vitrine. Ela estava imunda e perdendo penas, e parecia encará-lo com os grandes olhos de boneca. Jack tentou imaginar alguém matando uma coruja e a empalhando. Não havia etiqueta de preço. Provavelmente não estava à venda.

Ele observou o local. Foi ali que Alan encontrou a tal mulher. Se é que realmente a havia encontrado. Ele dissera que a rua estava cheia e que de repente ele a vira andando em sua direção. Será que ela morava por ali? Jack deu um passo para trás e olhou a parte de cima das lojas. Parecia mesmo haver apartamentos sobre elas e havia entradas ao longo da rua, entre as fachadas das lojas, algumas com placas de "à venda". Mas ele não podia sair tocando as campainhas aleatoriamente para ver se uma mulher de seios grandes atendia. O próximo estabelecimento era uma lavanderia com a vitrine rachada. Alan não havia mencionado que a mulher carregava roupa suja, mas também não dissera que ela estava de mãos vazias. Jack entrou, inalando o vapor quente, satisfeito. Havia uma mulher nos fundos dobrando roupas. Quando ela o viu, foi em sua direção. Tinha cabelos pretos e uma pinta acima do lábio.

— Deseja algum serviço de lavagem? — perguntou.

— Uma conhecida pode ter estado aqui há uns dois dias — disse Jack. — Uma mulher usando uma jaqueta laranja.

— Nunca vi.

Jack achou que devia dizer alguma coisa; decidiu não dizer nada, mas logo mudou de ideia.

— Por sinal, sou médico. Acho que você deveria dar uma olhada nessa pinta.

— O quê?

Jack tocou no próprio rosto, bem acima da boca.

— Acho que é melhor verificar.

— Cuide da merda da sua vida — disse a mulher.

— Certo, está bem, desculpe — respondeu Jack, saindo da lavanderia.

Ao lado havia um café, um pé-sujo à moda antiga. Ele entrou. Estava vazio, exceto por um velho desdentado no canto, fazendo barulho ao sorver o chá. Ele olhou para Jack com os olhos úmidos. Jack pegou seu celular: 13:20. Ele se sentou, e uma mulher usando um avental de náilon azul se aproximou. Ela calçava chinelos e os arrastava pelo chão não muito limpo. Jack olhou para a lousa com o cardápio e pediu ovos fritos, bacon, linguiça, tomate grelhado, batatas fritas e uma xícara de chá.

— Algo mais? — perguntou a mulher.

— Tem uma mulher. Ela usa um casaco laranja, tem cabelos louros, muitas bijuterias. Ela costuma vir aqui?

— O que quer? — perguntou a mulher, com forte sotaque. Ela olhava para ele com desconfiança.

— Queria saber se ela costuma vir aqui.

— Você conheceu ela aqui?

— Conhece ela?

— Aqui não.

Eles trocaram mais algumas perguntas, e, no fim, Jack não sabia se a garçonete conhecia a mulher e nem mesmo se havia entendido suas perguntas. A comida chegou, e Jack sentiu uma estranha felicidade. Parecia o tipo de refeição que ele só poderia comer sozinho, em um lugar desconhecido, entre estranhos. Estava molhando as batatas nos restos da gema do ovo e planejando o que faria em seguida quando a viu. Ou melhor, viu uma mulher de casaco laranja por cima de leggings pretas, salto alto, cabelo louro, passando pela janela. Por um instante, ficou paralisado. Era uma alucinação ou ele havia mesmo visto aquela mulher? E se vira, o que fazer? Ele não podia deixá-la ir embora. Aquilo era a vida real. Ele tinha que se aproximar dela. Mas o que poderia dizer? Levantou-se com pressa, derramando chá nos restos gordurosos de comida, e procurou trocados no bolso. Jogou sobre a mesa muito mais moedas do que eram necessárias. Várias começaram a rodar e caíram no chão. Ele correu para a porta, ignorando o chamado da garçonete. Ele ainda podia vê-la. Seu casaco era uma chama brilhante em meio aos cinza e marrons das outras pessoas na rua.

Ele correu atrás dela, perdendo o fôlego imediatamente. Para alguém de salto alto, ela andava surpreendentemente depressa. Seus quadris balançavam. Ao chegar mais perto, ele viu que ela não usava meias e os pés estavam inchados nas sandálias, que pareciam um número menor. Ele a alcançou e colocou a mão em seu braço.

— Com licença — disse.

Quando a mulher virou a cabeça, ele sentiu um tremor de choque passando por seu corpo. Esperava alguém jovem e bonita, no mínimo sensual — era o que a história de Alan tinha dado a entender. Mas essa mulher não era jovem. Os peitos eram caídos. O rosto era enrugado e cheio de rugas, e sob a grossa camada de maquiagem a pele era pálida. Ele viu manchas vermelhas em sua testa. Os olhos, contornados com delineador escuro e ornados com cílios carregados de rímel, estavam vermelhos. Ela parecia cansada, doente e miserável. Ele viu o rosto dela esboçar um quase sorriso.

— O que posso fazer por você, querido?

— Desculpe incomodar. Só queria fazer uma pergunta.

— Meu nome é Heidi.

— Bem, Heidi, eu... É difícil explicar, mas...

— Você é um dos tímidos, não é? Trinta paus por um boquete.

— Eu queria falar com você.

— Falar? — Ele pôde sentir o olhar de indiferença e seu rosto queimando. — Podemos conversar, se é o que você quer. Mas ainda vai custar trinta paus.

— É só...

— Trinta paus.

— Não sei se tenho essa quantia comigo.

— Resolveu me parar de repente, não é? Tem um caixa eletrônico no fim da rua. — Ela apontou. — Daí você pode voltar e ver se ainda quero conversar. Moro no 41B. É a campainha de cima.

— Mas acho que você não entendeu.

Ela deu de ombros.

— Trinta paus e eu entendo tudo o que você quiser.

Jack a viu cruzar a rua. Por um instante, pensou em simplesmente ir para casa o mais rápido possível. Ele sentiu uma estranha vergonha de si mesmo. Mas não podia ir embora agora que a havia encontrado. Ele foi ao caixa eletrônico e sacou 40 libras, depois se dirigiu ao 41B. Era acima de um estabelecimento que costumava ser um açougue *halal*, segundo a placa, mas estava fechado. As portas estavam todas grafitadas. Jack respirou fundo. A sensação era de que todos que passavam estavam olhando para ele, rindo por dentro, enquanto ele tocava a campainha de cima. Heidi abriu a porta para ele subir.

Ela estava usando uma blusa verde-limão bem decotada. Alan dissera que ela cheirava a azedo, mas naquele momento estava claro que passara um perfume. Havia retocado o batom e penteado os cabelos.

— Pode entrar.

Jack atravessou a soleira da porta e entrou numa pequena sala, pouco iluminada e opressivamente quente. Finas cortinas roxas cobriam as janelas. Na parede oposta, sobre um grande sofá baixo, estava pendurada uma reprodução da *Mona Lisa*. Enfeites de porcelana ocupavam todas as superfícies livres.

— Devo dizer de uma vez que não sou o que está pensando. — A voz dele saiu muito alta. — Sou médico.

— Está bem.

— Quero perguntar uma coisa.

O sorriso dela desapareceu. Os olhos estavam alertas e desconfiados.

— Você não é um cliente?

— Não.

— Médico? Estou limpa, se é nisso que está pensando.

Jack ficou ligeiramente desesperado.

— Conhece um homem de cabelos grisalhos, troncudo?

Heidi se jogou no sofá. Jack pôde perceber como ela estava cansada. Ela pegou uma garrafa de Dubonnet doce que estava a seus pés, encheu um copo pequeno até a boca e virou o conteúdo em um só gole, o que reavivou sua garganta. Uma gota pequena e grossa desceu até seu queixo. Então, ela tirou um cigarro do maço que estava sobre a mesa, colocou na boca, acendeu e tragou com voracidade. A fumaça ficou suspensa no ar denso.

— Você o beijou outro dia desses.

— Não me diga.

Jack estava se obrigando a falar. Um desconforto físico agudo fazia com que se contorcesse na cadeira. Ele se via da mesma forma que aquela mulher, Heidi, estava vendo-o agora: lascivo, puritano, indecente, um jovem estranho que não havia deixado as ansiedades da adolescência a respeito das mulheres, apesar da idade e da profissão. Ele sentiu o suor na testa. As roupas provocavam coceira.

— Bem, você foi até ele na rua e o beijou. Perto do café e da loja com a coruja na vitrine.

— Isso é o que você chama de brincadeira desagradável?

— Não.

— Quem mandou você aqui?

— Não, sinceramente, você entendeu errado. Mas o meu amigo, ele ficou surpreso, e eu só queria saber se...

— Cachorro safado.

— Perdão?

— Seu amigo. Você anda em companhias estranhas, devo dizer. Pelo menos ele paga. Ele gosta de pagar. Isso lhe dá o direito de nos tratar com a sordidez que quiser.

— Alan?

— O quê?

— Ele se chama Alan.

— Não. Não é o nome dele.

— Qual nome ele usa com você?

Heidi serviu mais um copo cheio de Dubonnet e tomou de uma vez.

— Por favor — insistiu ele. Pegou o dinheiro no bolso de trás, tirou uma nota de dez libras e passou o resto para ela.

— Dean Reeve. E se você disser que eu contei, vai se arrepender. Eu juro.

— Não vou dizer. Por acaso sabe onde ele mora?

— Já estive lá uma vez, quando a esposa estava fora.

Jack procurou no bolso e encontrou uma caneta e uma receita antiga. Entregou a ela, que anotou o endereço no verso da receita e a devolveu.

— O que ele fez?

— Não sei bem — respondeu Jack.

Ao sair, deu a ela a última nota de dez libras. Queria se desculpar, embora não soubesse pelo quê.

Jack se sentou de frente para um homem careca, de bigode raspado, que lia uma revista sobre armas. Quando disse a Frieda que havia conseguido achar a mulher misteriosa de Alan, ela insistiu em encontrá-lo em sua casa. Jack protestou um pouco: ele não queria que ela visse o lugar onde morava, principalmente no estado em que se encontrava quando saiu de manhã. Preocupava-se com os colegas, que poderiam estar lá, e com o que poderiam dizer. Para piorar, o trem se atrasou e ficou parado em um túnel — há um passageiro debaixo de um trem, dizia o alto-falante. Estava colocando a chave na fechadura quando a viu subindo a rua. Escurecia, e ela estava toda encapotada para evitar o frio, mas ele a reconheceria em qualquer lugar só pelo modo de andar, ligeiro e ereto. Ela era tão decidida, pensou Jack, e uma onda de exultação tomou seu corpo, porque ele havia conseguido cumprir a tarefa e tinha algo para lhe dar.

Frieda chegou quando ele abria a porta. O corredor de entrada estava cheio de folhetos de propaganda e sapatos. Havia uma bicicleta encostada na parede e eles tiveram que se apertar para passar. Música alta vinha do andar de cima.

— Pode ser que a casa esteja um pouco bagunçada — preveniu ele.

— Tudo bem.

— E não sei se tem leite.

— Não preciso de leite.

— O aquecimento não está funcionando muito bem.

— Estou usando roupas quentes.

— A cozinha é quente. — Mas, quando ele viu o cômodo, voltou rapidamente. — Acho que a sala está mais confortável. Ligarei o aquecedor elétrico.

— Está bem, Jack. — disse Frieda. — Só quero ouvir exatamente o que aconteceu.

— Foi inacreditável.

A sala estava quase tão ruim quanto a cozinha. Ele viu isso pelos olhos de Frieda: o sofá era um treco de couro horrível que os pais de alguém haviam dado a eles quando se mudaram. Tinha um grande rasgo em um dos braços, de onde saltava o enchimento branco. As paredes estavam pintadas de um verde desagradável, havia garrafas, canecas, pratos e itens de vestuário estranhos em todos os cantos. Algumas flores mortas ocupavam o parapeito da janela. Sua bolsa de squash estava aberta, com uma camisa suja e um par de meias enroladas. O esqueleto anatomicamente correto, que ele tinha desde o primeiro semestre da universidade, ficava no meio da sala, cheio de luzinhas de Natal e vários chapéus empilhados sobre o crânio e tênis pendurados nos longos dedos. Ele tirou as revistas da mesa e as cobriu com um casaco que estava sobre o sofá. Se estivesse em uma sessão com Frieda, poderia falar sobre o caos em que vivia e como aquilo o deixava com a ligeira sensação de não ter o controle de sua própria vida. Se fosse ele o leitor daquelas revistas (e não era, embora as folheasse em segredo de vez em quando), poderia falar sobre isso também. Ele poderia explicar que tinha a sensação de estar vivendo em um limbo entre a antiga vida de universitário e o mundo adulto, que sempre parecia pertencer a outra pessoa que não ele. Ele poderia descrever a confusão em sua alma. Só não queria que ela visse com seus próprios olhos.

— Sente-se. Desculpe, deixe-me tirar isso. — Ele tirou o laptop e o vidro de ketchup da cadeira. — É apenas temporário. Meus amigos são um pouco desorganizados.

— Eu já fui estudante.

— Não somos mais estudantes — explicou Jack. — Sou médico, mais ou menos. Greta é contadora, embora seja difícil de acreditar.

— Você encontrou a mulher.

— Sim — disse Jack, iluminando-se. — Acredita nisso? Estava prestes a desistir, e então, de repente, lá estava ela. Foi um pouco perturbador.

Não faz sentido, na verdade. Ela era a mulher sobre a qual Alan falou e... também não era. Não exatamente.

— Comece pelo início — pediu Frieda.

Sob seu olhar concentrado, Jack contou a ela tudo o que aconteceu. Ele repetiu a conversa que teve com a mulher, palavra por palavra, da forma mais fiel que pôde. No final, houve um silêncio.

— E então? — perguntou ele.

A porta se abriu e um rosto espiou. Ao ver Frieda, dirigiu um olhar malicioso a Jack e se retirou. Ele corou até o último fio de cabelo.

— Cachorro safado?

— Foi o que ela disse sobre Alan, mas o chamou de Dean.

— Tudo o que Alan disse era verdade — Frieda parecia estar falando sozinha. — Tudo o que pensamos que poderia estar dentro da cabeça dele estava no mundo real o tempo todo. Ele não estava inventando. Mas a mulher, que ele disse nunca ter visto antes, o conhecia.

— Conhecia esse Dean Reeve — corrigiu Jack. — Pelo menos foi o que disse.

— Por que ela mentiria?

— Não acho que estava mentindo.

— Ela descreveu tudo da mesma forma que ele, mas diz que aconteceu com outra pessoa.

— Sim.

— Ele está mentindo para nós? E se está, por quê?

— Ela não era a mulher glamorosa que eu estava esperando — disse Jack. Ele tinha uma sensação estranha ao falar sobre Heidi, mas queria contar a Frieda como se sentiu dentro da sala quente, com odor enjoativo, tentando não pensar em todos os homens que já haviam subido aquelas escadas estreitas. Ele se lembrou dos olhos vermelhos da mulher e ficou um pouco enjoado, como se a culpa fosse dele.

— Tive colegas que atendiam profissionais do sexo — disse Frieda. Ela olhava para ele como se pudesse ler seus pensamentos. — A maioria é viciada, maltratada e pobre. Não há muito glamour nesse ambiente.

— Então Alan procura prostitutas usando o nome Dean. E então não consegue confessar isso diretamente, mas precisa encobrir com essa história estranha que contou, o que lhe tira a responsabilidade e faz com que se prejudique menos. É isso que você acha?

— Só há um meio de descobrir.

— Podemos ir até lá juntos.

— Acho que seria melhor eu ir sozinha — disse Frieda. — Você foi muito eficiente, Jack. Fiquei muito satisfeita e muito grata. Obrigada.

Ele resmungou algo incompreensível. Ela não sabia se ele estava feliz pelo elogio ou decepcionado por ser deixado para trás.

Capítulo Vinte e Sete

O encontro entre Alan e Heidi havia acontecido perto do Victoria Park. O endereço que Jack havia conseguido era Brewery Road, em Poplar, vários quilômetros a leste. Frieda pegou o trem de superfície até lá. Ela saiu da plataforma de frente para o rio Lea, sujo e cinzento em suas últimas curvas antes de desaguar no Tâmisa. Ela foi para o lado oposto, passou pelo terminal de ônibus e abaixo de um grande cruzamento. Podia sentir o ruído dos caminhões sobre sua cabeça. A passagem subterrânea levava a uma grande loja. Ela olhou o mapa e virou à direita, indo para a área residencial, do outro lado. O local ficava no coração do antigo East End, que, durante o Blitz, fora arrasado por bombardeios direcionados às docas. A cada 200 metros, viam-se algumas casas que sobreviveram aos ataques, resistindo entre os prédios e condomínios construídos em cima das áreas bombardeadas. Esses novos imóveis já estavam manchados, desbotados e desmoronando. Alguns tinham bicicletas e vasos de plantas nas estreitas sacadas, e cortinas nas janelas. Outras estavam fechadas com tábuas. Em um quintal, uma turma de adolescentes se reunia em volta de uma fogueira feita de pedaços de móveis.

Frieda caminhava devagar, tentando sentir aquela área, que nunca passara de um nome para ela. Era uma parte da cidade esquecida e entregue à própria sorte. Até a forma como havia sido construída parecia um tipo de rejeição. Ela passou por um posto de gasolina desativado, com buracos no espaço onde antes estavam as bombas, e pelos escombros de um prédio de tijolos vermelhos ao fundo. Depois, por uma fileira de estabelecimentos comerciais, dos quais apenas dois ainda estavam abertos — uma barbearia e uma loja de equipamentos para pesca. Um local desolado, onde urtigas cresciam nas rachaduras do concreto. Ela passou por uma série de ruas com nomes de condados — Devon, Somerset, Cornwall — e outra com nomes de poetas — Milton, Cowper, Wordsworth.

Finalmente, chegou a uma área de prédios que escapara das bombas. Frieda olhou pelas grades de uma escola primária. No parquinho, meninos chutavam uma bola de futebol. De um lado, um grupo de meninas com lenços na cabeça estava rindo. Ela passou por uma fábrica fechada. Uma placa na frente anunciava que iria se transformar em salas comerciais e apartamentos. Depois havia um bar com janelas imundas e uma fileira de casas. Todas as portas e janelas estavam bloqueadas com chapas metálicas parafusadas às paredes. Frieda olhou o mapa novamente. Atravessou a rua e virou à direita na Brewery Road. A via fazia uma curva à direita, de modo que ela não pôde ver aonde levava, mas uma placa dizia que era uma rua sem saída. Havia mais estabelecimentos comerciais na esquina, todos fechados e abandonados. Frieda leu os letreiros antigos. Eram uma empresa de táxi, uma loja de eletrônicos e uma banca de jornal. Várias placas de imobiliárias foram afixadas na frente delas. Aluga-se. Depois vinham as casas. Muitas estavam abandonadas, outras haviam sido divididas em quitinetes, mas uma delas tinha um andaime na fachada. Alguém havia tomado a iniciativa. Afinal, ficava a apenas alguns minutos da Isle of Dogs. Em dez anos, todas seriam reformadas e surgiriam um restaurante e um barzinho sofisticado na região.

Ele colocou o rosto no vidro. Esqueletos de neve caíam no mundo perdido. Seus cabelos eram pretos, e ele não conseguia ver seu rosto. Sabia que ela não era real. Não havia mais ninguém assim. Pequena e pura como uma bailarina em uma caixinha de música, que gira e gira quando se dá corda. Antes existia uma mulher de cabelos longos e ruivos que o chamava de amorzinho. Quando ele era Matthew, antes de soltar da mão dela.

Se ela procurasse, veria seu rosto? Mas não era mais seu rosto. Era o rosto de Simon, e Simon pertencia a outra pessoa.

A bailarina desapareceu. Ele ouviu a campainha.

Ela chegou ao número 17 da rua escrita em seu pedaço de papel. A casa havia, a seu modo, sido reformada. A porta da frente estava pintada de um verde-escuro e brilhante. Um lintel em estilo georgiano fora construído sobre ela. As esquadrias das janelas da frente da casa eram de alumínio novo. A pequena parede coberta de plantas tinha fragmentos de vidro quebrado cimentados no alto, como um aviso. O que ela diria? O que, na verdade, estava tentando descobrir? Frieda sentia que se começasse a pensar nisso simplesmente pararia e iria embora. Então não pensou. Apertou a campainha e ouviu o som lá dentro. Esperou, tocou novamente e escutou.

Nada, disse a si mesma, mas imediatamente ficou claro que havia alguma coisa. Ela escutou um ruído do lado de dentro, que se transformou em passos. A porta se abriu. Uma mulher ficou ali parada, bloqueando a entrada. Ela era grande, pálida e gorda. E a gordura era enfatizada pela camiseta preta, que era muito pequena para ela, e pelas leggings que iam só até metade das panturrilhas. Ela tinha uma tatuagem, como uma trança roxa, ao redor do braço, e outra — um pássaro, talvez um canário, pensou Frieda — no antebraço. Os cabelos louros tinham raízes escuras, e ela usava maquiagem azul ao redor dos olhos inchados e um batom tão roxo que era quase preto, como um hematoma. Estava fumando um cigarro e bateu as cinzas na soleira da porta, obrigando Frieda a dar um passo para o lado para não ser atingida. Aquilo fez Frieda se lembrar de quando era criança e ia ao parque de diversões, o perigoso parque de diversões caindo aos pedaços de sua infância, que provavelmente seria proibido hoje em dia. A Frieda de 8 anos entregava seus 50 centavos a mulheres como aquela, sentadas em cabines de vidro na entrada do trem-fantasma ou dos carrinhos bate-bate.

— O que você quer?

— Desculpe incomodar — disse Frieda. — Dean Reeve mora aqui?

— Por quê?

— Queria dar uma palavrinha rápida com ele.

— Ele não está — retrucou a mulher, sem se mover.

— Mas ele mora aqui?

— Quem quer saber?

— Eu só queria falar com ele. Tem a ver com o amigo de um amigo. Nada muito importante.

— É sobre um emprego? — perguntou a mulher. — Alguma coisa deu errado?

— Nada disso — disse Frieda, tentando parecer calma. — Só quero ter uma conversa rápida. Só vai levar um minuto. Sabe quando ele volta?

— Ele acabou de sair.

— Posso esperar por ele?

— Não deixo estranhos entrarem na minha casa.

— São só alguns minutos, por favor — pediu Frieda com firmeza, dando um passo na direção da mulher, quase tocando nela. Estava mais do que ciente de seu tamanho e sua hostilidade. Atrás dela, a casa estava escura e tinha um cheiro doce e estranho que ela não conseguia identificar.

— O que quer com Dean? — A mulher parecia nervosa e também assustada. Sua voz se alterou um pouco.

— Sou médica — explicou Frieda. E com isso já estava no calor do estreito corredor. Ele era pintado de vermelho-escuro, o que o deixava ainda mais estreito do que realmente era.

— Que tipo de médica?

— Não há nada com que se preocupar — disse Frieda sucintamente. — É apenas rotina. Não vai demorar nada. — Ela tentou parecer mais confiante do que estava. A mulher empurrou a porta da frente, que fechou com um clique.

Frieda olhou em volta e teve um sobressalto. Em uma prateleira acima do batente da porta, à esquerda, havia um pequeno pássaro empalhado, um tipo de falcão com as asas abertas.

— Dean comprou isso na loja da esquina. Pagou barato. Não posso dar de presente para ninguém. Isso me dá arrepios.

Frieda entrou na sala. Era dominada por uma televisão de tela grande, amplificadores e alto-falantes, ligados por um emaranhado de fios. Os DVDs formavam uma pilha no chão. As cortinas estavam fechadas. A única mobília era um sofá e, na parede oposta, um grande móvel com gavetinhas.

— Isso é diferente — disse Frieda.

A mulher apagou o cigarro no aparador sobre a lareira e acendeu outro. Suas unhas estavam pintadas, mas Frieda podia ver o amarelado nas pontas. O dedo anelar havia inchado em volta da grande aliança dourada.

— Ele comprou de segunda mão. É de uma dessas lojas antigas de roupas. Aquelas gavetas eram para coisas pequenas, como meias ou novelos de lã. Dean usa para suas ferramentas e miudezas. Você sabe, fusíveis, parafusos, réguas. Coisas para as maquetes.

Frieda sorriu. A mulher parecia feliz por ter com quem conversar, embora houvesse gotas de suor em sua grande testa e os olhos estivessem indo de um lado para o outro, nervosos, como se esperassem que alguém entrasse na sala a qualquer momento.

— O que ele faz?

— Ele faz esses barcos. Miniaturas perfeitas. Leva para os lagos e dá uma volta.

Frieda olhou tudo como se estivesse procurando alguma coisa. Tinha uma sensação estranha que não conseguia definir muito bem. Como se já tivesse estado naquela casa antes, um sonho que se esquivava quando sua memória tentava capturá-lo. Um gato magro de três cores entrou na sala com delicadeza e se esfregou nos tornozelos dela, e, quando Frieda se abaixou para acariciá-lo, outro apareceu. Era grande e cinzento, com bolas de pelo gigantes se soltando do corpo. Ela recuou. Não queria tocar nele. Viu mais dois gatos enroscados no canto do sofá. Era esse o cheiro: areia de gato, merda de gato e purificador de ar.

— Quantos gatos vocês têm?

A mulher deu de ombros.

— Eles vão e vêm.

Ele estava deitado no chão com o ouvido na madeira e escutava as vozes. A que ele conhecia e a outra. Suave, clara, como uma corrente de água fluindo sob a ele. Ela levaria a sujeira embora. Ele era um menino sujo. Lave a boca dele. Ele não sabia. Não merecia. Devia se envergonhar. Imundo.

— Meu nome é Frieda — disse lentamente, sentindo que havia entrado em um universo invertido. — Frieda Klein. — Então, quando a mulher não respondeu, ela perguntou: — Qual é seu nome?

— Terry — respondeu a mulher. Colocou o cigarro em um cinzeiro lotado, então pegou outro, oferecendo o maço a Frieda. Ela havia deixado de fumar há alguns anos. Desde então, sentia certa sensibilidade a cigarros. Odiava o cheiro no ar, na roupa das pessoas. Mas aquilo lhe daria uma desculpa para ficar. Sempre havia algo sociável em fumar com alguém. Ela se lembrava das festas da adolescência: o cigarro proporcionava algo com que manter as mãos ocupadas, algo em que mexer quando não havia mais nada a ser dito. Ainda se via isso. Pessoas paradas em portas, na rua. Logo aquilo também seria proibido. Para onde iriam então? Ela aceitou com a cabeça, pegou o cigarro e se inclinou para a frente quando Terry acendeu o isqueiro de plástico barato. Frieda tragou e sentiu o arrebatamento agora pouco familiar. Soltou a fumaça e quase sentiu tontura.

— Dean mora aqui o tempo todo?

— É claro. — No rosto pintado e inchado, os olhos de Terry se semicerraram. — O que está querendo dizer?

— E ele trabalha aqui?

— Ele trabalha fora.

— O que ele faz?

A mulher encarou Frieda. Mordeu o lábio inferior e bateu a cinza no cinzeiro.

— Está fazendo uma investigação sobre ele?

A terapeuta se forçou a sorrir.

— Sou só uma médica. — Ela olhou ao redor. — Acho que ele é um tipo de construtor. Está certo?

— Ele faz um pouco disso. Por que quer saber?

— Eu conheci uma pessoa que conhece ele. — Ela percebeu como suas palavras pareciam fracas. — Queria só perguntar uma coisa. Pegar uma informação. Se ele não chegar, vou logo embora.

— Tenho coisas a fazer. Acho que é melhor você ir agora.

— Vou em um minuto. — Frieda apontou para o cigarro. — Quando terminar este. Você trabalha?

— Saia da minha casa.

Então, ela escutou o barulho da porta da frente. Ouviu uma voz vinda de fora da sala.

— Aqui — gritou Terry.

Uma forma apareceu na porta. Frieda viu de relance uma jaqueta de couro, jeans e botas, e então ela se aproximou da luz. Não tinha como não reconhecer. As roupas eram diferentes, tirando a camisa xadrez, mas não havia nenhuma dúvida.

— Alan — disse ela. — Alan. O que está acontecendo?

— O quê?

— Sou eu... — começou Frieda, e depois se calou. Ela percebeu que havia sido muito, muito burra. Sua mente ficou nublada. Não sabia o que dizer. Fez um esforço desesperado para se recompor. — Você é Dean Reeve.

O homem alternou o olhar entre as duas mulheres.

— Quem é você? — A voz dele era baixa, invariável. — O que está fazendo aqui?

— Acho que houve uma confusão. Conheci uma pessoa que conhece você.

Ela pensou na mulher de casaco laranja e em Terry. A esposa de Dean. Ela olhou para o rosto inexpressivo dele, os olhos castanho-escuros. Tentou dar outro sorriso, mas a expressão do homem mudou.

— Como você entrou aqui? O que está pretendendo?

— Eu deixei ela entrar — retrucou Terry. — Ela disse que queria falar com você.

O homem andou na direção de Frieda e levantou a mão, não como se fosse bater nela, mas como se fosse tocá-la para ver se estava realmente ali. Ela deu um passo para trás.

— Sinto muito. Acho que houve um engano. Identidades trocadas. — Fez uma pausa. — Isso já aconteceu com você antes?

O homem olhou para Frieda como se pudesse ver seu interior. Parecia estar tocando nela; era como se ela pudesse sentir as mãos em sua pele.

Ele sabia que precisava alertá-la. Eles a pegariam e a transformariam em outra coisa também. Ela não seria mais uma bailarina. Amarrariam seus pés. Tampariam sua boca.

Tentou gritar, mas o único som que saiu foi o ruído que estava preso no fundo de sua garganta. Ele se levantou, tentando se equilibrar e com um gosto horrível na boca que nunca desaparecia. Pulou, subindo e descendo, subindo e descendo, até seus olhos ficarem vermelhos, a cabeça flutuar e as paredes tombarem sobre ele, fazendo-o cair no chão novamente. Ele bateu a cabeça na madeira. Ela o ouviria. Ela precisava.

— Quem é você?

A voz também era a mesma. Um pouco mais confiante, mas a mesma.

— Desculpe — disse Frieda. — Foi um erro. — Ela ergueu o cigarro. — Obrigada por isso. Eu mesma abro a porta, posso? Desculpe pela confusão. — Ela se virou e, o mais casualmente possível, saiu da sala e tentou abrir a porta da frente. A princípio, não conseguiu descobrir qual maçaneta puxar, mas logo a encontrou, abriu e saiu. Jogou fora o cigarro e começou a andar devagar. Quando virou a esquina, saiu correndo até a estação, mesmo com o peito doendo, a dificuldade para respirar e a bile subindo pela garganta. Ela sentia que corria por uma névoa densa que obscurecia todas as placas de sinalização e deixava o mundo estranho, surreal.

Ele a viu ir embora. Devagar, depois rápido, e depois ela correu. Ela havia escapado e nunca mais voltaria porque ele a salvara.

A porta atrás dele se abriu.

— Você foi um garotinho malcriado, não foi?

Quando ela estava em segurança no trem, desejou, pela primeira vez, ter um telefone celular. Olhou à sua volta. Havia uma jovem a alguns assentos de distância que parecia inofensiva. Frieda se levantou e se aproximou dela.

— Com licença. — Ela tentou parecer direta, como se fosse um pedido comum. — Pode me emprestar seu celular?

A mulher tirou os fones de ouvido.

— O quê?

— Posso pegar seu celular emprestado, por favor?

— Não, porra.

Frieda tirou a carteira da bolsa.

— Eu pago. Cinco?

— Dez.

— Está bem. Dez.

Ela entregou o dinheiro e pegou o celular da mulher, que era muito pequeno e fino. Ela levou vários minutos para entender como fazer uma ligação. Suas mãos ainda estavam tremendo.

— Alô. Alô. Por favor, preciso falar com o investigador Karlsson.

— Quem devo anunciar?

— Dra. Klein. Frieda.

— Pode esperar um instante?

Frieda esperou. Olhou pela janela e viu os prédios com rachaduras passarem.

— Dra. Klein?

— Pois não.

— Ele está ocupado no momento.

Frieda se lembrou do último encontro com o investigador, de como ficara nervoso na presença dela.

— É urgente — insistiu.

— Sinto muito.

— *Agora*. Eu preciso falar com ele agora.

— Gostaria de falar com alguma outra pessoa?

— Não!

— Posso anotar o recado?

— Sim. Peça para ele me ligar logo. Estou em um celular. Ah, mas eu não sei o número.

— Está aparecendo no meu visor — disse a voz do outro lado da linha.

— Ficarei esperando.

Ela se sentou com o telefone na mão, esperando tocar. O trem parou, e um grupo de adolescentes imundos entrou no vagão, todos meninos com jeans caídos abaixo das bundas achatadas, exceto por uma menina esquelética que, sob a maquiagem pesada, parecia ter 13 anos. Enquanto Frieda os observava, um dos meninos colocou uma lata de sidra na boca da garota, tentando fazê-la beber. Ela fez que não com a cabeça, mas ele insistiu, e depois de alguns segundos ela abriu a boca e deixou que ele derramasse um pouco. O líquido escorreu por seu pequeno queixo. Ela usava uma parca aberta, forrada de pele, e Frieda notou que por baixo havia apenas uma blusa frente-única sobre os seios retos e a clavícula saliente. Ela devia estar congelando, a pobre fedelha magrela. Por um instante, Frieda quis ir até lá e bater nos adolescentes fanfarrões com o guarda-chuva, depois pensou melhor. Já havia feito o suficiente por um dia.

O trem chacoalhou e parou na estação seguinte. Tinha voltado a nevar; de vez em quando flocos grandes demais entravam pela janela. Frieda piscou várias vezes: aquilo que via na plataforma era uma garça, alta, ereta e elegante em meio aos arbustos? Ela ficou olhando para o celular, desejando que ele tocasse, e quando não tocou ela telefonou novamente, ouviu a mesma voz do outro lado da linha, perguntou mais uma vez por Karlsson e mais uma vez ouviu — de uma voz firme e educada — que ele ainda não podia atender a ligação.

— Quem era ela?

A voz dele era calma, mas ainda assim ela se encolheu.

— Eu não sei. Ela tocou a campainha.

Dean segurou delicadamente o queixo da esposa entre as mãos e inclinou o rosto para que ela olhasse bem em seus olhos.

— O que ela queria?

— Eu só abri a porta. Ela entrou. Eu não soube como impedir. Disse que era médica.

— Ela disse o nome?

— Não. Sim. Era um nome diferente. — Ela passou a língua sobre os lábios roxos. — Frieda e depois um nome curto. Não sei...

— É melhor me dizer.

— Klein. É isso. Frieda Klein.

Ele soltou o queixo dela.

— Dra. Frieda Klein. E ela me chamou de Alan... — Ele sorriu para a esposa e deu um tapinha leve em seu ombro. — Espere por mim. Não saia daqui.

O trem deu um tranco para a frente e depois parou de novo, com os freios chiando. Frieda viu a menina tomar mais sidra. Um dos meninos colocou a mão debaixo de sua saia e ela riu. Seus olhos estavam vidrados. O trem deu outro solavanco e começou a se movimentar. Frieda pegou a pequena agenda de endereços na bolsa e passou as páginas até encontrar o nome que queria. Pensou em pedir o celular da jovem novamente, mas depois desistiu. Finalmente, o trem chegou a outra estação, após atravessar a neve que caía lentamente. Frieda saiu e seguiu para a cabine telefônica na entrada. Não aceitava moedas. Ela teve que colocar o cartão de crédito antes de discar.

— Dick? — perguntou. — Sou eu, Frieda. Frieda Klein.

Dick era Richard Carey, um professor de neurologia da Universidade de Birmingham. Ela havia participado de um painel com ele em um congresso há quatro anos. Ele a convidara para sair e ela dera uma desculpa, mas mantiveram um contato um pouco vago. Ele era justamente o tipo de pessoa de que ela precisava. Bem-relacionado, com muitos contatos.

— Frieda? — disse Richard. — Onde você andou se escondendo?

— Preciso de um nome.

Capítulo Vinte e Oito

Frieda havia cancelado todos os seus pacientes daquela manhã, mas voltou a tempo para as consultas da tarde, incluindo a de Alan. Enquanto ia para o consultório, sentiu que o cheiro da casa de Dean Reeve ainda estava grudado nela: cinzas de cigarro e merda de gato. O dia já estava se aproximando. Faltavam apenas três dias para o dia mais curto do ano. A neve da manhã havia se transformado em uma chuva grossa que escorria pelas sarjetas lamacentas na rua. Seus pés estavam úmidos dentro das botas, e a pele parecia em carne viva. Ela queria sua casa, sua poltrona perto da lareira.

Alan era o último de seus pacientes. Frieda estava com medo de vê-lo, tinha uma sensação que quase se resumia a uma repugnância física, e precisou reunir forças quando ele entrou pela porta, com o rosto vermelho por causa do frio e respingos no casaco de lona. Ela cerrou os punhos sob as mangas compridas da blusa de lã e se obrigou a cumprimentá-lo calmamente e se sentar de frente para ela. Seu rosto não estava diferente da última vez que o vira, nem diferia do homem que havia encontrado algumas horas antes. Foi difícil para ela não ficar boquiaberta. Deveria contar a ele o que sabia? Mas como poderia fazer isso? O que diria? Estive investigando sua vida sem seu conhecimento ou permissão, verificando a veracidade daquilo que me diz em segredo dentro dessas quatro paredes, e descobri que você tem um gêmeo idêntico. Ou ele já sabia? Era isso que estava escondendo dela e de sua esposa? Será que se tratava de alguma conspiração estranha?

— O que farei se não conseguir encarar o Natal?

Ele falou. Ela se esforçou para ouvir as palavras e responder de forma inteligível. Através da voz frágil de Alan, ela ouvia a entonação de Dean Reeve, mais forte, quase insolente. Quando conhecera Dean, havia visto Alan. Agora, com Alan, via Dean. Ele finalmente estava indo embora, levantando-se e tentando colocar o corpo volumoso dentro do casaco de lona, fechando-o com um cuidado detalhista. Ele estava lhe agradecendo.

Dizendo que não sabia como havia passado por tudo aquilo sem ela. Frieda apertou a mão dele com certa formalidade. Depois que ele saiu, ela afundou na cadeira e pressionou os dedos contra as têmporas.

Dean esperava do outro lado da rua, fumando outro cigarro. Ele estava ali há pelo menos uma hora e nada havia acontecido até então. Quando ela saísse, ele a seguiria, veria no que daria, mas a luz na sala ainda estava acesa, e, de vez em quando, podia ver formas através da janela. Olhava para todas as pessoas que entravam e saíam do prédio. Algumas estavam encapuzadas para se prevenir da chuva, e era impossível ver quem eram. O clima estava frio e desagradável, mas ele não se importava muito. Ele não era um daqueles homens frescos que não suportavam molhar os pés, que abriam o guarda-chuva ao primeiro sinal de água ou ficavam na porta de lojas e escritórios esperando a chuva passar.

Do outro lado da rua, a porta se abriu mais uma vez e uma pessoa saiu. Ele mesmo saiu. Ao olhar em volta, o rosto ficou bem claro. Inconfundível. Dean ficou imóvel. Permaneceu assim até quase perder a pessoa de vista. Um sorriso cruzou seu rosto e ele levantou uma das mãos na direção do homem que era ele, como se pudesse atraí-lo de volta.

Ora, ora, ora. Mãe, sua raposa astuta.

Frieda ficou parada por dez minutos, com os olhos fechados, tentando tirar o lodo dos pensamentos. Então, de repente, ela se levantou, vestiu o casaco, apagou as luzes, trancou a porta e saiu.

Foi direto para a casa de Reuben. Não tinha dúvida de que ele estaria lá. Ele e Josef pareciam ter estabelecido uma rotina composta por beber cerveja e vodca e assistir a jogos de perguntas e respostas na TV. Reuben gritava a resposta, e, se acertava, Josef ficava admirado e brindava com uma dose.

Por acaso, Reuben estava sozinho, fazendo um omelete, e não havia sinal de Josef, embora sua velha van branca estivesse parada diante da casa, com a roda da frente sobre a calçada.

— Ele está lá em cima — disse Reuben.

— Está sozinho?

Reuben deu um sorriso provocador, como se desafiasse Frieda a dizer algo em reprovação. Ela olhou para a fotografia da esposa e dos filhos de

Josef, ainda presa com um ímã na porta da geladeira. Com pose formal, roupas fora de moda e olhos escuros, eles pertenciam a outro mundo.

— Era com você que eu queria falar. Preciso de um conselho.

— É estranho você precisar disso agora, quando não estou exatamente em meu melhor momento para aconselhar.

— Aconteceu uma coisa.

Reuben comeu o omelete direto da frigideira enquanto Frieda falava. De vez em quando regava-o com Tabasco ou levantava o copo para tomar um gole de água. No entanto, no meio da história, ele parou de comer, baixando o garfo e afastando lentamente a frigideira. Ele ouviu em silêncio absoluto, embora nas breves pausas Frieda achasse que podia ouvir o rangido de uma cama no andar de cima.

— E então? — perguntou quando terminou. — O que você acha?

Reuben se levantou. Foi até a janela recém-instalada e olhou para o jardim encharcado e malcuidado. Estava escuro. Apenas as formas encurvadas das vassouras e árvores secas podiam ser vistas com clareza, além das janelas acesas da cozinha de alguém. O rangido pareceu ter parado. Ele se virou.

— Você passou dos limites — disse, sorrindo. Ele parecia estranhamente alegre.

— Passei de vários limites.

— Acho que você deve, primeiro, procurar a polícia e não aceitar não como resposta. — Ele enumerava seus conselhos nos dedos. — Segundo, contar a Alan tudo o que sabe sobre ele. Terceiro, falar com esse especialista de Cambridge. A ordem não importa, mas faça isso o mais rápido que puder.

— Certo.

— Ah, e quarto, fale com sua supervisora. Você ainda tem uma?

— Ela está inativa.

— Talvez seja o momento de reativá-la. E não se torture tanto com isso. Não combina com você.

Frieda se levantou.

— Eu ia perguntar se Josef podia me levar de carro até Cambridge. Provavelmente não deve ser uma boa hora para isso.

— Acho que eles já terminaram. — Reuben foi até o fim da escadaria e berrou: — Josef! Tem um minuto?

Um grito abafado veio do andar de cima e logo depois Josef desceu as escadas, descalço. Quando viu Frieda, ficou constrangido.

Frieda voltou pelo Regent's Park, com as mãos enfiadas nos bolsos. O vento norte era agradável, como se inundasse seus pensamentos. Depois de cruzar a Euston Road, parou em uma loja e comprou um pacote de macarrão, um vidro de molho, um saco de salada e uma garrafa de vinho tinto. Na frente de sua casa, enquanto procurava as chaves, sentiu um toque no ombro que a fez dar um pulo.

— Alan — exclamou ela. — O que está fazendo aqui?

— Desculpe. Eu precisava falar com você. Não podia esperar.

Frieda olhou à sua volta, inutilmente. Sentia-se como um animal selvagem seguido até sua toca.

— Você conhece as regras. Temos que nos ater a elas.

— Eu sei, eu sei, mas...

O tom era de apelo. Seu casaco de lona estava mal-abotoado, e os cabelos, despenteados. O rosto parecia manchado pelo frio. Frieda estava com a chave na mão, perto da fechadura. Ela tinha muitas regras, mas a regra absoluta, inviolável, era nunca deixar um paciente entrar em sua casa. Normalmente, aquela era uma fantasia do paciente, entrar em sua vida, descobrir como ela era de verdade, poder dominá-la, fazer com ela o que ela fazia com eles, descobrir seus segredos. Mas tantas regras haviam sido quebradas. Ela colocou a chave na fechadura e abriu a porta.

— Cinco minutos — disse.

Ele segurou a mão diante de si. Os dedos haviam se transformado em galhos. Ninguém iria querer comê-lo agora. Pés descalços e sujos. Não eram mais pés. Eram raízes entrando na terra, e logo ele não poderia mais se mexer.

Mas o arrancaram e o enrolaram, e ele pôde sentir seus galhos quebrando, e suas raízes sendo enfiadas em um saco. Sua boca foi tampada com terra, e ele foi inserido em uma nova escuridão. Eles o estavam levando para o mercado. Esse porquinho foi para o mercado. Quem daria uma moeda de ouro por ele? Ele foi agarrado e erguido e afundou mais ainda no saco, e as vozes resmungaram e disseram palavras grosseiras, e a bruxa gritou

"Você pediu por isso, Simon, e o mestre mandou", mas ele não tinha pedido nada, porque sua boca estava tampada e sua voz já tinha desaparecido.

Bum, bum, bum. Ele estava deitado sobre algo duro e ouviu o som de uma pancada. A escuridão era ainda mais escura, e havia um novo cheiro, oleoso e intenso. Ele ouviu uma tosse alta, um balbucio, um zumbido, que parecia o barulho que a bruxa-gato tinha feito quando arranhou suas costas machucadas, porém mais alto. Seu corpo estava se balançando para cima e para baixo. A cabeça batia na superfície dura.

Então ficou parado novamente. Houve um clique, e ele sentiu dedos duros o pinçarem através do saco, encontrando o ombro, a coxa macia. Ele sabia que seu corpo estava se desfazendo porque podia sentir a dor fluindo como um rio por todas as suas juntas. Não sabia como perguntar "por quê?" e não conseguia se lembrar da palavra "por favor". Não havia sobrado nada. Não havia sobrado Matthew. Batido contra o chão. Frio. Tão frio. Frio como o fogo. Havia som de pancadas, e a voz resmungou novamente, e de repente ele estava sendo tirado do saco.

Dois rostos nas trevas. Bocas abrindo e fechando. O mestre mandou dizer não, mas ele não podia falar. Eles o estavam enfiando em um buraco. Era um forno, mesmo seus dedos sendo galhos, espetos, muito afiados para comer? Mas não podia ser um forno porque não havia calor, apenas uma escuridão muito fria. Destamparam sua boca, e ele a abriu, mas não saiu nada. Apenas respiração.

— Faça barulho e você vai ser cortado em pedacinhos e virar comida de pássaros — disse a voz do mestre. — Está ouvindo?

Se estava ouvindo? Ele não ouvia mais nada, exceto o som de pedra sendo arrastada na terra, e depois era noite escura e noite fria e noite silenciosa e noite perdida e apenas seu coração ainda falava, como um tambor sob sua pele esticada. Eu-sou, eu-sou, eu-sou.

Capítulo Vinte e Nove

— Eu vi Alan ontem — disse Frieda.

Foi praticamente a primeira vez que falou algo dentro do carro. Quando Josef a buscou com a van, ele falou sobre Reuben, sobre trabalho e sobre sua família. Quando Frieda finalmente abriu a boca, parecia estar pensando em voz alta.

— Ele é seu paciente, não é?

— Ele foi até minha casa. Descobriu onde eu moro e foi até minha casa. Eu disse que se estivesse com problemas poderia entrar em contato a qualquer hora. Mas ele deveria telefonar, não bater em minha porta. Pareceu uma violação. Se as coisas estivessem normais, eu teria mandado ele embora. Teria parado de atendê-lo e encaminhado a outra pessoa.

Josef não respondeu. Ele estava mudando de faixa com o carro.

— Pegamos a via expressa aqui, certo?

— Isso mesmo. — Frieda levantou as mãos em um gesto involuntário de autodefesa enquanto Josef enfiava a van em um espaço entre dois caminhões.

— Está tudo bem — disse Josef.

Frieda olhou os arredores. Eles já estavam no início da região rural, com campos congelados e árvores solitárias.

— Uma violação — disse Josef. — Como quando eu fui até sua casa.

— É diferente. Você não é meu paciente. Eu sou um mistério para eles. Eles fantasiam sobre mim e frequentemente se apaixonam. Não acontece só comigo. É parte do trabalho, mas é preciso ter cuidado.

Josef olhou para ela.

— Você também se apaixona?

— Não. O médico sabe tudo sobre eles, todas as suas fantasias, os temores secretos, as mentiras. É impossível se apaixonar por alguém sobre quem se sabe tudo. Eu não conto minha vida para os pacientes e não deixo que cheguem perto de minha casa.

— E o que você fez?

— Quebrei minha regra. Deixei ele entrar na minha casa, apenas por alguns minutos. Só dessa vez, tive que admitir que ele tinha o direito de estar curioso.

— Você contou tudo para ele?

— Não posso contar tudo a ele. Nem eu estou entendendo. É por isso que viemos até aqui.

— Então o que disse para ele?

Frieda olhou pela janela. É engraçado viver em uma fazenda a dez minutos de Londres. Ela sempre pensou que, se não morasse em Londres, viveria em um lugar bem afastado, um lugar que as pessoas levassem horas, dias, para chegar. Um farol abandonado, isso seria bom. Talvez nem abandonado. Psicanalistas podiam virar faroleiros? Ainda existiam faroleiros?

— Foi difícil. Eu tentei fazer com que fosse o mais indolor possível para ele. Talvez quisesse que fosse indolor para *mim*. Mas o quanto pode ser indolor contar a alguém que encontrou um irmão sobre o qual a pessoa não tinha qualquer conhecimento? — Frieda não sabia o quanto da história Josef estava entendendo.

— Ele ficou bravo com você?

— Ele não reagiu muito, ficou imóvel. As pessoas geralmente ficam chocadas, aparentemente calmas, quando alguém conta coisas muito importantes, que mudam completamente suas vidas. Eu disse que logo poderia lhe dar mais informações, mas que talvez a polícia se envolvesse novamente, embora, é claro, eu não tenha certeza disso. Não sei se isso tem algo a ver com o garotinho ou se tudo simplesmente se embaralhou na minha imaginação. De qualquer modo, eu disse que sentia muito caso aquilo acontecesse, mas que dessa vez não tinha nada a ver com ele. É muita coisa para absorver de uma só vez.

— O que ele respondeu?

— Eu tentei fazer com que dissesse alguma coisa, mas ele não quis. Segurou a cabeça com as mãos por um instante. Acho que ele devia estar chorando, mas não tenho certeza. Provavelmente precisava sair e pensar sobre as coisas, absorvê-las.

— Ele vai conhecer o irmão gêmeo?

— Eu não sei — respondeu Frieda. — Fiquei pensando nisso. Tenho a sensação de que não vai acontecer. De qualquer forma, acho que a questão para Alan é a culpa que sente, mas que não entende. Foi quando eu disse que voltaria a falar com a polícia que ele pareceu mais arrasado. É difícil para ele encarar isso de novo. Foi melhor ele saber por mim. Achei que podia ficar bravo comigo, mas ele me pareceu em estado de choque. Apenas saiu. Eu senti que o decepcionei. Minha verdadeira função é ajudar meu paciente.

— Você descobriu a verdade — disse Josef, confiante.

— Não há nada nas atribuições da minha profissão sobre descobrir a verdade. Meu trabalho é ajudar o paciente a lidar com as coisas.

Frieda olhou para baixo, para o mapa que havia impresso. Era muito simples. Depois de mais meia hora na M11, pegaram uma saída e seguiram até um pequeno vilarejo a alguns quilômetros de Cambridge.

— Deve ser aqui — disse ela.

Josef virou em um caminho de cascalho que levava a uma grande casa em estilo georgiano. A entrada estava ocupada por carros reluzentes, então foi difícil passar com a van.

— Parecem caros — comentou ele.

— Tente não arranhá-los — disse Frieda. Em seguida, desceu do carro e sentiu o pé afundar nas pedrinhas. — Quer entrar? Posso dizer que você é meu assistente.

— Vou escutar rádio — respondeu Josef. — Melhora meu inglês.

— Isso é ótimo. Eu vou pagar você.

— Pode pagar preparando uma refeição. Uma ceia de Natal inglesa.

— Acho que seria melhor eu pagar com dinheiro.

— Entre. Por que está esperando?

Frieda se virou e atravessou com dificuldade o caminho de cascalho até a porta da frente, onde havia uma elaborada guirlanda natalina. Ela tocou a campainha e não ouviu nada, então bateu na porta com a grande aldrava de latão. A casa pareceu estremecer ligeiramente. A porta foi aberta por uma mulher que usava um vestido longo e sofisticado. Ela tinha um sorriso acolhedor no rosto, que sumiu assim que viu Frieda.

— Ah, é você — disse ela.

— O professor Boundy está? — perguntou Frieda.

— Vou chamá-lo. Ele está com nossos convidados para o almoço. — A mulher fez uma pausa. — Acho que é melhor você entrar.

Frieda entrou na grande antessala. Podia escutar um burburinho de vozes. A mulher seguiu na frente, com os saltos batendo no piso de madeira. Ela abriu uma porta e Frieda viu um grupo de pessoas, homens de terno, mulheres de vestidos elegantes. Observou o enorme salão; em uma das laterais, uma escadaria enfeitada fazia uma curva até o andar de cima. Em um nicho na parede, um bonsai. Ela ouviu passos, virou-se e viu um homem caminhando em sua direção. Ele tinha cabelos grisalhos penteados para trás e óculos sem aro. Vestia um terno escuro e gravata estampada.

— Estávamos prestes a nos sentar para o almoço — disse. — Há algum motivo para não termos conversado por telefone?

— Cinco minutos — pediu Frieda. — É tudo de que preciso.

Ele olhava para o relógio de maneira pomposa. Frieda achou quase divertido ser tratada de maneira tão rude.

— É melhor você ir ao meu escritório — disse ele.

Ele a conduziu até uma sala no fim do corredor. Era repleta de estantes, exceto pela parede da janela que dava para um grande gramado. Um caminho saía da casa e culminava em um gazebo com um banco de pedra. Ele se sentou atrás de uma escrivaninha de madeira.

— Dick Lacey falou muito bem de você — afirmou. — Disse que você precisava falar comigo com urgência, que não podia esperar. Mesmo sendo época de Natal e eu estando com a minha família. Então concordei em recebê-la. — O professor Boundy tirou o relógio e o colocou sobre a mesa. — Seja breve.

Ele fez sinal para que ela se sentasse em uma poltrona, mas Frieda o ignorou. Ela andou na direção da janela e olhou para fora, pensando em como deveria começar. Depois se virou:

— Acabei de ter uma experiência estranha — disse. — Um de meus pacientes tem alguns problemas familiares. Um deles é o fato de ter sido adotado. Ele foi abandonado quando era bebê e não sabe nada sobre a família biológica. Nunca tentou encontrá-los. Acho que nem saberia por onde começar.

Ela parou por um instante.

— Olhe — disse o professor Boundy —, se veio aqui para falar sobre o rastreamento de parentes...

Frieda o interrompeu.

— Algumas coisas aconteceram, e eu consegui o endereço de alguém que achei que poderia estar relacionado a ele. Não é o tipo de coisa que costumo fazer, mas fui até esse local sem avisar. — De repente, Frieda se sentiu um pouco constrangida. — Acho que é um pouco difícil de explicar. Quando entrei na casa, era como estar dentro de um sonho. Devo dizer que já havia estado na casa de Alan. Alan é o meu paciente. Quando entrei nessa outra casa, tive a sensação de já ter estado ali antes. Não eram idênticas, mas havia algo em uma delas que me fazia lembrar da outra.

Ela olhou para o professor Boundy. Ele pensaria que ela era louca? Ele riria?

— Em que sentido? — indagou.

— Em parte foi apenas uma sensação. Ambas as casas pareciam fechadas. A de Alan era aconchegante, cheia de cômodos pequenos. A outra era parecida, mas ainda mais apertada, quase claustrofóbica. Parecia estar bloqueando a luz. Mas existiam outras coisas mais estranhas em comum. Ambos guardavam coisas em pequenas gavetas com etiquetas na frente. E não parou por aí. Por exemplo, foi surpreendente descobrir que ambos tinham aves empalhadas expostas. Alan tinha um pobre e pequeno martim-pescador, e Dean, um falcão. Foi estranho. Eu não sabia o que pensar.

Ela olhou para o professor Boundy. Ele estava encostado na cadeira, de braços cruzados, olhando para o teto. Estaria apenas esperando que ela terminasse?

— Foi mais do que isso — continuou Frieda. — Foi como um sonho. Quando entrei na casa de Dean Reeve, tive a sensação de já ter estado ali antes; era como voltar ao lugar onde se viveu na infância. Você sabe que já esteve lá, mas não sabe por quê. Era uma sensação que ambas as casas passavam, de algo abafado, apertado. De qualquer modo, eu estava lá com sua companheira, ou esposa, e ele, Dean, chegou. Por um instante achei que fosse Alan e que ele levasse uma vida dupla. Depois, percebi que Alan não fora apenas abandonado quando bebê, ele tinha um irmão gêmeo que desconhecia.

— Foi abandonado *porque* tinha um irmão gêmeo — disse o professor Boundy.

— O quê?

Alguém bateu e abriu a porta. Era a mulher que deixara Frieda entrar.

— Estamos nos sentando à mesa, querido — comunicou ela. — Devo dizer aos convidados que você já vai?

— Não — respondeu o professor, sem olhar para ela. — Comecem sem mim.

— Podemos esperar.

— Pode ir.

A mulher — evidentemente a esposa de Boundy — olhou para Frieda com uma expressão de desconfiança. Depois se virou e saiu sem dizer nada.

— E feche a porta — disse Boundy em voz alta. A porta do escritório foi cuidadosamente fechada. — Desculpe por isso. Posso lhe servir alguma coisa? Temos champanhe aberta. — Frieda recusou com a cabeça. — O que eu estava prestes a explicar é que as mães têm gêmeos e às vezes não conseguem lidar com isso, então colocam um deles para adoção. Ou às vezes simplesmente abandonam um. — Boundy olhou novamente para o teto, depois fitou Frieda com um olhar quase feroz. — Então... por que veio até Cambridge para falar comigo?

— Por causa disso que contei. Estive pensando no que eu vi quando entrei na casa. Parecia mágica, e eu não acredito em mágica. Falei com Dick Lacey, perguntei sobre você, e fiquei sabendo que tem um interesse específico em gêmeos que cresceram separados. É claro que sei que é assunto de interesse considerável para o debate sobre inato e adquirido. Li trabalhos sobre isso. Mas o que encontrei pareceu além do alcance da ciência e da razão. Parecia mais uma charada elaborada, um tipo de jogo mental. Então, eu precisava falar com um especialista.

Boundy recostou mais uma vez na cadeira.

— Com certeza sou especialista. A questão é a seguinte: estou interessado no papel dos fatores genéticos no desenvolvimento da personalidade. Os pesquisadores sempre se interessaram por gêmeos, mas o problema é que eles geralmente compartilham o mesmo ambiente além dos mesmos genes. O que realmente gostaríamos de fazer é pegar duas crianças idênticas, criá-las em ambientes diferentes e ver qual é o efeito. Infelizmente não temos permissão para fazer isso. Mas às vezes, algumas vezes, as pessoas fazem isso por nós ao separarem gêmeos na hora do nascimento. Os gêmeos idênticos são perfeitos para nós. Sua constituição genética é exatamente igual, de modo que qualquer variação deve ser ambiental. Então procuramos por esses gêmeos e, quando encontramos, verificamos detalhadamente sua história de vida. Aplicamos testes de personalidade, fazemos exames médicos.

— E o que descobriram?

Boundy se levantou, foi até a estante e tirou um livro.

— Eu escrevi isso — afirmou ele. — Bem, coescrevi. As ideias são minhas. Você deveria ler.

— Mas enquanto isso... — disse Frieda.

Boundy colocou o livro sobre a escrivaninha com uma certa veneração, depois sentou-se de lado sobre o canto da mesa.

— Há mais de vinte anos, apresentei o primeiro trabalho sobre nossas descobertas em uma conferência em Chicago. Foi baseada em uma avaliação de 26 pares de gêmeos idênticos criados separadamente. Sabe qual foi a reação de meus colegas de profissão?

— Não.

— Foi uma pergunta retórica. A reação se dividiu entre aqueles que me acusaram de incompetência e aqueles que me acusaram de desonestidade.

— O que está querendo dizer? — perguntou Frieda.

— Por exemplo, um gêmeo morava em Bristol e o outro, em Wolverhampton. Quando foram reunidos, com 30 e poucos anos, descobriram que ambos haviam se casado com mulheres chamadas Jane, se divorciado e casado novamente com mulheres chamadas Claire. Ambos tinham ferrovias em miniatura como hobby, ambos recortavam cupons de desconto de caixas de cereal, ambos tinham bigode e costeletas. Depois teve um par de gêmeas. Uma vivia em Edimburgo e a outra, em Nottingham. Uma era recepcionista de um consultório médico, a outra, de um consultório dentário. As duas gostavam de se vestir de preto, as duas eram asmáticas, as duas tinham tanto medo de elevador que subiam e desciam pelas escadas até mesmo em prédios altos. E assim por diante. Quando examinamos gêmeos não idênticos, o efeito desapareceu quase completamente.

— Então, por que as acusações?

— Os outros psicólogos simplesmente não acreditaram em mim. O que foi que Hume disse sobre milagres? Qualquer coisa, fraude, erro humano, o que for, é mais provável, então é o que se deve presumir, e é o que as pessoas presumiram. As pessoas se levantaram depois da minha palestra e disseram que eu devia estar enganado, que os gêmeos deviam saber sobre seus irmãos. Ou que os pesquisadores saíram procurando semelhanças e maquiaram as evidências, com o argumento de que quaisquer duas vidas provavelmente teriam algo estranho em comum.

— Eu acho que ficaria em dúvida — confessou Frieda.

— E você acha que eu não fiquei? Nós verificamos tudo. Os gêmeos foram entrevistados por pesquisadores diferentes, verificamos o histórico dos sujeitos, tudo. Tentamos derrubar a pesquisa, mas nossas descobertas eram robustas.

— Se são robustas, do que tratam? Não está falando de alguma percepção extrassensorial, porque se for isso...

Boundy riu.

— É claro que não. Mas você é terapeuta. Acha que somos seres apenas racionais, que podemos falar sobre nossos problemas e...

— Não é bem assim...

Boundy continuou como se não a tivesse escutado.

— As pessoas falam que nosso cérebro é como um computador. Se fosse verdade, o que não é, o computador veio ao mundo com muitos de seus softwares pré-instalados. Sabe, como uma tartaruga que passa a vida toda no mar. Ela não aprende observando a mãe como ir até a praia, botar seus ovos e enterrá-los. Certos neurônios simplesmente começam a ser acionados de formas que não entendemos, e ela apenas sabe o que deve fazer. O que meu estudo com gêmeos mostrou é que muito do que parece reação ao ambiente, tomada de decisões usando o livre-arbítrio, é apenas a execução de certos padrões com os quais o sujeito nasceu. — Boundy abriu as mãos como um mágico que acabara de fazer um truque muito inteligente. — Aqui estamos. Problema resolvido. Você não precisa se preocupar com estar ficando louca.

— Não — disse Frieda, não parecendo nem um pouco aliviada pelo que ouviu.

— O problema é que esses gêmeos separados estão começando a ficar cada vez mais raros. Agentes sociais tendem a não separá-los, agências de adoção os mantêm juntos. É bom para os gêmeos, é claro. Não tão bom para pessoas como eu. — Ele franziu a testa. — Mas você não respondeu minha pergunta. Por que isso era tão urgente?

Quando Frieda respondeu, sua mente estava praticamente em outro lugar.

— Você foi muito prestativo — respondeu ela. — Mas há algo que eu preciso fazer.

— Eu poderia ajudar. Você quer saber mais sobre a família de seu paciente?

— Provavelmente.

— Minha equipe tem muita experiência em descobrir histórias familiares obscuras. Discretamente. Conseguimos alguns contatos informais muito úteis no decorrer dos anos. Eles são bons em descobrir histórias das famílias das pessoas que elas sequer sabem. Mais ou menos como você acabou fazendo, mas de um modo um pouco mais sistemático.

— Pode ser útil — disse Frieda.

— Se tiver algo que eu possa fazer para ajudar... — ofereceu o Dr. Boundy. Seu tom de voz havia se tornado mais acolhedor, quase casual. — Talvez isso possa compensar minha grosseria quando você chegou. Sinto muito, mas você chegou no meio de uma daquelas terríveis ocasiões em que recebemos nossos vizinhos. Você conhece esse tipo de coisa. É a pior época do ano.

— Eu entendo.

— Obviamente, eles só terão como começar a investigação depois das festas de final de ano. Como você sabe, a Inglaterra está parada pelos próximos dez dias, mais ou menos. Mas se me der o nome desses dois irmãos, e talvez os endereços, qualquer outro detalhe, talvez possamos verificar algumas coisas quando voltarmos.

— Que tipo de coisa? — perguntou Frieda.

— Fatores relacionados à árvore genealógica. E se eles têm alguma pendência com o serviço social, ficha criminal, problemas de crédito. Seria apenas para sua informação. Somos muito discretos. — Ele pegou o livro da mesa e o entregou a Frieda. —- Você pode ler isso e ver como somos cuidadosos.

— Está bem. — Frieda escreveu os dois nomes e os endereços.

— Pode ser que não dê em nada — disse o Dr. Boundy. — Não posso prometer.

— Não se preocupe.

Ele pegou o livro da mão dela.

— Deixe-me autografá-lo para você. Pelo menos vai impedir que o venda. — Ele escreveu no livro e devolveu a ela.

Ela olhou a dedicatória.

— Obrigada.

— Posso convidá-la para almoçar?

Ela recusou com a cabeça.

— Você foi de grande ajuda. Mas estou com pressa.

— Eu entendo. Vou acompanhá-la até a porta.

Ele a levou até a porta da frente, falando sobre alguns colegas que podiam ter em comum, sobre conferências a que ambos podiam ter comparecido. Estendeu a mão para cumprimentá-la e depois pareceu pensar em algo.

— São interessantes esses gêmeos separados — comentou. — Uma vez fiz um trabalho sobre gêmeos em que um deles havia morrido no útero. Nesses casos, o gêmeo que sobrevive parecia saber, ainda que não soubesse, se é que você me entende. É como se estivesse sofrendo por algo que não sabia que existia e ficasse tentando recuperá-lo para sempre.

— Qual é o efeito disso na vida? — perguntou Frieda. — Essa sensação de incompletude. O que se faz com isso?

— Eu não sei — disse Boundy. — Mas parece importante. — E então apertou a mão dela. — Espero que possamos nos encontrar em breve.

Ele ficou ali e a viu entrando na van, que saiu, quase batendo em uma Mercedes estacionada, que pertencia ao diretor de sua faculdade. Depois que fechou a porta, preferiu não se juntar aos convidados ainda. Ficou pensando por alguns instantes, depois voltou ao escritório e fechou a porta. Pegou o telefone e discou.

— Kathy? É o Seth. O que você está fazendo?... Bem, pare tudo e venha até aqui, e eu conto o que é quando você chegar... Eu sei que é época de Natal, mas o Natal acontece todo ano e isso é só uma vez na vida. — Ele olhou o relógio. — Meia hora? Tudo bem. Estarei aqui.

Boundy desligou o telefone e sorriu, ouvindo o burburinho da conversa e o tilintar das taças na outra sala.

Capítulo Trinta

Frieda voltou para a van e Josef desligou o rádio. Ele olhou para ela com expectativa.

— Vamos embora daqui — disse ela. — E me dê seu celular. Preciso fazer uma ligação.

Mas, durante alguns quilômetros, não houve sinal. Quando finalmente uma barrinha apareceu na tela do celular, ela mandou Josef parar.

— Vou fumar — disse ele, saindo da van.

Frieda ligou para a delegacia.

— Preciso falar com o investigador-chefe Karlsson. Sei que ele não está aí no sábado e sei que não vai me passar o telefone da casa dele, mas vou deixar o número de um celular e você pode pedir para ele retornar em seguida. Diga que se ele não me ligar nos próximos dez minutos telefonarei para os jornais e passarei a eles informações sobre Matthew Faraday que ele está se recusando a ouvir. Diga exatamente essas palavras. — A mulher do outro lado da linha começou a falar, mas Frieda a interrompeu. — Dez minutos.

Ela observou Josef. Ele parecia muito tranquilo, sentado no acostamento da estrada, debaixo de uma árvore desfolhada e torta depois de décadas de vento soprando naquela paisagem plana. O céu estava branco, e o campo arado parecia um mar marrom congelado.

O celular tocou.

— Frieda falando.

— Em que merda você está metida?

— Precisamos nos encontrar de uma vez por todas. Onde você está?

— Na minha casa. É meu dia de ficar com as crianças. Não posso sair.

— Onde você mora? — Ela anotou em um pedaço de papel o endereço que ele deu. — Estou indo para aí.

Ela abriu a porta e chamou Josef.

— Para casa? — perguntou ele, ao entrar na van.

— Pode me levar a mais um lugar antes?

Karlsson morava perto de Highbury Corner, em uma casa vitoriana geminada que havia sido dividida em vários apartamentos. Quando Frieda subiu os degraus até a porta da frente, pôde ver através das janelas do apartamento térreo, que era o dele. Enquanto ela olhava, ele cruzou seu campo de visão carregando uma menininha que o agarrava com os braços e as pernas, como um coala.

Foi assim que ele abriu a porta. Não estava barbeado e usava jeans e um grosso cardigã de lã azul. A menina tinha cachos louros, e as pernas gordinhas estavam descobertas. Ela chorava, com o rosto molhado colado ao peito do pai. Ela abriu um olho azul brilhante para espiar Frieda, depois fechou-o novamente.

— Por onde andou?

— Peguei o engarrafamento do futebol.

— Esta não é uma boa hora.

— Eu não estaria aqui se você não tivesse ignorado as minhas ligações.

A grande sala tinha brinquedos e roupas de criança espalhados por todos os lados. Um menino estava no sofá assistindo a desenhos animados na televisão e enfiando pipoca na boca. Com muito cuidado, Karlsson soltou os braços e as pernas da menina e a colocou ao lado do irmão. O choro aumentou.

— São só uns minutos — disse ele. — Depois vou levar vocês dois para nadar, prometo. Mikey, dê a ela um pouco de pipoca.

Sem tirar os olhos da tela, o menino segurou o pote, ela pegou um punhado e enfiou na boca. Algumas ficaram grudadas em seu queixo. Frieda e Karlsson foram para o outro lado da sala, perto de uma janela grande, de onde ela podia ver Josef na van. Karlsson estava um pouco atrás dela, como se estivesse protegendo as crianças.

— Bem?

Frieda contou sobre os acontecimentos dos últimos dias. Enquanto falava, a postura de Karlsson mudou e a expressão em seu rosto passou de impaciente e irritada para uma total concentração. Quando ela terminou, ele ficou quieto por um instante. Depois pegou o celular.

— Preciso de alguém para cuidar das crianças. A mãe delas mora em Brighton.

— Eu posso fazer isso — disse Frieda.

— Você vem comigo.

— E o Josef?

— Josef?

Frieda apontou para a van.

— O quê?! — exclamou Karlsson. — Está louca?

— Ele é um amigo. Está cuidando de um amigo meu. Na verdade é um pedreiro.

Karlsson pareceu desconfiado.

— Pode colocar a mão no fogo por ele?

— Ele é meu amigo.

Ela saiu para falar com Josef.

— Para casa? — perguntou novamente para ela. — Estou com frio e também com fome.

— Preciso que você olhe duas crianças para mim.

Ele não pareceu nem um pouco surpreso. Concordou passivamente e desceu da van. Ela não sabia se ele havia entendido.

— Elas podem estar chateadas. Apenas... Eu não sei... Dê uns doces a elas, ou algo assim. Um amigo vai dar as instruções.

— Eu sou pai — lembrou Josef.

— Voltarei o mais rápido possível.

Josef limpou os pés com cuidado no capacho. Karlsson apareceu, já de casaco e carregando uma maleta.

— Vou apresentar você às crianças — disse ele. — A mãe delas chegará em uma hora e meia. Obrigado pela ajuda. Mikey, Bella, esse homem vai cuidar de vocês até a mamãe chegar. Sejam bonzinhos com ele.

Josef ficou parado diante das duas crianças que o encaravam. A boca de Bella se abriu: ela estava prestes a gritar.

— Meu nome é Josef — disse ele, fazendo sua reverência levemente formal.

Capítulo Trinta e Um

A campainha soou. Dean Reeve nem virou a cabeça. Ele já esperava. Levantou, subiu as escadas correndo e foi falar com Terry, que estava pintando o quartinho com pinceladas desajeitadas. Ela estava quase terminando: faltavam apenas alguns metros quadrados. Ele passou a mão nos cabelos dela.

— Tudo bem? — perguntou ele.

— É claro.

— É bom que esteja.

— Eu já disse que sim. — A campainha soou novamente. — Não vai abrir?

— Eles não vão embora. É melhor você terminar isso. E seja rápida.

Ele desceu as escadas e abriu a porta. Não era quem ele esperava. Havia uma jovem parada em sua porta. Ela usava óculos sem aro, e os cabelos castanhos estavam presos, com apenas algumas mechas soltas sobre a testa. Usava uma jaqueta de camurça preta, jeans e botas de couro que iam quase até o joelho. Carregava uma maleta de couro. Ela sorriu.

— O senhor é Dean Reeve? — perguntou.

— Quem é você?

— Desculpe incomodar. Meu nome é Kathy Ripon e estou aqui para lhe fazer uma oferta. Trabalho para uma universidade e estamos realizando uma pesquisa com pessoas escolhidas quase aleatoriamente. Gostaria apenas que o senhor respondesse a um questionário. É um teste de personalidade simples. Só vai tomar meia hora de seu tempo, talvez um pouco mais. Eu aplicarei o teste e depois, é claro, nós o recompensaremos por seu tempo. Meus empregadores pagam 100 libras. — Ela sorriu. — Basta preencher um simples formulário, com a minha ajuda.

— Não tenho tempo para isso. — Ele começou a fechar a porta.

— Por favor! Não vai demorar muito. Recompensaremos seu tempo.

Ele a encarou, apertando os olhos.

— Eu disse não.

— Que tal 150?

— Do que se trata? — perguntou ele. — Sério. Por que eu?

— É meio aleatório.

— Então por que está insistindo tanto? Vá bater na porta ao lado.

— Não tem truque — explicou ela, embora estivesse ficando um pouco nervosa. — O nome do senhor não será usado na pesquisa. Só estamos pesquisando tipos de personalidade. — Ela enfiou a mão no bolso do casaco e tirou uma carteira. Pegou um cartão e entregou a ele. Havia uma fotografia dela nele. — Está vendo? Esse é o instituto onde eu trabalho. Pode telefonar para o meu chefe, se quiser. Ou entrar em nosso website.

— Vou perguntar mais uma vez. Por que eu?

Ela sorriu novamente, um pouco hesitante dessa vez. O dinheiro normalmente bastava, e ela não entendia qual era o problema.

— O nome do senhor apareceu em nossa base de dados. Procuramos por todo tipo de pessoa para usar em nosso estudo, e o nome do senhor foi um dos que apareceram. São 100 libras por meia hora de seu tempo. Não será muito incômodo.

Dean pensou um pouco. Olhou para o rosto nervoso da mulher, depois para trás dela, para a rua vazia.

— Então entre.

— Obrigada.

Por um instante, ela sentiu um tremor de inquietude passando por seu corpo, mas logo o ignorou e entrou.

— Acho que não está me contando toda a verdade — disse ele, e a porta se fechou com um pequeno e firme clique.

Escuro, muito escuro. Muito quieto. A gota d'água. Língua seca e inchada, sentia o gosto do ferro úmido. Depois o farfalhar de pezinhos. Existem dentes grandes e amarelos esperando para me cortar em pedacinhos e me deixar para as aves? Ele não devia falar, não devia dizer uma palavra. Corpo queimando de frio, mas não podia falar.

Som de atrito. Som de resmungo. Uma escuridão mais clara para machucar seus olhos sensíveis. A voz macia do Mestre. Não deve falar. Nenhum som deve escapar. Não deve nem respirar.

Som de atrito e escuridão mais escura.

Ah, não. Ah, não. Não era ele que estava fazendo aquele som. Como um animal selvagem ofegante. Como um animal selvagem gritando ao seu lado. Sem parar. Algo que o arranhava, sacudia, berrava, gritava e gritava, gritava alto e loucamente; seus ouvidos iam estourar. Ele não devia falar. Era um teste, e ele não podia falhar porque, se falhasse, estaria tudo perdido.

E assim continuou. Estava fora dele e estava dentro dele. Um som agudo aumentando e ecoando, e ele não podia fugir. Dedos nos ouvidos, corpo encolhido, cabeça sobre a pedra, joelhos salientes sobre pedras salientes, areia nos olhos, pele ardendo, não dê um pio. Era uma vez um menininho.

As coisas não foram do jeito que Frieda pensou que seriam. Eles não pularam no carro e foram direto para a casa. Em vez disso, uma hora depois, Frieda se viu sentada na sala de Karlsson dando um depoimento a um policial uniformizado enquanto o investigador aguardava ao lado, franzindo a testa. No início, ela mal pôde se controlar.

— Por que estamos sentados aqui? — perguntou ela. — Não acha que a situação é um pouco urgente?

— Quanto mais rápido pegarmos seu depoimento, mais rápido podemos conseguir um mandado e mais rápido podemos agir.

— Não temos tempo para isso.

— É você quem está nos atrasando.

Frieda teve que respirar fundo para poder falar com calma.

— Está bem. O que querem que eu diga?

— Simplifique — orientou Karlsson. — Só queremos que o juiz nos dê um mandado. Então, não entre em detalhes sobre os sonhos de seu paciente, suas fantasias ou o que quer que sejam. Na verdade, nem mencione essas coisas.

— Está me dizendo para não dizer a verdade?

— Só diga a parte que é útil para o processo. — Ele olhou para Yvette Long. — Está pronta? — Long sorriu para ele e pegou a caneta. Frieda pensou: ela está apaixonada pelo chefe. Karlsson fez uma breve pausa. — Você deve dizer: "Durante a terapia com meu paciente, Alan Dekker, ele fez certas declarações que envolvem seu irmão, Dean Reeve, no sequestro de blá-blá-blá."

— Por que não dita de uma vez?

— Se entrarmos em muitos detalhes, o juiz pode querer fazer perguntas difíceis. Se encontrarmos o menino, não vai importar se foi o homem na lua quem nos contou. Só precisamos de um mandado.

Frieda deu um rápido depoimento enquanto Karlsson aprovava com a cabeça e fazia alguns comentários.

— Isso basta — disse, por fim.

— Eu assino qualquer coisa — disse Frieda. — Contanto que vocês façam algo.

Yvette entregou o formulário a ela, que assinou as duas cópias.

— O que faço agora? — perguntou Frieda.

— Vá para casa. Faça o que quiser.

— O que vocês vão fazer?

— Nosso trabalho. Vamos esperar o mandado, que deve ser entregue em uma ou duas horas.

— Posso ajudar?

— Não se trata de um jogo com muitos espectadores.

— Não é justo — disse Frieda. — Fui eu que contei tudo.

— Se quiser participar das operações, terá que entrar para a força policial. — Ele fez uma pausa. — Desculpe. Eu não pretendia... Olhe, eu a deixarei a par do que acontecer, assim que puder. É só o que posso fazer.

De volta à sua casa, Frieda se sentiu como uma criança tirada do cinema cinco minutos antes do fim do filme. Primeiro ficou andando de um lado para o outro na sala. Toda a ação estava acontecendo em outro lugar. O que ela poderia fazer? Ligou para o celular de Josef e ninguém atendeu. Ligou para Reuben e ele lhe disse que Josef ainda não havia voltado. Encheu a banheira com água quente e entrou, mergulhando a cabeça quase completamente, tentando não pensar, mas não conseguiu. Saiu, vestiu uma calça jeans e uma camisa velha. Ela certamente tinha coisas para fazer. Precisava fazer planos para o Natal. Vinha adiando há semanas, mas tinha que fazer algo. Não havia consultas com pacientes para reagendar. Parecia impossível até mesmo considerar essas coisas no momento.

Ela fez café, um bule cheio, e passou a tomá-lo a todo momento. Sentia-se o objeto de um experimento psicológico definido para demonstrar como a falta de controle e de autonomia resultava em sintomas intensos, quase paralisantes, de ansiedade. Eram quase seis horas da tarde, e estava totalmente escuro, quando alguém tocou a campainha. Era Karlsson.

— Boas notícias?

Karlsson passou por ela.

— Quer saber se o menino estava lá? Não, não estava. — Ele pegou a xícara de Frieda, que estava pela metade, e tomou um gole. — Está frio — reclamou.

— Posso fazer mais.

— Não precisa.

— Eu devia ter estado lá — disse Frieda.

— Por quê? — perguntou Karlsson com sarcasmo. — Para você poder olhar em um armário que deixamos passar?

— Gostaria de ter visto o comportamento de Dean Reeve.

— Ele estava confiante, se é isso que quer saber. O comportamento de uma pessoa que não tem nada a esconder.

— Eu já estive na casa antes. Poderia saber se fizeram alguma mudança recente.

— Infelizmente, o mandado não nos autoriza a levar turistas.

— Espere — disse Frieda.

Ela colocou o resto do café em outra caneca, aqueceu no micro-ondas e entregou a Karlsson.

— Quer alguma coisa para acompanhar? — perguntou ela.

Ele recusou com um gesto e tomou um gole de café.

— Então é isso — concluiu Frieda.

— Aquele *photofit* que você fez outro dia. A reconstrução do rosto da mulher.

— O que tem ele?

— Você guardou?

— Guardei.

Houve uma pausa.

— Eu não quero saber apenas se guardou ou não, quero que vá pegar e me mostre.

Frieda saiu do cômodo e voltou carregando o impresso. Ela alisou o papel sobre a mesa.

— Ficou um pouco amassado.

Karlsson se inclinou e olhou para a folha.

— Enquanto os policiais estavam revirando a casa, entrei no quarto deles. Vi isso na parede. — Ele tirou do bolso uma pequena fotografia emoldurada. Colocou na mesa ao lado do impresso. — Parece alguma coisa?

Capítulo Trinta e Dois

— É a mesma mulher — disse Frieda.

— Parecida. — Karlsson esfregou intensamente o próprio rosto com o punho.

— Deve ser.

— Você acha mesmo?

— É claro.

Ele a encarou com uma expressão sombria.

— Essa é a mulher de quem Rose se lembrou — afirmou Frieda.

— Rose não se lembrou. Ela fez uma seleção por múltipla escolha e foi conduzida por uma sucessão de imagens que se afunilaram até formar esta. Não é o mesmo que lembrar.

— É ela. É claro que é. Consegue pensar em outra explicação?

— Não preciso de explicação nenhuma. Por meio de uma série de sugestões, uma jovem perturbada chegou a este rosto, que pode ter visto há 22 anos ou pode ter imaginado, ou inventado, e ele por acaso é um pouco parecido com a fotografia de uma mulher na casa de alguém que é uma espécie de suspeito por outro crime. Como acha que isso seria recebido no tribunal?

Frieda não respondeu.

— E, enquanto isso, nenhum sinal de Matthew. Quando digo nenhum sinal, estou falando de nada mesmo. Nem um fiapo de tecido. E havia um quarto recém-pintado. A pintura ainda não estava seca. Se ele estivesse ali, qualquer vestígio estaria encoberto. Sabe o que eu acho? Acho que ele já morreu faz tempo e eu estou sendo empurrado para um mundo de sombras e esperanças. Se fossem os pais do menino, seria compreensível. Mas você se envolveu nisso.

Frieda olhou para a fotografia com tanta atenção que ficou com a cabeça um pouco dolorida.

— É uma foto antiga de família — disse ela.

— Deve ser.

— Veja. — Frieda colocou a mão sobre a imagem, cobrindo o cabelo.

— O quê?

— Não vê a semelhança? Dean Reeve. E Alan também. Deve ser a mãe dele. A mãe *deles*. — Frieda começou a falar consigo mesma, pensando alto.

— Espera que eu entenda o que você está dizendo? — perguntou Karlsson.

— Lembra o que eu disse sobre ter sido uma mulher? Joanna não teria ido com um homem como Dean Reeve. Mas pode ter ido com ela. Não acha?

— Sinto muito — disse Karlsson. — Minha mente estava em outras coisas, como conduzir uma investigação, interrogatórios, provas, pequenas coisas. Existem regras. Eles precisam encontrar pistas, provas.

Frieda o ignorou. Ficou olhando para a fotografia, como se ela pudesse revelar seus segredos.

— Ela ainda está viva? Não deve ser tão velha.

— Vamos descobrir. É algo que podemos investigar.

Frieda logo se lembrou de perguntar:

— Seus filhos estão bem?

— Já estão com a mãe, se é isso que quer saber.

— Correu tudo bem com Josef?

— Ele fez panquecas e desenhou na perna deles com uma tinta que não sai.

— Ótimo. Enquanto isso, vai ficar vigiando Dean?

— Por enquanto sim — disse Karlsson em tom severo. — Mesmo se você estiver certa, ele sabe que estamos de olho nele. Então...

— Está dizendo que ele não vai levar vocês até Matthew porque presumirá que está sendo observado?

— Isso mesmo.

— Mas se eles esconderam Matthew em algum lugar, precisarão alimentá-lo, levar água.

Ele deu de ombros. Sua expressão era sombria.

— Não deve ter sido ele — concluiu Karlsson. — E se foi, deve ter matado o menino na hora. Se não o matou na hora, deve tê-lo matado depois que você bateu na porta. E se não fez isso... Bem, ele só precisa ficar sentado esperando.

Karlsson inclinou-se sobre Rose, que estava sentada, examinando a fotografia. A cozinha dela era pequena e fria, com uma mancha marrom no teto. O aquecedor da parede fazia barulho, e uma torneira pingava.

— E então? — perguntou finalmente.

Rose olhou para o investigador. Ele estava impressionado com a pele muito pálida e delicada dela, com pequenas veias azuladas aparecendo sob a superfície.

— Não sei — respondeu.

— Mas acha que pode ser ela? — Ele queria pegar a jovem pelos ombros magros e chacoalhá-la.

— Não sei — repetiu ela. — Eu não me lembro.

— Não traz nenhuma lembrança?

Ela fez que não com a cabeça, sem esperança.

— Eu era só uma garotinha. Tudo já desapareceu.

Karlsson endireitou as costas já doloridas e sentiu o pescoço duro.

— É claro. O que eu poderia esperar?

— Sinto muito. Mas não quer que eu diga algo que o leve para o caminho errado, quer?

— Por que não? — Ambos ficaram surpresos com sua risada repentina e grosseira. — Todo mundo está fazendo isso.

Frieda se sentou à sua mesa de xadrez e repetiu os lances de um dos jogos de seu livro de partidas clássicas, Beliavsky contra Nunn, em 1985. As peças recobertas com feltro moviam-se pelo tabuleiro. O fogo crepitava na lareira. O relógio contava os minutos. Os peões caíram e as rainhas avançaram. Ela pensou em Dean e Alan e em seus olhos castanho-escuros. Pensou em Matthew e fixou seu rosto alegre e sardento na mente. Pensou em Joanna e em seu sorriso ansioso, com dentes separados. Tentou não ouvir suas vozinhas gritando angustiadas, chamando pela mãe para salvá-los. Parecia que seu cérebro estava se perdendo por entre as fendas do tabuleiro. Alguma coisa: ela deve ter deixado passar alguma coisa. Alguma chave pequena, escondida, que poderia ser inserida naquele mistério inabalável e abri-lo.

Mesmo que ela revelasse algo terrível, qualquer coisa seria melhor do que esse estado de ignorância. Ela se lembrou de como estavam os pais de Matthew na coletiva de imprensa, a expressão abalada pelo terror. Como seria a situação deles, deitados na cama à noite, imaginando o filho chamando por eles? Como teria sido para os pais de Joanna, mês após mês, sem nunca saber e nunca ter um túmulo onde pudessem colocar flores?

À meia-noite, o telefone tocou.

— Você estava dormindo? — perguntou Karlsson.

— Estava — respondeu Frieda, tirando o bispo do tabuleiro e segurando-o no punho fechado, esperando.

— Eu vou visitar a Sra. Reeve. Ela está em uma residência para idosos em Beckton. Quer ir comigo?

— Então ela está viva. Sim, é claro que quero ir.

— Ótimo. Mandarei um carro pegar você de manhã bem cedo.

Quando era estudante, Frieda havia ido a Beckton ver as usinas de gás que pareciam uma enorme ruína no meio do deserto. Ela ainda tinha as fotografias que havia tirado. Nada daquilo existia mais; no local só havia uma pilha de cinzas coberta pela grama. Tudo o que era velho e estranho fora demolido, e no lugar havia fileiras de oito casas, prédios, shopping centers e fábricas de bens de consumo.

A Casa de Repouso Vista do Rio — o nome enganava — era um prédio térreo grande e moderno, feito de tijolos aparentes e construído ao redor de um pátio com um pequeno gramado no meio, sem árvores ou arbustos. As janelas tinham grades e esquadrias de metal. Frieda achou que parecia um alojamento do exército. Havia cadeiras de roda, andadores, bengalas, um grande vaso com flores de plástico na recepção abafada e um cheiro de purificador de ar de pinho misturado a alguma coisa parecida com mingau sendo preparado. Ela ouvia um rádio tocando. Fora isso, era bem silencioso. Seus passos ecoavam. Talvez a maior parte dos residentes ainda estivesse dormindo. Na sala, apenas duas pessoas — uma delas era um homem pequeno com uma careca reluzente e óculos redondos que refletiam luz; a outra, uma mulher grande vestida com um tipo de capa laranja e volumosa, o pescoço em um suporte e os pés em chinelos felpudos e grandes demais. Peças de quebra-cabeça estavam jogadas sobre a mesa, esperando.

— A Sra. Reeve está aqui. — A mulher os conduziu por um corredor. Ela tinha cabelos grisalhos com cachos pequenos. O traseiro se movia à medida que ela andava, e suas panturrilhas e antebraços pareciam fortes e musculosos. Seus lábios eram caídos mesmo quando sorria. Seu nome era Margarida, mas ela não parecia uma flor.

— Já vou avisando — disse ela, antes de abrir a porta que tinha um olho mágico do lado de fora —, ela não vai falar muita coisa. — Deu seu sorriso caído.

Eles entraram no pequeno quarto. O ar estava úmido e cheirava a desinfetante. Havia grades nas janelas. Frieda ficou surpresa com o vazio. Era a isso que a vida se reduzia? Uma cama estreita, uma foto da Ponte dos Suspiros na parede, uma única prateleira abrigando uma bíblia com capa de couro, um cachorro de porcelana, um vaso sem flores e uma grande fotografia, com moldura prateada, do filho que ela escolhera manter junto de si. Em uma poltrona perto do guarda-roupa havia uma figura troncuda usando um roupão de flanela e meias grossas de lycra marrom.

June Reeve era baixa, seus pés mal tocavam o chão, e tinha o mesmo tom de cabelo grisalho de Alan e Dean. Quando se virou para eles, Frieda não conseguiu ver imediatamente a semelhança com a fotografia. Seu rosto havia engordado. A forma parecia ter desaparecido, e só haviam sobrado alguns traços sob a carne — um queixo pronunciado, uma boca seca e pequena, olhos castanhos iguais aos dos filhos, mas que pareciam embaçados. Não dava para determinar a idade dela. Setenta? Cem? As mãos e os cabelos pareciam jovens; o olhar sem direção e a voz, muito mais velhos.

— Visita para a senhora — disse Margarida em voz alta.

— O que ela fez nas mãos? — perguntou Karlsson.

— Ela morde os dedos até sangrarem, então enfaixamos as mãos.

— Olá, Sra. Reeve — cumprimentou Frieda.

June Reeve não respondeu, embora tenha feito um movimento curioso com os ombros. Eles foram para o meio do quarto, que mal tinha espaço suficiente para as quatro pessoas.

— Vou deixá-los conversar — disse Margarida.

— Sra. Reeve? — chamou Karlsson. Ele fazia careta e esticava a boca, como se isso pudesse ajudá-la a entender. — Meu nome é Malcolm Karlsson. Esta é Frieda.

June Reeve virou a cabeça. Ela fixou o olhar turvo em Frieda.

— A senhora é a mãe de Dean — afirmou Frieda, ajoelhando-se no chão ao lado dela. — Dean? Lembra-se de Dean?

— Quem quer saber? — Sua voz era deformada e rouca, como se as cordas vocais estivessem prejudicadas. — Não gosto de bisbilhoteiros.

Frieda olhou para ela e tentou encontrar uma história em suas rugas e dobras. Aquele rosto estivera lá há 22 anos?

June Reeve esfregou as mãos enfaixadas uma na outra.

— Gosto de meu chá forte e com muito açúcar.

— Isso não vai adiantar nada — disse Karlsson.

Frieda se aproximou do cheiro azedo da velha senhora.

— Fale sobre Joanna — pediu Frieda.

— Não conte com isso.

— Joanna. A menininha.

June Reeve não respondeu.

— A senhora levou a menina? — O tom de voz de Karlsson era áspero. — A senhora e seu filho. Fale sobre isso.

— Isso não vai ajudar — disse Frieda. Ela falou com jeito: — Foi em frente à loja de doces, não foi?

— Por que estou aqui? — perguntou a velha senhora. — Quero ir para casa.

— A senhora deu doces a ela?

— Sorvete de limão — respondeu a senhora. — Bonequinhos de açúcar.

— Foi isso que a senhora deu a ela?

— Quem quer saber?

— E depois a colocou no carro. Com Dean.

— Você foi uma menina levada? — Um sorriso meio perverso apareceu em seu rosto. — Foi? Se molhando desse jeito. Mordendo. *Levada.*

— Joanna era levada? — perguntou Frieda. — June, fale sobre Joanna.

— Quero meu chá.

— Ela mordeu Dean? — Houve uma pausa. — Ele matou ela?

— Meu chá. Três sachês de açúcar. — O rosto dela se enrugou como se fosse chorar.

— Para onde a senhora levou Joanna? Onde a enterrou?

— Por que estou aqui?

— Ele a matou logo ou a escondeu em algum lugar?

— Eu embrulhei ele em uma toalha — disse a Sra. Reeve, agressiva. — Alguém deve ter encontrado e levado. Quem é você para julgar?

— Ela está falando de Alan — explicou Frieda baixinho a Karlsson. — Ele foi encontrado enrolado em um pequeno parque próximo a um condomínio.

— Quem é você? Eu não chamei você aqui. As pessoas deviam cuidar de sua própria vida. Sou inocente.

— Onde está o corpo?

— Quero meu chá, quero meu chá. — Ela levantou a voz até começar a falhar. — Chá!

— Seu filho, Dean.

— Não.

— Dean escondeu Joanna em algum lugar.

— Não vou contar nada. Ele vai cuidar de mim. Agitadores. Enxeridos. Malditos almofadinhas esnobes.

— Ela está chateada. — Margarida havia aparecido na porta. — Não vão conseguir mais nada dela agora.

— Não. — Frieda se levantou. — Vamos deixá-la em paz.

Eles saíram do quarto e voltaram pelo corredor.

— Ela já falou alguma coisa sobre uma menina chamada Joanna? — perguntou Karlsson.

— Ela guarda as coisas para si mesma — contou Margarida. — Passa a maior parte do tempo no quarto. Não fala muito, a menos que seja para reclamar. — Ela fez uma careta. — É muito boa nisso.

— Já achou que ela parecia culpada de alguma coisa?

— Ela? Ela só sente raiva. Ela se sente maltratada.

— Por quê?

— Vocês escutaram um pouco. Pessoas interferindo.

Enquanto saíam, Karlsson não falou nada.

— Bem? — disse Frieda.

— Bem o quê? — perguntou Karlsson, amargo. — Tenho uma mulher tentando reconstruir um rosto depois de 22 anos sem se lembrar dele. Tenho um gêmeo idêntico com sonhos perturbadores e fantasias, e agora uma mulher com Alzheimer falando sobre sorvete de limão.

— Há algumas coisas no que ela disse. Fragmentos.

Karlsson empurrou a porta da frente com tanta força que ela bateu.

— Fragmentos. Ah, sim. Partes de coisas sem sentido, sombras de lembranças, coincidências estranhas, sentimentos esquisitos, intuições pela metade. É a isso que se resume toda essa merda de caso. Eu posso arruinar minha carreira com isso, como aconteceu com o investigador do caso de Joanna há 22 anos.

Eles saíram no frio e pararam.

— Bom dia — disse Dean Reeve. Ele estava recém-barbeado, com os cabelos penteados para trás. Sorria amigavelmente para eles. Pareceu um desafio.

Frieda não conseguiu dizer nada. Karlsson o cumprimentou com a cabeça educadamente.

— Como vai minha mãe? — Ele mostrou um saco de papel pardo e engordurado. — Eu trouxe um donut para ela. Ela gosta de donuts aos domingos. Uma coisa que ela não perdeu foi o apetite.

— Tchau — disse Karlsson com a voz rouca.

— Sei que nos veremos novamente — disse Dean, com educação. — De um modo ou de outro.

Ao passar pelos dois, ele piscou para Frieda.

Capítulo Trinta e Três

Pouco depois das dez horas da manhã, Frieda estava sentada sozinha em seu consultório. Ela olhou o relógio. Alan estava atrasado. Que surpresa? Depois que ficara sabendo sobre si mesmo e seu próprio comportamento ilusório, ela realmente esperava que ele voltasse? Havia sido negligenciado por um terapeuta e enganado pela outra. O que faria agora? Talvez simplesmente desistisse da terapia. Seria uma conclusão lógica. Ou ele poderia querer registrar uma reclamação. Novamente. Dessa vez os resultados poderiam ser ruins. Frieda pensou nisso, mas achou difícil levar a sério. Tudo aquilo poderia ser esclarecido depois. Enquanto isso, ela sentia que estava no lugar errado. Ficara quase a noite inteira acordada, hora após hora. Normalmente se levantava, vestia uma roupa e saía de casa para andar pelas ruas vazias, mas apenas ficou lá deitada, repassando na cabeça o que Karlsson tinha dito. Ele estava certo. Ela havia exposto sonhos e fragmentos de memórias, ou imagens que pareciam memórias, semelhanças. Porque era isso o que ela fazia, essa era sua moeda: as coisas que aconteciam dentro da cabeça das pessoas, coisas que as deixavam felizes, infelizes ou com medo, as conexões, que elas faziam sozinhas, entre acontecimentos distintos que podiam conduzi-las em meio ao caos e ao medo.

Agora havia mais uma coisa. Matthew estava em algum lugar lá fora. Ou o corpo dele. Talvez — e provavelmente — ele tivesse sido assassinado horas depois de ter sido pego. Era o que diziam as estatísticas. Mas e se estivesse vivo? Frieda se obrigou a pensar naquilo como se estivesse se forçando a olhar para o sol, não importava o quanto doesse. O que teria sentido aquele outro policial, o investigador Tanner? Havia chegado ao ponto de querer encontrar um cadáver? Só para saber o que acontecera? O interfone tocou e Frieda abriu o portão para Alan subir.

Quando abriu a porta, ele entrou casualmente e se sentou na cadeira de sempre. Frieda se sentou de frente para ele.

— Sinto muito — lamentou Alan. — O metrô ficou parado no túnel por vinte minutos. Não pude fazer nada.

Ele estava inquieto em sua cadeira. Esfregou os olhos e passou os dedos nos cabelos. Não disse nada. Frieda estava acostumada com isso. Além disso, sentia que era importante não quebrar os silêncios, não preenchê-los com sua própria fala, por mais frustrante que fosse. O próprio silêncio podia ser uma forma de comunicação. Às vezes, ela ficava com um paciente por dez ou vinte minutos antes que falassem pela primeira vez. Ela até se lembrou de uma pergunta que fez quando era estagiária: se um paciente pegasse no sono, ela deveria acordá-lo? Não, insistia seu supervisor. Dormir era, por si só, uma expressão. Ela nunca conseguira aceitar aquilo muito bem. Se era uma forma de comunicação, era cara e improdutiva. Ela achava que um cutucão de leve não chegava a ser uma violação da relação terapêutica. Com a permanência do silêncio, ela começou a pensar que dessa vez poderia ser necessário dar algum tipo de cutucão.

— Quando alguém não quer falar, às vezes é porque há muito a ser dito. É difícil saber por onde começar.

— Eu me senti cansado — disse Alan. — Estou com problemas para dormir e trabalho só de vez em quando, o que estou achando difícil.

Houve outra pausa. Frieda ficou confusa. Ele estava brincando com ela? Seu silêncio era algum tipo de castigo? Ela também estava frustrada: aquele era um momento para ele explorar sua nova noção de eu, não para se afastar dessa questão.

— É esse o motivo? — perguntou ela. — Vamos fingir que não aconteceu nada?

— O quê?

— Sei que você está sob o impacto das últimas notícias. Deve ser como virar seu mundo todo de cabeça para baixo.

— Não é tão ruim assim — disse ele, parecendo confuso. — Mas como você ficou sabendo? Carrie ligou para você? Ela está contando as coisas pelas minhas costas?

— Carrie? Acho que estamos falando de coisas diferentes. O que está havendo?

— Estou tendo umas perdas de memória. Achei que você estivesse falando disso.

— O que quer dizer com perdas de memória?

— Mandei umas flores para Carrie, pedi para entregarem em casa, e depois não me lembrava de ter feito isso. O que significa? Eu deveria fazer coisas assim com mais frequência. Mas por que não me lembro? É isso que acontece quando alguém está ficando louco, não é?

Frieda parou. Ela não conseguia entender nada daquilo. Era como se Alan estivesse falando uma língua que ela não conhecia. Pior, ela tinha a sensação de que alguma coisa, em algum lugar, estava errada. Então um pensamento lhe ocorreu, e foi como uma explosão. Ela teve que se recompor para poder falar sem tremor na voz.

— Alan — disse ela, ouvindo sua voz de longe. — Você se lembra de ter ido à minha casa na quinta-feira à noite?

Ele pareceu alarmado.

— Eu? Não. Não... Eu saberia.

— Está me dizendo que não foi à minha casa?

— Eu nem sei onde você mora. Como poderia ter ido? Do que está falando? Eu não poderia ter esquecido disso. Fiquei em casa a noite toda. Assistimos a um filme, pedimos comida.

— Só um momento — retrucou Frieda da maneira mais calma que conseguiu. — Eu preciso... — Ela saiu da sala e entrou no pequeno banheiro. Apoiou-se na pia. Achou que fosse vomitar. Respirou fundo e lentamente algumas vezes. Abriu a torneira fria e sentiu a água na ponta dos dedos. Respirou mais algumas vezes. Fechou a torneira e voltou para o consultório.

Alan olhou para ela, preocupado.

— Você está bem? — perguntou.

Ela se sentou.

— Você não está ficando louco, Alan. Mas eu só preciso ter certeza de uma coisa. Desde nossa última sessão aqui, você não fez nenhuma tentativa de entrar em contato comigo? Sabe, para falar sobre as coisas...

— Isso é algum tipo de jogo? Porque, se for, não tem o direito de fazer isso.

— Por favor.

— Tudo bem. Não. Não fiz nenhuma tentativa de entrar em contato com você. As sessões já são bastante exaustivas.

— Temos que parar por aqui. Sinto muito. Quero que espere lá fora uns minutos e logo voltaremos a conversar.

Alan se levantou.

— O que está havendo? Do que você está falando?

— Preciso fazer uma ligação. É urgente.

Ela quase empurrou Alan para fora, depois correu para o telefone e ligou para o celular de Karlsson. Ela sabia que seria ruim, e enquanto explicava o que havia acontecido foi ficando cada vez pior.

— Como isso foi acontecer? — perguntou Karlsson. — Você é cega?

— Eu sei, eu sei. Eles são idênticos, realmente idênticos. E ele deve ter visto o irmão. Estava vestido como ele. Ou com roupas bem parecidas.

— Mas por que fez isso? Qual o motivo?

Frieda respirou fundo e contou a ele.

— Meu Deus! — exclamou. — O que você disse a ele?

— Disse o que achei que precisava saber. Bem, o que Alan precisava saber.

— Em outras palavras, contou tudo.

— Praticamente — confirmou Frieda. Ela ouviu um barulho do outro lado da linha. — O que foi isso?

— Eu chutando a mesa. Então você contou que suspeitava dele. Como pôde fazer isso? Você não olha para os seus pacientes? — Ela ouviu o som de outro chute. — Então ele sabia que iríamos até lá?

— Devia estar preparado. Também acho que ele mandou flores para a esposa de Alan. Alguém mandou. Acho que deve ter sido ele.

— Para quê?

— Acho que está tentando mostrar quem está no controle.

— Nós já sabemos quem está no controle. Ele. Temos que sondá-lo. E aquela esposa ou companheira dele. De qualquer maneira.

— Ele está brincando com a gente.

— É o que veremos.

Capítulo Trinta e Quatro

Seth Boundy ligou para o celular de Kathy Ripon. Esperou até cair no correio de voz. Ele deixou outra mensagem, embora tivesse dito a mesma coisa nas anteriores: ligue para mim assim que possível. Verificou os e-mails novamente para garantir que ela não havia tentado entrar em contato nos poucos minutos desde a última vez que verificara. Olhou a pasta de spam para ter certeza de que sua mensagem não tinha ido parar lá. Ele estava irritado. Não conseguia pensar com clareza em mais nada. O que ela estava fazendo?

Sua esposa bateu na porta do escritório e entrou antes que ele tivesse tempo de dizer que estava ocupado.

— Hora do almoço — avisou ela.

— Não estou com fome.

— Achei que íamos fazer compras. Você não fez nenhuma das coisas que disse que faríamos. Está esperando que eu compre algo para sua irmã?

— Eu compro depois.

— Só faltam três dias para o Natal. Você está de férias.

Boundy olhou para a esposa com uma cara que fez com que ela se afastasse e fechasse a porta. Dessa vez ligou para o telefone fixo de Kathy. Tocou, tocou e ninguém atendeu. Ele tentou se lembrar: ela morava em Cambridge, é claro, mas para onde ia no feriado? Onde moravam os pais dela? Lembrou-se vagamente de ter falado com Kathy sobre suas origens, mas não havia prestado muita atenção. Ainda assim, restava algo em sua memória. O que era? Algo sobre queijo. Aquela corrida do queijo era realizada na cidade natal dela. Ele procurou "corrida do queijo" no Google e imediatamente apareceram dezenas de links sobre a competição que acontecia em Cooper's Hill, Gloucester, todos os anos.

Seth ligou para o serviço de informações da companhia telefônica e pediu o número de Ripon — ele não sabia o primeiro nome — em Gloucester. E só havia um. Ele discou o número. Uma mulher atendeu. Sim, era a mãe de Kathy. Não, ela não estava lá. Iria passar o Natal em casa, mas ainda não tinha chegado. Não, ela não sabia onde a filha estava. Seth Boundy desligou o telefone. O que havia começado como irritação havia se tornado perplexidade e agora estava virando ansiedade. Aquela mulher, a Dra. Klein, por que ela precisava falar com ele com tanta urgência? Por que não podia esperar? Ele havia ficado tão empolgado com a ideia desses novos gêmeos que mal parara para pensar naquilo. O que ele havia feito? Por alguns minutos, sentou-se na cadeira, franzindo a testa. Depois pegou o celular mais uma vez.

Fazia tempo que não dava mais para ouvir o som alto e agudo; ele não sabia quanto. Os dias não existiam mais; era tudo uma noite infinita. Mas só havia durado o tempo que sua mãe levava para ler uma história para ele na hora de dormir, quando costumava ser Matthew. *Chapeuzinho Vermelho*, mas ela foi engolida pelo lobo. *João e Maria*, mas eles se perderam na floresta e o pai nunca foi buscá-los. Havia escutado uma respiração ofegante, choramingos, gritos, resmungos, como uma máquina enferrujada que teve um problema e estava se cortando inteira. De repente, os sons horríveis foram embora e o deixaram em silêncio novamente. Apenas um sussurro no canto e a gota d'água e a batida do coração e o cheiro estranho dele mesmo. Seu corpo fora desprovido dele. Estava deitado sobre restos de si mesmo. Mas estava sozinho. Havia mantido a promessa. Não fizera nenhum barulho.

Frieda ficou andando de um lado para o outro, ciente de que Alan estava sentado do lado de fora. Ela não queria falar com ele até Karlsson chegar. Já havia feito muita coisa errada. O telefone tocou e ela atendeu.

— Frieda?

— Chloë! Não posso falar agora. Eu ligo mais tarde, está bem?

— Não, não, não! Espere. Meu pai vai para Fiji no Natal.

— Estou ocupada.

— Você não dá a mínima? O que eu vou fazer? Ele deveria me levar para algum lugar, não aquela namorada vagabunda dele. Terei que ficar trancada nesse buraco de rato com a minha mãe o Natal todo.

— Chloë, falamos sobre isso depois!

— Estou com uma lâmina aqui, sabe. Estou sentada no meu quarto com uma lâmina.

— Eu não serei chantageada por você!

— Você é minha *tia*. Deveria me amar. Não tenho mais ninguém para me amar. Ele não me ama. E minha mãe... Ela é uma maluca. Eu vou enlouquecer. Vou mesmo.

— Eu passo aí à noite. Depois discutimos isso.

— Mas podemos passar o Natal na sua casa?

— Na minha?

— É.

— Minha casa é minúscula, eu não sei cozinhar, não tem árvore. E eu odeio Natal.

— Por favor, Frieda. Não pode simplesmente me deixar mofando aqui.

— Está bem. Está bem. — Ela disse qualquer coisa para tirar a sobrinha do telefone. — Agora vou desligar.

Frieda estava impressionada com Karlsson. Ele parecia capaz de fazer várias coisas ao mesmo tempo: falar com firmeza com alguém na delegacia, dar ordens em um tom claro e sucinto, conduzi-la, junto com um Alan desnorteado, do prédio até seu carro. Karlsson segurou a porta aberta.

— Gostaria que você e a Dra. Klein viessem comigo. Explicaremos no caminho.

— Eu fiz alguma coisa? — perguntou Alan.

Frieda colocou uma das mãos em seu ombro. Karlsson se sentou no banco da frente do carro. Ela ouviu fragmentos das ordens dele:

— Mantenha-os separados — disse ele. E depois: — Quero que procurem em todos os centímetros daquela casa.

Enquanto isso, Frieda falava com Alan do modo mais claro e calmo que podia. Ela teve a estranha sensação de estar contando a mesma história para o mesmo rosto e não conseguia deixar de comparar os dois. Como ela não havia notado a diferença? As expressões dos dois eram similares, mas com Alan tudo parecia mais intenso. No meio da história, ele sussurrou:

— Eu tenho uma mãe. E um irmão gêmeo. Há quanto tempo sabe?

— Não muito. Só alguns dias.

Ele respirou fundo e estremeceu.

— Minha mãe...

— Ela não se lembra de nada, Alan. Ela não está bem.

Ele olhou para suas mãos.

— Ele é muito parecido comigo?

— É.

— Quero saber se ele é *como* eu?

Frieda entendeu.

— Em alguns aspectos — respondeu. — É complicado.

Alan olhou para ela com uma lucidez que ela só vira de relance nele antes.

— Essa história não tem relação comigo, não é? — perguntou ele. — Não exatamente. Estão me usando para chegar até ele.

Por um instante, Frieda se sentiu envergonhada, mas ao mesmo tempo ficou um pouco satisfeita. Ele não estava apenas se lamentando e desmoronando com a notícia. Estava reagindo. Estava bravo com ela.

— Não é bem isso. Estou aqui para ajudar você. Mas também há.... — Ela fez um gesto apontando para toda sua volta. — Tudo isso.

— Você diz que ele estava fazendo o que eu queria fazer?

— Pode ser que vocês tenham alguns sentimentos em comum — respondeu Frieda.

— Então sou como ele?

— Quem sabe? — disse Karlsson do banco da frente, fazendo Alan se sobressaltar. — Mas gostaríamos de um depoimento. Ficaríamos gratos com sua cooperação.

— Está bem.

Ao se aproximarem da delegacia, viram um grupo de homens e mulheres reunidos na calçada. Alguns com câmeras.

— O que eles estão fazendo aqui? — perguntou Frieda.

— Eles estão acampados — respondeu Karlsson. — Como gaivotas ao redor de uma lata de lixo. Vamos entrar pelos fundos.

— Ele está lá dentro? — perguntou Alan de repente.

— Você não precisa vê-lo.

Alan colocou o rosto no vidro, como um garotinho espiando um mundo que não entendia.

Capítulo Trinta e Cinco

Frieda se sentou com Alan em uma sala pequena e vazia. Ela podia ouvir telefones tocando. Alguém trouxe um pouco de chá, morno e com muito leite, e saiu novamente. Havia um relógio na parede, e o ponteiro dos minutos andava devagar, arrastando-os tarde adentro. Do lado de fora fazia muito frio. Dentro, era quente e abafado, opressivo. Eles não conversaram. Não era lugar para isso. Alan ficava tirando o celular do bolso e olhando para ele. Em um dado momento, pegou no sono. Frieda se levantou e olhou pela pequena janela. Viu os contêineres do edifício e uma caçamba. Estava escurecendo.

A porta se abriu e Karlsson apareceu.

— Venha comigo.

Ela logo notou que ele estava fervendo de raiva. Seu rosto estava desfigurado.

— O que está havendo?

— Por aqui.

Eles passaram por uma sala ampla muito movimentada; telefones tocando, conversas. Uma reunião acontecia na outra ponta. Eles pararam diante de uma porta.

— Você precisa ver uma pessoa — disse Karlsson. — Volto em um minuto.

Ele abriu a porta para ela. Frieda estava prestes a perguntar alguma coisa, mas logo parou. Dar de cara com Seth Boundy foi tão inesperado que, por um instante, ela não conseguiu se lembrar de quem era ele. Estava diferente. Tinha os cabelos um pouco arrepiados e a gravata afrouxada. Sua testa brilhava com o suor. Ele se levantou quando a viu, mas logo sentou-se novamente.

— Desculpe, não estou entendendo — disse Frieda. — O que você está fazendo aqui?

— Eu só estava sendo um cidadão responsável — murmurou ele. — Simplesmente expus uma preocupação, e logo fui arrastado para Londres. É realmente...

— Preocupação? Que preocupação?

— Uma de minhas alunas de pesquisa parece estar desaparecida. Não deve ser nada. Ela é uma mulher adulta.

Frieda se sentou de frente para Boundy. Ela colocou os cotovelos sobre a mesa entre eles e olhou-o nos olhos, que se moviam nervosamente, alternando entre o rosto dela e a janela. Quando ela falou, foi em um tom mais baixo e mais duro:

— Mas por que aqui? Por que está em Londres?

— Eu... — Ele hesitou e voltou a passar os dedos nos cabelos. Os óculos estavam tortos no nariz. — Veja... Era um oportunidade tão boa. Você não é pesquisadora. Esses sujeitos estão se tornando cada vez mais raros.

— Foram os endereços — concluiu Frieda. O Dr. Boundy passou a língua nos lábios e a encarou, constrangido. — Você mandou alguém aos endereços que eu lhe dei.

— Era só para fazer um contato inicial. Coisas de rotina.

— E depois não ouviu mais falar dela?

— Ela não está atendendo o telefone.

— Por que não me contou?

— Era apenas rotina.

— Quem é a aluna?

— Katherine Ripon. Ela é muito competente.

— E você a mandou lá sozinha?

— Ela é psicóloga. Era apenas uma entrevista rápida.

— Você tem ideia do que fez? — perguntou Frieda. — Não sabe quem é esse homem?

— Eu não sabia — disse Boundy. — Só achei que você estivesse tentando mantê-los apenas para si. Não me contou nada sobre ele.

Frieda estava prestes a gritar com Boundy, ou estapeá-lo, mas se conteve. Talvez a culpa fosse dela também. Não havia se dado conta do que ele poderia fazer? Não devia ser boa em ler o comportamento das pessoas?

— Você não conseguiu mesmo falar com ela?

Boundy não parecia estar ouvindo.

— Ela ficará bem, não é? — falou para si mesmo. — Não é minha culpa. Ela vai aparecer. As pessoas não somem assim de repente.

Karlsson aproveitou para se recompor. Ele não queria perder a cabeça nem deixar o medo transparecer. A raiva deveria ser uma arma a ser usada com discernimento, e não uma fraqueza e um descontrole. Todo o resto ficaria para depois. Ele entrou na sala, fechando a porta com cuidado, e se sentou diante de Dean Reeve, observando-o em silêncio por alguns minutos. Ele era tão parecido com o homem que estava sentado em seu carro momentos antes que, a princípio, as semelhanças encobriam as diferenças. Ambos eram um pouco baixos, fortes e corpulentos, tinham rostos redondos, cabelos grisalhos com um redemoinho no centro, e ainda mostravam um pouco da cor ruiva que tiveram um dia — como os cabelos de Matthew Faraday e do menino nas fantasias de Alan. Ambos tinham olhos castanhos impressionantes e a pele marcada por sardas antigas. Ambos estavam usando camisas xadrez — a de Alan era azul e verde, lembrou Karlsson, enquanto a de Dean era mais colorida. E eles roíam as unhas, tinham o hábito de esfregar as mãos nas coxas e de ficar cruzando e descruzando as pernas. Era meio misterioso, como um sonho estranho e perturbador em que nada é único, em que tudo lembra outra coisa. Até o modo como ele mordia o lábio inferior era igual. Mas quando Dean abriu a boca, após cruzar os braços sobre a mesa e se inclinar para a frente, não se parecia mais com seu irmão gêmeo, embora os dois tivessem a mesma voz meio abafada, meio contida.

— Olá novamente — disse ele.

Karlsson estava segurando uma pasta e a colocou diante de Reeve. Ele a abriu, tirou uma fotografia e a colocou na frente dele, girando-a de modo que ficasse do lado certo.

— Olhe para isso — pediu.

Ele analisou o rosto de Reeve em busca de uma reação, um brilho de reconhecimento nos olhos. Não encontrou nada.

— É ele? — perguntou Reeve. — O menino que vocês estão procurando.

— Você não lê jornal?

— Não, não leio.

— Não vê televisão?

— Eu assisto ao futebol. Terry assiste aos programas de culinária.

— E quanto a isso? Reconhece essa menina?

Karlsson colocou uma fotografia antiga de Joanna diante de Reeve, que olhou para ela por alguns segundos, depois deu de ombros.

— Isso é um não?

— Quem é ela?

— Você não sabe?

— Se eu soubesse, por que estaria perguntando?

Reeve não encarava Karlsson, mas também não parecia evitar seu olhar. Quando são interrogadas, algumas pessoas desmoronam imediatamente. Outras demonstram sinais de estresse: suam, tropeçam nas palavras, gaguejam. Karlsson logo viu que Reeve não era nenhum desses tipos. Na verdade, parecia indiferente, ou talvez até um pouco entretido.

— Não tem nada a dizer? — perguntou o investigador.

— Você não me fez nenhuma pergunta.

— Você o viu?

— Você me perguntou isso quando foi à minha casa. E eu já respondi. E desde então ainda não o vi.

— Tem algum conhecimento do paradeiro dele?

— Não.

— Onde você estava na tarde de sexta-feira, 13 de novembro, por volta das quatro horas?

— Você já perguntou isso. Está apenas repetindo as mesmas perguntas. E eu darei as mesmas respostas. Eu não sei. Já faz muito tempo. Provavelmente estava trabalhando, ou voltando do trabalho. Ou talvez já estivesse em casa, pronto para o fim de semana.

— Onde você estava trabalhando na época?

Reeve deu de ombros.

— Não sei. Trabalho um pouco aqui, um pouco ali. Sou meu próprio chefe. É assim que eu gosto. Ninguém me faz perder meu tempo.

— Talvez pudesse se esforçar mais para lembrar.

— Pode ser que eu estivesse trabalhando em casa naquele dia. Terry fica sempre me enchendo para fazer alguma reforma. Mulheres!

— Estava em casa?

— Pode ser que sim, pode ser que não.

— Sr. Reeve, falaremos com todos os seus vizinhos, qualquer pessoa que possa tê-lo visto naquele dia. Talvez pudesse ser um pouco mais exato.

Ele coçou a cabeça, fingindo seriedade.

— Não tenho muitos vizinhos. E nós somos bem discretos.

Karlsson encostou na cadeira e cruzou os braços.

— Tem uma mulher chamada Katherine Ripon. Ela tem 25 anos e foi vista pela última vez saindo de Cambridge para visitar dois endereços. Um deles era o seu.

— Quem é ela?

— É uma pesquisadora. Queria conversar com você sobre algum projeto de pesquisa e agora está desaparecida.

— Sobre o que ela queria falar comigo?

— Você a viu?

— Não.

— Também estamos falando com sua esposa.

— Ela sabe dizer não, assim como eu.

— E nosso mandado de busca em sua casa ainda está ativo.

— Vocês já olharam tudo.

— Vamos olhar de novo.

Reeve deu um sorriso falso.

— Conheço essa sensação. É horrível, não é? Quando você perde algo e fica tão desesperado que começa a procurar nos lugares onde já olhou.

— E olharemos todas as gravações do circuito de câmeras. Se ela esteve na sua região, nós descobriremos.

— Bom para você.

— Então, se ainda precisa nos dizer alguma coisa, é melhor dizer logo.

— Não tenho nada a dizer.

— Se nos disser onde o garoto está, podemos fazer um acordo. Podemos retirar todas as acusações. E se ele estiver morto, você poderá pelo menos colocar um ponto final nisso tudo, tirar os pais dessa incerteza.

Reeve pegou um lenço no bolso e assoou o nariz fazendo muito barulho.

— Tem um cesto de lixo aqui? — perguntou ele.

— Não aqui dentro — respondeu Karlsson.

Reeve colocou o lenço amassado sobre a mesa.

— Sabemos que fingiu ser seu irmão gêmeo — comentou Karlsson. — Por que fez isso?

— Eu? Só mandei umas flores. — Aquele sorriso falso cruzou seu rosto novamente. — Ela não deve receber muitas flores. As mulheres gostam.

— Posso mantê-lo aqui.

Reeve pareceu pensativo.

— Acho que poderia ficar nervoso agora. Poderia dizer que quero um advogado.

— Se quer um advogado, podemos arranjar um para você.

— Sabe o que eu realmente quero?

— O quê?

— Uma xícara de chá. Com leite e dois sachês de açúcar. E talvez um biscoito. Não sou exigente. Gosto de todos: recheados, de gengibre, com uvas-passas.

— Você não está em uma lanchonete.

— Mas se vai me manter aqui, precisa me alimentar. A verdade é que já vasculhou minha casa e não encontrou nada. Você me trouxe aqui e perguntou se vi essa criança e essa mulher; eu respondi que não, e isso é tudo. Mas se quer que eu fique sentado aqui, ficarei sentado aqui. E se quiser que eu fique aqui a noite toda e o dia de amanhã, também ficarei e ainda assim a resposta será "não". Eu não me importo. Sou um homem paciente. Você pesca?

— Não.

— Eu vou até as represas. Coloco a isca no anzol, jogo a linha e fico ali sentado. Às vezes espero um dia inteiro, a água nem se mexe e ainda assim é um bom dia. Então fico feliz em continuar aqui sentado, bebendo seu chá e comendo seus biscoitos, se é o que você quer, mas isso não vai ajudar a encontrar o seu garoto.

Karlsson olhou para o relógio de parede atrás da cabeça de Reeve. Viu o ponteiro dos segundos se movendo, dando uma volta no mostrador. De repente sentiu um enjoo e teve que engolir em seco.

— Vou pegar seu café — disse ele.

— Chá — corrigiu Reeve.

Karlsson saiu da sala e uma policial uniformizada passou por ele para tomar seu lugar na sala de interrogatórios. Ele saiu apressado, quase trotando, para o pátio nos fundos. A área costumava ser um estacionamento, mas eles estavam construindo um anexo ali. Respirou o ar frio em goles, como se o estivesse bebendo. Olhou para o relógio: eram seis horas da tarde. Parecia que o tempo se arrastava. Um rosto o observava em uma janela iluminada e por um instante ele achou que fosse o rosto do homem que estava interrogando há pouco, depois se deu conta de que era o irmão gêmeo, Alan. Virou o rosto. Voltou para dentro e pediu a um policial para levar chá para Reeve, e então desceu até a sala de interrogatórios do porão para onde Terry havia sido levada.

Quando entrou, ela estava no meio de uma discussão com uma policial, que se virou e disse:

— Ela quer fumar.

— Sinto muito — lamentou Karlsson. — Aqui dentro é proibido.

— Posso sair e fumar só um? — perguntou ela.

— Daqui a pouco. Depois de conversarmos.

Ele se sentou de frente para ela. Terry usava jeans e uma jaqueta de náilon verde fluorescente. Entre a parte de baixo da jaqueta e a parte de cima da calça havia um bolo de pele branca. Karlsson viu de relance a ponta de uma tatuagem. Algo oriental. Ele se obrigou a dar um sorriso amigável.

— Há quanto tempo vocês dois estão juntos? — perguntou ele.

— Qual o motivo da pergunta? — retrucou ela.

— Informação complementar.

Ela estava retorcendo as mãos, massageando os dedos. Realmente parecia desesperada por um cigarro.

— Desde sempre, se está tão interessado em saber. Pergunte logo o que quer perguntar.

Karlsson mostrou a fotografia e ela olhou como se fosse um rabisco sem sentido. Ele mostrou a fotografia de Joanna Vine e ela mal se deu ao trabalho de olhar. Contou sobre o desaparecimento de Katherine Ripon, mas ela apenas negou com a cabeça.

— Não vi nenhum deles.

Ele perguntou o que ela fizera no dia 13 de novembro, e Terry respondeu com um gesto negativo da cabeça.

— Não sei.

Havia algo indolente e impenetrável nela. Karlsson sentiu um aperto no peito, junto com uma impaciência nervosa. Ele queria chacoalhá-la e obter alguma reação.

— Por que estavam pintando o quarto do andar de cima quando fomos à sua casa?

— Precisava de uma pintura.

— A cada minuto que passa isso fica mais sério. Mas não é tarde demais. Se começar a cooperar, farei tudo o que for possível por vocês. Posso ajudá-la e posso ajudar Dean, mas você precisa me dar algo em troca.

— Eu não vi nenhum deles.

— Se foi seu marido e você quer protegê-lo, o melhor jeito é falar a verdade.

— Não vi ninguém.

Não conseguiu tirar mais nada dela.

Karlsson encontrou Frieda sentada na lanchonete. A princípio achou que ela escrevia alguma coisa, mas, quando chegou mais perto, viu que estava desenhando. Ela esboçava no guardanapo o copo de água pela metade que estava sobre a mesa.

— Ficou bom.

Ela levantou o rosto, e ele viu como estava cansada, pálida, quase transparente. Ele desviou os olhos, tomado por uma sensação de fracasso.

— Você vê seus filhos no Natal? — perguntou ela.

— Na véspera, por mais ou menos uma hora, e depois no dia 26.

— Deve ser ruim.

Ele deu de ombros, não confiando em si mesmo para falar.

— Eu não tenho filhos — continuou Frieda, como se estivesse falando sozinha. — Talvez porque não queira ficar vulnerável a toda essa dor. Eu a suporto em meus pacientes, mas se fosse um filho meu, não sei.

— Eu não devia ter ficado irritado. Não foi culpa sua.

— Não, você estava certo. Eu nunca devia ter dado aqueles endereços a ele. — Ela fez uma pausa. — Nenhum progresso com os Reeve, então?

— A investigadora Long está com Dean Reeve no momento, fazendo as mesmas perguntas. Ela costuma ser boa em fazer as pessoas falarem. Mas não estou muito esperançoso.

Ele pegou o copo que Frieda estava desenhando e bebeu um pouco da água, limpando a boca com a manga.

— Algumas pessoas conseguem suportar a pressão — continuou ele. — Assim que entrei na sala de interrogatório e me sentei diante dele, eu senti. Ele simplesmente não estava incomodado.

— Está dizendo que ele se sente seguro?

— Parece que sim. Ele sabe que não podemos tocar nele. A pergunta é: por quê?

Frieda esperou. Karlsson pegou o copo e o examinou, depois colocou de volta na mesa.

— O menino está morto — prosseguiu ele. — E se ainda não estiver, logo estará. Nós não vamos encontrá-lo. Não me leve a mal. Não vamos desistir. Estamos fazendo todo o possível. É Natal, os rapazes deviam estar com os filhos, mas todos estão trabalhando muito. Estamos revistando a casa de Reeve novamente, passando um pente-fino. Batendo em portas que já batemos. Descobriremos todos os empregos que Dean Reeve teve no último ano e veremos se nos dão alguma pista. Usaremos toda a força policial disponível para fazer uma busca na região, com cães farejadores. Mas você mesma esteve naquela área, todas aquelas casas interditadas, antigos depósitos, apartamentos condenados. Há milhares, e Matthew poderia estar em qualquer um deles, ou em outro lugar completamente diferente. Mas provavelmente deveríamos estar procurando um pedaço de terra revolvida há pouco tempo ou um corpo boiando no rio.

— Mas você acha que foi ele.

— Posso sentir o cheiro — disse Karlsson furioso. — Sei que foi ele, e ele sabe que eu sei. É por isso que ele está se divertindo.

— Ele sabe que você não pode fazer nada. Como? Por quê?

— Porque ele se livrou da prova.

— E a esposa? Ela disse alguma coisa?

— Ela? — Karlsson balançou a cabeça em um gesto frustrado. — Ela é pior, se é que isso é possível. Ela só fica ali sentada e olha para sua cara como se você estivesse dizendo coisas sem sentido e repete a mesma frase várias vezes. Ele é o dominante, isso é certo, mas não há como ela não saber de nada. Meu palpite é que ela fez com Matthew o que a mãe de Dean Reeve fez com Joanna: atraiu-o para um carro. Mas é apenas isso, um palpite. Não tenho nem um fragmento de prova.

— Nada?

— Bem. — Ele parecia desgostoso. — Temos nossa grande nova pista, é claro. Kathy Ripon. Ela estava indo falar com ele e desapareceu. Falaremos com os pais, com os amigos dela, com qualquer pessoa que possa tê-la visto. Estamos montando uma busca em larga escala, pegando todas as gravações dos circuitos de TV para verificar se ela estava na região. A mídia fala dos circuitos internos de câmeras como se estivessem em todas as esquinas e nada pudesse passar despercebido, mas não acredite nisso. De qualquer modo, às vezes eu acho que analisar dias e semanas de gravação pode atrasar uma investigação em vez de ajudar. — Ele olhou no relógio, fez cara feia. — Ainda assim, se ela foi para Londres naquele dia, como diz o professor Boundy, deve ter sido gravada na estação King's Cross ou na Liverpool Street e talvez possamos rastreá-la a partir dali. Há um intervalo entre a hora que saiu de Cambridge, depois que Boundy ligou para ela, e a hora que investigamos a casa de Reeve, mais tarde, no mesmo dia.

— E Alan?

— O investigador Wells está com ele no momento, tomando o depoimento. O outro endereço que Kathy Ripon visitaria era o dele, é claro.

— Acho que vou esperar por ele. Acompanhá-lo até em casa.

— Obrigado. Volte depois.

— Eu não trabalho para você, sabia?

— Por favor, pode voltar depois? — Mas Karlsson estragou ao acrescentar: — Ficou melhor assim?

— Não muito. Mas eu voltarei porque gostaria de ajudar.

— Sei como é — disse Karlsson com amargura. — Bem, se nada mais funcionar, pode ouvir os relatos dos sonhos deles.

Capítulo Trinta e Seis

Quando Frieda se ofereceu para levar Alan para casa, ele não respondeu. Só ficou olhando para ela.

— Alan? Você ligou para Carrie?

— Não.

— Você pode ligar para ela no caminho.

— Eu não vou embora até vê-lo.

— Está falando de Dean?

— Meu irmão. Meu irmão gêmeo. Meu outro eu. Eu preciso vê-lo.

— É impossível.

— Eu não vou embora antes de vê-lo.

— A polícia está interrogando seu irmão no momento.

— Passei os primeiros quarenta anos da minha vida sem saber nada sobre minha família, nem um nome. E agora descobri que tenho uma mãe ainda viva e um irmão gêmeo que está a poucos metros de mim. Como acha que estou me sentindo? Você deveria ser boa em reconhecer essas coisas. Me diga!

Frieda se sentou e chegou mais perto dele.

— O que você quer disso tudo?

— Eu não sei. Só não posso ir embora sabendo que estive tão perto.

— Sinto muito. Não será possível. Não agora.

— Está bem. — Alan se levantou e começou a enfiar os braços no casaco de lona. — Então vou procurá-la.

— Quem?

— Minha mãe. Aquela que ficou com meu irmão e me abandonou.

— É por isso que você quer vê-lo? Para descobrir por que ela o escolheu, e não a você?

— Deve haver algum motivo, não deve?

— Voces eram apenas dois bebês. E ela não vai se lembrar de você.

— Eu preciso vê-la.

— Está tarde.

— Não me importo se está de noite. Quer me dizer onde ela está ou terei que descobrir sozinho? Arrumo um jeito. Talvez seu amigo investigador possa me contar.

Frieda sorriu e se levantou.

— Eu digo. Se é isso que você quer. Mas ligue para Carrie e diga a ela a que horas vai chegar em casa, diga que está tudo bem. O táxi é por minha conta.

— Você vai junto?

— Se você quiser que eu vá.

Karlsson se sentou em frente a Dean Reeve. Toda pergunta que ele fazia era respondida de forma curta e rápida, uma evasiva atrás da outra, com o mesmo sorrisinho repugnante no rosto. Ele observava Karlsson. Sabia que o investigador estava nervoso e que se sentia cada vez mais impotente.

Dean agiu da mesma forma com Yvette Long, só que com ela os olhos escorregavam do rosto para o corpo, e ela ficou com raiva por se sentir constrangida.

— Ele está brincando com a gente! — disse ela para o chefe, soltando fogo pelas ventas.

— Não se deixe afetar por ele. Se fizer isso, estará deixando que ele vença.

— Ele já venceu.

— Tem certeza de que está preparado? — perguntou Frieda.

Alan ficou ao lado dela. Parecia assustado, e já estava com lágrimas nos olhos.

— Você vem comigo?

— Se é isso que você quer.

— Sim. Por favor. Eu não consigo... — Ele engoliu em seco.

— Então está bem.

Frieda o pegou pela mão, como se ele fosse uma criança pequena. Levou-o pelo corredor até o pequeno quarto onde ficava sua mãe. Seus pés se arrastavam, e os dedos estavam frios junto à mão dela. Frieda sorriu, confortando-o, depois bateu na porta e abriu. Alan entrou. Ela podia ouvir sua respiração pesada. Por um instante, ele ficou parado, olhando para a velha senhora inclinada na cadeira. Depois foi até ela e se ajoelhou ao seu lado.

— Mãe. Mamãe?

Frieda teve que desviar os olhos da expressão de horror e do desesperado pedido de socorro no rosto dele.

— Você foi malcriado de novo?

— Não é ele. Sou eu. O outro.

— Você sempre foi malcriado.

— Você me abandonou.

— Eu *nunca, nunca* abandonei você. Corto minha língua fora antes de abandonar você. Quem disse isso?

— Você me deixou. Por que você me deixou?

— Nosso segredinho, há?

Frieda, sentada na cama, observava a Sra. Reeve com atenção. Certamente ela estava falando sobre o que ela e o filho tinham feito há tantos anos.

— Por que eu?

— Você é um menino malcriado. O que farei com você, hein?

— Eu sou o Alan. Não sou o Dean. Sou seu outro filho. Seu filho perdido.

— Você me trouxe um donut?

— Você precisa me dizer por que fez isso. Eu preciso saber. Depois deixarei você em paz.

— Eu gosto de donuts.

— Você me enrolou em uma toalha fina e me deixou na rua. Eu poderia ter morrido. Não se importa?

— Quero ir para casa agora.

— O que havia de errado comigo?

A Sra. Reeve deu leves tapinhas em sua cabeça.

— Malcriado, malcriado, Dean. Não faz mal.

— Que tipo de mãe é você?

— Sou *sua* mãe, meu querido.

— Ele está em apuros, sabia? Seu precioso Dean. Ele fez algo muito ruim. Perverso.

— Eu não sei de nada.

— Ele está com a polícia.

— Eu não sei de nada.

— Olhe para mim, para *mim*. Eu não sou ele.

— Eu não sei de nada. — Ela começou a se balançar para a frente e para trás na cadeira, com os olhos fixos em Frieda, cantarolando as palavras como se fossem canções de ninar. — Eu não sei de nada. Eu não sei de nada. Eu não sei de nada.

— Mamãe — disse Alan. Ele segurou a mão dela com cuidado, franzindo o cenho e fazendo uma nova tentativa. — Mamãezinha.

— Malcriado. Muito malcriado.

— Você nunca se importou, não é? Nunca pensou em mim. Que tipo de pessoa você é?

Frieda se levantou e pegou no braço de Alan.

— Vamos. Já basta. Você precisa ir para casa, onde é o seu lugar.

— Sim — concordou ele. Ela viu que o rosto de Alan estava cheio de lágrimas. — Você está certa. Ela é apenas uma velha asquerosa. Ela não é minha mãe. Eu nem consigo odiá-la. Ela não significa nada para mim.

Eles ficaram em silêncio no táxi. Alan olhava para as próprias mãos, e Frieda observava a noite. Caía neve novamente; dessa vez ela se acumulava nas calçadas, nos telhados e nos galhos dos plátanos. Seria um Natal branco, pensou ela. O primeiro em muitos anos. Ela se lembrou de quando era criança e brincava de tobogã na neve com seu irmão em um morro perto da casa de sua avó. Bochechas rosadas e flocos de neve nos cílios, a boca aberta e barulhenta; o mundo todo era um borrão branco e apressado. Há quanto tempo ela não brincava de tobogã, fazia um boneco de neve ou atirava bolas? Há quanto tempo, por sinal, não via seu irmão e sua irmã? Seus pais? Todas as pessoas de sua infância haviam desaparecido, e no lugar ela construíra um mundo cheio de responsabilidades adultas, de dor e necessidade de outras criaturas, de ordem e compartimentos, fronteiras bem-delimitadas.

— É aqui, à esquerda — dizia Alan ao motorista, que parou o táxi. Ele desceu. Não fechou a porta, mas Frieda não saiu.

— Não quer entrar? — perguntou ele. — Não sei como contar isso a ela.

— Carrie?

— Quero que a ajude a entender.

— Mas, Alan...

— Você não sabe como é... O que descobri hoje, o que está acontecendo comigo... Não vou conseguir explicar direito. Ela ficará chocada.

— Por que acha que minha presença ajudaria?

— Você tornaria as coisas... Eu não sei... Mais profissionais, ou algo assim. Pode dizer a ela o mesmo que disse a mim, e parecerá mais, você sabe, seguro.

— Você vai ou fica? — perguntou o motorista.

Frieda hesitou. Olhou para o rosto ansioso de Alan, para os flocos caindo através da luz do poste e se acomodando em seus cabelos grisalhos. Pensou em Karlsson esperando na delegacia, resmungando e frustrado.

— Você não precisa de mim. Você precisa dela. Diga a ela o que você sabe e como se sente. Dê a ela a chance de entender. E venha falar comigo amanhã, às onze. Então conversaremos sobre isso. — Ela se virou para o motorista. — Pode me levar de volta à delegacia, por favor?

Capítulo Trinta e Sete

Frieda esperava que não houvesse mais barulho e que a delegacia estivesse escura e deserta, mas não foi bem assim. Quando entrou, foi atacada pela confusão, o ruído das cadeiras de metal sendo arrastadas, portas abrindo e fechando, telefones tocando, pessoas gritando ao longe com raiva e medo, passos no corredor. Ela achou que talvez as delegacias fossem ainda mais movimentadas na época do Natal, quando os bêbados estavam mais bêbados, os solitários, mais solitários, os tristes e os loucos sofriam mais pressão do que eram capazes de suportar, e toda a dor e repugnância da vida vinham à tona. Alguém sempre podia passar pela porta com uma faca no peito ou uma seringa pendurada no braço, ou uma mulher com o rosto ferido podia se apoiar na mesa dizendo que ele não tinha a intenção de machucá-la.

— Alguma novidade? — perguntou ela a Karlsson quando ele foi à recepção encontrá-la, embora não fosse preciso perguntar.

— Estamos ficando sem tempo. Então terei que soltá-lo. Eles terão vencido. Nada de Matthew Faraday ou Kathy Ripon.

— O que você quer de mim?

— Não tenho ideia. Você poderia falar com eles. Não é isso que você faz?

— Não sou nenhuma bruxa. Não sei fazer mágica.

— Que pena.

— Falarei com ele. Será oficial?

— Oficial?

— Você estará lá? Será gravado?

— Como você quer fazer?

— Quero falar com eles sozinha.

Dean Reeve não parecia cansado. Ele parecia mais revigorado do que nunca, como se estivesse se alimentando da situação, invulnerável. Frieda, aproximando a cadeira da mesa, achou que ele estava se divertindo. Ele sorriu para ela.

— Então eles mandaram você para falar comigo. Que bom. Uma mulher bonita.

— Não para falar — explicou Frieda. — Para ouvir.

— O que você veio ouvir? Isso?

Ele começou a batucar com o dedo sobre a mesa, com um meio sorriso amigável no rosto.

— Então você tem um irmão gêmeo — prosseguiu Frieda.

Tap tap-tap tap.

— Um gêmeo idêntico, por sinal. Como se sente a respeito?

Tap tap-tap tap.

— Você não sabia, não é?

Tap tap-tap tap.

— Sua mãe nunca contou. Como é saber que você não é único? Saber que existe alguém lá fora que se parece com você, fala como você, pensa como você? Todo esse tempo você achou que existia apenas um de você. — Ele sorriu para ela, e ela persistiu. — Você é como um clone. E nunca soube nada a esse respeito. Ela não disse nada esse tempo todo. Isso não fez com que se sentisse traído? Ou talvez estúpido?

Ele batia o dedo curto e grosso sobre a mesa, com os olhos fixos nela. O sorriso em seu rosto não mudou, mas Frieda podia sentir a raiva dele à flor da pele e o clima pesado na sala.

— Todos os seus planos deram errado. Todo mundo sabe o que você fez. Como é ver algo que você planejou em segredo ser revelado? Ele seria seu filho? Era esse o plano?

O batuque ficou mais alto. Frieda sentia aquela batida traiçoeira dentro do cérebro.

— Se você é como um pai para Matthew, como pode colocá-lo em perigo? Sua função é protegê-lo. Se me disser onde ele está, estará salvando a vida dele e se salvando. E ficará no controle.

Frieda sabia que ele não diria nada. Apenas sorriria suavemente para ela, e seus dedos continuariam a tamborilar pela mesa. Ele não seria vencido; sobreviveria a qualquer um que fosse até lá e se sentasse diante dele. Ficaria encarando, firme em seu silêncio, e toda vez que conseguisse seria mais uma pequena vitória que o fortaleceria. Ela se levantou e saiu, sentindo seu sorriso cínico em suas costas.

Terry era diferente. Quando Frieda entrou na sala, ela estava dormindo com a cabeça sobre as mãos, roncando baixo. Sua boca estava aberta, e ela babava um pouco. Mesmo quando acordou e olhou para Frieda com a visão embaçada por um instante, como se não soubesse quem ela era, continuou jogada na cadeira. Ameaçou colocar a cabeça de volta na mesa, como se fosse dormir novamente. Sua maquiagem estava borrada. Havia batom nos dentes. Os cabelos estavam oleosos. Frieda não sentiu que ela estivesse com medo, nem com muita raiva; havia apenas um ressentimento sinistro por estar sendo obrigada a ficar naquela sala vazia, desconfortável, hora após hora. Queria voltar para sua casa abafada e para seus gatos. Queria fumar um cigarro. Estava com frio. Estava com fome, e a comida que lhe tinham dado era uma porcaria. Ela se sentia cansada, e parecia cansada: o rosto estava inchado, e os olhos, doloridos. De vez em quando, ela cruzava os braços em volta do corpo grande e lastimável, procurando uma posição confortável, abraçando a si mesma.

— Há quanto tempo você e Dean se conhecem? — perguntou Frieda.

Terry deu de ombros.

— Quando vocês se casaram?

— Séculos atrás.

— Como se conheceram?

— Há muitos anos. Quando éramos crianças. Posso fumar meu cigarro agora?

— Você trabalha, Terry?

— O que você é? Não é policial, é? Não parece.

— Eu já falei, sou um tipo de médica.

— Não há nada de errado comigo. Exceto estar aqui.

— Você sente que precisa fazer o que Dean manda?

— Preciso fumar aquele cigarro.

— Você não precisa fazer o que Dean manda.

— Ah, tá bom. — Ela deu um bocejo exagerado. — Já terminou?

— Você pode nos contar sobre Matthew. Pode nos contar sobre Joanna e Kathy. Seria uma atitude muito corajosa.

— Eu não sei o que você pretende fazer. Acha que sabe coisas sobre minha vida, mas não sabe. Pessoas como você não sabem nada sobre pessoas como nós.

Capítulo Trinta e Oito

Havia um e-mail de Sandy no computador dela. Ele tinha escrito à uma da manhã e dizia que tentara não entrar em contato com ela, mas no fim achara impossível. Estava sentindo tanta falta dela que chegava a doer. Não conseguia acreditar que nunca mais a veria, ou a teria em seus braços. Poderiam se encontrar? Partiria para os Estados Unidos em poucos dias, mas gostaria de vê-la antes de ir. Precisava. Por favor, escreveu: *Por favor, Frieda, por favor.*

Frieda ficou vários minutos olhando para a mensagem. Depois pressionou a tecla para apagar. Levantou-se e se serviu de uma taça de vinho, a qual tomou perto da lareira repleta de cinzas frias. Eram duas e meia, a pior hora para estar acordada e cheia de desejos urgentes. Ela voltou ao computador e recuperou a mensagem na lixeira. Nos últimos dias, Sandy parecia ter ficado no passado e em um lugar bem distante. Enquanto ele se consumia por sua causa, Frieda pensava em um menino sequestrado. Ainda assim, com aquele e-mail, as saudades voltaram, além de uma onda de tristeza. Se ele estivesse ali agora, ela poderia contar como se sentia. Ele entenderia como ninguém. Ouviria com cuidado, sem falar, e para Sandy ela poderia confessar o fracasso, a dúvida, a culpa. Ela poderia ficar em silêncio, e ele saberia mesmo assim.

Ela escreveu: "Sandy, venha assim que receber isto. Não importa a hora." Imaginou como seria abrir a porta e ver o rosto dele. Depois piscou e balançou a cabeça. Mais uma vez, pressionou a tecla para apagar, viu sua mensagem ir embora, desligou o computador e desceu para o quarto.

Três da manhã era uma hora perigosa para refletir sobre as coisas. Frieda estava deitada na cama, olhando para o teto; havia clareza em seus pensamentos, uma grande concentração. Mas ela também sentiu um calafrio, como se estivesse no fundo do mar. Pensou em Dean Reeve. E em Terry. Como entraria na cabeça deles? Não deveria ser boa nisso? Frieda havia passado a maior parte de sua vida adulta sentada em salas com pessoas que falavam e falavam e falavam. Às vezes contavam verdades que nunca ousaram proferir em voz alta ou sequer admitir para si mesmas. As pessoas mentiam ou se justificavam ou sentiam pena de si mesmas. Ficavam nervosas, tristes ou derrotadas. Mas, contanto que falassem, Frieda era capaz de usar as palavras de seus pacientes e gerar com elas uma história que pudesse dar algum sentido às suas vidas, ou, talvez, apenas criar algum tipo de refúgio em que pudessem sobreviver. Todas essas pessoas a haviam procurado ou sido encaminhadas a ela. O que poderia ser feito com pessoas que não falavam, que não sabiam como fazê-lo? Como se chegava até elas?

Nos últimos anos, Frieda havia participado de seminários sobre tortura. Por que isso agora? Por que as pessoas de repente estavam tão interessadas em discutir esse assunto? Tão atraídas por ele? Havia algo no ar? Dean Reeve. Ela havia visto seu rosto, seu sorriso. Ele não diria nada. Veria a tortura como um tipo de triunfo. Você estaria destruindo sua própria humanidade, tudo o que valoriza, por nada. Mas Terry. Se você... Não, pensou Frieda, se *eu*, Frieda Klein. Se eu estivesse sozinha em uma sala com Terry Reeve. Por uma hora. Frieda imaginou os instrumentos médicos, os bisturis, as pinças. Alguns fios, um terminal elétrico. Um gancho no teto. Uma cadeira ou uma corda. Uma tina com água. Uma toalha. Frieda tinha conhecimento médico. Ela sabia o que podia causar dor verdadeira e intensa. Sabia como criar a sensação de morte iminente. Uma hora sozinha com Terry Reeve, sem dar satisfação a ninguém. Pense nisso como uma fórmula matemática. A informação X está na cabeça de Terry Reeve. Se você pudesse realizar o procedimento para tirar X da cabeça dela, Kathy Ripon seria encontrada e levada de volta para sua família e teria a vida que merecia. Fazer isso seria errado. Mas e se ela, Frieda, estivesse presa em algum lugar escuro, amarrada, com uma fita tampando-lhe a boca? O que acharia se outras pessoas estivessem em uma sala de interrogatórios com Terry Reeve, cheias de escrúpulos, dizendo a si mesmas que não se deve fazer certas coisas, dando-se ao luxo de serem boas enquanto ela — Frieda ou Kathy — continuaria presa no lugar escuro? A menos que, talvez, Terry realmente não soubesse de nada, ou quase nada. Então, você a estaria torturando para encontrar um X que na verdade não estava lá, e então pensaria: "Talvez não tenhamos torturado o bastante."

Ainda assim, era fácil fazer a coisa certa para salvar alguém, mas ela estaria disposta a fazer a coisa errada? Eram esses os pensamentos estúpidos que passavam por sua cabeça às três da manhã, quando o nível de glicose no sangue estava baixo. Ela sabia, por ter estudado isso e por sua experiência, que se tratava de um horário que produzia pensamentos negativos e destrutivos. Era por isso que ela costumava se levantar no meio da noite. Sair para caminhar, ler um livro ruim, tomar um banho de banheira, uma bebida — qualquer coisa era melhor do que ficar na cama se atormentando com pensamentos sombrios. Mas dessa vez ela não se levantou. Obrigou-se a ficar e a lutar com o problema. Ele estava na cabeça de Dean Reeve. Muito provavelmente. E ela não conseguia entender. O que ela podia fazer? Então, Frieda pensou em uma coisa. Ela também conhecia esse tipo de pensamento, a ideia brilhante que toma forma no meio da noite. Pela manhã, ao acordar, a pessoa se lembra de sua grande ideia e vê que de algum modo ela já esfriou e, à dura luz do dia, é considerada idiota, banal e ridícula.

Havia acabado de amanhecer quando ela saiu de casa e foi para o norte, atravessando a Euston Road e seguindo pelo parque. Quando tocou a campainha de Reuben, passava um pouco das oito. Josef abriu a porta, e Frieda foi atingida pelo cheiro de café e de bacon na frigideira.

— Você não está no trabalho? — perguntou ela.

— Este é o meu trabalho — respondeu Josef. — E eu estou morando aqui. Entre.

Frieda o seguiu até a cozinha. Reuben estava sentado à mesa, quase terminando o café da manhã com ovos mexidos, bacon e pão na chapa. Ele abaixou o jornal e olhou para Frieda com preocupação.

— Você está bem?

— Só estou cansada.

Ela ficou constrangida sob o olhar dos dois homens. Passou os dedos nos cabelos, como se achasse que pudesse haver algo preso neles que não conseguia ver.

— Você não parece bem — disse Josef. — Sente.

Ela se sentou à mesa.

— Estou bem. Não tive muito tempo para dormir.

— Quer tomar café da manhã? — perguntou Reuben.

— Não. Não estou com fome — respondeu Frieda. — Só vou pegar um pouco do seu. — Ela pegou um pedaço de pão na chapa do prato de Reuben e o colocou na boca. Josef colocou um prato diante dela e, nos minutos seguintes, encheu com ovos, bacon e torrada. Frieda olhou para Reuben. Talvez ela parecesse doente diante dele, cuja aparência era muito melhor.

— Vocês formam um belo casal — disse ela.

Reuben tomou um gole de café. Pegou um cigarro do maço que havia sobre a mesa e o acendeu.

— Devo confessar que morar com Josef é mil vezes melhor do que morar com Ingrid. E não me diga que esse não é o jeito certo de lidar com meus problemas.

— Está bem, não digo.

— Estive pensando em chamar Paz para sair comigo.

— Ah, não. Não faça isso.

— Não?

— Não. De qualquer modo, ela recusaria. Se você fosse estúpido o suficiente para colocá-la nessa situação.

Josef se sentou à mesa. Ele sacudiu o maço de Reuben e tirou um cigarro. Frieda não conseguia deixar de sorrir diante da intimidade fácil com que interagiam um com o outro. Reuben jogou o isqueiro para Josef, que acendeu seu próprio cigarro.

— Não estou aqui para falar sobre os *seus* problemas — observou ela.

— O que houve? — indagou Reuben.

Frieda pegou um pedaço de bacon e deu uma mordida. Quando tinha comido pela última vez? Ela olhou para Josef.

— Reuben foi meu psicanalista por um tempo — disse ela. — Durante o treinamento também é necessário fazer terapia, e eu costumava me consultar com Reuben três vezes por semana, às vezes quatro, e falar sobre a minha vida. Reuben conhece todos os meus segredos. Ou pelo menos aqueles que eu escolhi compartilhar com ele. Por isso foi difícil para ele quando eu tentei interferir e ajudá-lo. Foi como um pai recebendo ordens de sua filha delinquente.

— Delinquente? — perguntou Josef.

— Malcriada — disse Frieda. — Mal-educada. Arrogante. Descontrolada.

Reuben não respondeu, mas também não parecia irritado. O local estava quase nublado com a fumaça. Reuben e um pedreiro do Leste Europeu: Frieda não conseguia se lembrar da última vez que vira um cômodo tão cheio de fumaça como aquele.

— A hora de interromper a terapia — continuou ela — é como sai de casa. Leva tempo para se começar a ver os pais como pessoas comuns.

— Você está com alguém no momento? — perguntou Reuben.

— Não. Mas deveria.

— Um namorado? — perguntou Josef.

— Não. Quando um terapeuta pergunta se você está com alguém, está se referindo a outro terapeuta. Namorados e namoradas, maridos e esposas vão e vêm. A relação com o terapeuta é o que realmente importa.

— Você parece zangada — afirmou Reuben.

Frieda balançou a cabeça.

— Quero lhe fazer uma pergunta — disse ela. — Quero lhe fazer uma pergunta e depois vou embora.

— Então faça. Quer ir para um lugar mais reservado?

— Estou bem aqui. — Ela olhou para o prato. Estava quase vazio. — Mais do que qualquer um, você foi a pessoa que me ensinou que meu trabalho é organizar o que está acontecendo na cabeça do meu paciente.

— É esse o seu trabalho, sem sombra de dúvida.

— Não se pode mudar a vida do paciente. Deve-se apenas mudar a atitude dele perante a vida.

— Espero que meus ensinamentos tenham mais nuances — retrucou Reuben.

— Mas o que acha de usar um paciente como meio de ajudar outra pessoa?

— Parece uma coisa estranha a se fazer.

— Mas é errado?

Houve uma pausa enquanto Reuben apagava o cigarro em um pires e acendia outro.

— Sei que não estamos em uma sessão — começou ele —, mas, como sabe, quando um paciente pergunta alguma coisa, o que normalmente se faz é tentar sugerir que ele já sabe a resposta, está com medo dela, e tenta passar a responsabilidade para o terapeuta. E então, valeu a pena andar até Primrose Hill para ouvir o que já sabia que eu diria?

— Eu ainda precisava ouvir em voz alta — afirmou Frieda. — E tomei um bom café da manhã.

Frieda ouviu a porta abrir e olhou à sua volta. Uma mulher jovem, muito jovem, entrou. Ela estava descalça e usava apenas um roupão masculino grande demais para ela. Tinha cabelos loiros e despenteados e parecia ter acabado de acordar. Ela se sentou à mesa. Reuben olhou para Frieda e apontou bem discretamente com a cabeça para Josef. A mulher estendeu a mão para ela.

— Eu sou Sofia — disse ela com um sotaque que Frieda não conseguiu identificar.

Capítulo Trinta e Nove

— Então, só o de sempre? — perguntou Alan. — Você quer que eu fale?

— Não — respondeu Frieda. — Quero que você fale sobre algo específico hoje. Quero que fale sobre segredos.

— Há muitos deles. Mas eu sequer conhecia a maior parte dos segredos da minha vida.

— Não estou falando desse tipo de segredo. Estou falando dos segredos que você *conhece.*

— Que tipo de segredos?

— Que tal os segredos que não conta para Carrie, por exemplo?

— Não sei do que você está falando.

— Todo mundo precisa ter segredos. Mesmo nos relacionamentos mais próximos. As pessoas precisam de seu próprio espaço. Um quarto trancado, uma escrivaninha, talvez só uma gaveta.

— Está falando da última gaveta, onde guardo pornografia?

— Pode ser. Você tem uma gaveta onde guarda pornografia?

— Não. Só disse isso porque me parece um clichê.

— Clichês existem porque há algo de verdadeiro neles. Se você tivesse algumas revistas pornográficas em uma gaveta por aí, não seria crime.

— Não tenho revistas pornográficas em gavetas, nem em caixas, nem enterradas no jardim. Não sei o que está tentando me forçar a dizer. Sinto muito por decepcioná-la, mas eu não guardo segredos de Carrie. Na verdade, já disse a Carrie que ela tem liberdade total para mexer em todas as minhas gavetas, abrir minha correspondência, vasculhar minha carteira. Não tenho nada a esconder dela.

— Não vamos chamar de segredo, então. Estou falando de outro mundo no qual você pode circular. Chamemos de hobby. Muitos homens têm hobbies e um lugar próprio para praticá-los. É uma fuga, um refúgio. Eles vão para seus galpões e constroem aeromodelos, ou a Tower Bridge com palitos de fósforo.

— Você faz parecer idiota.

— Estou tentando fazer com que pareça inofensivo. Estou tentando entender onde fica seu espaço particular. Você tem um galpão?

— Não sei aonde você quer chegar, mas Carrie e eu, juntos, temos um galpão. Eu mesmo construí, acabei de terminar. É onde guardamos algumas ferramentas e caixas. Está trancado com uma chave que fica pendurada perto da porta que dá para o quintal, e nós dois temos acesso a ela.

— Talvez eu esteja passando a ideia errada a respeito do que estou falando, Alan. Estou interessada em saber aonde você vai para criar seu próprio espaço. Não estou tentando encontrar defeitos em você. Só quero que me responda uma pergunta: em toda sua vida, já houve algum local, que não fosse sua própria casa, que você usasse para praticar algum hobby, ou aonde ia apenas para ser você mesmo, um lugar sobre o qual ninguém sabia, nem poderia encontrá-lo?

— Sim — respondeu Alan. — Quando eu era adolescente, meu amigo Craig tinha um depósito onde guardava um carro e uma motocicleta. Eu costumava ir até lá e consertar a moto com ele. Satisfeita?

— É exatamente disso que eu estava falando. Parecia um refúgio?

— Bem, não dá para consertar uma moto na sala de casa, não é?

Frieda respirou fundo, tentando ignorar a hostilidade de Alan.

— Mais algum lugar?

Ele pensou por um momento.

— Quando eu tinha 19, 20 anos, costumava mexer com motores. O amigo de um amigo tinha uma oficina junto aos arcos da ferrovia, em Vauxhall. Trabalhei para ele durante um verão.

— Excelente — exclamou Frieda. — Junto aos arcos. Uma garagem. Algum outro lugar onde costuma ir para ficar longe de casa?

— Quando eu era criança, costumava ir a um centro de lazer. Era algo parecido com uma cabana no canto de um condomínio. Nós jogávamos pingue-pongue. Nunca fui muito bom nisso.

Frieda parou para pensar. Sabia que tudo aquilo era muito simples, muito superficial, e ela não estava chegando a lugar nenhum. Há algumas semanas, Alan não sabia que tinha um irmão gêmeo. Agora sabia. A fonte havia sido contaminada, como teria dito Seth Boundy. Ele estava ciente disso, estava representando para ela. Talvez precisasse ser persuadido.

— Quero que você imagine algo — disse Frieda. — Estamos falando sobre esses refúgios longe de sua casa. Um lugar para onde possa escapar. Quero que imagine uma coisa. Imagine que você tenha um segredo. Que tenha algo para esconder e não possa fazê-lo dentro de casa. Onde esconderia? Não pense com a mente. Pense com o coração. Qual seria?

Houve uma longa pausa. Alan fechou os olhos. Depois abriu e encarou Frieda com espanto.

— Sei o que quer saber. Não tem nada a ver comigo, não é?

— Como assim?

— Está brincando comigo. Está me usando para saber sobre ele.

Frieda ficou em silêncio.

— Não está me fazendo essas perguntas para me ajudar, para resolver meus problemas, mas sim porque acha que elas podem dar alguma pista sobre locais para procurar pelo menino. Algo para contar à polícia.

— Você está certo — confessou Frieda finalmente. — Deve ter sido um erro fazer isso. Não, certamente foi um erro. Mas achei que, se sua resposta pudesse ser de alguma ajuda, nós tínhamos que tentar.

— Nós? O que quer dizer com "nós"? Achei que estava vindo aqui para você me ajudar com meus problemas. Achei que quando me fazia perguntas tinha o objetivo de me curar. Você me conhece. Eu faria de tudo para recuperar aquele menino. Você pode fazer qualquer um de seus experimentos comigo, tudo bem. Um garotinho como ele... Mas devia ter me contado. Merda! Você devia ter me contado.

— Eu não podia — explicou Frieda. — Se contasse, não funcionaria... Não que tenha funcionado, é claro. Foi uma ideia desesperada. Eu precisava saber o que você me diria espontaneamente.

— Você estava me usando.

— Sim, eu estava usando você.

— Para a polícia começar a procurar em garagens e junto aos arcos das ferrovias.

— Sim.

— Onde eles provavelmente já devem estar procurando.

— Acho que sim.

Houve outra pausa.

— Acho que terminamos — disse Alan.

— Marcarei outra sessão. Uma sessão de verdade.

— Terei que pensar a respeito.

Eles se levantaram meio constrangidos, como duas pessoas que estão saindo de uma festa ao mesmo tempo.

— Preciso fazer umas compras de Natal de última hora — disse Alan. — Para que a data não seja completamente arruinada. Daqui posso ir a pé até a Oxford Street, não posso?

— Leva uns dez minutos.

— Está bem.

Eles foram até a porta, e Frieda abriu para Alan passar. Quando já estava indo embora, ele se virou.

— Eu encontrei minha família — disse ele. — Mas não foi bem um reencontro.

— O que você queria com isso?

Alan deu um meio sorriso.

— Sempre a terapeuta... Estive pensando. O que eu queria de verdade é aquilo que se vê em filmes ou em livros, quando as pessoas vão até o túmulo dos pais ou avós e se sentam lá, conversam com eles ou simplesmente pensam. É claro, minha mãe ainda está viva. Mas deve ser mais fácil falar com ela quando estiver morta. Então poderei fingir que ela foi alguém especial, mesmo que não tenha sido, alguém capaz de me ouvir e me entender. Alguém com quem eu pudesse desabafar. É isso que eu queria. Ir ao cemitério e falar com meus ancestrais. É claro, nos filmes os túmulos costumam ser bonitos, próximos a uma montanha, ou algo do tipo.

— Todos nós queremos algum tipo de família. — Frieda sabia que era a última pessoa que podia dizer aquilo.

— Parece uma frase tirada de um cartão de Natal. Acho que condiz com a época do ano.

Capítulo Quarenta

— Eu faço o pudim — disse Chloë. Ela parecia extraordinariamente animada. — Mas não um pudim de Natal. Eu odeio aquilo, e, de qualquer modo, tem um zilhão de calorias por colherada. E eu deveria ter começado a prepará-lo há semanas, quando ainda acreditava que passaria o Natal com meu pai antes de ele encontrar algo melhor para fazer. Eu poderia comprar um, acho, mas seria trapaça. A ceia de Natal precisa ser caseira, não é? Não basta colocar qualquer coisa no micro-ondas por alguns minutos.

— Precisa? — Frieda andou com o telefone e parou em frente a um grande mapa de Londres preso à parede. Semicerrou os olhos devido à pouca luz.

— Então vou fazer um pudim que vi na internet, com framboesas, morangos, cranberries e chocolate branco.

Frieda colocou o dedo sobre a área que estava analisando no mapa e traçou uma rota.

— O que você vai fazer? — continuou Chloë. — Espero que não seja peru. Peru não tem gosto de nada. Minha mãe disse que tinha certeza de que você não faria peru.

— Ainda não defini muito bem. — Frieda agora subia as escadas até seu quarto.

— Não me diga que ainda não parou para pensar nisso. Não me diga. Por favor. Amanhã é véspera de Natal. Eu não ligo para presentes. Nem para a comida, na verdade. Mas não é possível que você não tenha parado para pensar na ceia, como se nada disso fosse importante . Eu não suportaria isso. Literalmente. É Natal, Frieda. Lembre-se. Todos os meus amigos terão ótimas reuniões de família, irão para as ilhas Maurício com os pais, ou algo do tipo. Eu irei para sua casa. Você tem que fazer um esforço para que seja especial.

— Eu sei. — Frieda se forçou a responder. Ela tirou um suéter grosso do armário e o jogou na cama, seguido por um par de luvas. — Eu farei.

Estou fazendo. Prometo. — Pensar no Natal a deixou um pouco enjoada: um garoto perdido e uma jovem desaparecida, Dean e Terry Reeve soltos, e ela deveria comer, beber, rir e colocar uma coroa de papel na cabeça.

— Somos só nós três ou você convidou mais gente? Por mim, tudo bem. Na verdade, eu até gostaria. É uma pena que Jack não possa vir.

— O quê?

— Jack. Você sabe.

— Você não conhece o Jack.

— Conheço.

— Você o viu só uma vez, por uns trinta segundos.

— Antes de você expulsá-lo da mesa. É. Mas agora somos amigos no Facebook.

— Ah, é? São?

— Sim. Vamos nos encontrar quando ele voltar. Algum problema?

Se tinha algum problema? É claro que tinha. Seu estagiário e sua sobrinha. Mas era um problema para depois. Agora não.

— Quantos anos você tem? — perguntou Frieda.

— Você sabe quantos anos eu tenho. Dezesseis. Idade suficiente.

Frieda mordeu o lábio. Ela não queria perguntar "idade suficiente para quê?".

— Podíamos brincar de jogos de adivinhação — sugeriu Chloë com alegria. — Que horas devemos chegar?

— O que você acha?

— Que tal no início da tarde? É isso que as famílias fazem. Eles abrem os presentes, enrolam um pouco e depois chega a hora da fantástica ceia, no fim da tarde ou início da noite. Podíamos fazer isso.

— Está bem.

Ela tirou os chinelos e, segurando o telefone entre o queixo e o ombro curvado, tirou a saia e a meia-calça.

— Vamos levar champanhe. Minha mãe falou. É a contribuição dela. E umas lembrancinhas de Natal?

Frieda pensou no que Alan tinha dito no fim da última sessão, e aquilo agitou sua mente.

— Eu compro as lembrancinhas — disse com firmeza. — E não vou fazer peru.

— O que vai...?
— Será surpresa.

Antes de sair de casa, ela ligou para Reuben. Josef atendeu. Havia uma música baixa tocando ao fundo.
— Você e Reuben querem passar o Natal aqui em casa? — perguntou ela sem preâmbulos.
— Já estava combinado.
— Como?
— Nós combinamos. Você cozinha uma ceia de Natal inglesa para mim. Peru e pudim de ameixa.
— Eu estava pensando em algo um pouco diferente. Que eu não tivesse que cozinhar. Como é a ceia de Natal na Ucrânia?
— É uma honra preparar comida para meus amigos. Doze comidas.
— Doze? Não, Josef. Basta uma.
— Doze comidas é obrigatório em minha casa.
— Mas é muito.
— Nunca é muito.
— Se faz questão... — disse Frieda, com desconfiança. — Eu tinha pensado em algo simples. Almôndegas. Não é um prato ucraniano?
— Sem carne. Nunca carne nesse dia. Peixe é bom.
— Talvez Reuben possa ajudar. Outra coisa: o que você está fazendo agora?
— Preciso comprar os ingredientes para minha comida.
— Eu pago as compras. É o mínimo que posso fazer. Mas antes disso, Josef, quer sair para caminhar comigo?
— Lá fora está úmido e frio.
— Não tão frio quanto na Ucrânia, com certeza. Um par de olhos extra poderia me ajudar.
— Por onde vamos caminhar juntos?
— Encontro você do lado de fora da estação de metrô. Reuben pode explicar como chegar.

Frieda levantou a gola do casaco para proteger o rosto do vento.
— Seus sapatos estão molhados — disse ela a Josef.

— E os pés — completou ele. Josef vestia uma jaqueta fina que ela achava que pertencia a Reuben, estava sem luvas e usava um cachecol vermelho vivo enrolado várias vezes no pescoço e na parte inferior do rosto, de modo que sua voz ficava abafada. Os cabelos, úmidos pela chuva misturada com neve, estavam achatados na cabeça.

— Obrigada por vir.

Josef fez sua curiosa reverência, desviando de uma poça.

— E qual o motivo? — perguntou ele.

— Uma caminhada por Londres. É o que eu faço. É um modo de pensar. Normalmente, ando sozinha, mas dessa vez queria que outra pessoa viesse comigo. Mas não qualquer um. Achei que você poderia me ajudar. A polícia tem batido em algumas portas, procurando por Matthew e Kathy, ou por seus corpos. Eu precisava vir até aqui pelo menos para dar uma olhada.

Ela pensou nas palavras de Alan. Prédios lacrados com tábuas, oficinas abandonadas sob os arcos da ferrovia, depósitos, túneis. Esse tipo de coisa. Coloque-se no lugar daquele homem. Pense em como ele se sentiria, em pânico, procurando um esconderijo. Um lugar onde ninguém suspeitasse; um lugar onde, se gritasse por ajuda, ninguém seria ouvido. Sem esperança, ela olhou para os apartamentos e casas, alguns com a luz acesa, enfeitados com decoração natalina; olhou para as lojas com as portas escancaradas, transmitindo calor para o inverno das ruas; para as ruas abarrotadas, com consumidores se esbarrando cheios de sacolas lotadas de presentes e alimentos.

— Atrás de grossas paredes, sob nossos pés. Eu não sei. Começaremos juntos, depois nos separamos. Tenho uma rota mais ou menos planejada.

Josef concordou com a cabeça.

— Só algumas horas. Depois você pode sair para comprar sua comida.

Frieda abriu o guia e encontrou a página certa. Ela indicou um ponto.

— Estamos aqui — disse. Ela moveu o dedo pouco mais de um centímetro. — Eu acho que ele estava sendo mantido aqui. Dean teve que mudá-lo de esconderijo rapidamente. Então, eu diria que ele deve tê-lo levado para algum lugar no máximo a um ou dois quilômetros de distância.

— Por quê? — perguntou Josef.

— Como assim?

— Por que dois quilômetros? Por que não dez? Por que não quinze?

— Reeve teve que pensar rápido. Teve que pensar em um esconderijo próximo. Algum lugar que ele conhecesse.

— Levou para um amigo?

Frieda negou com a cabeça.

— Acho que não. Acho que dá para levar um objeto para um amigo, mas não uma criança. Eu não acredito que ele tenha esse tipo de amigo. Acho que ele colocou Matthew em algum lugar. Um lugar ao qual pudesse voltar. Mas começou a ser vigiado e não pôde mais ir até lá.

Josef cruzou os braços como se estivesse se protegendo do frio.

— Muitos palpites — disse ele. — Talvez ele tenha levado o menino. Talvez o menino esteja vivo. Talvez ele tenha escondido o menino perto de casa.

— Não são palpites.

— Dois quilômetros — disse Josef. Ele colocou o dedo no mapa, no lugar onde vivia Dean Reeve. Depois o moveu. — Dois quilômetros? — disse novamente, e então traçou um círculo em volta de uma região. — Quinze quilômetros quadrados. Talvez mais.

— Eu trouxe você aqui para me ajudar, não para ouvir o que já sei. Se fosse você, o que faria?

— Se eu roubar, roubo equipamentos. Uma furadeira, uma lixadeira. Vendo por algumas libras. Não roubo criança pequena.

— Mas o que faria?

Josef fez um gesto inútil.

— Eu não sei. Um armário, uma caixa ou um quarto trancado. Um lugar sem ninguém.

— Há muitos lugares sem ninguém por aqui. E então? Vamos caminhar?

— Para que lado?

— Não sabemos onde ele está nem onde procurar, então tanto faz. Pensei em andarmos em espiral das ruas mais afastadas até a casa dele.

— Espiral? — perguntou Josef.

Frieda fez uma espiral com o dedo.

— Como água correndo para um buraco — explicou ela e apontou para a rua. — Por aqui. — Eles começaram a andar ao longo de um condomínio nomeado em homenagem a John Ruskin. Ela olhou para as varandas. Mais da metade dos apartamentos tinha grades de metal nas portas e nas janelas. Qualquer um deles seria um possível esconderijo. No final do condomínio havia uma usina de gás com correntes enferrujadas no portão. Uma antiga placa na grade anunciava que o lugar era protegido por cães. Parecia improvável. Eles estavam indo na direção norte, e no fim da rua viraram à direita e seguiram a leste por uma garagem de caminhões e depois por um ferro-velho.

— É igual Kiev — disse Josef. — Kiev era assim, então vim para Londres. — Ele parou em frente a outra fileira de lojas fechadas. Os dois olharam para as antigas placas pintadas nas fachadas de tijolos: Papelaria Evans & Johnsons, Lojas J. Jones, o Touro Negro. — Todos se foram.

— Há cem anos, esta região era a cidade inteira — comentou Frieda. — Aqui ficavam as maiores docas do mundo. Os barcos se enfileiravam no mar para descarregar. Havia dezenas de mulheres e de homens trabalhando aqui, e suas esposas e filhos. Durante a guerra, o local foi bombardeado e queimado. Agora é como Pompeia, só que as pessoas ainda estão tentando viver aqui. Provavelmente seria melhor se isso fosse novamente transformado em campos, florestas e brejos.

Um carro de polícia passou por eles, e tanto Josef como Frieda ficaram olhando até ele virar a esquina.

— Eles também estão procurando? — perguntou Josef.

— Acho que sim. Não sei muito bem como eles trabalham.

Enquanto caminhavam, Frieda olhou para o mapa para conferir o caminho. Uma das coisas de que ela gostava em Josef era que ele não falava quando não era necessário. Ele não sentia a necessidade de ser inteligente, ou de fingir que entendia coisas que não entendia. E quando ele dizia algo, era relevante. Estavam passando por um galpão vazio quando Frieda se deu conta de que Josef havia parado e ela continuara andando. Ela voltou até onde ele estava.

— Você viu alguma coisa?

— Por que estamos fazendo isso?

— Eu já disse.

Ele pegou o mapa da mão dela e o observou.

— Onde estamos? — perguntou.

Frieda apontou para a página. Ele passou o dedo pelo mapa, refazendo o trajeto que haviam percorrido.

— Isso não é nada — disse Josef. — Passamos por casas vazias, prédios vazios, igrejas vazias. Não entramos. É claro que não entramos. Não podemos olhar em cada buraco, em cada sala, no teto, nos porões. Não estamos procurando. Não estamos procurando de verdade. Estamos andando e você está me contando sobre bombas na época da guerra. Por que está fazendo isso? Para se sentir melhor?

— Não — respondeu Frieda. — Provavelmente para me sentir pior. Eu esperava que, se viéssemos aqui e andássemos pelas ruas, poderíamos encontrar alguma coisa.

— A polícia está procurando. Eles podem entrar nas casas, fazer perguntas. Isso é trabalho para a polícia. Aqui, nós estamos apenas... — Josef procurou pela palavra e balançou a mão sem conseguir encontrá-la.

— Apenas realizando um gesto simbólico — completou Frieda. — Fazendo alguma coisa em vez de não fazer nada.

— Um gesto para quê?

— Mas temos que fazer alguma coisa. Não podemos simplesmente ficar em casa.

— Alguma coisa para quê? — insistiu Josef. — Se o menino Matthew estivesse no meio da rua, poderíamos tropeçar nele, talvez. Mas se está morto, ou trancado em um quarto? Nada.

— Foi você quem me disse isso, lembra? Eu acreditava em ficar sentada em uma sala, falando. Você disse que eu deveria sair e resolver o problema das pessoas. Não deu certo, deu?

— Eu não... — Ele fez uma pausa, procurando mais uma vez pelas palavras. — Sair não é resolver um problema. Eu não fico parado em uma casa para consertar a casa. Eu construo a parede e coloco os canos e os fios. Andar pela rua não é procurar pelo menino.

— A polícia também não está encontrando-o. Nem a mulher.

— Se está procurando um peixe, precisa olhar onde eles estão. Não é só andar pelos campos.

— É algum provérbio ucraniano?

— Não. É ideia minha. Mas você não pode só andar pelas ruas. Por que me trouxe aqui para isso? Somos como turistas passeando por aqui.

Frieda semicerrou os olhos, observou o mapa por um instante e o fechou. Já estava úmido devido à chuva gélida, e as páginas estavam enrugadas.

— Está bem — disse ela.

Respiração. Coração. Língua sobre a pedra. Um pequeno chiado no peito. Luzes nos olhos. Cabeça de fogos de artifício, vermelho e azul e laranja. Foguetes. Fagulhas. Chamas. Haviam finalmente acendido o fogo. Tão frio e depois tão quente. De gelo para fornalha. Deve tirar as roupas, fugir desse calor selvagem. Corpo derretendo. Não sobraria nada. Só cinzas. Cinzas e um pouco de osso, e ninguém saberia que algum dia havia sido Matthew com olhos castanhos e cabelos ruivos, um ursinho com patas de veludo.

Capítulo Quarenta e Um

No metrô, voltando para casa, espremidos pela hora do rush noturno, eles não disseram uma palavra. Quando Frieda abriu a porta de casa, ouviu o telefone tocar. Ela atendeu. Era Karlsson.

— Não tenho o número do seu celular — disse ele.

— Eu não tenho celular.

— Acho que você não é o tipo de médica de que as pessoas precisam em caso de emergência.

— O que está acontecendo?

— É por isso que estou ligando. Só queria que você soubesse que, há uma hora e meia, Reeve e sua companheira voltaram às ruas.

— Seu tempo acabou?

— Poderíamos ter segurado um pouco mais, se realmente quiséssemos. Mas não é melhor que fiquem soltos? Ele pode cometer um erro. Ele pode nos levar a algum lugar.

Frieda pensou um pouco.

— Eu gostaria de acreditar nisso. Não tive essa impressão quando o conheci. Ele parecia um homem decidido.

— Qualquer deslize, nós o pegaremos.

— Ele tem certeza de que vocês o seguirão — disse Frieda. — Acho que deve estar gostando. Nós demos poder a ele. Ele sabe o que estamos fazendo. Acho que não há nada que possamos fazer, nada que possamos dar a ele que ache tão divertido quanto isso.

— Está tudo bem para você — disse Karlsson. — Você tem seu trabalho. Você pode continuar com ele.

— Está certo. Para mim fica tudo bem.

Depois de desligar o telefone, Frieda se sentou por um tempo, olhando para o nada. Depois subiu as escadas e ficou olhando os telhados cheios de neve pela janela do quarto. Era uma noite fria e clara. Encheu a banheira e ficou nela por quase uma hora. Depois, vestiu-se e foi para o escritório no sótão, onde sentou-se à prancheta de desenho. Há quantos anos não se sentava ali desse jeito, com tempo para si mesma? Ela não conseguia se lembrar. Pegou o lápis de ponta macia e o segurou entre o polegar e o indicador, mas não desenhou nada. Só conseguia pensar em Matthew, em algum lugar lá fora, no frio violento, talvez vivo e amedrontado, mas provavelmente morto há muito tempo; em Kathy Ripon, que batera na porta errada; em Dean e Terry saindo da delegacia, livres.

Finalmente, ela largou o lápis sobre o papel em branco e desceu as escadas. Arrumou a lareira na sala e jogou um fósforo, esperando até as chamas lamberem o carvão. Então foi à cozinha novamente. Encontrou na geladeira um pote com salada de batatas até a metade e comeu com uma colher, parada na janela. Depois pegou um copo na pia, lavou-o e colocou um pouco de uísque. Bebeu bem devagar. Queria que o tempo passasse; queria que aquela noite acabasse. O telefone tocou e ela atendeu.

— Deve ter achado que eu não entraria em contato por um tempo, não é?

— Karlsson?

— É claro que sou eu.

— Bem, estou ouvindo.

— Reeve tentou falar com você? — perguntou ele.

— Não desde a última vez que você telefonou.

— Ele já fez isso antes.

— O que houve?

— Nós perdemos eles.

— Eles?

— Reeve. E Terry.

— Achei que vocês estivessem seguindo os dois.

— Eu não preciso me justificar para você.

— Não me importa se vai ou não se justificar. Só fiquei curiosa sobre como aconteceu.

— Ah, você sabe: metrô, multidões e um pouco de incompetência da polícia. Talvez eles quisessem fugir, talvez não. Eu não sei. E não sei o que vão fazer.

Frieda olhou para o relógio. Passava da meia-noite.

— Eles não vão para casa. Vão?

— Podem ir. Por que não? Não foram acusados de nada. E estamos no meio da noite. Para onde mais iriam?

Frieda se obrigou a pensar.

— Isso pode ser bom — disse ela. — Se eles estiverem se sentindo livres agora, é provável que isso seja uma vantagem para nós.

— Eu não sei. Não sei o suficiente nem para dar palpite. Não sei bem se isso importa. Onde eles podem tê-los escondido? Se os amarraram dentro de um armário, em um apartamento abandonado, quanto tempo podem sobreviver sem água? Se é que já não estão... Bem, você sabe. De qualquer modo, ele deve entrar em contato com você. Já aconteceram coisas mais estranhas. Esteja preparada.

Depois de desligar o telefone, Frieda se serviu de mais uma pequena dose de uísque e virou o líquido direto na garganta, sentindo o ardor e a surpresa. Ela foi para a sala, mas o fogo havia apagado e o cômodo estava gelado e triste. Sabia que precisava descansar, mas a ideia de se deitar na cama, de olhos arregalados, com as imagens fervilhando no cérebro, a aterrorizava. Por algum tempo, ficou no sofá com um cobertor, mas o sono a enganou e em seu lugar um estado de alerta seco e frenético se estabeleceu. Ela finalmente se levantou e foi para a cozinha. Saiu no pequeno quintal. O frio fez com que ela perdesse o fôlego e surgissem lágrimas em seus olhos, mas ela gostou. Aquilo a acordou, livrou-a do cansaço turvo, clareou sua cabeça e aguçou seus pensamentos. Ela ficou ali parada, sem casaco e sem luvas, até o rosto ficar rígido e não aguentar mais. Então voltou para dentro.

Foi até o mapa de Londres, perto da porta de entrada. A luz não era suficiente para distinguir os detalhes, o nome das ruazinhas. Ela o arrancou da parede e colocou sobre a mesa da sala. Acendeu a luz do teto, mas mesmo ela não era suficiente. Pegou a luminária que ficava ao lado da cama, levou para a sala e colocou sobre o mapa. Pegou um lápis e fez uma cruz na rua em Dean morava. Teve a sensação repentina e vertiginosa de estar olhando para Londres de um avião a um quilômetro de altura, em um dia perfeitamente claro. Podia ver os grandes marcos, as curvas do Tâmisa, o Domo do Milênio, o aeroporto da cidade, o Victoria Park, o vale do rio Lea. Ela olhou mais de perto, viu as ruas que havia percorrido com Josef. Viu as áreas sombreadas representando os condomínios, as fábricas.

Frieda pensou em Alan e em como havia falhado com ele. Falhara como terapeuta e como investigadora. Alan e Dean tinham o mesmo cérebro, pensavam as mesmas coisas, sonhavam os mesmos sonhos, da mesma forma que dois pássaros diferentes constroem dois ninhos idênticos. Mas o único modo de chegar a isso era por meio do inconsciente, e quando ela falara com Alan pela última vez havia sido como pedir para alguém descrever a experiência de andar de bicicleta. Ele não apenas não havia sido capaz de expressar essa experiência em palavras como também a destruíra. Se alguém começa a pensar em como andar de bicicleta enquanto anda de bicicleta, é provável que caia. Alan havia percebido suas intenções e resolvera tirar satisfações. Talvez fosse um sinal de força. Podia ter sido um sinal de que a terapia estava funcionando, ou até mesmo de que tivesse chegado ao fim, porque Frieda sentiu que o laço entre eles havia se rompido e não podia ser restaurado. Ele nunca mais se renderia a ela como um paciente precisava fazer. Ela se lembrou daquela última sessão. Foi irônico que a melhor parte da sessão, a única intimidade real que alcançaram, tivesse sido depois de seu término, quando estavam saindo, quando ele não a via mais como terapeuta. O que ele tinha dito sobre se sentir seguro? Ela tentou se lembrar das palavras. Sobre sua mãe. Sobre sua família.

Um pensamento lhe ocorreu. Seria possível? Era o momento em que ele havia desistido de tentar pensar em esconderijos. Ele teria...?

Frieda passou o dedo em espiral nas adjacências da casa de Dean e então o dedo parou. Ela pegou o casaco e o cachecol e saiu de casa correndo, passando pelos prédios e atravessando a praça. Ainda estava escuro, e as ruas menores estavam desertas. Ela podia ouvir seus próprios passos ecoando. Foi apenas quando chegou à Euston Road, em meio ao trânsito de Londres, que nunca cessa, que conseguiu fazer sinal para um táxi. Dentro dele, ela repassou tudo na cabeça. Devia ter chamado a polícia? O que ela teria a dizer? Pensou em Karlsson e sua equipe, batendo em portas, colhendo depoimentos. Mergulhadores estavam procurando no rio. Eles queriam algo tangível, um pedaço de tecido, uma mera fibra, uma impressão digital, e ela só podia oferecer memórias, fantasias, sonhos que às vezes pareciam coincidir. Estaria ela vendo padrões da mesma forma que as crianças veem formas em nuvens? Tantas coisas não haviam levado a lugar nenhum... Aquela seria apenas mais uma delas?

— Onde quer ficar? — perguntou o taxista. Era uma mulher. Aquilo era pouco comum.

— Existe uma entrada principal?

— Só uma está aberta. Tem uma nos fundos, mas está trancada.

— Então fico na da frente.

— Não tenho certeza de se já vai estar aberta. Abre pela manhã.

— Já está amanhecendo. Veja.

Eram quase oito horas da manhã, e véspera de Natal.

Alguns minutos depois, o táxi parou. Frieda pagou e saiu. Ela olhou para a rebuscada placa vitoriana: Cemitério Chesney Hall. Alan havia dito que tinha a fantasia de visitar o túmulo de um familiar, de se sentar na grama diante dele e falar com seus ancestrais. Pobre Alan. Não tinha o túmulo de um familiar para visitar, pelo menos não que soubesse. Mas e Dean Reeve? Os grandes portões do cemitério estavam fechados, mas ao lado havia uma pequena entrada para pedestres. Frieda entrou e começou a olhar. Era grande, do tamanho de uma cidade. Havia fileiras e fileiras de lápides em avenidas. Estátuas, pilares quebrados, cruzes. Mausoléus espalhados aqui e ali. Parecia que o mato havia crescido demais em uma área à esquerda. Os túmulos quase desapareciam sob a folhagem. Seu hálito evaporava no frio.

Adiante, na avenida principal, Frieda viu uma cabana de madeira simples. Viu que a porta estava aberta e que havia luz na janela. Será que os cemitérios mantinham registros? Ela começou a caminhar e foi olhando os túmulos de cada um dos lados. Um deles lhe chamou a atenção. O túmulo da família Brainbridge. Emily, Nicholas, Thomas e William Brainbridge haviam morrido na década de 1860, antes de chegarem aos 10 anos de idade. A mãe, Edith, morrera em 1883. Como havia conseguido envelhecer sozinha, com os filhos mortos desaparecendo no passado? Talvez tenha tido outros filhos para cuidar, filhos que cresceram, mudaram-se e estavam enterrados em outro lugar.

Algo, talvez um ruído, fez Frieda se virar. Pelas grades, ela viu uma figura, indistinta a princípio, enquanto estava em movimento. Depois ela apareceu na entrada e Frieda a reconheceu. Uma mulher. Os olhares se encontraram: Frieda olhou para Terry Reeve e Terry Reeve olhou para Frieda. Havia algo em sua expressão, uma intensidade que ela nunca vira antes. Frieda deu um passo à frente, mas a outra se virou e saiu. Desapareceu de sua visão. Frieda correu pelo caminho que havia tomado, mas quando saiu do cemitério não havia sinal de Terry. Ela procurou desesperadamente. Correu de volta pela avenida e chegou à cabana. Uma senhora estava sentada atrás de uma mesa improvisada. Havia uma garrafa térmica na frente dela e um aviso que dizia "Amigos do Cemitério Chesney Hall". Ela devia ter um ente querido enterrado ali, um marido ou filho. Talvez ela se sentisse em casa naquele lugar, entre os familiares. Frieda pegou a bolsa e procurou algo dentro.

— Você tem um telefone? — perguntou.

— Bem, eu não estou... — começou a dizer a mulher.

Frieda encontrou o cartão que procurava.

— Preciso fazer uma ligação. Para a polícia.

Depois que passou a mensagem a Karlsson, Frieda se virou novamente para a senhora.

— Preciso encontrar o túmulo de uma família. Posso fazer isso?

— Temos mapas do cemitério — respondeu a mulher. — Quase todos os túmulos estão listados nele. Qual o nome?

— Reeve. R-E-E-V-E.

A mulher se levantou e foi até um gaveteiro no canto. Abriu com a chave e tirou um livro grosso, preenchido à mão com tinta preta já desbotada, e começou a folheá-lo com cuidado, lambendo o indicador de vez em quando.

— Temos três pessoas com sobrenome Reeve na lista — disse finalmente. — Theobald Reeve, morto em 1927, sua esposa, Ellen Reeve, 1936, e Sarah Reeve, 1953.

— Onde eles estão enterrados?

A mulher remexeu uma gaveta e tirou um mapa impresso do cemitério.

— Aqui — disse ela, colocando o dedo sobre o local. — Estão todos enterrados próximos uns dos outros. Se for pelo caminho central e pegar a terceira entrada à sua...

Mas Frieda já havia saído, arrancando o pedaço de papel da mão dela e correndo. A senhora a observou, depois voltou a seu posto à mesa, desenroscou a tampa da garrafa térmica e ficou à espera dos enlutados que viriam prestar suas homenagens. O Natal era sempre uma época agitada.

Frieda correu pelo caminho central e pegou o da direita, que era estreito e desgastado. Havia lápides dos dois lados, algumas novas, feitas de mármore branco com nítidas palavras gravadas em preto. Outras eram mais velhas, cobertas de líquen e hera, ou estavam tortas. Era difícil distinguir os nomes de alguns dos mortos que estavam enterrados lá, e Frieda tinha que passar os dedos sobre os sulcos das letras para entender. Philpott, Bell, Farmer, Thackeray; aqueles que haviam morrido velhos e os que não tinham chegado à adolescência; aqueles que ainda abrigavam flores e os esquecidos há muito tempo.

Ela andou o mais rápido que pôde entre as lápides, abaixando-se para olhar cada uma e se levantando novamente, semicerrando os olhos por causa da pouca luz. Lovatt, Goran, Booth. Seus olhos queimavam de cansaço, o peito doía de esperança. Um melro olhava para ela de um arbusto cheio de espinhos, e ao longe ela ouvia o ruído dos carros. Fairley, Fairbrother, Walker, Hayle. E então ela parou e ouviu o sangue pulsando em seus ouvidos. Reeve. Aqui estava um Reeve — uma lápide pequena e caindo aos pedaços, tombando levemente para um lado. Ela havia encontrado.

Mas então, com uma sensação esmagadora de fracasso, ela entendeu que não havia encontrado nada. Como uma criança poderia estar escondida ali, em meio àqueles túmulos pequenos à sua volta? Com um movimento brusco, ela olhou mais de perto, procurando terra recém-revirada onde um corpo pudesse ter sido enterrado, mas havia muita erva daninha crescendo por todo lado. Ninguém poderia estar escondido ali. Ela tombou de joelhos ao lado do epitáfio de Theobald Reeve, sentindo enjoo, além da sensação de fracasso. Matthew não estava ali. Havia sido apenas uma ilusão, um último espasmo de esperança.

Ela não soube quanto tempo ficou ajoelhada daquele jeito no frio cortante, ciente de que havia perdido. Mas, por fim, ergueu os olhos e começou a tentar se levantar. Ao fazer isso, viu um alto mausoléu de pedra, quase escondido atrás de muitos arbustos e urtigas. Correu na direção dele, sentindo os espinhos entrarem em sua pele. Seus pés afundavam na lama, e o vento fazia seus cabelos chicotearem o rosto, de modo que ela mal podia enxergar. Mas viu o suficiente para ter certeza de que alguém tinha estado ali recentemente. Havia uma trilha onde os arbustos e urtigas estavam pisoteados. Ela chegou à entrada e viu que estava bloqueada com uma pesada porta de pedra, mas pelos sulcos na lama era óbvio que alguém a puxara havia pouco tempo.

— Matthew — gritou ela para a pedra mofada. — Espere! Aguente firme! Estamos aqui. Espere.

Então, ela começou a tentar remover a pedra com os próprios dedos, procurando se equilibrar, e escutar algum som que confirmasse que ele estava ali, e que estava vivo.

A porta de pedra cedeu um pouco. Apareceu uma fenda. Ela tentou abrir mais. Do outro lado da colina, ouviu carros e viu luzes. Havia vozes e pessoas correndo em sua direção. Ela viu Karlsson. Viu a expressão em seu rosto e imaginou se estaria se sentindo como ela.

E logo estavam junto dela — um exército de policiais capazes de puxar a pedra, de iluminar com lanternas a escuridão úmida, de se esgueirar para dentro.

Frieda se afastou. Uma calma terrível recaiu sobre ela. Esperou.

Ele não conseguia mais ouvir seu coração. Aquilo era bom. Doía muito quando batia com força. O Homem de Lata estava errado. E ele não conseguia inspirar e expirar direito. O ar que entrava entre os pequenos tremores não era suficiente. Não havia mais fogo, e tampouco havia gelo. Até o chão duro não era mais duro, porque seu corpo era apenas uma pena trêmula que logo seria erguida e flutuaria.

Ah, não. Por favor. Não. Ele não queria ouvir os choros e não queria luzes brancas ferindo seus olhos. Ele não queria aqueles rostos o encarando e as mãos que arranhavam e a profusão de vozes e os sacolejos. Estava muito cansado para ouvir o resto da história. Achava que ela finalmente havia terminado.

Então ele viu a bailarina, a mulher com flocos de neve nos cabelos. Ela não estava gritando ou correndo como os outros. Estava parada do outro lado do mundo com lápides ao redor e olhou para ele, e seu rosto era melhor que um sorriso. Ele a salvara, e agora ela o salvou. Ela chegou perto dele e seus lábios tocaram sua bochecha. O feitiço malvado estava quebrado.

Capítulo Quarenta e Dois

Frieda ficou ao lado da cama, observando. A pequena figura ainda estava encolhida, na mesma posição em que a acharam. Ele fora encontrado semidespido — pois, em seu delírio de morte, o menino havia rasgado as roupas que usava, a camisa xadrez, uma réplica do padrão preferido pelos gêmeos — e deitado quase nu na terra fria do mausoléu. Agora, estava sobre um colchão de água morna, coberto com camadas de tecido leve, e havia monitores ligados a seu coração. O rosto, que nas fotografias que ela vira era redondo, avermelhado e cheio de alegria, parecia tão branco que chegava a ser quase esverdeado. As sardas se destacavam como moedas enferrujadas. Os lábios estavam pálidos. Uma bochecha estava machucada e inchada. As mãos, enfaixadas, pois ele havia cortado os dedos nas paredes de pedra. Os cabelos tinham sido tingidos grosseiramente de preto, com uma faixa ruiva aparecendo no meio. Apenas os monitores mostravam que não estava morto.

O investigador Munster se sentou no canto da sala. Ele era um jovem com cabelos e olhos escuros e fazia parte da equipe que procurava por Matthew desde o primeiro dia. Estava quase tão pálido quanto o menino, e quieto, como uma escultura de pedra. Esperava que o garoto recobrasse a consciência. Os olhos de Matthew se agitaram e se fecharam novamente. Os cílios eram longos e ruivos. As pálpebras, quase transparentes. Karlsson havia pedido para Frieda ficar também, até que chegasse a psiquiatra infantil. Ainda assim, ela sentia que estava incomodando, excluída do processo, dos passos rápidos, do ruído dos carrinhos, da conversa dos médicos e das enfermeiras, que sussurravam entre si. Pior, ela entendia a linguagem que estava sendo usada, o soro intravenoso aquecido, o perigo de choque hipovolêmico. Eles estavam tentando elevar a temperatura interna do menino, e ela era apenas uma espectadora.

A porta se abriu mais uma vez e os pais foram conduzidos para dentro. Eles tinham os rostos pálidos, cansados e abatidos de pessoas que haviam passado dias esperando por más notícias. Agora tinham esperança, um novo tipo de agonia. A mulher se ajoelhou ao lado da cama, empurrando os tubos de lado e segurando a mão enfaixada do filho, pressionando o rosto contra seu corpo. Duas enfermeiras tiveram que afastá-la. O homem parecia corado e furiosamente confuso. Seus olhos faziam uma varredura no quarto, observando os equipamentos, o tumulto agitado.

— O que há de errado com ele?

O médico lia o prontuário. Ele tirou os óculos para esfregar os olhos.

— Estamos fazendo todo o possível, mas ele está extremamente desidratado e com uma hipotermia grave. A temperatura de seu corpo está perigosamente baixa.

A Sra. Faraday soluçou.

— Meu garotinho. Meu lindo filho. — Ela levou a mão dele aos lábios e a beijou, depois acariciou o braço e o pescoço, repetindo várias vezes que tudo ficaria bem, que ele estava a salvo.

— Mas ele vai ficar bem? — perguntou o Sr. Faraday. — Ele vai ficar bem. — Como se, ao insistir, aquilo se tornasse verdade.

— Nós o estamos reidratando — disse o médico. — E faremos um desvio cardiopulmonar. Isso significa que o ligaremos a uma máquina, bombearemos seu sangue para fora, aqueceremos e o bombearemos de volta.

— E depois que fizer isso, ele ficará bem?

— Vocês deveriam esperar lá fora — recomendou o médico. — Avisaremos se houver alguma mudança.

Frieda se aproximou e pegou na mão da Sra. Faraday. Ela parecia aturdida e se deixou ser conduzida. O marido a seguiu. Foram levados a um pequena sala de espera sem janelas, apenas quatro cadeiras e uma mesa com um vaso de flores de plástico. A Sra. Faraday olhou para Frieda como se tivesse acabado de notá-la.

— Você é médica? — perguntou.

— Sou — respondeu Frieda. — Trabalhei com a polícia. Estava esperando vocês chegarem. — Ela se sentou ao lado deles enquanto a Sra. Faraday falava sem parar. O marido não disse nada. Frieda viu que as unhas dele estavam sujas, os olhos vermelhos. Ela mal falou, mas a Sra. Faraday se virou, encarou-a e perguntou se tinha filhos. Frieda disse que não.

— Então você não entende.

— Não.

Logo o Sr. Faraday começou a falar. Sua voz era grave, como se ele estivesse com dor de garganta.

— Quando tempo ele ficou naquele lugar?

— Não muito.

Tempo demais: Kathy Ripon havia batido na porta da casa de Dean na tarde de sábado. Já era véspera de Natal. Frieda pensou nos últimos dias. Chuva, neve. Devia haver água correndo pelas paredes. Ele deve tê-la lambido como um animal. Frieda pensou nele novamente, naquela primeira visão, em seu corpo inchado e machucado, os olhos abertos, mas cegos, a boca comprimida de medo. Aquilo foi o pior. A princípio, ele não se deu conta de que estava sendo resgatado. Achou que estavam indo pegá-lo. E havia mais uma coisa a considerar: onde estava Kathy? Ela também estaria atrás de uma parede úmida em algum lugar?

— O que ele deve ter passado... — disse o Sr. Faraday. Ele se aproximou de Frieda. — Ele estava sendo... Ele foi... Você sabe?

Frieda negou com a cabeça.

— Foi uma coisa terrível, terrível — respondeu ela. — Mas acho que ele pensava no menino como um filho.

— Cretino — disse o Sr. Faraday. — Eles pegaram o homem que fez isso?

— Não sei — respondeu Frieda.

— Ele merece ser enterrado vivo, como fez com meu filho.

Uma médica residente entrou na sala de espera. Ela era jovem e muito bonita, tinha pele de pêssego e cabelos loiros presos em um rabo de cavalo. Seu rosto brilhava. E Frieda soube que seriam boas notícias.

Cada um se ajoelhou de um lado da cama, sob as fortes luzes e entre os tubos pendurados. Eles seguraram suas mãos enfaixadas, disseram seu nome e sussurraram palavras sem sentido, como se ele fosse um recém-nascido. Bonequinho, querido, amorzinho, pequeno Mattie e pombinho. Os olhos dele ainda estavam fechados, mas o rosto havia perdido aquela cor mórbida, aquela brancura de gesso. A rigidez dos membros havia diminuído. A Sra. Faraday chorava e falava ao mesmo tempo. As palavras saíam em soluços. Ele estava exausto e mal reagia, como se tivesse sido acordado de um sono profundo no meio da noite.

— Matthew, Matthew — murmurou a Sra. Faraday, quase acariciando-o com o nariz. Ele disse alguma coisa, e ela se aproximou ainda mais.
— O que foi? — Ele repetiu. Ela olhou em volta, confusa.

— Ele disse Simon. O que isso significa?

— É como o chamavam — explicou Frieda. — Acho que eles lhe deram um nome.

— O quê? — A Sra. Faraday começou a chorar.

O investigador Munster passou pelo Sr. Faraday, inclinou-se sobre a cama e começou a falar com Matthew. Ele segurou uma fotografia de Kathy Ripon diante do rosto do menino. Seus olhos não conseguiam focar direito.

— Não é justo — disse a Sra. Faraday. — Ele está muito doente. Não pode fazer isso. É ruim para ele.

Uma enfermeira disse que a psiquiatra infantil estava a caminho, mas havia telefonado para informar que se encontrava presa no trânsito. Frieda ouviu o investigador Munster tentando explicar que eles haviam recuperado o filho, mas que outros pais ainda estavam com a filha desaparecida. O Sr. Faraday respondeu irritado, e a Sra. Faraday começou a chorar ainda mais.

Frieda pressionou os dedos contra as têmporas. Ela tentou isolar o barulho para poder pensar. Matthew havia sido roubado dos pais, escondido, castigado, deixado sem comida. Disseram-lhe que não era ele mesmo, mas outra pessoa, um menino chamado Simon, e depois prenderam-no, deixaram-no para morrer, nu e sozinho. Agora estava piscando os olhos com dificuldade em um quarto excessivamente iluminado, com rostos estranhos agigantando-se sobre ele para que acordasse daquele pesadelo, gritando palavras que ele não entendia. Ele era um garotinho, quase um bebê. Mas havia sobrevivido. Quando ninguém podia salvá-lo, ele se salvou. Que histórias havia contado a si mesmo enquanto estava no escuro?

Frieda foi para o outro lado da cama, de frente para a Sra. Faraday.

— Posso? — perguntou.

A Sra. Faraday olhou para ela entorpecida, mas não ofereceu resistência. Frieda aproximou o rosto de Matthew, de modo que pudesse sussurrar.

— Está tudo bem. Você está em casa. Você foi resgatado. — Ela viu uma leve piscadela em seus olhos. — Você está a salvo. Escapou da casa da bruxa.

Ele fez um ruído, mas ela não conseguiu decifrá-lo.

— Quem estava lá com você? Quem estava com você na casa da bruxa?

Os olhos de Matthew se abriram de repente, como os de uma boneca.

— Bisbilhoteira — disse ele. — Intrometida.

Frieda sentiu como se Dean estivesse ali no quarto, falando, e que Matthew fosse um boneco de ventríloquo.

— Onde está ela? — perguntou. — Onde a colocaram? A bisbilhoteira?

— Levaram embora — disse ele, com um fiapo de voz. — No escuro.

Então ele começou a chorar, contorcendo o corpo para cima e para baixo. A Sra. Faraday se levantou e o segurou, o corpo sacudindo junto ao peito.

— Está bem — disse Frieda.

— O que isso significa? — perguntou Munster.

— Não parece bom. Nada bom.

Frieda passou pela sala de espera e saiu para um corredor. Olhou à sua volta. Um funcionário conduzia uma senhora em uma cadeira de rodas.

— Onde posso comprar uma água? — perguntou Frieda.

— Tem um McDonald's perto da entrada principal — respondeu o funcionário.

Ela havia começado a caminhar pelo longo corredor quando ouviu um grito. Era Munster. Ele correu em sua direção.

— Acabei de receber uma ligação — disse ele. — O chefe quer vê-la.

— Para quê?

— Eles encontraram a mulher.

— Kathy? — Uma sensação de alívio a arrebatou, deixando-a tonta.

— Não. A esposa — explicou Munster. — Terry Reeve. Tem um carro esperando por você lá embaixo.

Capítulo Quarenta e Três

Yvette Long olhou para Karlsson e franziu a testa.

— O que há de errado?

— Sua gravata — respondeu ela. — Não está reta. — Aproximou-se e a ajustou. — Você precisa ficar bem diante das câmeras. E o comissário Crawford estará lá. O assistente dele acabou de telefonar. Ele está muito satisfeito com você. Será uma grande coletiva de imprensa. O salão está lotado.

Seu celular vibrou sobre a mesa. A ex-esposa havia deixado várias mensagens, uma mais irritada do que a outra, perguntando quando ele pegaria as crianças.

— Trouxemos o garotinho de volta — disse Karlsson. — É só com isso que eles se importam. Onde está Terry Reeve?

— Acabou de chegar. Eles a deixaram lá embaixo.

— Ela falou alguma coisa sobre Kathy Ripon?

— Não sei.

— Quero dois policiais com ela o tempo todo.

Ele pegou o celular e escreveu uma mensagem de texto:

Desculpe. Já te ligo.

Pressionou "Enviar". Talvez ela soubesse das notícias e entendesse, mas ele sabia que não funcionava desse jeito: havia o filho dos outros, e havia os seus. Um policial apareceu na porta e informou que a Dra. Klein havia chegado. Karlsson disse a ele para mandá-la entrar imediatamente. Quando viu Frieda, ficou surpreso com o forte brilho em seus olhos e reconheceu nele seu próprio cansaço exultante, que tornava impossível a ideia de dormir.

— Como está ele? — perguntou Karlsson.

— Está vivo. Com os pais.

— Ele vai se recuperar?

— Como vou saber? Crianças pequenas são surpreendentemente resilientes. É o que dizem os livros.

— E você conseguiu. Você o encontrou.

— Encontrei um e entreguei a outra — disse Frieda. — Sinto muito por não estar dançando de alegria. Você pegou Terry Reeve.

— Ela está lá embaixo.

— Passei pela multidão na entrada. Esperava que eles estivessem carregando forcados e tochas.

— É compreensível.

— Eles deviam ir para casa cuidar de seus próprios filhos. Onde você a encontrou?

— Em casa.

— Na casa dela? — perguntou Frieda.

— Estávamos vigiando, é claro. Ela foi para casa e nós a prendemos. Simples assim. Não houve nenhum trabalho brilhante de investigação envolvido. — Ele fez uma careta.

— Por que ela iria para casa? — Frieda perguntava mais a si mesma do que a Karlsson. — Achei que eles tivessem um plano.

— Eles tinham. Você atrapalhou quando a viu no cemitério. Ela ligou para ele. Sabemos disso. Estamos com o celular. Ela telefonou para ele. Ele fugiu.

— E por que ela não fugiu? Para que foi ao cemitério?

— Pode perguntar você mesma. Quero que venha comigo.

— Eu sinto que já deveria saber. O que os advogados dizem? Nunca se deve fazer uma pergunta se já não se souber a resposta.

— Precisamos fazer uma pergunta para a qual não sabemos a resposta — afirmou Karlsson. — Onde está Kathy Ripon.

Frieda se apoiou no canto da mesa de Karlsson.

— Tenho um mau pressentimento sobre isso.

— Você teve um mau pressentimento sobre Matthew.

— É diferente. Eles queriam um filho. Eles o viam como uma criança. Mesmo quando se livraram do menino, não o mataram. Eles o esconderam, como uma criança deixada na floresta em um conto de fadas.

— Eles não o deixaram na floresta. Eles o enterraram vivo.

— Kathy Ripon é diferente. Ela não fazia parte do plano. Era apenas um obstáculo. Mas por que Terry foi ao cemitério? E depois, por que foi para casa?

— Talvez ela quisesse verificar se ele estava morto — sugeriu Karlsson.

— Ou acabar com ele. E talvez quisesse pegar algo em casa antes de fugir. Ela podia estar vendo se a barra estava limpa para o marido. — Karlsson viu que as mãos de Frieda tremiam. — Quer alguma coisa?

— Só uma água.

Karlsson se sentou e observou enquanto Frieda bebia a água em um copo de plástico e depois ambos tomaram uma xícara de café preto. Não disseram uma palavra.

— Pronta? — perguntou ele, por fim.

Terry Reeve estava sentada na sala de interrogatórios, olhando para o nada. Karlsson sentou-se de frente para ela. Frieda ficou ao lado dele, encostada na parede próxima à porta. Sentiu um frio surpreendente às suas costas.

— Onde está Katherine Ripon? — perguntou Karlsson.

— Eu não a vi — respondeu Terry.

Karlsson tirou o relógio de pulso e o colocou sobre a mesa entre eles.

— Quero esclarecer a situação para você. Não sei se está achando que será acusada de um delito pequeno e pegará uma sentença curta, saindo em poucos anos por bom comportamento. Receio que não vá ser assim. Esta é uma sala à prova de som, mas se sairmos no corredor você poderá ouvir uma multidão de pessoas gritando. E estão gritando coisas a seu respeito. Se há algo que não gostamos na Grã-Bretanha é de pessoas que maltratam crianças ou animais. E tem outra coisa, e a Dra. Klein aqui provavelmente considera machismo, mas eles odeiam especialmente mulheres que fazem isso. Pegará prisão perpétua. E se acha que serão apenas aulas de cerâmica e grupos de leitura, pense bem. A prisão não é assim para as pessoas que fazem coisas com crianças.

Karlsson fez um pausa. Terry ainda estava olhando para o nada.

— Mas se nos disser onde ela está — continuou ele —, as coisas podem ser bem diferentes.

Ela ainda estava muda.

— Seu marido foi embora — continuou Karlsson. — Logo o encontraremos. Enquanto isso, terá que aguentar sozinha. Posso lhe oferecer uma saída. Mas a oferta não estará de pé por muito tempo. Se não nos ajudar, as pessoas ficarão muito bravas.

— Você não pode me colocar contra ele — disse Terry. — Fizemos tudo juntos.

— Ele está contando com isso. Ele escapa. Ou tenta escapar. E você fica aqui arcando com as consequências.

— Ele pode confiar em mim. Ele sempre pôde confiar em mim. Posso ser forte por ele.

— Por que está fazendo isso? — perguntou Karlsson, quase se lamentando. — Já acabou tudo. Não faz sentido.

Ela apenas deu de ombros. Karlsson olhou de soslaio para Frieda com cara de derrota. Ele pegou o relógio e enfiou no bolso da jaqueta, depois se levantou e foi até a psicanalista.

— O que está em jogo para ela? O que ela tem a perder?

— Dean, talvez — disse Frieda, calmamente. — Posso falar com ela?

— Fique à vontade.

Frieda foi até lá e se sentou na cadeira que Karlsson havia deixado. Ela encarou Terry, que retribuiu o olhar, erguendo o queixo como se a estivesse desafiando.

— Você salvou a vida de Matthew — afirmou Frieda. — Parece engraçado dizer isso, e não acho que ganhará muito crédito da multidão lá fora, mas é verdade.

Terry desviou o olhar.

— Você está apenas tentando facilitar as coisas para mim. Quer que eu fale.

— Só estou dizendo a verdade. Quando vi você no cemitério, sabia que Matthew estava lá. Se ele demorasse mais tempo para ser encontrado, teria morrido.

— E? — perguntou Terry.

— Ele não morreu. É algo bom que saiu de tudo isso, não é? Foi por isso que voltou? Foi ver se ele ainda estava vivo?

Terry parecia desdenhosa.

— Não tenho nada a dizer a você.

— Era uma preocupação constante. De certo modo, teria sido mais fácil se o tivessem matado. Mas durante esses dias que estiveram em observação aqui, você deve ter ficado com a imagem de um garotinho no escuro. Então voltou. Isso foi um gesto de... Não sei qual a palavra certa. Zelo, talvez. E então você me viu, e viu que eu vi você. Correu e ligou para Dean. Estava cuidando dele também. Estava se preocupando com ele. Ele se preocupou com você?

— Você não vai me jogar contra ele.

— Não estou tentando fazer isso.

— Mentirosa maldita.

— Matthew ficará bem. Acabei de vir do hospital. Acho que deve ser um alívio para você.

— Não dou a mínima.

— Acho que dá. Mas agora precisamos saber sobre Kathy.

Terry deu de ombros, como costumava fazer.

— E Joanna? O que aconteceu com Joanna, Terry? Onde ela está enterrada?

— Pergunte ao Dean.

— Muito bem.

— Cadê meu chá e meu cigarro?

— Quero fazer uma última pergunta: por que foi para casa?

— Não sei — respondeu Terry. — Por que não iria?

Frieda pensou por um instante.

— Acho que eu sei.

— É?

— Você foi ao cemitério e me viu, e soube que encontraríamos o menino. Telefonou para Dean e soube que havia feito o que podia por ele. E depois? Você realmente fugiria? Sério? O que significaria isso? Poderia ter fugido? Ficar escondida para sempre? Com uma nova identidade? Se fosse eu, acho que teria pensado a mesma coisa que você. Só a ideia de fugir já seria muito cansativa. Já fiz o que podia. Quero ir para casa, mesmo que seja apenas por um minuto. Só quero ir para casa.

Terry respirou fundo. Procurou no bolso da calça, tirou um lenço velho e amassado e assoou o nariz com força. Depois jogou o lenço no chão e voltou a encarar Frieda.

— Não vai conseguir me obrigar a dizer nada contra ele. Não tenho nada a dizer.

— Eu sei. — Frieda se levantou, depois se ajoelhou e pegou o lenço úmido. — Você não precisa acrescentar o crime de descarte inadequado de lixo aos seus problemas.

— Ah, vai se ferrar — disse Terry.

Frieda e Karlsson saíram da sala. Ele mandou duas policiais vigiarem Terry. Estava prestes a dizer alguma coisa quando outro investigador se aproximou. Estava ofegante e mal conseguia falar.

— Alan Dekker acabou de ligar. Ele falou com Dean Reeve. Encontrou-se com ele.

— Que droga. — Karlsson virou-se para Frieda. — Quer vir? Segurar a mão dele?

Frieda pensou um pouco.

— Não. Preciso fazer uma coisa.

Karlsson não conseguiu deixar de sorrir.

— Não é interessante o bastante para você?

— Preciso fazer uma coisa.

— São compras de Natal ou algo que eu deva saber?

— Não sei.

Karlsson esperou, mas Frieda não disse mais nada.

— Dane-se então. — Karlsson saiu.

Frieda se sentou e tamborilou os dedos na mesa. Depois levantou-se e foi até a sala de operações. No fundo, havia um tilintar de copos, risos. Parecia que o caso estava encerrado e as comemorações haviam começado. Procurou um bloco no bolso e o folheou. Foi até uma mesa, pegou um telefone e discou.

— Sasha?... Aqui é a Frieda... Sim, estou muito feliz por você ter atendido. Preciso de um favor. Dos grandes. Podemos nos encontrar?... Agora. Posso ir até onde você está... Ótimo. Tchau.

Ela bateu o fone. Do outro lado da sala, um jovem investigador olhou ao redor e se perguntou o que aquela médica estava fazendo, correndo pela sala.

Capítulo Quarenta e Quatro

Karlsson bateu na porta e ela se abriu antes que ele abaixasse a mão. Uma mulher baixa e de aparência forte o recebeu; usava jeans velhos e um agasalho laranja com as mangas arregaçadas até o cotovelo. Seu rosto, sem maquiagem, parecia cansado e ansioso.

— Carrie Dekker? Sou o investigador-chefe Malcolm Karlsson. E esta é a investigadora de polícia Yvette Long. Acredito que você e seu marido estejam nos esperando.

— Alan está na cozinha. — Ela hesitou. — Ele está um pouco chateado.

— Só precisamos fazer umas perguntas.

— Posso ficar?

— Se quiser.

Karlsson a seguiu até a cozinha.

— Alan — disse ela, calmamente. — Eles chegaram, Alan.

Ele era uma figura amarrotada e perturbada. Ainda usava o casaco de lona surrado e estava meio caído à mesa da cozinha. Quando levantou o rosto, Karlsson viu que ele parecia ter chorado por horas, talvez dias.

— É urgente — disse Karlsson. — Você precisa nos dizer o que aconteceu.

— Eu disse que ele não deveria ir — comentou Carrie. — Eu disse. Falei que estava se arriscando.

— Eu não estava correndo perigo algum. Eu disse a você. Nós nos encontramos em um lugar movimentado. Foi apenas por alguns minutos. — Ele engoliu em seco. — Foi como olhar em um espelho. Eu devia tê-la avisado. Sei que devia. Há algumas semanas, não tinha ideia de que ele existia. Eu precisava vê-lo. Sinto muito.

Ele tremia visivelmente, e havia lágrimas em seus olhos outra vez. Carrie se sentou ao lado dele e pegou sua mão. Ela beijou o dorso, e ele inclinou sua grande e pesada cabeça na direção dela.

— Está tudo bem, meu amor — tranquilizou ela.

Karlsson viu como a esposa o protegia, de modo maternal e carinhoso.

— A que horas ele telefonou?

— Que horas eram, Carrie? Umas nove da manhã, talvez um pouco antes. Fiquei sabendo que encontraram o menino.

— Em parte foi graças a você.

— Fico feliz por poder ajudar em alguma coisa.

— Quando ele telefonou, o que disse?

— Disse que queria se encontrar comigo. Que não tinha muito tempo e essa seria nossa única chance. Disse que queria me dar uma coisa.

— E você concordou?

— Sim — murmurou ele. — Tive a sensação de que, se não fosse, nunca mais o veria. De que era minha única chance e, se deixasse passar, eu me arrependeria pelo resto da vida. Parece idiota?

— Tem o número que ele usou para ligar?

— Era um celular — disse Carrie. — Depois que Alan saiu, olhei as ligações recebidas e anotei. — Ela entregou um pedaço de papel, que Karlsson deu à investigadora Long.

— Onde combinaram de se encontrar?

— Na rua mesmo. Ele disse que já estava no local. Perto de um antigo Woolworth. Está fechado e lacrado com tábuas. Ele disse que me procuraria lá. Então contei a Carrie.

— Você teve que contar, não é? Eu escutei a conversa no telefone. Eu ia junto com ele. Eu queria ir, mas Alan disse que o irmão poderia não falar com ele se eu estivesse lá. Então o deixei ir, mas só depois que prometeu me telefonar a cada cinco minutos. Eu precisava saber que ele estava em segurança.

— A que horas se encontrou com ele?

— Fui caminhando devagar. Senti náuseas durante todo o caminho. Levou cerca de dez minutos.

— Ele estava lá?

— Ele apareceu atrás de mim. Me pegou de surpresa.

— O que ele estava vestindo? Você se lembra?

— Uma jaqueta de couro velha. Jeans. Um gorro de lã, meio verde-musgo, eu acho, cobrindo todo o cabelo.

— Continue.

— Ele me chamou de mano. Disse: "Poxa, mano, é bom conhecer você." Como se fosse uma brincadeira.

— O que mais?

— Então, Carrie me ligou no celular e eu disse a ela que estava bem, que estava em segurança. Disse que voltaria o mais rápido possível. Depois, ele disse... Desculpe, amor... Ele disse: "Você é um bundão, mano? Não vai querer uma mulher pegajosa, não é? Essas são as piores, acredite." Disse que queria me ver. E que queria me dar uma coisa.

— O quê?

— Espere um pouco.

Karlsson o viu pegar uma sacola de lona debaixo da mesa. Dava para ver que estava pesada e fazia barulho de metais batendo. Alan colocou-a na superfície entre eles.

— Ele queria me dar suas ferramentas especiais. Ainda não dei uma olhada nelas.

Começou a abrir o zíper com os dedos grossos.

— Não toque nisso — disse Carrie de forma brusca. — Não saia tocando em nada que pertenceu a ele.

— Foi um presente.

— Ele é perigoso. Não queremos essas coisas em nossa casa.

— Eu levo — disse Karlsson. — Ele disse mais alguma coisa?

— Não. Disse algo estúpido. Para eu me lembrar que existem coisas piores do que a morte.

— O que isso significa?

— Não sei.

— Como ele se comportou? Estava agitado?

— Eu estava um pouco nervoso, mas ele estava calmo. Não parecia estar com pressa. Como se soubesse para onde estava indo.

— Algo mais?

— Não. Ele deu um tapinha em meu ombro, disse que havia sido bom me conhecer e simplesmente foi embora.

— Para que lado ele foi?

— Não sei. Eu o vi virar a esquina, para a rua que leva à garagem de ônibus e àquele terreno onde estão construindo uma loja grande.

— Ele não disse para onde estava indo?

— Não.

— Não está tentando protegê-lo?

— Eu não faria isso. Ele é um homem mau. Havia algo estranho nele — disse Alan, com um repentino veneno.

— Depois que o viu sair, veio para casa?

— Liguei para Carrie para dizer que estava bem e voltei. Fiquei me sentindo estranho, mas ao mesmo tempo foi um alívio. Como se algo houvesse saído da minha vida, como se estivesse livre dele.

— Você não foi a lugar nenhum nem falou com ninguém depois que o viu indo embora?

— Não. Ninguém.

— E não consegue pensar em mais nada que possa ajudar?

— Isso é tudo. Sinto muito. Sei que agi mal.

Karlsson se levantou.

— A investigadora Long ficará aqui por enquanto, e também mandarei mais um policial. Façam o que eles disserem.

— Ele vai voltar? — Carrie levou as mãos à boca.

— É só por precaução.

— Você acha que corremos perigo.

— Ele é um homem perigoso. Isso pode não ter terminado ainda. Gostaria que tivesse nos ligado.

— Sinto muito. Eu só... Eu tinha que vê-lo. Pelo menos uma vez.

Karlsson ordenou um reforço no policiamento na área em que Reeve havia se encontrado com o irmão. Mas não estava muito esperançoso. Era início de tarde, e aquele dia sórdido já estava desaparecendo na escuridão. Em casas e apartamentos, as luzes de Natal brilhavam nas janelas e havia guirlandas nas portas. Árvores chamativas ocupavam as lojas, e as ruas se iluminavam com sinos, renas e personagens de desenho animado em neon. Um pequeno grupo de homens e mulheres cantava músicas natalinas em frente a uma loja de departamentos e pedia doações. Mais uma vez, flocos de neve flutuavam no ar gelado. Seria um belo Natal nevado, pensou Karlsson. Mas para ele o Natal era algo irreal. Vagamente, imaginava os filhos em uma casa longe dali; os presentes empilhados embaixo da árvore, o cheiro das tortas, suas bochechas coradas. A vida em família seguindo em frente, mas sem ele. Matthew navia sido resgatado e estava a salvo, um fato além de suas mais loucas expectativas. Os jornais o proclamariam o melhor presente de Natal que os pais do menino poderiam ter recebido. Um milagre. Na verdade, Karlsson achava que parecia um milagre. Ele já dera Matthew como morto havia muito tempo. Sabia que estava cansado, mas não sentia. Sentia-se, sim, extremamente desperto, mais lúcido do que nos últimos dias.

Frieda ainda se encontrava na delegacia quando ele voltou. Estava sentada em uma sala de interrogatórios vazia, com as costas eretas, os cabelos recém-penteados, tomando algo em uma caneca. Ele sentiu cheiro de hortelã. Ela olhou para ele com expectativa.

— Ainda estão procurando. Ele está em algum lugar por aí. Para onde poderia ir?

— Alan está bem?

— Muito chocado. Quem não estaria? Ele passou por uma experiência traumática que ainda não terminou. A esposa dele é uma mulher forte.

— Ele tem sorte de tê-la.

— Pela cara dele, entrará em contato com você em breve.

— Talvez, embora eu possa ser a última pessoa do mundo que ele queira ver. Eu gostaria de falar com ele. Além de tudo, ele logo terá o rosto mais odiado do país.

— Eu sei. E aquela gente lá fora... — Ele apontou com a cabeça para a frente da delegacia, onde ainda havia uma multidão reunida. — Não é o povo mais complacente do mundo.

Karlsson saiu da sala, e antes que Frieda tivesse tempo de começar a pensar no que deveria fazer, se era hora de ir para casa e tentar dormir, ele voltou.

— Eles o encontraram.

— Onde?

— Em uma antiga doca perto do canal, próximo ao local onde se encontrou com Dekker. Debaixo de uma ponte. Pendurado nela.

Capítulo Quarenta e Cinco

O carro não pôde levar Karlsson até o canal. Parou em uma ponte que o cruzava. Um policial estava esperando por ele e o conduziu pelos degraus até a margem.

— Quem encontrou o corpo? — perguntou Karlsson.

— Um senhor que passeava com o cachorro — respondeu o policial. — Ele não tinha telefone celular e não conseguiu encontrar uma cabine telefônica, então andou até sua casa, ele tem um problema na perna. Demorou uma hora para chegar. Se tivesse um celular, talvez os paramédicos pudessem ter feito algo.

Adiante, Karlsson viu pessoas na margem, na maioria crianças, tentando ver alguma coisa. Ele e o policial passaram por baixo da fita de isolamento, entrando em uma pequena enseada, uma espécie de beco sem saída na água, que já havia sido um embarcadouro próximo a uma fábrica. Agora estava abandonado e desolado, com arbustos crescendo nas paredes rachadas. Vários policiais se agrupavam mais adiante, porém não havia senso de urgência. Um deles disse alguma coisa que Karlsson não conseguiu ouvir e os outros riram. Mais à frente, ele avistou uma pessoa de sua equipe, Melanie Hackett, falando com um policial. Ele a chamou.

— Eles cortaram a corda — explicou ela, apontando para uma lona verde no chão. — Quer olhar?

Karlsson fez que sim. Ela puxou o pano. Ele estava preparado, mas ainda assim recuou. Os olhos estavam virados para cima, olhando para o nada. As pupilas dilatadas. A língua inchada projetava-se entre os dentes. Hackett puxou mais o pano. A corda não estava mais lá, mas as marcas no pescoço e atrás da orelha eram claras.

— Ele nem se trocou — afirmou ela. — Estava usando as mesmas roupas que vestia na delegacia.

— Ele não foi para casa — retrucou Karlsson. Ele fez uma careta. Havia um cheiro insuportável de fezes. Hackett viu sua expressão e cobriu o corpo com a lona.

— É isso que acontece quando alguém se enforca — disse ela. — Se as pessoas soubessem, talvez desistissem de fazer isso.

Karlsson olhou à sua volta. Existiam algumas janelas na velha fábrica, mas todas haviam sido bloqueadas há muito tempo.

— Essa área é visível de algum outro ponto?

— Não — respondeu Hackett. — Essa parte do canal é bem calma e ninguém vem aqui.

— Acho que foi por isso que ele veio.

— Ele sabia que o jogo havia terminado.

— Por que diz isso?

— Foi encontrada uma carta no bolso.

— Que tipo de carta?

— Guardamos na caixa junto com o resto das coisas que encontramos nos bolsos. — Ela foi até uma pequena caixa azul e tirou uma pasta transparente. — Ele tinha um telefone celular, um maço de cigarros, isqueiro, uma caneta e isto. Estava em um envelope em branco.

Ela lhe entregou a pasta. Karlsson conseguiu ler o bilhete sem abri-la. Caminhou para evitar a sombra da ponte. Era um pedaço de uma folha de fichário. Reconheceu a caligrafia arredondada da assinatura que havia visto embaixo do testemunho de Reeve. Era curto e fácil de ler:

Sei o que me espera. Eu não quero nada daquilo. Diga a Terry que sinto muito. Sinto muito por deixá-la, bonequinha. Ela sabe que sempre foi a mulher certa para mim. Ela não participou de nada disso. Ela não vai se defender. Diga a ela que fiz o melhor que pude. É hora de partir.

Dean Reeve

Karlsson olhou para Melanie Hackett.

— Ele a deixou à própria sorte — disse ele.

— E o que faremos?

— Nos apoiamos nela o máximo possível. Ela é tudo o que temos.

Karlsson ligou para a casa de Frieda. Ele contou sobre o corpo, sobre o bilhete.

— De certo modo, eu não o imaginava em um tribunal.

— Não sei o que isso quer dizer — confessou Karlsson. — De qualquer forma, eu disse que a manteria informada. Está informada.

— E eu o manterei informado.

— O que está querendo dizer?

— Não sei ao certo — disse Frieda. — Se acontecer alguma coisa, falo com você.

Depois que Frieda desligou o telefone, ficou totalmente parada. Sobre a mesa, à sua frente, havia uma xícara de cerâmica branca. A luz da janela batia nela de modo que um lado ficava na sombra, uma sombra quase azul. Ela pegou um bloco de papel e um pedaço de carvão e tentou capturar o que via antes que a luz se movesse, a forma da xícara mudasse e a imagem se perdesse. Ela olhou para o objeto e para a página. Estava errado. A sombra em seu desenho era como uma sombra deveria ser, e não a que estava realmente vendo. Ela arrancou a página e a rasgou no meio, depois rasgou de novo. Perguntava-se se suportaria começar de novo quando o telefone tocou. Era Sasha Wells.

— Feliz Natal — disse ela. — Tenho novidades para você.

Elas combinaram de se encontrar no Number 9, que ficava na esquina da rua onde Sasha trabalhava. Assim que Frieda entrou na cafeteria, olhou para os enfeites, estrelas e bolinhas penduradas por todo lado. Kerry a cumprimentou e apontou para a vitrine.

— Gostou do Papai Noel?

— Gostaria de vê-lo pregado a uma cruz — disse Frieda.

Kerry ficou chocada e a olhou com reprovação.

— É para as crianças. E foi Katya quem fez.

Frieda pediu o café mais forte que eles pudessem fazer. Quando Sasha entrou, Frieda viu como ela estava diferente da jovem trêmula e assustada que havia conhecido há algumas semanas. É claro, aquilo não significava necessariamente que ela estava melhor, mas vestia um terninho, tinha os cabelos presos, parecia pronta para encarar o mundo. Quando avistou Frieda, deu um grande sorriso. A médica se levantou, apresentou-a a Kerry e pediu um chá de ervas e um muffin. Sentaram-se à mesa juntas. O sorriso de Sasha se transformou em um olhar de preocupação.

— Quando foi a última vez que dormiu? — perguntou ela.

— Eu estava trabalhando. E então?

Sasha deu uma mordida no muffin e tomou um gole de chá quase simultaneamente.

— Estou faminta — murmurou com a boca cheia, e depois engoliu.

— Bem, primeiro quero dizer o quanto você deve agradecer a mim. Trabalho com genética, mas não faço testes. No entanto, conheço alguém que conhece alguém e os arrastei para uma festa de Natal e os convenci a fazer o teste em cerca de trinta segundos. Então, basicamente, fizemos o teste.

— Qual foi o resultado.

— Você precisa dizer "obrigada".

— Fiquei muito grata, Sasha.

— Confesso que devo muito a você por socar aquele cretino, correndo o risco de ir para a prisão. Mas ainda assim eu digo, *de nada*. E correndo o risco de ser extremamente enfadonha, preciso começar dizendo que isso é completamente não oficial, apenas entre nós.

— É claro.

— E também vou dizer que estou dividida entre me perguntar por que você quer informações sobre esse lenço de papel e suspeitar que talvez seja melhor eu saber o mínimo possível.

— Juro que era uma coisa necessária. E é segredo.

— E é claro que você é médica, blá-blá-blá, e sabe que isso envolve questões legais, questões de privacidade, e, se fizer parte de um procedimento legal, não poderá ser mencionado.

— Não se preocupe. Isso não é problema.

— O que quero dizer é que foi ótimo falar com você, e eu esperava que nos encontrássemos para um drinque e uma conversa, mas realmente espero não ser chamada de repente para testemunhar em algum lugar.

— Não. Prometo.

— Então por que quis o teste de DNA mitocondrial?

— Não é óbvio?

— Acho que sim, de certa forma, mas muito incomum.

Houve uma pausa. Frieda sentiu sua voz tremer.

— E qual foi o resultado?

A expressão de Sasha ficou séria de repente.

— Deu positivo.

— Aaaaah. — Frieda soltou o ar, dando um grande suspiro.

— Então. É isso — disse Sasha, observando-a atentamente.

— O que isso significa? O que isso significa de verdade? Testes de DNA são um equilíbrio de probabilidades, não são?

O rosto de Sasha ficou mais relaxado.

— Não nesse caso. Você é médica, não é? Estudou biologia. O DNA mitocondrial é transmitido, sem se modificar, apenas pelas mulheres. Ou bate, ou não bate. E nesse caso bateu.

— Então posso ter certeza.

— Não sei muito bem se quero saber, mas de onde vieram essas amostras?

— Você está certa, você não quer saber. Obrigada, muito obrigada pela ajuda.

— Eu não ajudei você.

— Mas ajudou.

— Essa sou eu sendo um tipo de espiã — disse Sasha. — Bem, não fiquei com as amostras, nem com a documentação. Eu lhe disse o resultado. Só isso.

— É claro. Prometi isso desde o início. Eu só precisava saber.

Sasha tomou o resto do chá.

— O que vai fazer no Natal?

— Isso acabou de ficar um pouco mais complicado.

— Foi o que pensei.

Capítulo Quarenta e Seis

— Você não tem nada melhor para fazer na véspera de Natal? — Karlsson estava parado na porta da sala de interrogatórios. Sentia-se cansado, os olhos pareciam estar cheios de areia, e a garganta doía, como se ele fosse adoecer. Eram oito da noite. Finalmente, a delegacia de polícia estava quase deserta, com metade das salas escuras.

— No momento não — respondeu Frieda.

— É melhor que seja coisa boa. Eu estava prestes a ir para casa.

Na verdade, ele não queria ir para seu apartamento vazio na véspera de Natal. Ficou pensando nos filhos, agitados e empolgados, colocando uma torta de Natal na janela para o Papai Noel, sem ele.

— Ela disse alguma coisa?

— Não. Nada sobre Kathy.

Frieda entrou na sala de interrogatórios. Uma jovem policial estava sentada em uma cadeira no canto, esfregando os olhos furtivamente. Terry estava caída na cadeira, com o rosto cansado e cheio de manchas vermelhas sob os cabelos descoloridos. Ela olhou para Frieda com indiferença.

— Não tenho nada a dizer para você. Ele está morto. Foi sua corja que fez isso. E vocês já estão com o menino. O que mais você quer? Eu identifiquei o corpo. Não é o bastante para você? Apenas me deixe em paz.

— Não estou aqui para falar sobre Dean.

— Eu já falei para ele. — Terry apontou com a cabeça para Karlsson, que estava parado na porta com os braços cruzados. — Não direi nada. Como ele escreveu na carta, eu não fiz nada de errado.

— Você deve estar feliz por Matthew estar vivo — comentou Frieda, olhando para as unhas irregulares de Terry, para sua pele branca e cansada.

Terry deu de ombros.

— Deve ter sido agonizante para você saber que ele estava preso debaixo da terra e não poder ajudar.

Terry bocejou. Seus dentes estavam manchados de nicotina. Atrás dela, Frieda ouviu Karlsson se mexer, impaciente.

— Ajuda saber que, de certo modo, você o salvou por ter voltado lá?

— Qual é, Frieda? — sussurrou Karlsson de forma contida, dando um passo à frente. — Já falamos sobre isso. Se ela não pode nos ajudar com Kathy, qual o propósito?

Frieda o ignorou. Ela se apoiou na mesa e ficou olhando para os olhos castanhos e entorpecidos de Terry.

— Uma criancinha, roubada de casa e escondida. Matthew teria se tornado Simon e se esqueceria de sua primeira mãe, do primeiro pai, de todos os dias anteriores ao dia em que foi arrancado de uma vida e colocado em outra. Pobrezinho. Pobre criança. Em que se transforma uma pessoa depois de um sofrimento tão terrível? Como lidar consigo mesmo, quando o próprio eu está tão perdido e modificado? Talvez seja um pouco parecido com ser enterrado vivo pelo resto da vida. Você não tem nada mesmo a me dizer, Terry? Dean está morto. Ele não pode mais fazer nada. Você só tem a si mesma agora, a pessoa que você teve que enterrar. Não? Não tem nada a dizer? Está bem.

Frieda se levantou. Ela olhou para Terry por alguns segundos.

— Eu queria prepará-la. Sua irmã está lá fora para vê-la.

Por um instante, houve um silêncio incômodo na pequena sala. Frieda pôde sentir os olhares de todos sobre ela.

— Que diabos? — disse Karlsson.

— Terry? — disse Frieda, calmamente.

— Do que você está falando?

— Vou chamá-la, posso?

Frieda ainda tinha os olhos fixos em Terry, mas seu rosto não havia mudado. A mulher apenas olhava para Frieda, indiferente. A terapeuta abriu a porta e percorreu rapidamente o corredor deserto até a sala de espera.

— Pode entrar agora, Rose.

— Isso aqui não é um maldito teatro. Você não está no comando.

Karlsson gritava, andava de um lado para o outro da sala e berrava. Seu rosto estava branco de raiva.

— O que você pretende, anunciando isso assim de repente, como um mágico tirando um coelho da cartola?

— Eu não queria que um policial contasse a ela. Queria dizer com jeito.

— E foi isso que você fez?

— Por que está tão nervoso?

— Meu Deus, por onde começo? — De repente, Karlsson parou de vagar de um lado para o outro da sala e se sentou em uma cadeira. Ele esfregou o rosto com força. — Como você sabia?

— Na verdade, eu não sabia. Eu só fiquei pensando sobre ela ter voltado para casa, sobre o que sua casa significava para ela. E no fato de não terem matado Matthew. Até mesmo Dean. Ele não o matou. E depois eu a vi dormindo.

— Dormindo?

— Eu entrei na sala de interrogatórios quando Terry estava adormecida. Ela apoiou o rosto nas mãos unidas. Rose havia me contado que Joanna dormia exatamente daquele jeito, como se estivesse rezando, com o rosto sobre as mãos. Há certas coisas que não se pode apagar, um sorriso, talvez, um pequeno gesto, a maneira de dormir. Então, eu precisava saber, e precisava testar. Peguei o DNA dela no lenço e depois peguei o de Rose.

— Ela parecia tão mais velha. Os poucos registros que temos dela dizem que é mais velha, com idade próxima à de Dean. Ela não pode ter só 20 e poucos anos.

— Ela foi pobre. Pobre e maltratada a vida inteira.

— Não vá me dizer que ela é uma vítima.

— Ela é uma vítima.

— Ela também é uma criminosa. Ela ajudou Dean a sequestrar Matthew, lembra?

— Eu sei.

— Ele podia ter morrido. Ela podia ter ajudado a assassiná-lo. E onde está Kathy Ripon? Ela não diz.

— Acho que ela não sabe.

— Ah, é? Com que provas? Você sente, é isso?

— Acho que sim. E faria algum sentido. Era um modo de se tornar mãe.

— Ela esteve o tempo todo debaixo do meu nariz — disse Karlsson.

— É um triunfo. Você já é um herói por encontrar uma criança perdida. E agora encontrou duas. Matthew e Joanna.

— Ela não é uma criança perdida.

— Ah, sim, ela é. E é dela que tenho mais pena.

Karlsson se contorceu como se estivesse sofrendo de uma dor de cabeça lancinante.

— Foi você. Foi você que encontrou os dois.

Frieda deu um passo à frente e colocou a mão no rosto de Karlsson. Ele fechou os olhos por um instante.

— Sabe o que eu quero?

— O quê? — perguntou Karlsson calmamente. — Reconhecimento, amor, como todas as pessoas?

— Não. Eu queria dormir. Eu queria ir para casa e dormir por uns mil anos e depois voltar para meus pacientes. Não quero ir a uma coletiva de imprensa e explicar como usei um paciente para encontrar um assassino. Preciso refletir sobre umas coisas e preciso fazer isso sozinha. Quero rastejar de volta para minha toca. Você encontrou Matthew. Você pode fazer um teste de DNA, um que seja legal, e mostrar que Terry é Joanna. E Dean Reeve está morto. — Houve um silêncio. Depois ela acrescentou: — Mas se estiver pensando em acusar Joanna de assassinato, transformá-la em bode expiatório agora que Dean se matou, eu pensaria duas vezes se fosse você.

— O que está dizendo?

— Ou até mesmo de cumplicidade.

— Ela é culpada e você sabe disso.

— Eu sei que a multidão lá fora está uivando pelo sangue dela e que, sendo mulher, ela será tratada pior do que se fosse homem. E também sei que ela foi sequestrada quando mal era capaz de falar, que foi abusada psicologicamente e submetida a lavagem cerebral. Portanto, não pode ser considerada responsável por seus atos. E se pensar em levá-la a julgamento pelo que fez como vítima de um crime que durou mais de duas décadas, você me verá no tribunal como especialista e testemunha da defesa.

— Não acha que ela é responsável pelo que fez?

— Tente me testar e verá — disse Frieda.

Karlsson olhou para o relógio.

— Bem, é Natal.

— Então é isso. — Frieda se levantou.

— Arrumarei alguém para levá-la em casa.

— Prefiro ir andando.

— Está no meio da noite e são quilômetros de distância.

— Tudo bem.

— E está muito frio lá fora.

— Tudo bem também.

Era mais do que bem: era ótimo. Frieda queria ficar sozinha no escuro e no frio da cidade que amava. Queria andar até que o corpo e a mente ficassem exaustos. Sua casa aconchegante parecia um objetivo distante, um lugar ao qual precisava chegar por meio de um enorme esforço físico.

Quando tinha levado Rose para ver a irmã, Frieda segurara no braço dela e sentira o tremor violento que tomava seu corpo inteiro. Rose ficara perto da porta, olhando para a figura sentada à sua frente com uma intensidade amedrontada.

Vinte e dois anos antes, sua irmãzinha magrela, de cabelos escuros e dentes separados andava atrás dela no caminho para casa e de repente desapareceu, engolida por rachaduras na calçada. Ela a havia assombrado. Seu rosto fino e pálido, a voz suplicante, ciciante e infantil, que chamava seu nome, havia entrado em seus sonhos. Ela tentara imaginar como a irmã estaria em cada estágio da vida — adolescência, jovem adulta. Imagens geradas por computador mostraram como Joanna ficara. Ela a havia procurado nas ruas, a avistado em multidões, sabendo que estava morta e nunca a deixaria.

Quantas vezes Rose havia imaginado esse reencontro? Como perderiam o fôlego, dariam passos hesitantes, olhariam nos olhos uma da outra, dariam um abraço apertado. As palavras que diriam, o amor e o consolo. E agora ali estava uma mulher de meia-idade, acima do peso, com cabelos tingidos de loiro e um olhar de indiferença apática no rosto, até mesmo desdém, como se ela fosse uma estranha.

Frieda viu a descrença de Rose seguida de um reconhecimento aterrorizado de que aquela era mesmo Joanna. O que era? Talvez os olhos, a forma do queixo, um movimento de cabeça.

— Jo-Jo? — disse ela, com a voz trêmula.

Mas Terry — Joanna — não reagiu.

— Joanna, é você? Sou eu.

— Eu não sei o que você quer.

— Sou a Rose. Rosie — disse, chorando. — Você me reconhece? — Parecia que ela mesma não sabia.

— Meu nome é Terry.

Rose estava tremendo de agonia. Ela olhou rapidamente para Frieda, depois se virou novamente.

— Você é minha irmã. Seu nome é Joanna. Você foi levada quando era pequena. Não se lembra? Nós procuramos, procuramos. Você deve se lembrar. Mas agora está de volta.

Joanna olhou para Frieda.

— Eu preciso ficar ouvindo isso?

— Vocês têm tempo — disse Frieda para as duas. Nenhuma delas pareceu tê-la escutado.

Frieda passou pelo pequeno parque, silencioso e branco à luz da lua. Passou pela igreja cheia de lápides, apertada na bifurcação de duas ruas. Sob os plátanos, cheios de nós e desfolhados. Sob os cordões de luzes natalinas, brilhando sobre as ruas vazias. Cabines telefônicas amassadas. Uma lata de lixo virada de lado, derramando algo viscoso sobre a neve imaculada. Grades enferrujadas. Portas lacradas com tábuas. Carros estacionados em fileiras. Quadras de prédios comerciais vazios — todos os computadores e telefones desligados para as festas de fim de ano. As lojas com as portas de metal grafitadas. As casas com cortinas, atrás das quais as pessoas dormiam, roncavam, murmuravam, sonhavam.

Fogos de artifício explodiram no horizonte e caíram pelo céu, formando uma flor de cores. Uma viatura da polícia passou por ela, um caminhão com o motorista no alto da cabine, um bêbado cambaleando pela rua, com os olhos cegamente fixos em um ponto distante. Matthew estava vivo. Joanna estava viva. Kathy Ripon ainda estava desaparecida e podia estar morta. Dean Reeve estava morto. Eram quatro e meia da manhã de Natal e Frieda não havia comprado sua árvore. Chloë ficaria furiosa.

Capítulo Quarenta e Sete

— Comprei isso para você há semanas — disse a mãe de Matthew. Ela colocou um grande caminhão de bombeiro, ainda na caixa, ao lado da cama do menino. — É aquele que você viu na loja há um tempão. Lembra? Você chorou quando eu disse que não podia tê-lo, mas voltei lá depois e comprei.

— Acho que ele não consegue ver muito bem — disse o pai de Matthew suavemente.

— Eu sabia que você voltaria para casa. Eu queria estar pronta para sua chegada.

O garotinho abriu os olhos e ficou encarando-os. Ela não podia afirmar se ele a estava vendo ou olhando alguma outra coisa atrás dela.

— É Natal. O Papai Noel veio. Logo veremos o que ele trouxe para você. Eu disse que ele não esqueceria. Ele sempre sabe onde as crianças estão. Ele sabia que você estava aqui no hospital. Ele veio especialmente para vê-lo.

A voz saiu, anasalada e fina:

— Mas eu fui um bom menino?

— Você? Ah. Melhor impossível.

Matthew fechou os olhos. Eles se sentaram ao lado dele e seguraram suas mãos enfaixadas.

Richard Vine e Rose se sentaram juntos na pequena sala da casa dela, abafada demais e com cheiro de ranço. Estavam tomando um brunch e abrindo os presentes — um roupão para ele e um vidro de perfume para ela, o perfume que ele lhe dava todo Natal e ela nunca tivera coragem de dizer que não gostava e nunca havia usado. Mais tarde, ela iria para a casa da mãe e do padrasto para o jantar — peru e todos os outros pratos, embora fosse vegetariana desde os 13 anos e tivesse que se contentar somente com os acompanhamentos. Esse era o acordo desde que o pai as havia deixado e Joanna desaparecido.

Ela beijou o pai no rosto por barbear, sentindo o cheiro do cigarro, o odor doce do álcool e o suor, tentando não se afastar. Ela sabia que quando fosse embora ele se sentaria na frente da TV e beberia até ficar inconsciente. E quanto à mãe, que decididamente seguira com a vida sem Joanna, recusando-se a esperar pela filha que sabia que estava morta? O que diria? O que faria? Rose sabia muito bem que do outro lado da vida dessa família sombria estavam o furor da atenção da imprensa, a curiosidade frenética e um mundo arrancado com violência de sua ordem natural.

— Obrigada — disse ela, colocando algumas gotas do perfume nos pulsos. — Adorei, pai.

Havia fotos de Joanna por todo lado. Ele nunca as havia guardado ou selecionado. Algumas já estavam se apagando, e outras escorregavam no porta-retratos. Rose olhou para elas, embora já lhe fossem muito familiares — o sorriso amplo e ansioso, a franja escura e os joelhos proeminentes. A garotinha nervosa e carente que se alojou e cresceu na memória do pai, evitando que ele voltasse a ter uma vida normal. Ela abriu a boca para falar, embora não soubesse as palavras.

— Pai, preciso lhe contar uma coisa, antes que ouça por outra pessoa. Você precisa se preparar. — Ela respirou fundo e colocou a mão sobre a dele.

Tanner serviu uísque em dois copos. Karlsson viu que as mãos dele tremiam e eram cobertas por manchas senis. As mãos de um velho.

— Eu mesmo queria contar — disse ele. — Antes que saia nos jornais.

Tanner lhe entregou um dos copos.

— Feliz Natal — disse Karlsson.

Tanner sacudiu a cabeça.

— Não teremos um Natal muito bom este ano — disse ele. — Minha esposa costumava preparar tudo. Sentaremos na cama e assistiremos à TV. — Ele ergueu o copo. — Ao êxito.

Eles brindaram e ambos tomaram um gole.

— Meio êxito — corrigiu Karlsson. — Uma mulher ainda está desaparecida. Ela nunca voltará para casa.

— Sinto muito.

— Mas a imprensa não vai se importar. Ela é apenas uma adulta. Eu já sei quais serão as manchetes. "O melhor presente de Natal de todos." Haverá uma coletiva de imprensa. Eu gostaria que você estivesse lá.

— É o seu momento — disse Tanner. — Você merece. Recuperou com vida duas crianças desaparecidas. É mais do que a maioria dos policiais consegue em toda uma vida. Como diabos você conseguiu?

— É um pouco difícil de explicar. — Karlsson fez uma pausa, como se ainda precisasse organizar as coisas na cabeça. — Conheci uma psiquiatra que estava atendendo o irmão de Reeve. O irmão gêmeo. Ela analisou a mente do cara, seus sonhos, e de algum modo conseguiu algumas pistas. De algum modo.

Tanner semicerrou os olhos, como se achasse que Karlsson o estivesse fazendo de bobo.

— Os sonhos dele... E você dirá tudo isso na coletiva de imprensa?

Karlsson tomou um gole de uísque e reteve o líquido na boca por um tempo, fazendo arder suas gengivas e língua. Depois, engoliu.

— Meu chefe não foi muito receptivo a esse aspecto da investigação. Acredito que na coletiva de imprensa enfatizaremos a eficiência da minha equipe, a cooperação dos outros serviços, a resposta do público e da mídia e as lições que a situação nos dá sobre estarmos sempre atentos. Você sabe. O de sempre.

— E a psiquiatra. O que ela tem a dizer sobre isso?

Karlsson deu um pequeno sorriso.

— Ela é uma pessoa um pouco geniosa. Não aceita não como resposta. E não quer atenção.

— O crédito, você quis dizer.

— Se preferir assim.

Tanner apontou para a garrafa de uísque.

— É melhor eu ir embora — disse Karlsson.

— Só uma coisa — pediu Tanner. — Por que ela não fugiu?

— Do quê? Ela não conhecia mais nada. Era a casa dela. Tenho a sensação de que ainda é, de certo modo. Todos deveríamos ficar felizes com isso, mas não tenho certeza de que a recuperamos.

Na porta, Tanner começou a dizer algo que parecia um "obrigado" quando foi interrompido por uma batida no andar de cima.

— Ela tem uma bengala — disse ele. — Como aqueles sinos para chamar o mordomo.

Karlsson fechou a porta.

— No meu país, isso se chama *holubsti* — explicou Josef. — No país Ucrânia. E isso é peixe à escabeche, que deve ser pescado no gelo, mas eu comprei na loja por falta de tempo. — Ele lançou um olhar de reprovação a Frieda. — Tenho aqui alguns *pyrogies*, alguns com batata, alguns com chucrute e alguns com ameixa seca.

— É maravilhoso. — Olivia parecia de ressaca e impressionada. Usava um vestido de seda roxo que brilhava à luz de velas, conferindo-lhe um visual voluptuoso, como uma estrela de cinema da década de 1950. Ao lado dela estava Paz, com um vestido cor-de-rosa muito curto e laços no cabelo que pareceriam absurdos em qualquer outra pessoa, mas nela ficavam mais sensuais do que nunca.

— Meu amigo e senhorio Reuben fez esse *pampushky* para você.

Reuben ergueu o copo de vodca e fez uma reverência meio instável.

— E sobretudo temos o *kutya*, que é trigo, mel, sementes de papoula e nozes. É essencial. Com ele podemos dizer: "Alegria, terra, alegria." — Ele fez uma pausa. — Alegria, terra, alegria — repetiu.

— Alegria, terra, alegria — disse Chloë em alto e bom som. Seu rosto estava radiante. Ela chegou mais perto de Josef, que sorriu para ela com aprovação. Chloë deu uma risadinha e um sorriso forçado, e Frieda olhou para Olivia, mas ela não prestava atenção ao comportamento entusiasmado da filha. Estava enfiando o garfo nos bolinhos e doces empilhados nos pratos ao redor da mesa.

— Quanto tempo levou para fazer tudo isso, por Deus?

— Muitas horas sem parar. Porque Frieda é minha amiga.

— Sua amiga Frieda não comprou uma árvore de Natal. Nem as lembrancinhas — disse Chloë.

— Frieda está aqui, sabia? E Frieda estava ocupada — retrucou ela. Sentia o peso do cansaço e observava a cena como se estivesse distante dela. Ficou pensando no que os pais de Kathy Ripon estariam fazendo a essa hora. Esse Natal marcava sua nova vida sem a filha. O primeiro de muitos dias áridos.

— Eu mesmo posso contar uma adivinha, não precisamos de lembrancinhas de Natal — disse Reuben, olhando de canto de olho para Paz, que o ignorou. — Por que as plantas novinhas não falam? Porque são mudinhas. Não gostaram? Ah, tudo bem.

— Vamos fazer um brinde — disse Josef, que parecia ter assumido o papel de anfitrião na casa de Frieda.

— Danem-se todos os maridos vagabundos. — Olivia jogou sua vodca na boca e em todo o rosto.

— Não seja muito dura com os maridos vagabundos — disse Reuben. — São apenas homens. Homens fracos e tolos.

— Um brinde a perambular longe de casa — disse Josef.

— Isso é um brinde? — perguntou Paz. — Eu deveria brindar a isso. — E ela bebeu vigorosamente.

— Pobre Josef — disse Chloë com gentileza.

— Isso está delicioso, Josef. Devo comer o doce e o salgado juntos assim? — perguntou Olivia.

— Você está quieta — disse Reuben a Frieda.

— É. Parece muito difícil falar.

— Já parou para pensar que todos aqui sentem falta de alguém?

— Acho que você tem razão.

— Somos uma bela coleção de pessoas abandonadas e desajustadas.

Frieda olhou para aquela cena à luz das velas ao redor da mesa. Paz, doce e linda com seus laços ridículos. Josef, com os cabelos despenteados e olhos tristes e escuros. Chloë, com as bochechas coradas e os braços cheios de cicatrizes. Olivia, uma mistura de embriaguez e sensualidade, derramando palavras. E Reuben, é claro, fazendo ironia com sua própria ruína, um cavalheiro esta noite, vestindo um belo paletó bordado. Todos falando um sobre os outros; ninguém escutando ninguém.

— Podia ser pior — disse ela, erguendo o copo.

Era o mais próximo que ela podia chegar de um brinde ou de recebê-los em sua casa.

Ele saiu de cima dela, e Carrie ficou deitada no escuro, ofegante. Sentiu a umidade entre as pernas escorrer para o lençol. Tentou se afastar um pouco. Sentiu o peso dele ao seu lado. Esperou um instante. Tinha que dizer uma coisa, mas precisava esperar um minuto ou dois. Contanto que ele não caísse no sono. Contou até cinquenta antes de falar.

— Foi maravilhoso — disse ela.

— Foi mesmo, não foi?

— O melhor Natal de todos. Fazia tanto tempo, Alan, que não fazíamos amor assim. Cheguei a pensar que nunca mais seríamos assim. Mas agora! — Ela deu uma risadinha abafada, como um pombo arrulhando. — Foi maravilhoso.

— Estou compensando o tempo perdido.

Ele colocou a mão em sua coxa nua. Ela se virou e sorriu vagamente, passando as mãos por suas costas.

— Preciso dizer uma coisa.

— Vá em frente.

— Não leve a mal. Eu sei pelo que você passou. Sei como tem sido horrível, perturbador em vários sentidos. Tentei apoiá-lo o máximo que pude, e nunca, nem por um minuto, deixei de amá-lo, embora muitas vezes tenha ficado com vontade de sacudi-lo e de gritar com você. Mas já acabou, e vamos recuperar nossa vida, Alan. Está me ouvindo? Nós dois merecemos isso. Conquistamos nossa felicidade. Vamos pensar em adoção, porque sei que quero um filho e que você será um pai maravilhoso. Sei que disse que precisava ter seu próprio filho, mas talvez isso tenha mudado, depois de tudo o que aconteceu. O que importa é que amaremos a criança, e ela nos amará.

Ela parou, acariciou seus cabelos grisalhos e grossos.

— E também, em algum momento, você terá que voltar a ver as pessoas. Não encontramos nossos amigos há séculos. Não me lembro qual foi a última vez que recebemos visitas. Entendo que queira ficar sozinho por alguns dias, agora que o pesadelo acabou, mas isso não pode durar para sempre. Você terá que voltar a trabalhar. Terá que voltar a sair pelo mundo. Bem, se for necessário, acho que pode voltar a se consultar com a Dra. Klein. — Ela fez uma pausa. — Alan. Alan? Está dormindo?

Dean Reeve murmurou algo para dar a impressão de que estava meio adormecido e não havia escutado nada. E, se ela suspeitasse de que ele estava fingindo, dormir como forma de evitar uma conversa desagradável serviria do mesmo jeito. Ele não podia mesmo esperar manter essa situação por mais do que alguns dias. Mesmo assim, havia funcionado melhor do que jamais esperaria: ela não havia duvidado dele nem por um segundo. E ela se mostrara tão interessada por ele. Uma criatura apaixonada, para sua surpresa. Mas eram apenas umas pequenas férias. Iria embora e ninguém jamais saberia o motivo. Chame de crise de meia-idade, um trauma devido aos acontecimentos, uma guinada, um despertar — o que importava é que ele estava livre e poderia recomeçar. Ele se virou, como se estivesse adormecido, ou meio adormecido, ou fingindo estar adormecido, e colocou o braço sobre ela, sentindo seu peito, molhado de suor. Pensou na pobre Terry. Bem, ele tivera a melhor parte dela. E ela provavelmente ficaria bem se dissesse as coisas que as pessoas queriam ouvir. E havia também aquela outra garota, aquela que não havia sido encontrada, e que nunca seria, agora que estava sob as ruas de Londres, sem nada a dizer. E, mesmo que pudesse falar do túmulo, não poderia afetá-lo. Nada poderia afetá-lo. Nem mesmo aquela Frieda Klein — cujos dedos finos ele já havia sentido em sua pele e cujos olhos frios e escuros haviam olhado dentro de sua mente — não tinha poder sobre ele agora. Ele estava refeito e podia ir aonde quisesse, ser quem quisesse. Poucos nesse mundo recebem essa permissão e ganham tamanha liberdade. Ele sorriu no ombro macio de Carrie, sorriu na noite aveludada, e sentiu-se afundar lentamente em um sonho sobre escuridão, calor e segurança.

Capítulo Quarenta e Oito

Um dia antes da véspera de Ano-Novo, um dia gelado e sem vento, com gelo nas janelas dos carros e nos telhados, Frieda acordou ainda mais cedo do que o normal. Ficou deitada no escuro por um bom tempo antes de se levantar, se vestir e descer as escadas para preparar o chá, o qual bebeu em pé perto da porta dos fundos, olhando para seu pequeno quintal, onde tudo estava calmo e congelado. Em quatro dias voltaria ao trabalho. Um novo ano: ela não queria tomar nenhuma decisão. Não queria desistir de mais nada.

Por muitos dias, enquanto os jornais e canais de televisão celebravam o retorno de Matthew Faraday, ela se deixou consumir pelo pensamento em Kathy Ripon, aquela que não conseguiram salvar, aquela pela qual ela fora responsável. Noite após noite, sonhara com ela, e, ao acordar, a imagem da jovem ainda permanecia em sua mente. Ela tinha um belo rosto, sagaz e divertido. Fora enviada inconscientemente ao encontro de seu destino, na soleira da porta de Dean Reeve, sugada pelo buraco negro. Como foi para ela? Como foi quando percebeu que estava tudo acabado e ninguém iria salvá-la? Aquele pensamento deixava Frieda enjoada, mas ela se obrigava a continuar pensando, repetidas vezes, como se ao fazer isso pudesse eliminar a dor e o medo de Kathy Ripon. Duas crianças perdidas haviam sido encontradas, mas não se pode negociar vidas. Elas são muito preciosas para isso. Frieda sabia que nunca se perdoaria, e também sabia que a história não chegaria ao fim até que o corpo de Kathy fosse encontrado e os pais pudessem enterrá-la e começar o grande processo do luto. E que, se o corpo ainda não havia sido encontrado, provavelmente não seria nunca mais.

Por fim, saindo de seu lugar próximo à janela, ela tomou uma decisão e vestiu rapidamente o casaco longo e quente e as luvas. Saiu de casa às pressas, pegou o metrô até Paddington e depois entrou no trem. Estava quase vazio, havia apenas algumas pessoas carregando malas. Ela não queria pensar muito no que estava prestes a fazer. Na verdade, nem sabia o que estava prestes a fazer.

O terminal três do aeroporto de Heathrow estava lotado. Era sempre assim. No meio da noite; no dia de Natal; em fevereiro, quando os dias são mais nublados; e em junho, quando são agradáveis e verdejantes; nas épocas boas e de recessão; em épocas de luto e celebração; as pessoas sempre viajavam para algum lugar. As filas no balcão de check-in davam voltas: famílias com muita bagagem, crianças pequenas com rostos tensos sentadas desconsoladamente sobre malas gigantes, pessoas sozinhas parecendo relaxadas e despreocupadas. Uma mulher negra e baixa empurrava uma máquina de limpeza lentamente pelo chão. Seus olhos estavam fixos na tarefa, como se não notasse a multidão se amontoando. Os religiosos barrigudos de camisas esticadas.

Frieda examinou a seção de embarque. O voo partia em duas horas e meia. O check-in ainda não estava aberto, embora uma fila já estivesse se formando. Ela foi até o quiosque que vendia café e doces, comprou uma tigela de flocos de aveia com leite, um mingau grosso e cremoso, depois sentou-se em um banco confortável de onde tinha uma boa vista.

Sandy estava atrasado. Ela nunca viajara com ele, mas acreditava que era o tipo de pessoa que sempre chegava no último minuto, tranquilamente. Para alguém que estava saindo do país por tempo indeterminado, ele não tinha muita bagagem — ou talvez tenha mandado suas coisas por uma transportadora: todas as suas belas roupas, livros de medicina, panelas pesadas, raquetes de tênis e squash, os quadros que ficavam na parede. Ele foi até o balcão de check-in com duas malas modestas e o laptop a tiracolo. Estava usando jeans escuros e uma jaqueta que ela não lembrava de já ter visto antes. Talvez ele tivesse comprado especialmente para a viagem. O rosto, sem barbear, estava mais fino do que na última vez que o vira. Ele parecia cansado e preocupado, e, ao perceber isso, seu coração começou a acelerar. Ela ameaçou se levantar, mas logo se sentou novamente, observando-o entregar o passaporte. Ela o viu falar, acenar com a cabeça educadamente, colocar as malas na esteira que as levaria embora.

Já havia imaginado esse momento e o repassado várias vezes na cabeça. Ela colocaria a mão no ombro dele e ele se viraria. Depois, ao vê-la, o rosto dele se iluminaria de alegria e alívio. Nenhum dos dois sorriria. Alguns sentimentos são grandes demais para um sorriso. No entanto, quando ele deixou o balcão, ela não se mexeu. Ele permaneceu parado por um tempo, como se não soubesse para onde ir, depois endireitou os ombros, assumiu uma expressão decidida e andou rapidamente até o setor de embarque. Passos largos, como se de repente estivesse com pressa para sair dali. Agora ela só podia ver suas costas. Logo ele se misturou à multidão de passageiros que se espremiam pelos portões de embarque para entrar no corredor profundo e excessivamente iluminado atrás deles. Frieda sabia que, se não se mexesse, ele sumiria de sua vista, iria para seu novo mundo sem ela. Estaria tudo acabado.

Ela se levantou. Um sentimento curioso se formava em seu peito, um sentimento de profunda tristeza e determinação. Ela entendia que pertencia a esse lugar — a esse país moderado, frio, cheio de vento e de gente; a essa cidade suja, barulhenta e pulsante; à pequena casa em uma rua escondida de paralelepípedos que ela havia transformado em seu refúgio — a esse único lugar a que quase pertencia. Ela se virou e seguiu seu caminho de volta para casa.

Agradecimentos

Este é o primeiro livro de uma série e o início de uma nova jornada para nós. Gostaríamos de agradecer a Michael Morris, ao Dr. Julian Stern e à Dra. Cleo Van Velsen pela generosa ajuda e informações. No entanto, eles não devem ser responsabilizados pela interpretação que fizemos da ajuda e das informações que nos deram.

Tom Weldon e Mari Evans foram uma fonte de apoio e lealdade durante muito mais tempo do que qualquer um de nós poderia imaginar. Com eles, e com a dinâmica equipe da Penguin, temos uma grande dívida de gratidão.

Somos eternamente gratos pelo cuidado e apoio irrestrito de nossos agentes Sarah Ballard e Simon Trewin, e também à St. John Donald e a todos da United Agents. Agradecemos também a Sam Edenborough e Nicki Kennedy, da ILA, que nos protegeram e cuidaram de nós durante os anos que escrevemos juntos.

Agradecemos ao nosso editor, Hazel Orme, por manter um olhar tão atento, compassivo e cuidadoso sobre nós, não apenas neste livro, mas durante tantos anos e publicações.